[韩] 池善英　著　朴爱华　译

羊皮面具

新世界出版社
NEW WORLD PRESS

图书在版编目(CIP)数据

羊皮面具/(韩)池善英著;朴爱华译. —北京:新世界出版社,
2008.10
ISBN 978-7-80228-807-2

Ⅰ.羊… Ⅱ.①池…②朴… Ⅲ.长篇小说-韩国-现代
Ⅳ.I312.645

中国版本图书馆 CIP 数据核字(2008)第 163660 号

著作权合同登记号:图字 01-2008-5080 号

羊 皮 面 具

作者:(韩)池善英
翻译:朴爱华
责任编辑:陈黎明 雷燕青
出版发行:新世界出版社
社址:北京市西城区百万庄路 24 号 (100037)
总编室:+86 10 6899 5424 6899 6304(传真)
发行部:+86 10 6899 5968 6899 8705(传真)
网址:http.//www.nwp.cn(中文)
http.//www.newworld-press.com(英文)
版权部电话:+86 10 6899 6306 frank@nwp.com.cn
印 刷:山东新华印刷厂德州厂
经 销:新华书店
开 本:890×1240 1/32
字 数:240 千字 印张:10.75
版 次:2008 年 11 月第 1 版 2008 年 11 月第 1 次印刷
书 号:ISBN 978-7-80228-807-2
定 价:24.00 元

希望变成像羊一样善良的永远微笑的人

/羊皮面具
目录

/序言

“求,求求你,救救我！放过我这一次吧。”

“妈的,听不见吗。把他处理掉。”

“求,求求你……千万,千万别……别杀我,哎呀,啊——!!”

扑哧。

今天又踏过了几具尸体,把身体融入到清晨的空气中。和这帮醉生梦死吵吵闹闹的家伙们共同生活,都已经五年了。这五年经过艰难的磨炼和奋斗,拼命学习,努力适应这黑暗社会,让我彻底脱胎换骨,变成了现在的我。

问我的外号？信 ,大家都这么叫我。这是从我的原名“韩信义”的中间字中摘下来的。问我的年龄？我的同龄人都在读高中,十九岁。可是,在这儿根本没人知道我的实际年龄。投身这个社会以后,年龄对我来说已是多余的东西,根本无所谓。性格？恶魔女(十恶不赦的魔鬼女子)。个头儿？一米七二。因为个子高,所以高跟鞋的后根除了打架时当武器以外,对我一点用处都没有。生日？那东西早就被我忘得一干二净了。我的出生对世界是个小小的祸害。我的单位？学校？这个那么重要吗？什么某某高中？某某女子高中？什么帮派？咳,我没那些幼稚的东西可以告诉你。我所属的是一个叫“恶蝎神”(AssaSain)的组织。专门从事暗杀活动。是个臭名昭著的黑社会组织。我就是这个“恶蝎神”的二号头头。原本对于年龄太小又是个女孩子的我来说那是一件根本不可能实现的事,但是现在我做到了。大概因为我能够经受长达五年刻骨铭心的痛苦,所以才有这理所当然的结果吧！我所投身的“恶蝎神”,在韩国屈指可数的几个暗杀组织中,首屈一指,以狙击率百分百著称。只要是我们的同行或者干类似行业的人，听到“恶蝎神”三个字就能吓得半死。“恶蝎神”在业内享有至高无上的威望，而我就是这个组织的一员。嘿嘿。

喧嚣的音乐声压不倒我们现在的气氛。趴在上面伸开双手也够不到头的桌子上原来井然有序地摆满了各种水果、饮料、水酒、糕点，但现在已经乱七八糟地散开，可见气氛相当融洽。独占长桌一头，斜握酒杯坐在我身旁的他，是这桌的主角，也是“恶蝎神”的沉默至尊。

姓名？叫诸葛班野。年龄？我也不知道。估计比我大一两岁。性格？为什么叫沉默至尊呢？因为他是一个除了非说不可的话以外不会多说一句的人。在我们“恶蝎神”里，可谓是我的左膀右臂，跟我形影不离。个头儿？一米八五。帅哥的基本标准之一不就是身高一米八〇以上吗？生日？哎呀，我不是说过了吗，在我们“恶蝎神”里根本不讲什么生日！如果我是普通女孩子的话，我一定会对他一见钟情的。都是不甘当社会上普通一分子的人啊！职业？别让我再重复了，他在“恶蝎神”作为我的左膀右臂可以算是三号头头。

班野小心翼翼地往我刚刚喝光的酒杯里倒满酒，又给自己的酒杯里也倒满了酒，不声不响地静静等着我举杯。为了如此这般的班野，我豪爽地举起杯子一饮而尽。今天的聚会也是为了庆祝我们顺利处理了几个案件而开的。

“恶蝎神”原意为暗杀者，简单地说，我们算是职业杀手。今天解决的案件也是如此。主要的雇主是腐朽的政治国会议员，要干掉的对象亦是国会议员，各自用钱买通杀手请托杀掉对方的“疯子”般的国会议员们。可是没有他们哪里会有我们的饭碗，托他们那些败类的福我们不是才能像现在这样吃香的喝辣的混在这个世上吗？当然，吃这碗饭的我也不能算是拥有正常思维的人吧！这些年为了自强，数十次与死神擦肩而过不是也挺过来了吗？现在虽然能喝上一杯酒微笑着回想过去，我却比任何人都更渴望成为平凡人啊，平凡人实在是太令人羡慕了！

丁零零～丁零零～

在还没来得及整理的公寓里，到处散乱着衣服和杂物，还有酒劲尚未消去、仍然和它们一同在床上打滚的我。这时，手机铃声打破了这里的寂静。这铃声使我本来就混沌的头更加混沌，根本看不到夹杂在衣物中的手机，我只能靠还算敏锐的听觉顺着铃声到处摸。把我从醉生梦死中叫醒的是我的弟弟。真是久违的声音啊。

“喂。”

“是信义姐吗？是我，信友。”

“哦。是啊，是信友啊，今天这是怎么了？想起给姐姐打电话，不怕让妈妈知道了收拾你啊！”

“现在那都不是问题，姐。”

“怎么？需要零花钱了吗？”

“不是那件事！”

“那一大早还有什么事呢？啊，我的头啊……”

“姐，你真的不打算回家吗？嗯？”

“信友，你怎么突然提起这事啊？姐姐不是说过了吗，我已经不是那家人了。”

“姐，妈妈病了。妈妈真的病了呀！”

“……什么？”

“妈妈就这么走了可怎么办啊？姐，你快回来吧！我求你了，彷徨就到此结束吧！”

“……就像我从此不是那家人一样，那个人也不是我妈妈。”

“求求你了姐，求你回家来吧，好不好？到此为止吧。你的彷徨也该结束了！”

“是住院费不够吗？别担心钱，我寄给你，赶快送她到医院治疗吧。”

“姐，妈不是需要住院费，而是需要姐姐你啊！”

“……信友，姐姐很忙，我要挂了，要用钱的话随时给我打电话。好不好？”

啪。

我很冷静地挂断了电话。我自己走出来的那个家，还有同时抛弃我的那个家。那个家哪里还有可以容纳我的地方啊。

丁零零～丁零零～丁零零～丁零零～

固执的小子,真想这么为难我啊。这一刹那我也开始不耐烦了,不知不觉用力翻开手机盖声嘶力竭地喊道:

“韩信友,你也不想当我弟弟了吗?难道想让我跟你也断绝关系吗?如果是想劝我回家的话,不要再给我打电话了。听见了没有!”

让不分青红皂白大喊大叫一通的我不好意思的是,电话中传来的声音并不是信友。

“信,有任务了。晚上十二点到蓝色酒店的顶楼来。”

男低音。这家伙肯定是我的左膀右臂诸葛班野。我们“恶蝎神”为确保秘密相互不用敬语和尊称。除此之外也是为了组织内部的团结,相互间直呼其名或者叫别名,一律不用敬语。所以对于我们来说,生日啊年龄啊全部都无所谓。

为了跟班野通话,我轻轻地开了口。

“是班野呀,好的,我知道了。”

按照惯例,通话到此就该结束了。可今天平时很少讲话的班野不知为什么,没有马上挂断电话,停了一会儿接着说道:

“信…… 今天我总是有一种不祥的预感。这种不祥的预感从来没有错过,你知道的吧?”

“谢谢你,班野。那回头见吧。”

杀手们的预感,其准确率高达百分之九十。何况是班野的预感,还是百分之百相信它为好。由于干我们这一行的人经历了长期的训练,预感相对比平凡人要准确,更因为以人的生命为职业,有不好的预感时就会尤其小心谨慎行事。那个不好的预感到底是什么呢?今天会发生什么事呢?

尽管延长的通话时间不长,但心情有些不快,环顾一下散乱的公寓,不由得长叹一口气。我即刻起来收拾起屋子来。不知是不是因为不好的预感,我想尽快转换成爽快的心情。由于很久没有收拾房间,打扫的时间长了一点,错过了午餐时间。哎呀,从昨晚暴饮暴食后到现在,连口饭都没吃就干了半天的活,我真的已经饥肠辘辘了。草草洗把脸,急急忙忙直奔百货店。宽松的T恤衫、肥大的运动裤、随意扎上的头发、毫无粉黛的脸——这就是我现在的打扮。这样绝无半点羞涩地走进百货店,也就只有刺客的胆量才能办到吧。

匆匆走到食品柜台，选了一堆好吃的东西，拿出金光闪闪的金卡，我很快便结好账回到了家里。即便路人的视线跟随着我又有何妨！

回到公寓稀里糊涂地填饱肚子后，一边看新闻一边在跑步机上轻轻地跑起来。咳，今晚十二点到蓝色酒店……班野的声音始终在我耳边回荡着。

再做几项轻量运动，我便为今晚的行动逐一检查武器，很快就到了出发的时间。为在漆黑的夜晚不易被人发现穿上一身黑衣，再次检查了旅行箱里的长枪和短枪。就像我的大脑整理得有条不紊。刚要走出公寓的刹那，手机铃声响起来了。看来电显示，是信友那小子——直到最后仍站在我这一边的唯一的弟弟。尽管抛弃了一切，唯独不能抛弃的信友。稍微迟疑了一会儿后，我接了他的电话。

"嗯，是我。"

"姐，妈妈病得很重，求求你来一趟好不好？"

咳，不知不觉叹了一口气。连自己都不知道为什么要这么绝情，但对信友却丝毫不露声色地说：

"我跟你说过吧，再说什么让我回家的话，我跟你也断绝来往！"

"姐，求求你了，只求你来一趟都不行吗？就一趟。妈妈她……妈妈她……哇……"

终于没有忍住，他放声大哭起来了。给我打电话求我这种事，对他来说都是非常难以启齿，这我并不是不知道。虽然是我唯一的弟弟，但是既然选择了这条路，我也只能这么冷静地对他。

"韩信友，你说什么我也不会回去的。所以你不要哭了。你还打算让我看你的软弱到什么时候啊？"

"姐姐，真的就一次……就一次……就这么一次……"

"我说过不愿意了！！总这么又哭又闹的，以后就不要打电话了！！"

本想大吼一声就挂断电话的，可手机那头传来了另一种声音。

"啊，妈妈，妈妈！！你不能死，不行，你不能死！！妈妈，妈妈！！啊！！嘟嘟嘟嘟……"

就这样，留下信友的惨叫凄哭声，电话就自动挂断了。信友最后的凄哭声就像一把匕首插进了我的胸膛。妈，妈妈，真的出了什么事吗？妈妈……可是，我马上定了定心。尽管有不祥预感，但信守诺言是“恶蝎神”的首要原则。我的职业不容许我迟到一分一秒。没有在这里苦恼发呆犹豫的时间。我马上骑上我的爱马，直奔蓝色酒店。到了蓝色酒店，我把爱马停在酒店后门前。除了我的爱马以外，已有很多“恶蝎神”的爱马井然有序地停在了那里，说明已经来了好多人。在众多爱马中，我看见了班野那最华丽的爱马，我脸上不知不觉泛起微笑。虽然我不可以拥有常人的感情，但只要确认班野在身边，我就非常放心。对于抛弃了一切的我来说，“恶蝎神”就是家，而班野既是我的爸爸，又是我的妈妈，更是我的朋友……可以说班野就是我的一切。不知道这到底是爱还是情，重要的是，只要班野一辈子能像现在这样留在我的身边，我这一辈子就没有什么好怕的了。

从班野的爱马上移开视线，我便迅速跑到了楼上。从后门进去，利用安全通道的楼梯到四楼，再趁人不注意，乘最末尾的电梯到顶楼，最后边注意周围边从楼梯上爬到楼顶，大家也都是这么到楼顶的。我一到楼顶，恶蝎神的成员们都点头向我致意，其中也包括班野。我们恶蝎神人数并不多。加上老板也只有十二名。因为是暗杀组织，必须是绝对保密的，普通人甚至连这个组织的存在都不知道。想想看，如果知道用钱就可以买到人命，有人收了委托人的钱做暗杀工作，还有什么人可以轻易相信呢？因此，知道我们的存在的，除了最上流层的少数垃圾们以外，一般人根本就不知道。当然，像我们这样的雇佣杀手、一些大财团的雇佣杀手，或黑社会组织，还有其他在黑暗社会干见不得人的勾当的人，对我们的名声早有耳闻。但是请不要把我们与黑社会组织的暴徒们混为一谈。因为我们不是为霸占领地而拿刀棍打群架的流氓集团。我们并不干那种不体面的事。我们和那些用刀惨无人道地杀害对手的暴徒是完全不一样的。我们是只用一发子弹干净利落解决目标的绅士杀手。当然，也是因为他们的实力无法跟我们相比吧。恶蝎神每个组员的武术实力堪称最高。不管怎样，我对以我为核心组成的队员们从不大声发号施令。

“怎么了？怎么大家都聚在一起了？我们是行刺者，不是黑社会团伙。

这样都围过来,办完事或行动中很容易被人发现。我们的工作不易集中,若集中到一起,我们失败的概率就会提高,这个道理你们不懂吗？对方的人也很多吗？班野,你解释一下。”

班野轻轻点了点头回答道：

“这次委托人给我们的目标是黑社会组织。十二点三十分整,这个蓝色酒店后山上将有大魔派和中央派为麻药交易而集合。信要杀掉的目标是大魔派的头目,我狙击的目标是中央派的头目。另外,这次是大批重要人物参加的交易会,作为一枪狙击一个目标的我们,必须按对方的人数安排狙击手。”

听了班野的解释,我理解了他的安排,给予首肯并下达了作战命令。

“好,那么大家都各就各位,再次检查好各自的武器装备,做好一切准备工作。不得有任何疏忽和失误,这一点不用我再费口舌了吧。”

“遵命。”

大家都回到自己的位子开始检查武器。

枪是装有消音器的,所以不必担心枪声。对于全部由最高狙击手组成的恶蝎神来说,失败是绝对不允许的事。但每次行动时,因过度紧张而出一身冷汗都是不可避免的。

大家紧张地行动着,刚刚准备完毕,时针刚好指到了十二点三十分。几辆黑色的轿车陆续开到班野所指的山脚下。车子刚刚停下来就有几个像暴徒的大块头拎着硕大的箱包,直奔山上。恶蝎神队员们的眼睛迅速跟上那一群人,并确定了自己的目标,等待着目标集中到一起的一刹那,按照我的命令同步狙击。

由于在山上交易,树枝影响视线,给狙击增大了难度。但对狙击手来说,是绝对不会有第二发子弹的。为什么？没有子弹？当然不是,子弹有很多。只是,一旦第一发子弹狙击失败,对方便会知道有人要杀自己,便会马上藏身。而且一次狙击失败,我们的位置就会暴露。所以无论容易的还是难做的,都不允许我们有半点马虎,每一次都要用紧张的冷汗沐浴全身。

嘭——!

这次行动又是大获成功。以百分百的狙击成功率为骄傲的恶蝎神,又打了一个漂亮仗。大家迅速分散撤离蓝色酒店,分路来到恶蝎神仓库集合。组员们一个个长叹一口气,脸上挂满了胜利的喜悦,相互祝贺鼓励。班野的不祥预感,让我担心这次行动会出现意外,然而事情出奇的顺利,让我十分高兴。

短暂的高兴后,我马上收起心,打开了按惯例行动时关掉的手机。一开机我就看到了语音信息。急忙打开一听,发来语音信息的是我的弟弟信友。

"姐……姐……呜,呜呜。姐,你太过分了。呜呜……我求你,我那么求你,让你回来看妈妈一眼。可是,呜呜……妈妈她走了,妈妈去世了!!呜呜,杂种!姐以为妈妈抛弃了姐姐,可其实并不是那样。妈妈临死还惦记着姐呢。呜,呜呜,你连这个都不知道,我那么苦苦哀求你回来一趟,而你终究都没有回来!即便那样,妈妈还让我照顾好姐。妈妈的最后一句话就是把姐托付给我,让我照顾好姐的呀!看着慢慢凉下去的妈妈……我那么求你回来一趟,就一次,可是,你是人吗?我问你还是不是人啊!!手里攥着姐姐小学时的相片,妈妈流着眼泪说的话,你知道是什么吗?啊?你能知道吗?!!"

就这样,留言断了。

什么想法都没有了,我脑子里一片空白,就连眼泪都没有了。离家出走是第一件后悔的事,暂不想它。可是,弟弟那么苦苦哀求我却没有理他,这是我第二件非常非常后悔的事……所以,我已经连眼泪都没有了。

羊皮面具第一卷

第一章

停放妈妈灵柩的灵堂。

只有班野一个人陪我来到灵堂。

没有一个人前来吊唁，只有信友孤零零地守灵。看着信友苍白的脸，我更没有随便流泪的颜面了。

“什么啊!! 你到这儿干什么啊!! 你是谁啊为什么要到这儿来!! 你还是个人吗？你没有资格做我的姐姐……!!”

信友抓住我的双肩用力地推拉摇晃，黄豆粒般的泪水噼里啪啦地往下掉。是啊，我根本没有当姐姐的资格，也没有说任何话的资格。

“你不是说那不是你妈吗!! 不是说不是你妈妈，跟你没关系吗!! 那还来干什么啊!! 为什么要来这里啊!! 马上给我离开这里……!”

我已经没有力气拉开信友了，他却更加用力摇晃着我。不知道是担心我承受不了，还是为了让信友平静下来，班野小心翼翼地走过来劝住信友。尽管信友用尽全身的力气拉着我，但与班野的力量相比，简直就是小孩子对大人。被班野强制拉开的信友，流着泪掏出一个白色信封扔给了我。

“即便那样，妈妈她，妈妈她还担心着你……写这破遗书……让我交给你，可是你算什么东西啊!! 你为什么两次都要往妈妈心上捅刀子啊!! 妈妈说最后想看你一眼，就只一眼，想看着你的脸说说话……妈妈那么渴望，我那么哀求，让你回来一趟，一定回家来一趟。能够作为我的姐姐，作为妈妈的女儿回家来。我那么哭着喊着求你回来，可是，可是你……你却……”

班野紧紧地抱住筋疲力尽的信友。

我只有低着头，默默地打开信，颤抖着双手看妈妈临终一字一字费尽心力写给我的信。

“我心爱的女儿信义：

我心爱的女儿信义啊，你该多么怨恨这个妈妈呢？你爸爸被他最信任的朋友背叛，负连带责任，流落街头，你去找爸爸，看到的却是被那个债主的打手们暴打、浑身流血的爸爸。这给你幼小的心灵留下了多大的伤痕啊。还有你爸爸身上的伤口那么大，却没钱治疗终于撒手人寰。看着这些我们流下了多少血泪呀。就算这样，你爸爸直到最后也没有埋怨他的那个朋友，只是遗憾没能给家人留下维持生计的资本。看着你爸爸满怀悔恨地闭上眼睛，我们捶胸顿足哭成一团。你一直在抱怨你爸爸的无能是不是？对于动不动就要出走的你，那一次我说了很多不该说的话，这给你的心带来的伤害该有多大啊！离家出走那么长时间才回家，我却骂你，说从此不认你这个女儿，让你滚出去。对这样的我，妈妈自己也悔恨不已。你要相信妈妈，那些话不是妈妈的真心话。你是妈妈怀胎十月，忍受刻骨疼痛生下来的女儿啊。如果你不是我的女儿，那还能有谁是我的女儿呢!!本想跟你说声对不起，本想再最后看你一眼，可是妈妈等不到了。好在还能这样写信向你道歉，我也可以平静地合眼了。

我的女儿信义啊，信友还小，不懂事，需要你的照顾。妈妈知道没资格托付你这么重要的事，可妈妈还是要把信友拜托给你。

没能把你培养成平凡漂亮的高中生，是我一生最大的遗憾。我是多么想大声呼唤一下信义啊，我心爱的女儿啊……我的女儿啊，你可以一辈子埋怨爸爸妈妈。妈妈只企盼你，再也不要做让你受埋怨的事了。

妈妈盼望你能长成美丽平凡的女孩儿。再想多写几句，可是已经没有力气了。妈妈爱你，信义。还有……对不起你。就算在天国，我也好想看看你穿校服的样子啊，能看到你穿着校服开心地去学校读书，那该多好啊。

到死都没有颜面见你的丑陋的妈妈　绝笔”

读毕，就连哭的资格都没有了的我，忍不住涌出的眼泪打湿了脚下的一片地。我手里攥着妈妈的遗书号啕大哭起来。班野可能从来都没有想象过我的这种样子，多少带着惊异的眼光看了一会儿，不知不觉低下了头。这时信友的怒吼接了上来。

“你知道那封信妈妈是怎么写成的吗？妈妈嘴上扣着氧气罩，手上还扎着几个输液针，抖动着握笔的手，流着眼泪吃力地写，信纸都湿透了，就这样，左手还用力地攥着你的照片，你知道吗？看着那样的妈妈，我那样哀求你……呜呜呜，求你一定，一定来看妈妈一眼……那样恳求你，可是，姐姐你，呜呜呜……姐姐你，你却……呜呜呜！”

我听了信友的话，随即瘫坐在地上号啕大哭起来。我流着泪走到信友身旁，双膝跪地，抱住信友哭泣着，用心地说：

“姐姐对不起你，信友。姐姐对不起你啊。姐姐错了。呜呜，是姐姐对不起你，信友。姐姐错了。是姐姐不对。都怪姐姐……呜呜呜。”

班野小心翼翼地走到房间里面点上香火磕头。

“姐姐不好，我讨厌你～姐姐。我恨你！！呜呜。”

“对不起，信友。都是姐姐的错。是姐姐错了，对不起，对不起。呜呜呜……”

好不容易把信友哄睡，把他抱到暖炕上让他安静地睡觉。随即，我便跪到妈妈灵前。班野只能默默地守着我。

“妈妈……妈妈，您还没有到天国吧。是吧？您现在还能听到女儿说话吧？妈妈，原谅我这个不孝女儿吧。是我错了。妈妈，我一定要做您的好女儿，您相信吗？我一定会做一名高中生，您所希望的平凡的高中女生，我向您发誓！”

最后，听到我要做一名平凡的高中女生的许愿，班野的瞳孔都大了。可是他却一句话都没有说。

办完妈妈的葬礼已经好几天了。我后悔，投身恶蝎神以后挣的钱，我一分都没有贴补家里。

我把信友接到了我住的公寓。然后我又重新上了高中，当上了一名十九岁的高中女生。当然，恶蝎神的一切事，都已被我推到了脑后。

“班野，我的空位暂时就得由你来填补了。我也不知道我会离开多长时间，也许再也不会回到恶蝎神了。但是，我相信班野一定会做得比我好。

是吧？”

“跟老板怎么汇报呢？”

“是啊。”

“嗯，老板那儿我会想办法的，你不用担心了。”

“班野，你想怎么说呢？”

“就说有人盯上了你，所以你需要暂时装扮成普通百姓好了。你是最可能成为其他杀手的目标的人嘛！我想老板也会认同的。”

“谢谢你，班野。”

班野，这样下来，有段时间和你也……不能见面了啊。

复学前的一段时间，为了让信友回心转意，我费尽了心思。我尽量和他多在一起，努力让他确信我永远是他的姐姐，永远想着他，爱着他。慢慢地，信友的状态好了起来，尤其是遵照妈妈的遗愿，我以普通高中生的身份复学，信友终于向我敞开了闭锁多年的心扉。

今天是我到贤一高中入学的第一天。作为复学生需要准备的东西不是一件两件，然而，办理那么复杂的手续，与失去妈妈的痛苦相比并不算什么。由于很早开始参加了恶蝎神组织活动，对于中学都勉强毕业、上高中没有几天就自行退学的我来说，重新穿上校服读书，要适应学校生活，绝不是一件容易的事。虽然感到羞涩，我还是按照学校的要求穿上校服裙子，扎上了马尾辫子。是不是我的校服不太合身，不自然啊？校园里，同学们的视线都转向了我。若在平时，这种视线对我来说根本就不算什么，可现在看到他们的视线集中在自己身上，和以前的感觉完全不一样。正觉得有种异样的感觉时，好像这种感觉要证明一下自己的存在一样，真有几个长相凶悍丑陋的家伙横在了我的面前。

“哎呀，我们学校还有这么漂亮的美眉吗？”

“就是，就是啊！好像一次都没有见过嘛。怎么可能没有见过呢？这样的小美人不可能没见过啊！喂，你是几年级的啊？”

瞧他们那副德性，一定是三年级的。就这几个小毛孩子，想收拾他们三下五除二就能打个屁滚尿流。可是，要做平凡漂亮的高中女生，绝对不能让任何人知道我过去恶蝎神恶魔女的身份。

我不想理睬他们,想要绕开走,他们却执拗地缠着我不放。

"哎呀,有点脾气啊,所以才更有魅力嘛! 女人还是冷峻点才更有味儿。是吧?"

"哎呀,真的是太漂亮了……该不会是演员出身吧? 看校服是我们学校的没错啊! 不过怎么从来都没见过啊!"

"喂,别装清高了,跟我们说说话吧,几年几班的? 叫什么名字? 喂~"

我没有理睬他们,便从他们的夹缝中穿过,快跑几步甩掉了他们。好在他们没继续纠缠我。后来也碰到过几伙类似的学生。

"我也算美人? 哈,心情不错嘛!"

虽然遇到了几次这种令人心烦的事,但我实在不想上学的第一天就惹麻烦,所以没把它们放在心上,事情也就过去了。

到了学校,我先到教务处见过班主任,早会时间跟老师一起进了教室。老师一到场,教室便马上安静了下来。可是同学们的视线却全部集中到了我的身上 而且女生和男生的反应完全不同。与吹着口哨指手画脚的男生相反,女生们都坐在后排装腔作势,用一种不友好的眼光上下打量着我。一看就是一些不成熟的毛孩子们。看着这些小毛孩们,我心里骂道:

"你们这些不懂事的小毛孩,呸!"

这时班主任开始大声讲话了。

"来,大家听好了。这位同学是从今天起要和你们共同学习的转学生。由于个人原因,休学了几年,所以是比你们大两岁的姐姐。大家都要特别注意处理好关系啊。好了,你来做一下自我介绍吧。"

这么几句话后,老师就把皮球踢给了我。本来就缺少教养,又不爱说话的我,实在是不喜欢做什么自我介绍。可是,我不是想做平凡美丽的高中生吗? 所以也只能硬着头皮随便讲几句了。

"大家好,我叫韩信义,以后请大家多多关照了。"

我的自我介绍就这么简单。热烈欢迎的男生,不得已鼓掌的女生——对他们,我没有丝毫兴趣。老师把我安排在后排的位子上后对我说：

“叫信义是吧。叫起来有点麻烦，就直接叫信，可以吧！”

“当然。”

“跟我到教务处领教科书吧。”

“好的。”

我跟着老师去了教务处。

“第一次去的时候直接把书给我该多好啊，为什么一定要人家跑两趟呢！讨厌！

心里有点不爽快，但是没办法，只能跟着去了。一到教务处前的走廊就看见一排学生，看一眼就能感觉到是问题学生跪在走廊受体罚。各个表情呆滞，无一不是违反校规的惯犯，却用毫不在乎的眼光看着每一过客。所有的老师见了他们都用考勤簿把他们的头一个个拍过去。其中还有一个红头发的小伙子格外显眼，荒唐透顶。居然还有小子胆大包天，竟敢染这么红的头发。而且，那一头的红发被每个老师拍打，还仰着头支起双臂装英雄。一定是个超级小混混。

只是觉得他有点特殊，多看了一眼，没想到竟和他碰上了眼睛。我迅速把眼神从他身上移开，却没想到别人的视线都集中到了我这里。大家都用异样的眼睛看我，还真让我有点自豪感。本想好好参观一下他们，无奈老师已经进了办公室，我也只好跟了进去。

听完老师这样那样的训话，接过教科书，我刚要给老师敬礼回教室。

“谢谢老师，那我就回教室了。”

“哦，可是那么单薄的身体怎么能搬动这么多书啊？”

单薄的身体……我看起来真的很单薄吗？虽然是关怀，但多少有点被人瞧不起的感觉。我可是恶蝎神的老二啊！为了自尊，我婉拒了老师的关照。

“没关系，小心一点慢慢走就可以了。”

“不行，万一扭了腰什么的可不行啊。对了，让走廊里罚跪的家伙帮你搬好了。”

说着，老师推开教务处的门，伸出头大声问道：

“你们几个里面过来一个人，帮信把教科书送到她的教室，谁去？”

除了那个红头发，其他所有家伙都赶忙站起来，争着抢着要帮我送书，为此还动起了手来。看见这些男生这么无聊，老师大概也觉得太滑稽了吧，捧着肚子大笑起来。

“这帮小子，瞧你们的德性，还分得出美女。别胡思乱想了，给我好好罚跪！”

不顾老师的训诫，小子们还吵吵闹闹争着要去送书。看到这些，红头发不耐烦地训斥了一通，让他们安静下来。

“混蛋，都给我老实点。”

把老师的话当作耳边风的小子们，被红头发的一声吼叫镇住了，一个个吓得大气都不敢出。老师觉得非常没有面子，干咳了两声。

“啊嗯，那姜月你去，你把信的教科书送去再回来！”

红头发小子得意地瞥了我一眼，扑哧一声，笑了。他似乎对一切都满不在乎，目中无人地站起来，一步窜到了我的面前。跪着的时候没看出来，红头发一站起来，个头似乎很高。稍长的头发竖了起来，难道是因为竖起来的头发？怎么感觉和班野差不多高啊。不，比班野矮一点？好像跟他差不多吧。哎，这小子的头发，被奶油色的脸蛋反衬得更鲜艳了。正在我上下打量并胡思乱想的时候，红头发一下子从我的手中夺过了教科书，打头迈开了大步。看到似乎有点惶恐的我，老师告诉我：

“姜月这小子，一定不能让他进教室。女孩子们看到了，还要弄得一片混乱，快要到教室了就让他回来吧。”

“啊？是。”

向老师简单行了个礼，我便跟着叫姜月的红头发小子走向了教室。

到教室的途中，本以为不会说话的小子先开了口。

“是转学来的？”

这个傲慢的小子，看他问话态度，简直一点教养都没有。把我这个天下无双的恶魔女信当成什么了！不过要说教养，我也丢了一卡车，彼此彼此。就凭我现在的处境，我绝对不能暴露出我的强悍，所以也只能表现出对一切漠不关心的样子。

“你没有必要知道这些。”

“看教科书是一年级的，你对谁用那种口气说话呢？”

“哼。”

可笑的家伙！觉得他的话很无聊，我便对他嗤之以鼻。没想到却引来这小子一番傲慢的话语。

“你敢取笑我？你知道我是谁啊，竟敢这样对我！哈哈，算了算了。懒得跟小毛孩斗嘴。像是转学生，是从哪儿转来的？”

从恶蝎神来的，那又怎么样？不过我不能这么说。再说了，我也不是什么转学生啊。

“喂，红头发，你是不是有病啊？残疾人？”

“什么？红头发？？残，残疾人？”

红头发听了我的话，可能觉得太意外了，呲了一下鼻子，便接上了话茬。

“啊哈，你是不是以前在哪里混过啊？好像还经历过什么训练嘛。不过我告诉你，跟我这样说话可是要吃大亏的哦。说我是红头发也就不追究下去了，可是凭什么说我是残疾人啊，我可要好好听听理由。”

“高中的教科书大都是统一教材。如果我是转学生，我就可以用原来的书了，为什么还要全部换成新书呢？这说明我不是转学生，知道了吗？红头发。OK？”

听了我的话，他露出一点难堪状，马上换了个面孔说道：

“我从来就不看什么教科书，所以也不知道那些。可是再叫我红头发，我可就要让你见到红染料了。记住了，我可是不管什么男女，更没有照顾女孩子的习惯哦。”

“我不喜欢画画，所以用不着染料，这可怎么办啊？”

“那就要改变称呼了。我是月亮的儿子姜月学长。不管你是不是转学生，现在我已经是你的学长了！所以你以后开始要用尊称，知道了吗？”

解释不清的话放在一边，我只问了这小子一句话 。

“什么，月亮的儿子？？你在写科幻小说吗？”

“你这个无知的丫头，我的名字叫姜月。汉字就是月亮的月知道了吗？还有，一年级的小毛孩为什么不用敬语啊？嗯？”

就这样，吵着吵着，我们不知不觉走到了教室。我打断了那小子的话，冷冷地叫他回去。

“到了，你回去吧。”

随即接过了他手上的教科书，准备进教室。我的话说得像寒风刺骨，大概是伤透了他的心。他回头，一把抓住了我的肩。

“喂！帮你到现在，说一声谢谢是不是最最基本的礼节啊？”

“好好想想吧，小子。我不管你是月亮的儿子还是残疾的月亮，是我让你逃脱了罚跪，反而应该是你感谢我才对吧？”

“好一个刁蛮的丫头啊。”

“什么？你说什么？刁蛮的什么？”

“有点意思嘛，你叫什么名字啊？不逼你用敬语了，你就给我留下姓名再走吧。”

“我的名字??告诉你吧，我是信念的孩子信义。知道了吧，你走吧。”

听了我的话，他扭了扭头。

“信念的孩子信义？哎呀，名字蛮漂亮的嘛！”

看着他的微笑，那一瞬间，我的心不由自主地颤抖了一下。我觉得实在是荒唐，便背对着他，直接走进了教室。为了整理书本，我刚刚走到书架前，就听到女孩子们撕裂耳膜般的叫喊声。

“呀～，是月儿哥哥啊！！”

“哎呀，姜月学长！！往这里看一眼啊，呀～！！”

“学长，你真是太帅气了！”

这时的红头发好像成了明星一样，得意地挥起了双手。

他到底算什么啊，这家伙。是什么时候跑进教室笑嘻嘻地站到我旁边来的？穿过混乱的女生们，站到我面前的这个叫月亮的儿子还是叫残疾的月亮的家伙，又一次扑哧一声笑了出来。这一笑让我的心为之一颤。嘿，我这是干什么呢？其实，我对这样要刻意掩饰自己表情的自我也感到可笑。大家的视线猛地都聚焦到了红头发和我的身上，红头发神气十足地弄了弄头发。

“瞧瞧我，韩新衣～我可是一眼就看上你了啊！怎么样？你是不是也一样，一眼就看上了我啊？”

什么？哈，韩什么？韩新衣？？这小子，真想找死啊。这个神经病，病得可是不轻啊！由于太唐突，还没等我来得及做出什么反应，围观的女生们便开始发出了刺耳的尖叫声。

“呀～！不行啊，阿月哥哥！不行啊！！”

“不行啊，姜月学长！！别忘了，学长可是大众情人啊～！！”

“姜月哥哥！你千万不能交女朋友啊！！我反对～！”

教室里简直乱得一团糟。女生们恨不得当场就要杀死我的凶煞的眼光，男生们敢怒不敢言的极端不满的眼神，搅得我复学第一天就心神不安。女生们的尖叫声不仅让我心烦，红头发也有点不耐烦了，急忙出面大声制止。

“喂，吵死我了，都给我闭嘴！！”

“喂，你这个臭小子，说话是不是该讲一点良心啊？这个局面难道不是你造成的吗？该走开的就是你自己呀！这里可是这些朋友们的教室啊。你不就是到这里跑跑腿，帮我送书的问题学生吗！”我心里直发痒，这些话差点就蹦出来，我好不容易才憋了回去。竟敢叫我韩新衣，真想让你为此称呼付出代价啊，可是我不想从第一天开始就惹是生非，我只求平平静静地度过每一天。看着如此混乱还那么呆呆坐着闭口无语的我，红头发也觉得太窝囊，开始找话题挑逗我了。

“喂，韩新衣，还在考虑啊？还苦恼什么呢？能成为我的女朋友，这可是天大的便宜啊。问我为什么？难道你还能找到我这样的帅哥吗？”

“是啊，找你这样子的红头发多不容易啊，你这个狂妄病晚期患者，一会儿帅气一会儿呆傻的德性，你以为我没有看透你啊！”心里想这么说，但我还是忍了下来。看我还是不理不睬，红头发有点急了，皱了皱眉头，提高了嗓门。

“喂，我说的话你是真的听不到还是假装听不到啊？我在向你求婚呢，你知不知道啊！”

听了求婚两个字，满面通红尖叫的不是我，而是旁边的那帮女生。见我依然没有反应，红头发气急败坏，开始实施可怕的行动。

“言语讲不通，我就用行动做给你看！”

“唔!!”

红头发犹如老鹰叼小鸡，以迅雷不及掩耳的速度亲了我一口。这闪电般的一吻让我根本来不及躲闪，惊慌之余，我只有眨着眼睛望着他。随即，教室里乱成了一片。从几个女生的眼里，已经掉下豆粒般的泪水。

剩余的女生们恶狠狠地瞪着我，恨不得一刀杀了我。

闪电般的接吻结束后，红头发得意地向我笑着说道：

“我也算是真真切切地给你盖了唇章，现在开始你就是我的法定女人了！不要忘了哦！”

听了红头发荒唐的宣言，我终于爆发了。

“你这个疯子！如果随便接了一个吻就成你的女人，其他接吻经验丰富的人要有多少自己的女人啊？”

听了我一口气说出来的话，全班学生都愣住了。可是我什么时候在乎过别人的眼光啊。我也只是想平静地过自己的生活而已啊。

红头发看着我，得意地笑了。

“呵呵，谁说是法律上认定的女人啊？我是说，你是我定的、我自己天地里的女人。也就是说，从现在起我要把你关在我的世界里了。”

啊，就这样，我人生的罗曼史便开始上演了。

第二章

经历了曲折艰难的磨炼之后，终于迎来了第一节课。所有的人在乱哄哄的氛围中，仍然继续着闲聊。就那样过了一会儿，那家伙的身影便消失了。大家都各自回到座位，我也回到了我的座位。胆大妄为的家伙！竟敢跟我接吻？真是初生牛犊不怕虎啊！！

难以平静的不快心情，让我喘着粗气气愤了好久。哼，没有必要和这种家伙生气！对了，还不知道我的同桌是谁呢。隐隐感觉到右边坐着一个人，回头一看，只见一个戴着一副大大的眼镜、身着宽松的校服、与摩丝发胶毫不相干的草草梳理的头发、让人联想起不修边幅的男人形象的男生坐在身旁。

“今天第一节音乐课在教室里上，大家不用到音乐室了。”

啊哈～，好像是个班长嘛，否则怎么会说这些呢。不过外表暂且不谈，单说声音，说话声那么小怎么做班长啊？上课铃一响，老师进了教室。原本盼望老师是留一头飘逸的长发、身材苗条的女教师，可是恰恰相反，竟是一个丑陋肥胖的男老师，真叫人失望！还有那络腮胡子，为什么非要留那样一脸胡子啊？就在我用不满意的眼光看着老师的时候，同桌站起来大声喊道：

“起立！敬礼！”

自以为声音挺响亮，但是大家反应平平，敬礼也是应付了事。由此很容易就猜测到班长在班里的地位了。我用恻隐的目光看着他小声问道：

“你是班长？”

“嗯？啊，是的。”

“哦，不要考虑到我是复读生说话就那样毕恭毕敬的，跟朋友一样随便点就好了。”

尽管我这样说，他还是不敢大大方方地和我交谈。

“哦……啊，我叫路熙，叫车路熙。”

“你是男生吧？”

“啊?? 哦，那当然～。”

“长得这么俊美，像美少女一样。嘿嘿。挺起腰杆走路吧，这样可是一点都不像班长哦～。”

大概是我的话刺激到了他，他马上低下了头。我虽然觉得有点抱歉，但还是觉得这样多少会对他有点帮助，便也没说什么道歉的话。这时，音乐老师开始上课了。

“来，大家打开教材第二十三页。再唱一遍上一节课学的歌。”

说着，老师拿起了和他的身材很不相称的指挥棒开了头。

“一，二，三，四！”

在老师的指挥下，大家开始唱起了歌。这是一首第一次听的歌曲。陌生的氛围让我紧紧地闭上了嘴。班长也用蚊子般的声音跟着唱起了歌。就在这时，从走廊的那边传来了比我们全班的声音还高亢的歌声。

“直到东海水干，白头山平！！上天在保佑我们的国家万岁！！”

那喊破嗓门的高歌声，让我们班的歌声停了下来。老师皱起了眉头。我们班的歌声一停下来，便显得那声音更加嘹亮了。

“梧琼花三千里美丽的江山！！大韩人民永葆大韩大韩民国永存！！”

刚要接着唱第二段，老师大发雷霆，推开了教室门。

“你这家伙到底是干什么啊？”

老师怒气冲天地推开门，只见红头发跪在门前正在唱歌。瞬间，女生们的尖叫声开始响了起来。

“呀！！阿月哥哥！！”

“姜月学长！！你简直帅呆了！！”

红头发全然不顾这些，满面充满天真的笑容，望着音乐老师。这小子，是不是脑子出毛病了？看着荒唐的红头发，老师开始严厉地训诫起了红头发。

“你到底想干什么啊，臭小子！姜月，你这个二年级的家伙为什么要跑到这里来捣乱啊？”

“我在受罚呀，老师。”

看得出，老师被这荒唐的一幕惊呆了，脸色红一阵白一阵。不管老师的感受如何，女生们震耳欲聋的尖叫声此起彼伏，且一浪高过一浪。而老师和红头发仍然在你一句我一句地争吵。

“谁让你到这里来唱歌的？”

“我要上课，但是没有带教科书，所以老师把我赶出来罚跪啊。”

“那你应该在你们班级的教室门口罚跪啊，为什么跑到这里来了？”

“老师又没有规定让我在哪里罚跪，只让我到走廊来了。我想，既然那样，为什么不在我喜欢的地方呢？所以……”

实在是荒唐透顶。那叫什么理由啊？我听了都觉得愤恨，何况老师呢？气头上的老师，开始用指挥棒敲打起红头发的头来了。

“小子(嘭)！姜月(嘭)！你说的(嘭)！还叫什么(嘭)什么话啊(嘭嘭嘭嘭)！！”老师用指挥棒敲得越来越快，敲得红头发不耐烦了，轻轻躲开了指挥棒，丢下了一句话。

“老师，这个班级好像是音乐课吧，让我也跟着一起唱不行吗？我也非常喜欢唱歌哦。”

这小子，我敢断言，在这所学校，他一定是数一数二的问题学生。世上怎么还会有这种人渣呢。作为杀手，我接触并杀死过那么多人，而像他这样的人渣还真是第一次见。这时，红头发满不在乎地笑了起来，回头看着我跟我搭起了话。

“嗨！韩新衣，你好啊(做着古怪的动作)？”

紧接着又向我眨了眨眼，弄得女生们又开始骚动了。我漠不关心地扭过头不想理睬，可老师又大喊了起来。

“韩新衣是谁！？出来！！”

难道老师也要叫我韩新衣吗？你这个红头发，我早晚会撕破你那张嘴巴的！可是现在没有办法，我只能硬着头皮走到老师面前。

“你是谁啊？你就叫韩新衣吗？怎么是个新面孔啊？”

“哦～我是新来的复读生。”

“啊，你就是今天复学来的学生啊？哦，是叫韩新衣吗？”

“不，不是。是叫韩信义。”

这样说了几句，老师又拿起指挥棒对着红头发敲了一下。

啪！

“人家不是叫韩信义吗？怎么能随便给人家改名啊？你这个混小子。”

红头发不服气地说道：

“叫起来多绕嘴啊！”

“你的名我可是叫都不想叫，不想再挨打的话，马上回到你们班教室去。都是二年级的学生了，在一年级面前都不觉得丢脸吗？”

“那我下次挨罚的时候再来！”

说着，红头发便无拘无束地离去了。怎么还会有这么不要脸的家伙啊？竟敢染着大红头发满校园乱窜。我的脑子里，对这小子的疑问逐渐堆积起来了。正在我思索时，传来了老师的自言自语。

“呼吁！要不是我们学校的校长和国会议员的儿子，我早就把他收拾了……”

什么？我们学校校长和国会议员？？我说嘛！否则怎么会这么无法无天。对那家伙的身份多少有些了解，我也去请求老师给予谅解。

“老师，我可以回到座位去了吗？”

“嗯？啊呵，好好。回到你的座位吧～喂，大家都安静一点，我们接着上课。”

就这样，这一风波结束了，被中断的音乐课又开始了。

不知不觉中被搅得荒唐的音乐课结束。课间只有十分钟休息时间，我为了抓紧上洗手间，急急忙忙走向走廊尽头的洗手间。还没来得及跟任何人认真进行过对话的我，孤零零地穿行在走廊，心情算不上很爽。大家看我的眼光似乎也非常特别。红头发那样一闹，女生们看我的眼神当然不会友好。然而，我这个人既不怕那些女生们的视线，更不在乎其他人的视线，所以走路的步伐仍然轻松坦然。

“哎呀，就是那个女孩。那个女孩就是姜月学长印上唇章的那个。”

“哎哟，是吗？是有点不太走运啊，看她的长相还真的好漂亮呵，是吧？”

“别看她现在这样，张微学姐会放过她吗？”

“对呀！恐怕用不了几天，她连学校都要放弃了，你们信不信？”

“听说她是个复读生，这样下来她岂不是还要再放弃学习吗？好可怜啊！”

都 被 我 听 见 了。一一一＋＋＋＋

女生们火辣辣的眼神，唧唧喳喳的议论声丝毫没有影响到我上洗手间。洗手间的最里间冒着浓浓的香烟。真是的，怎么才能让这些游手好闲的碎嘴女人们清醒清醒呢？哼！管她呢！我进了没有人的单间开始方便。不知道是为了吸烟还是为了消遣，里间好像有不少人在聊天。

“喂，怎么处理那丫头啊，你觉得会怎么样？”

“什么怎么处理啊，当然是要先告诉张微姐啊！”

“长相还算挺漂亮的，张微姐看到了会不会出人命啊！会不会啊？”

“也许吧，张微姐是最容不下有女孩子比她更漂亮的啊！！”

“对啊！上个月有一个转学来的小姑娘，不就是因为有一点姿色，硬是被张微姐赶走了吗？”

“是啊，估计这丫头也不会超过一星期的！一个复学生，听说岁数要比我们大两岁呢。”

“张微姐什么时候在乎过年龄那种东西啊？加上阿月哥喜欢那丫头，还公开向她求婚了呢。”

“真是受打击啊。我还以为阿月哥对女孩子不感兴趣呢。虽然不是那么沉默寡言，可是他从来都没有和女孩子恋爱过啊！”

“哎，是啊。噗～，喂，把烟掐了走吧。还要去借书呢。”

“咳，好吧。”

那些女生们留下这些话便走出了洗手间。只要不是傻瓜，谁都听得出谈话中的主人公就是我。那个叫张微的到底是什么人物呢，要妨碍我老老实实过日子？胆敢骚扰我，吃亏的恐怕还是她自己吧！哎，事情为什么这么不顺啊。

不管怎样，我还是要先回到教室。暂时我连一个朋友还都没有，实在是无聊至极，我便打算和同桌搭几句话。

“喂，路熙。”

我的搭讪不知是何理由，似乎令他这个班长非常感动，眼里还噙了点泪水，看着我开口。

“刚，刚，刚才，是叫我路，路熙吗？是在叫我的名字吗？”

“说什么啊，你，这是怎么了？只不过叫了一次你的名字，居然那么感动！其他人都不叫你名字吗？”

“呵呵。我跟别人不一样嘛！”

“真是的，有什么不一样啊？”

“那有什么办法啊，别人都不喜欢和我在一起啊。”

“你可不要误会哦。你不知道，我可不是看谁孤单就会同情谁的性格哦。被人孤立的人自有被孤立的缘由。性格孤僻啦，脸蛋太漂亮啦，家庭太富有啦等等。我看啊，这些类型你都不属于。实在是非常抱歉，你是属于……？”

“信义，你说的那种人是被人有意孤立的。而我只是样子太丑陋，所以被人鄙视的那种。”

“因为长相不好而找不到朋友，这也是这所学校的规矩吗？”

“那，那算不上学校的规矩……可是同学们都嫌弃我，我有什么办法呀？”

“那我给你当朋友不就可以了吗！”

“是，是真的吗？”

“当然，正好我现在也没有朋友啊！不要以为是自己被人孤立了，而要想，是自己把别人孤立了。这样心情就会好多了啊！”

“信义……你真的好勇敢啊！”

“为什么？”

“说不清楚，不知道是哪一点，让人感觉你非常勇敢。还敢跟姜月学长抗衡。”

“我从来不懂得要如何在那些人渣面前低三下四。”

“哈哈，是，是那样吗？”

“喂，我的名字不太好叫，你可以简单一点，就叫我信。”

班长深受感动，情不自禁地把滑下的眼镜提了提，露出了淡淡的微笑。

很快，第二节课开始了。依旧是从路熙那无精打采的起立声开始的。呵。

课堂上路熙好奇地轻声问我道：

“可是，信，不知道这种问题可不可以问……你为什么要休学呢？”

针对路熙的提问，我毫不犹豫地做了回答。

“初中时，我是三天打鱼两天晒网地勉强毕业的。到了高中，实在是不喜欢那所学校，就退学了。因为妈妈留下了希望我能成为善良的高中生的遗言，所以这次为了圆妈妈的梦想，才重新成为了不太情愿的高中生的。”

不知道是吃惊我满不在乎地说了这些，还是吃惊我的经历，路熙的眼睛里露出了难以掩饰的惊讶。

“是，是，是这样啊！”

“你不要用那种怜悯的眼光看我，人的一生，当然谁都会有一两件隐私啊。”

“是呵，是呵。”

“当班长，你的功课一定很不错吧！”

“啊？哦，还可以吧！”

“作为我们成为朋友的纪念，你就教我一些功课吧！就像刚才说过的那样，我读书时基本上也没有听过课，况且离开学校又那么久了，学习对我来说已经很生疏很头痛了。算算距离啊运动啊什么的还可以，其他的就都……”

“计算距离？”

咳，不是这个意思啊。由于暗杀时总是要计算和调整与暗杀对象的距离，对于我们这些杀手来说，距离感和平衡感不能不突出。运动以及打架的能力也不能不强。但是无论怎样，我都不能提起这些！我急忙岔开了话题。

“不是，我是说，我很喜欢运动，想象力比较丰富，玩的时候比较喜欢算计距离什么的而已。”

“哦？是这样啊。”

“嗯，是啊，哈哈。”

对这样驴唇不对马嘴的解释，路熙得过且过，我也便松了一口气。一整节的数学课，在路熙的帮助下，我慢慢从基础开始学习起来。这样看来，学习还是很有意思的事情嘛。教学时间比想象的过得要快很多，一转眼，就到了午休时间。去食堂吃午饭，当然也是由路熙带路。见到我和路熙一起进进出出，不只是我们班的女生，就连男生们看上去也有很大的意见。不过我全然不顾那些眼神，只是一心希望能够早点到食堂填饱肚子。

拿了饭菜刚刚找到座位坐下，捣蛋鬼就出现在了我的面前。

“喂，韩新衣～来吃饭了啊？”

这个红头发，真想拿它当果酱吃掉！为什么到了食堂都不肯放过我啊。我用不耐烦的眼光看了他一眼，他一把抢走了我的筷子说道：

“吃我女朋友的饭，肯定更香咯！”

红头发说着，迅速抢走我的饭鲸吞，而路熙看起来很想回避这个场面。不知何时，似乎是红头发的朋友，一帮不正经的小子们向我围了过来。红头发就像老朋友一样，抖抖擞擞地开上了玩笑。

“小子们，看到了吧？这位就是我的女朋友～”

紧接着他的话尾，那帮小子异口同声地说道：

“哎呀～真漂亮啊！不过，我们是不是在哪里见过啊？”

“这位不是早上在教务处门口罚跪时看到的女孩吗？”

“对啊！还是近距离看更漂亮啊！喂，你小子是怎么骗到手的啊？也教教我们吧～”

“姜月这小子！怎么下手这么快啊！混蛋小子！”

仔细一看，这帮小子不是在教务处门口罚跪，被老师用点名簿打脑袋的那帮家伙吗？啧啧，真是一帮没用的东西啊。不过这帮家伙怎么还不走开？本来考虑到只是孩子们开玩笑，想不予理睬的，可是红头发的行为逐渐放肆，开始动手动脚，一会儿的工夫，便把胳膊也搭在了我的肩上。

“韩新衣，干吗愣着？快吃饭啊。是不是被大家这样关注害羞了？要不要把这帮小子都赶出去,就我们两个人吃啊?"

红头发边说边开始赶他们走。按照红头发的命令(?),这帮家伙各自拿着餐盘到另外的一个角落闹哄哄地吃上了饭。不知何时,红头发拿着自己的餐盘坐到了我的对面,而这却让我坐立不安起来了。都是一样的饭菜,为什么非要吃我的呢?

我有意对他视而不见,默默地埋头吃饭,一心只想着快点吃完饭离开这里。这时一种不悦的感觉袭来,抬头一看,只见一帮打扮妖艳的狐女站在我的饭桌前。站在最中间的女孩狠狠地瞪着我。她留着一头黑亮的长发,一双撩人心神的大眼睛,直觉告诉我,她就是叫什么张微的女孩,这早在我的预料之中了。这时那个叫张微的美丽性感的女孩冲着我开了口。

"你就是今天复学的那个复读生吗?"

女孩的嗓音亦不柔和,说话显然带有敌意。还没等我开口,红头发先嚷开了。

"复…读…生?喂,我说,韩新衣。你是复读生啊?张微姐,你认识她吗?"

没错,眼前的这个女孩就是张微。还叫她什么姐姐?这么说她是三年级的啊!红头发这么一问,那个叫张微的女孩红着脸,瞬间换成温柔的表情回了话。

"嗯?不,不是。听说一年级来了一个复读生,我也只是想来确认一下而已～"

"哦,是吗?这丫头今天才来,可能是复读生。因为她说过自己不是转学生。"

"是吗?哈哈～阿月你怎么在这里吃饭啊?你们二年级的兄弟们不是都在那边吃饭吗?"

"嗯～我是想和这丫头一起吃饭,她是我女朋友嘛!"

听罢,张微的眼神刹时变得凶险。

"什,什么?女朋友?"

张微似乎无法相信自己的耳朵,又重复地问了一遍。红头发不假思索地答道:

“是啊。是我提出要她做我的女朋友的。”

“是,是那样吗?”

“姐姐,你也会祝福我的吧?我的女朋友,我相信姐姐也会和她好好相处,多照顾她的吧。”

“那,那当然。”

红头发得意地笑了。这小子好像在有意地打断张微的话,用他自己的方式保护我,防止张微骚扰我吧。也许是他太了解张微的性格了,怕我成为张微的靶子,才故意保护着我。作为男生对女生,而且还是对女学长,红头发确信张微不会对自己动手。

红头发接着又说:

“张微姐,你这么漂亮,和她在一起一定会相处得很融洽的。或许姐姐你太漂亮了,会让她觉得有点逊色伤自尊呢。哈哈哈。”

这样一来,张微也高兴了,便马上开怀大笑。

“啊?是真的吗?哈哈!阿月也真是会说话啊～”

“姐姐你过于美丽,对我来说绝对是一个负担啊!哎～哪怕再稍微逊色一点,我都可能会斗胆抱有非分之想呢。我想一辈子把张微姐姐当作我最好的姐姐和最好的学长啊。这个要求应该不算过分吧?所以作为我的姐姐和学长,你一定能和她好好相处吧!?”

“那是当然啊!对阿月的女朋友,姐姐我当然也要和对阿月一样了!这个你不用担心。我会负责让她的校园生活舒舒服服的。信不信?”

“谢谢你啊,姐姐(鼻子酸酸的)。”

红头发就连最后的飞眼也那么让人心动,张微的脸热得通红。

托红头发的福,估计我的校园生活不会很难熬了。不过事已至此,以后我该怎么办呢?

“哎呀,偏食可不是什么好事啊～来,张嘴,啊～一下!把这个吃了,来来,这个也要吃。来来来,要细嚼慢咽啊～”

红头发紧贴在我的身旁,拿着筷子,夹这夹那,拼命地往我的嘴里喂。让我实在不好意思,不能安心地吃饭。不知道这样的我是不是很狼狈,看着不知所措的我,红头发一直在笑。尽管我从来没有答应过做红头发的女朋友，但是全校都传开了我是红头发的女朋友这一消息。在整个吃饭过程中，我的胃在翻腾作呕，实在难忍，我便向红头发开了口。

"那个……我这里没什么事，你还是去忙你的事情吧。"

不管怎么说，他也算是我的学长，我说话不能太莽撞。张微听我说话，笑得合不拢嘴，让我很是难为情。

"不要这么客气嘛，喂你吃饭也是阿月分内的事嘛。不过我好像还不知道你叫什么名呢！"

"我叫信义，韩信义。"

"哎哟，好漂亮的名字啊！我叫张微。姓张名微。以后我们做好朋友吧。"

"啊，好啊……。"

"对了，如果你是复读生的话今年多大啊？"

张微一问起年龄，连红头发都竖起了耳朵等我回答。我稍微迟疑了一下，有点不耐烦地告诉她。

"十九岁。"

"哎呀，那你原来应该是三年级吧！跟我是同岁嘛。那就没什么好说的了，我们做朋友吧。相互之间说话也不用太客气，随便一点就可以了。OK？"

"好啊，就按照你说的做吧。"

我这个人本来就不擅言词，说话不冷不热，直来直去。一听说我是十九岁，红头发似乎多少有点意外，睁大双眼眨了眨，脸上的表情便瞬间多云转晴，笑道：

"我就是喜欢姐姐那样类型～嘿嘿。"

有没有谁能把他拖出去，让我能安安静静地吃完饭啊……我心想。

就这样，短暂的午饭时间里竟让原本该成为敌对关系的我们意外地成了好朋友。整个午餐时间无奈地用在了应付张微和一帮小姐妹过分热情的纠缠上了，而这的确使我身心疲惫。不知道为什么，一直笑嘻嘻地跟着我的红头发，在我的眼里简直就是一个大仇人。到底我的前世造了什么孽啊，他居然可以这么折磨我？难道过一种平凡的校园生活就那么难吗？

吃完午饭回到教室，第五节课马上就要开始了。跟着我团团转的张微派和红头发终于都回到各自的教室上课了。我被他们折磨得筋疲力尽，就在我无力地瘫坐在座位上的时候，同桌路熙跟我搭上了腔。

"那个……信义……"

"什么事啊?"

"我……我不想做你的朋友了。"

"为什么?"

"刚才我看到你和张微派，还有月学长他们关系那么亲密……我怕他们，所以不喜欢。"

"在你的眼里我和那帮人很亲密吗?"

"那……不好吗?"

"真可笑，是他们一直在纠缠着我，我可是从来没有把他们当成朋友啊。我只是说过要和你做朋友啊。"

"可，可是，你是月学长的女朋友啊!"

"谁说是女朋友的啊?我可从来都没说过我是他的女朋友哦。"

"可，可是……"

"哎呀，算了算了，如果你想和我说那小子和张微的事情还是打住吧，我可是一点兴趣都没有。等过一段时间，他们觉得没什么意思了，自然就会放弃的。"

"可是……张微和姜月他们在我们学校……"

"怎么，是臭名昭著的一霸?真是幼稚可笑!不用理他们，看他们玩的那点把戏，也不过是小孩子而已。"

“但是再怎么说，要是月学长和张微她们看到你和我这样的人在一起……”

“哎呀，你还真啰嗦，有什么好怕的啊。老师都进来了，别想那么多了。你这个做班长的还不快喊起立？”

“啊，起……起立……”

路熙慌慌张张地喊口令向老师敬礼，就这样，下午的课开始了。

谢天谢地，第一天的课程就这样结束了，我们终于踏上了回家的路。我和路熙正无精打采地穿过操场，可是走着走着，路熙的脚步突然停了下来。我还没来得及问出了什么事，红头发和他的那帮朋友们出现在了我的面前。

“寒心啊，～回家呀？”

呃，真是可恶的家伙。真希望他们能让我一走了之，可是就这帮小子们，怎么可能轻易放过我呢，无奈，我也只能简单地应付他们两句。

“喂，我都已经告诉你我十九岁了，你是不是该叫姐姐啊？你居然敢叫我寒心？你这是在跟谁说话啊，怎么会这么没有礼貌啊？”

“哈哈，你这丫头还真是厉害啊！！无论对方是年长的还是年少，恋人之间本来就不用说敬语的嘛，这个你都不知道吗？”

“那好，我本来也不指望你能和我讲敬语，我只是想求你不要和我说话，这个总该可以吧？如果真的有什么事情一定要和我说话，你也不能叫我寒心。不要随便改别人的名字好不好？我心烦着呢。”

我这样开口不饶人，除了红头发以外，其他人似乎多少有点害怕了。从我们身边路过的学生们只是看着我们，看热闹似的嘀嘀咕咕地议论几句，便也离开了。听到我这种说话的口吻，红头发扑哧一下笑了出来，好像是在故意气我一样。

“如果你也不称我红头发，叫我一声月，我也答应叫你信。你看怎么样？”

“我没有什么事情需要找你，你赶快给我走开。”

“哎呀，已经都成恋人了，还那么斤斤计较做什么啊？虽然你现在还没有爱上我，不过我保证，用不了多久，你一定会爱我爱得发疯的。信不信？”

“你这个疯子！”

“我已经施了个魔法，你很快就会迷上我的。”

“我才不相信你的那种骗术呢。”

“是真的，时间会证明一切的。你家住在哪里啊？”

“我为什么要告诉你这个啊，回你自己的家好不好？不要让我心烦。”

见我真的要生气了，红头发好像有所收敛。

叭！

红头发突然给了我一个吻，得意地笑了。我被这突然袭击惊呆了，停顿了几秒钟后，我便拿出手绢，拼命地擦红头发亲过的嘴唇，大声喊道：

“喂，你这浑小子！！你这是在干什么啊？！”

“红头发变成浑小子了？哈哈。”

“这家伙真是！！”

“哈哈，又换成了这家伙？”

“你给我听着（-_- ＋＋ 镇静！），我不想玩小孩子的游戏，我们还是各走各的路吧！”

“好吧，走啊～虽然回家的方向不一样，但是到学校大门还可以同路吧～我们一起走到大门吧。”

没等红头发说完，我急忙挪动脚步，匆匆忙忙向校门奔去。路熙见事态不妙，便也紧随我而动。刚到校门口，我们就看到了一帮女生蜂拥而至。起初姜月还误以为是自己的崇拜者们，笑逐颜开地迎了上去。当然，有相当一部分的人见到他过来，又把目光转向了他。可是大部分女生的视线从他的身边一扫而过，很快就移到了别处，并以定级分贝高声尖叫起来。

“哎呀～真是太帅了！！”

“太酷了！是哪所学校的学生啊？呀～”

“喂！那位帅哥，往这边瞧一眼吧！！”

女孩子们纷纷用手机摄像头对着那个方向按起快门。我顺着镜头对准的方向看去，从人群的缝隙中看到的帅哥竟然是——

“班，班野……？”

班野听到我的呼喊，穿过人群向我这边看了过来。是班野，绝对没错。而站在旁边的红头发呆呆地望着我和班野，表情很不自然。

“班野，你怎么到这里来了？”

“来接你啊！”

“不用特意跑来接我啊。”

“今天是你复学第一天，我有一点担心你会不会适应校园生活，所以……”

“这一天还算不错。”

在陌生的环境和炽热的视线下支撑了一整天，已经筋疲力尽的我，一见到班野，就像孤独而疲惫的孩子投入到妈妈的怀抱一样，顿感无比舒服、踏实。正当我和班野有说有笑地走出大门时，红头发一把拉住了班野的肩膀。

“你是谁呀！胆敢来找我的女朋友？”

班野用只有杀手才具有的独特目光瞪着红头发。那一瞬间，姜月吃了一惊，毛骨悚然。分明是被从未见过的，而且带有杀气的阴森森的目光镇住了。然而，姜月也不是未见世面的毛孩子，尽管他也意识到了对方的杀气，稍作迟疑后便马上气势汹汹地向班野挑战。

“你算什么东西啊？”

班野看了一眼红头发，又转过来若有所思地看着我，但马上答道：

“……朋友。”

红头发皱了皱眉头。

“朋友？是那种纯粹意义上的朋友？？”

班野依旧面无表情。

“真是麻烦的家伙啊。”

“什么？你说什么？混小子！！”

就在红头发要上去抓班野的衣领的一瞬，我实在无法继续袖手旁观，便挺身而出了。

“住手！你想干什么啊？那是我朋友！！班野是我多年的老朋友。绝不是你这种家伙可以随便抓衣领的人！！”

听了我的话，红头发仍然有些不服气。

“不行！你绝对不能交男性朋友！像那种废物一般的家伙也就罢了，这么帅气的小子做朋友，我怎么放心啊？”

红头发明显地感觉到了自己占下风的处境，竟指着无辜的路熙胡说八道起来。

“把班野当作普通朋友的确很可惜。不过你要记住，班野是我最最重要的朋友。和你这种多疑多事的公子哥可不一样。所以你以后不要再多管闲事了。”

红头发看了看班野，又看了看我，小心翼翼地放开了手。然后警告般地扔下一句话便消失了。

“就算是朋友，也不要在我的面前表现得过于亲近，否则我饶不了你们!”

十～十；什么？这世上怎么会有这种不讲理的家伙啊？在旁边小心翼翼地望着我们的路熙也先行告辞了。班野看着那群尖叫的女生们很不耐烦，骑上摩托车便启动了发动机。我亦非常熟练地骑在了后座紧紧抱住了班野的腰。我们飞快地擦过了先行跑掉的红头发的身旁。只听身后传来了红头发声嘶力竭的声音。

“呀!! 别抱得那么紧啊！你们是不是不想活了啊……!”

一_ _一；；；；；；呵，这小子真是……

多亏了班野，我平平安安地回到了公寓。

信友还没有回来。我先给班野泡了一杯咖啡。接过咖啡，平时寡言的班野先开了口。

“信，刚才那小子……是叫姜月吧?”

“班野，你怎么会认识那小子?”

“姜泰万的儿子……姜月……”

“姜泰万？你是说那个国会议员姜泰万?”

“他是委托我们恶蝎神办事最多的人之一啊!”

“这是真的吗?”

“信只负责射杀，所以可能有所不知。我是主要负责联系和安排事件的，所以对谁委托杀谁了如指掌。”

“原来如此啊!”

“姜泰万请求我们恶蝎神杀掉的人应该有十多名吧。”

“是吗？原来是那种家伙的儿子啊。”

“可以说他是握有最高权力的人物。是下届总统候选人中最有力的代表。”

“难怪，儿子平时也那么傲慢无理。听说我们学校财团也是姜泰万。”

“今天要处理的事件也是姜泰万委托的。”

“是吗？班野，今天又要你多辛苦了。这种话虽然每次都会说，但每次都要再说一次，一定要小心谨慎，因为我们的工作每次都会有危险伴随着。”

“当然，我知道。”

“嘘，别说话～和班野在一起真的好舒服。虽然你不善言词，但对我却总是那么周到、亲切。在这世上，能让我放心轻松愉快地、从心底欢笑的人只有班野一个人。你相信吗？”

班野依旧毫无表情地望着我。

过了一会儿喝完咖啡，班野就起身告辞。

“我要去处理案件了。现在要过这种生疏的生活，你也一定很疲劳，好好休息吧。”

“知道了，班野，谢谢你！记得一定要小心从事，那件事一定要办好啊。”

“一定。放心吧。”

送走了班野，梳洗后我就换上了便装。想到信友马上就要放学回家了，我准备给信友做几样好菜。不过打开冰箱一看，里面几乎没有什么菜了，于是我打算去超市买一些菜。

呵!! 真是冤家路窄。我今天到底要看几回那家伙的脸啊！为什么到哪里都能碰到红头发，躲也躲不掉啊！就在我站在食品柜台前买菜的时候，很是不巧，居然又碰到了那小子！我一心只想赶快避开他，可我忘记了，红头发可不是那么轻易就能甩得掉的人物啊！红头发见到我，就开始了逼供：

“你不是告诉我你们只是普通朋友吗？可是你坐在摩托车后座的时候为什么抱得那么紧啊？快说啊！”

“这和你有什么关系吗？”

“怎么会没有关系呢？我可是你的男朋友啊！连自己的男朋友都还没有抱过的人，怎么可以那么随便地去抱其他男人的腰呢？你说啊。”

“不要这么蛮不讲理，我凭什么一定要做你的女朋友呢？”

“因为我喜欢你啊。”

“你见过我几次啊？你了解我多少啊？喜欢不喜欢是那么轻易说出口的吗？”

“这叫一见钟情嘛！”

“那只不过是一时表象而已。你根本就不了解我，所以请你不要只凭一次的感觉就随便去评价我。”

“没有关系。就算是表象，那也是我的选择。”

“与你简直无法沟通。”

“你不喜欢我吗？”

说句心里话，这家伙的外表除了比不上班野以外，还真可以算得上前所未见的完美无瑕型帅哥。不过即使如此，喜欢一个自己完全不知底细的家伙，岂不是太可笑了吗？这里根本就不存在喜欢不喜欢的问题啊。仅仅一瞬的考虑后，我立即回答道：

“那还用说，我怎么会喜欢你呢！你以为身边有那么多女生围着你转，所以我也一定会被你吸引吗？我告诉你，我最讨厌的就是你这种类型的人！”

“是吗？你真的不喜欢我？”

“怎么，一定要我再说一次吗？好啊，我明确地告诉你，是的，我不喜欢你！”

“那么这样吧。你就和我正式交往一个月看一看。我保证，一个月之内你一定会喜欢我的！如果到时你对我还是没有感觉，我保证一定不会再纠缠你了。你看怎么样？”

“不要烦了，和你这种人不要说一个月了，即使是一分钟，我都不想和你在一起！”

“那好啊，我就从现在这一刻开始每天都跟着你、折磨你。”

“喂，你，你这家伙！”

“今天你在学校应该也有所感触吧，不过我在这所学校的影响力，比你想象得要大得多～”

“呵，那些和我没有关系。”

“就一个月。真的，一个月就可以了。你只要配合我做我的女朋友，你也不会吃亏的。”

看来他真的不是轻易可以甩得掉的，无奈啊～好吧，既然无论如何都甩不掉，也只能表面上敷衍了事了。犹豫了一会儿，我装作万不得已，答应了他。

“算了，我答应你。不过说好了，就一个月。一个月以后如果我还是不喜欢你，你发誓不再接近我。能答应我吗？”

“哈哈哈。知道了，我知道了，我的老婆。”

“—_ _ _—；；；哎呀呀，赶快离我远一点！”

不知是什么让他这样开心，马上跑过来把胳膊搭在了我的肩上，像拿到了巧克力的小孩子一样笑不停。不能棒打笑脸虎，看着他的笑脸，很奇妙，我的心情并不算坏。可笑，不会假戏真唱，真的喜欢上这小子吧？

红头发的“独角戏”一直唱不停。由于他的“陪伴”，好长时间了，我都还没有选好要买的菜。只听可恶的红头发还是喋喋不休。

“老婆，我们做一对相敬如宾的情侣怎么样？”

“什么？你说什么？”

“就是相互之间互敬互爱啊。”

“这个我可没有答应你吧！不要和我说那么令人作呕的话。”

“什么叫令人作呕啊？互敬互爱多好啊！那么，现在就要开始了！”

“我才不要呢，你这家伙！我本来就比你大，你尊敬我是应该的，可是我为什么要尊敬你呢？亏本的事情我才不做呢！”

“在学校我是你的学长啊～大家一比一，谁都不吃亏啊。”

“那也不行。”

“好不好？好不好嘛～现在开始我们就是互敬情侣了哦～”

这家伙，简直就是个无赖。啊，真是气死我了！

“我不是说过不行嘛！！”

“那我在这里和你接吻咯！”

“什，什么？”

“你是想和我接吻？？”

“好，好了好了。我投降了。我同意和你互敬互爱，相敬如宾！我真是拿你没办法啊。哈～”

“那我怎么称呼你呢？叫老婆可以吗？”

“—_ _—；那，那个～呕，我要吐了～～啊。”

“—_ _— 十怎么，要和我接吻吗？”

“不，不不。随便你怎么叫吧，想怎么叫就怎么叫。这样总可以了吧？”

“那我怎么称呼你呢？”

“我不是说过了吗？想怎么叫就怎么叫吧 。”

“老婆，我说老婆，叫老婆可以吧！”

“什么，你说什么？”

“嘿嘿，反正一个月之内你肯定会喜欢我的，那样的话我们以后还要结婚。提前叫老婆不是也挺好的嘛，是不是？”

“我看不好，一点都不好听。”

“啊？你又希望和我接吻啊？”

“＝ 口 ＝ ；算了算了，就那么叫吧。”

啊～。韩信义！你这样下去真的能成为一个平凡的高中生吗？这样下去真的会被那家伙逼疯的！

无奈，我在偌大的超市被那家伙亲切地叫着老婆，简直成了众多老人们眼中的不良少女了。

终于买好了菜，我急忙走出超市，恨不得马上把他赶走，于是我就开始哄他。

“喂，这下你总可以回去了吧？我也要回家了。”

“哎呀，你怎么可以叫我喂呢？应该叫老公才对啊！”

“什么？老公？你回家做你的白日梦吧！我也要回家了。”

我不满地撅起了嘴，就在我不注意时，我又被他亲了一口。

“不可以啊，老婆，无论如何我都应该把你送回家啊～”

“没关系，我自己能回去。”

“女人不要总是那么固执己见，这样我要伤自尊心了，老婆～”

“—_ _— 十 十我说过没关系啊。不要这么客气嘛。”

我开始不耐烦起来，当我即将忍无可忍的一刹那。这时只听见：

“哎，我也知道自己很幼稚，所谓的大丈夫姜月，我这是在做什么啊？”

还好你有这一点自知之明，真是万幸啊！总算可以不再玩这种把戏了。

“是啊。知道自己幼稚，就不要再继续下去了。”

“哎呀。不过我还是喜欢听你叫我老公。你的家在哪里啊？快带路吧，正好趁这个机会认识一下家门，以后也好经常光顾。所以今天一定要送你回家。”

实在是无可救药了！无奈之下，我带着那家伙回到了公寓。

“我到家了，就是这里了。你这样亲自送我回家，我实在是感动得痛哭流涕啊。你可以回去了，现在。”

“哇，你住在公寓里啊！你的家庭条件还不错嘛。不过，一家人住在这种单身公寓是不是有点……是你自己住吗？”

“我和弟弟两个人住。”

“为什么？”

“因为我现在只有弟弟这一个亲人了，这还需要什么理由吗？”

我这样说，还以为他会用恻隐的眼光看我，可是没想到他却问：

“你说的是你的弟弟？男孩子？”

—！—;;;这家伙实在是……

“这有什么关系啊！他可是我的亲弟弟啊！！”

“但是他毕竟是个男孩子啊！”

“你这家伙还能不能和正常人沟通啊！”

“你们不会是盖同一床被子吧？一定要各睡各的觉，听懂了吗？”

“你胡思乱想什么啊，浑小子！”

就在这时，他的手机响了。

哎呀，来电话了。

丁零零丁零零～（铃声—_ _—;;）

红头发有意停顿了一会儿，才慢悠悠地接起了电话。

“喂，是谁啊？呵……啊……知道了，我马上到。”

这家伙就这么简单地通了两句话，随后冲着我笑了笑就道别了。

“我该走了，你好好休息吧。那我们明天见～”

“好了，快走吧，快～”

“睡个好觉吧，我亲爱的老婆(扑哧)!”

“你还不走啊?”

“啊，对了，还有一件事情没有做!”

“还有什么……叭”

又是一次偷袭接吻。就只今天已经是第三次了。我刚刚要喊出声音，只见那家伙已经走出几步，向我挥手示意再见了。算了，还是不想了。我才不要因为这种人生气呢～

我急急忙忙回到房间，正门开着，可以断定信友已经回来了。

“放学了，信友?”

“是姐姐吗?”

信友刚刚换掉校服，穿上便服出来迎接我了。

“放学回来了?”

“呵，姐姐你也是?”

“我也是刚放学回来。想做一点好吃的，就到超市买点菜回来了。”

“是吗。你这样说我还真的饿了，姐姐～多做些饭啊。”

“知道了，你再稍微等一会儿。”

“嗯。”

啊，这就是所谓的家庭的温馨和幸福吧。品味着重新找回的家庭的幸福感，我便开始准备起了晚餐。我和信友一起吃完晚饭，一边看电视，一边兴致勃勃地讲述白天在学校遇到的趣事，时间很快就过去了。

夜深了。和信友并排躺下，在我马上就要睡着的时候，姜月的话突然浮现在我的脑海。

“什么?盖同一床被子睡就会死定了?真是可笑!”

不知不觉中，我自言自语放声说了出来。而不知情的信友用异样的眼神看着我。

“姐姐，你说什么?”

“嗯?没什么。睡吧。晚安!”

“晚安!”

一天的日程就这样结束了。

第四章

第二天一大早，我急急忙忙做好早餐，和信友吃了早饭，便把他送出了门。当我也准备去学校的时候，刚走出公寓大门，就见到一辆高级轿车停在我跟前。吱的一声，车门开了，出现的竟然是红头发的身影。顿时，不祥的预感占据了我的大脑。红头发装腔作势地倚在车门上，跟我打起招呼来。

“嗨，老婆～早上好啊。我特地赶来接你的，快上车吧。”

“不用了。我还是觉得公交车方便。”

“哎，说公交车方便不用听也知道是谎话。怎么可以无视特意来接你的老公呢？快上车吧。”

“什么老公不老公的啊。你是在显示富豪儿子的气派吗？我最讨厌这些了，你也下来吧。”

“什么？你不喜欢富豪？”

“不喜欢。”

真是荒唐！怎么会不喜欢富豪呢？红头发晃了晃脑袋，用不可理解的眼光盯着我问道：

“你真的不喜欢富豪家？”

“你为什么总是一定要让我重复呢？我就是不喜欢！！”

“为什么？”

虽然这种话非常难听，很难启齿，但我还是坦率地告诉了他。

“因为钱多的人中垃圾也多。”

听了这句话，红头发笑嘻嘻地说道：

“我可不是垃圾～ 所以你还是上车吧。”

“我不想坐。”

“什么？哦～ 原来你是希望和我接吻啊？”

“一，一定要上车？”

“对对对，快点上车～”

看着得意洋洋地为我开车门的红头发，我也只能接受他的好意，坐上了高级轿车。不知为什么，红头发与这部高级轿车似乎非常和谐。看上去非常熟悉地、傲慢地坐在车上的红头发，看起来略带点帅气。既然是姜泰万的儿子，他还有必要像其他人一样苦恼自己的将来吗？继承父亲继续做国会议员，大概就是红头发的宿命吧。红头发做了国会议员，还会和父亲一样，继续向恶蝎神委托案件，做人类的垃圾吧！想到这些，我不由得瞪起了眼睛凝视着他。红头发用惶恐的眼睛看了我一眼，说道：

“老婆，你怎么了？私家车不方便吗？”

“不是……”

“那是你晕车了？”

“我才不会呢。”

“老婆，我一直都想问你一个问题，你复学前做什么来着啊？”

“问这个干什么啊？”

“我的老婆，我当然有权知道啊。”

“你没有这个权利。”

红头发似乎不满意我毫无表情的回答，轻轻皱起了眉头。

“喂，老公问话你就不能温柔地回答我吗？就一定要那么冷冰冰地答复？”

“这个不用你管。”

“干干脆脆可以算一种魅力，不过也不用过于直来直去啊！”

“不可理喻可以算是你的魅力，不过你也不能只做傻事啊。”

姜月听后扑哧一声，笑了出来。笑过之后他轻轻地说道：

“你还真是幽默啊。不愧是我看中的女人，你身上有一种说不清的独特魅力。呵呵。”

无法辨别他的话中哪句是真哪句是假。听了他的话，我感觉到有点心慌，便马上扯开了话题。

“喂，不说这些了，我也想问你一个问题，你每天上学都坐这样的车吗？”

“不是，今天是因为有非常重要的事情才坐车来的。”

“重要的事情？你会有什么重要的事情啊？”

“放学后，傍晚时分有一个重要的会议。”

“重要的会议？”

“一般人不一定会知道的。”

“我知道你是国会议员的儿子，说话不要兜圈子看不起人，说得简单点。”

听我对他的话非常感兴趣，这家伙喜上眉梢，睁大眼睛笑着说道：

“哇～看来你对我还是有点兴趣的嘛。是不是？已经开始对我做调查了啊～哈哈，我对你也是一见钟情啊～”

“—_—；那件事和这件事不要混为一谈。”

“呵呵，不管怎么样，你也该早点告诉我啊。今天是国会议员的子女聚会讨论时政的日子。每半年召开一次，谈论的都是些会不会继承父亲的工作啊，应该怎样继承啊等等。可以说都是些未来的栋梁之才啊！哈哈。”

“哦，原来是几年后国家的寄生虫们的聚会啊！”

“喂，老婆！不要把国会议员全部都看成垃圾啊。实际上有思想有作为的国会议员也不少啊。”

“你举出例子来啊！”

“啊？嗯……我的意思是，只要你肯费心思去找就一定能找到。”

“像你爸那样的？”

“我爸爸？是啊，我爸是一位了不起的人物，但也不能算是一个很好的人。呵呵。”

“那你在他的教育下长大，还会有多大的出息呢？”

“你这个人，一定要把话说成那个样子吗？我可是无意继承，现在也只不过适当迎合爸爸的心意而已。你是不是已经猜到我会这么说了？虽然不会做国会议员，不过我一定要做一名出色的政治家。”

“而事实上你现在只不过是一个仗势欺人的流氓?”

“我的老婆～你说话总是这么一针见血。真可爱～”

“你没有发疯吧？那你放学以后也一定会坐这部车子到处炫耀了吧!”

“什么叫炫耀啊,应该说是威风凛凛吧。”

什么威风凛凛啊,你这个流氓！就在这时,随着刺耳的“吱”的一声车轮的摩擦音,轿车戛然而止。司机惶恐万分地问道:

“少爷,您没事吧?”

只见这个没有教养的家伙立刻拉下了脸,抱着头摇晃着发起了脾气。

“哎呀呀,我还以为我的脑袋要作废了呢！你这是怎么开车的啊?”

“对,对不起,少爷。有一辆车子突然闯了进来……”

“是哪个家伙？警告他好好开车!”

“是,请您稍等一会儿。”

说罢,司机急忙跳下了车,直奔停在前面的车子。闯进来的车也是一辆豪华轿车。透过车窗望去,似乎那辆车的司机和红头发的司机话不投机,看那架势,只要有一根导火线,炸弹马上就会爆炸了。这时从前面的车上又走下来一位。得体的西装、利落大方的举止,看上去是一位年龄和我相仿的男子。高高的个子、白净的肌肤、整齐的发型梳理得恰到好处,我眼前出现的似乎是纯情漫画中的男主人公一般,好帅啊～

正当我暗暗感叹之时,美男子走到两个争得面红耳赤的司机面前呵斥道:

“在马路的正中央,你们这是什么行为啊？刚刚很明显就是我们的错嘛,马上赔礼道歉,给对方让路。”

乍一看,这位美男子好像是一位富裕人家的少爷,而他那温文尔雅的语气和自然流露出的风度,与红头发简直是天壤之别。

当然,接下来即是以美男子的司机赔礼道歉的场面告终。

“对不起,少爷,以后一定注意。请您上车吧。”

美男子向红头发的司机点头示意道歉,随即上了车,转眼间便消失得无影无踪了。红头发的司机有点恐慌地回到车上,再次向主人问安。

“少爷,您没有伤到哪里吧?”

“算了，算我倒霉，那帮家伙算什么东西啊！”

“刚刚看司机没有认出来，可是车上下来的那位好像是车亨柱国务总理的公子。”

一 一；；；；；国，国务总理家的公子。国务总理的话，不是仅次于总统的……那……个，……那个……红头发已经是了不起的人物的公子了，而那个美男子居然比他还要高出一个档次。多少有点吃惊的我偷偷地斜窥了红头发一眼。听到是国务总理的公子，红头发显然有些兴奋。

“什么？是车亨柱叔叔的儿子??不可能!!绝不可能!!”

“也许是我看错了吧，可是刚才明明……”

“不是！车亨柱叔叔膝下不可能有那样的美男子吧～哇噻！”

——；；；没想到他对问题的思考水平竟然是……

上学的路上虽然不是很太平，但是几经周折，终于准时到了学校。红头发满脸傲慢地下了车，跟在他的身后，我似乎也成了明星，沐浴在众人的目光下，硬着头皮走进了校门。学生们看着红头发和我的眼神躲躲闪闪，空气中流淌着猜忌的神情。甩掉那家伙，我毫不犹豫地迈进了教室。大家的目光齐刷刷地投向了我，而我也只能毫无掩饰地在大家注视下坐回了座位。

我漫不经心地翻阅着教科书，试图装出若无其事的态度回避大家的视线，而时间却丝毫不理解我现在的感受，就像定格在这一刻一样，不肯流逝。过了很久，班主任进来打破了教室里尴尬的氛围。

早会开始了。老师开始点名，很快，老师发现我身旁的座位空着，便问道：

“路熙呢？车路熙！路熙没来吗？”

是啊。路熙的座位上空荡荡的，也不见他的书包。难道他今天休息？班长怎么可以这样缺乏责任心呢，啧啧。哪天有机会，我一定要好好教育教育他。作为一班之长，一天到晚总是低三下四的，这样怎么行呢！

早会没有什么特别的安排，很快就过去了。接着，第一节课便开始了。今天连路熙也没有来，在这所学校，我当了一天的孤家寡人。不知道大家是因为不喜欢我，还是因为怕红头发不敢接近我，就连中午可以一起吃饭的伙伴都没有。孤单地端着餐盘坐到空空的饭桌前，见红头发坐到对面，让我感到了一点点欣喜。

“老婆，来吃饭了啊？”

“这还看不出来吗？”

“怎么了？你没有朋友吗？怎么一个人吃啊？”

“喂，我昨天才复学，而且我没有朋友怪谁啊？”

“你的意思是要怪我？那好啊，我陪你吃饭～”

他说着，马上拿着自己的餐盘坐了过来，不紧不慢地吃起了饭。这个荒唐的家伙！不过说句心里话，他今天的蛮不讲理让我的确有一点点高兴。红头发吃着吃着，又开始问起了废话。

“喂，一整天都跟在你后面的那个模范生呢？”

“不知道。也许病了吧，今天没有来。”

“不过看他走路摇摇晃晃的，的确挺虚弱的～以后不要和那种人做朋友了～否则连你也会被人孤立的。”

“你还是管好你自己吧。另外，把嘴里的饭咽下去再说话。脏死了。”

“没关系。饭就是要细嚼慢咽的。”

“随便你吧。”

不管怎么样，多亏红头发，吃饭时间没有让我感到一丝的孤单无聊。过了一会儿，红头发吃完一碗饭，做出很饱的样子，拍着肚子开了口。

“老婆，明天是周六，你有什么计划啊？”

“不知道。”

“我们约会吧？”

“约会？”

“对啊，约会……”

“我从来没有做过那种事。”

“什么？你都这个岁数了，该不会说没谈过男朋友吧。”

“我这个岁数怎么了？再说了，没有谈过又怎么样？”

“哎呀，你长得这么漂亮，怎么可能没有男人追你呢？”

“所以我就一定要被男人追过，一定要和男人谈过恋爱吗？”

“哦,是吗?这么说,你是为了我姜月,一直独自坚守贞操了吗?”

“什么贞操不贞操的。吃饱了就快点走吧,我也要回教室了。”

“好啊!那明天放学后在公寓等我吧。我两点之前过去接你。哈哈。”

“随便你。”

我把那家伙扔在身后,一个人直奔教室。本以为今天中午可以安安静静地吃一顿饭,可是没想到……

“哎哟~这是谁啊?这不是信吗?”

说话声里充满了娇气,更充满了妖气的,正是三年级的张微。当然,张微一直都带领着她忠实的“女仆”们在校园里,在走廊里寻找可以取笑的“猎物”。虽然很讨厌这种人,但是为了能过平静的校园生活,我不能避开她,便走过去打了招呼。

“哦,你好啊。”

“吃完饭回来了?”

“嗯。”

“是吗?饭后该去办一点事了。走吧。”

“饭后是什么事啊?”

还在我摸不到头脑,犹豫不决时,张微的那些“仆人”们拉着我很有目的性地走去。所到之处正是学校后面的旧仓库。她们毫不犹豫地各自掏出香烟点上,张微还递给我一支。

“给,信,你也抽一支吧。本来一年级的学生抽烟被我抓到了就是死路一条,不过你不一样,既和我是同岁,又是我最好的朋友~”

谁是你的朋友啊!

“我不吸烟。”

“真的?那借这机会学一学也不错啊~”

“不,吸烟会影响肺活量,会影响我做事的。”

“做事?”

“不,不是。我是说以后长大了不一定会做什么,怕会有影响。”

“哈哈哈,看来信对将来的生活早就有计划了?”

“不是,也不是那样。”

在张微这帮人浓重的烟雾中，我尽量不露声色，一心只想快点回教室。熟练地抽着烟的张微突然沉下脸，把烟伸到我的面前。

“说句老实话，信。因为是阿月的拜托，我才装作是你的朋友的，其实我并不喜欢你，知道吗？”

哈，终于露出本色了。张微刚刚说完，那帮家伙便开始跟着耻笑。她们把我围起来，傲慢地抓起我的头发开始“玩”了起来。更令我可笑的是张微接下来说的话，但我还是决定忍下去。

“在校园内阿月能保护你，不过出了校门你可要多加小心啊。说不定什么时候，在什么地方有人在盯着你。信不信？”

见我没有任何反应，张微的脸色变得更凶，一把推开了我的肩膀。

啪！

“喂，你倒是说句话啊！这么快就吓呆了？那多没意思啊～”

为了让张微快点闭上她那张嚣张的臭嘴，我打开了紧闭的嘴。

“你想怎么样？”

“喔喔，有点锋利啊？是啊。姜月相中的女人，是应该有点什么。你问我们想怎么样？那还用说吗？当然是人类和平了！”

这几个家伙是雄鹰兄弟吗？还是魔鬼？怎么突然关心起地球和人类历史来了？

“简单点说吧。”

“呵呵，你的消失就是我们人类和平之路。所以，趁我好言相劝的时候，赶快自己走出校门才是明智之举。当然，还要彻底断绝与姜月的关系。”

“果然是……为了这个啊。”

“这么说，你早就知道了？哈哈，那么谈起来也能容易些～知道了就尽早离校，免得给自己找麻烦。哈哈哈哈。”

张微带头大声耻笑，剩下的几个人也跟着起哄。她们的耻笑令我十分愤怒，真想痛打她们一顿，让她们跪在脚下。但对无知的小孩子使用暴力，不是职业杀手应该做的事。所以，我决定使用更为聪明的方法。

“在学校外面，我一定备加小心。这样总可以了吧。”

“喂，这么说你是要接着读书了？”

“当然。不是说在校外多加小心就可以了吗？所以我也没有必要退学啊。”

“你这个臭丫头!!”

“在校园外怎么威胁我都无所谓。那我先走了。抽那么多烟，我祈祷你们全部得肺癌死掉!”

就这样，我轻松地甩掉张微和她的“女仆”们，回到了教室。张微等人凶煞的眼神，让我多少有些心情不悦。你们这些毛孩子，如果不怕受到伤害，尽管放马过来吧!

这一天的课程就这样结束了，我终于踏上了放学回家的路。今天没有路熙做伴，独自一人回家感觉那么漫长，我一再克制自己考虑其他事。刚走到大门口，便看见红头发坐上了早晨那辆高级轿车。大概如他所说，真的有非常重要事情，只见他匆匆忙忙上车，一溜烟就消失得无影无踪了。只知道折磨我的红头发也走了，我优哉游哉地刚刚走出大门，忽然被一群女生的喊叫声惊呆了。向女生们看的方向望去，竟再一次意外地看见了班野。

“班野!”

今天，班野又在门口等我放学。班野对我，大概就像把小孩子一个人放在危险的地方，总是无法放心吧。我从内心深处体会到，班野始终在为我担心。

“刚才看见那个叫姜月的小子坐车走了。”

“不用管他，那家伙是一个我行我素的家伙。早上听他说有什么重要的事情。”

坐上班野的摩托，我紧紧地抱住了他的腰，班野默不作声地出发了。大概现在，身后的那些女孩子们正用火辣辣的目光仇视着我吧。

安安全全地回到公寓，与班野喝起了咖啡。一片寂静中，我先开口问班野。

“今天没有任务吗?”

“有。”

“是吗？昨天姜泰万委托的事情办得顺利吗?”

“嗯,没什么问题。”

“今天的事件是谁的委托啊?”

“委托人没有说明自己的身份。”

“是吗? 不过这种情况也是家常便饭啊。目标呢?”

“国务总理的儿子。”

“什么? 车亨柱的儿子??”

要说国务总理的儿子,不就是今天早上见到的那个美男子? 看来我国又要损失一位美男子了啊。因为我们恶蝎神接受的委托从来都没有失手过,尤其是班野处理的案件,失败的概率更是不存在。只能为你祈求冥福了,可怜的美男子。

可是唯有今天,班野的表情十分黯淡。看到他一脸的忧愁,我问道:

“班野,怎么了? 今天你的表情和往常不太一样啊。”

“不是。没什么。”

“班野,我和你认识已经不是一两个月了吧。出什么事了? 跟我说说看。”

“这次接的案件……我正在考虑拒绝呢。”

“什么? 为什么?”

“因为我个人欠过车亨柱儿子的人情。”

“班野怎么可能欠那种人的人情呢?”

“几年前,我在处理一个案件收尾时被他发现了。只要他开口,我就会被捕,可他微笑着放过了我。无论是什么理由,毕竟他是救过我命的恩人啊。”

“班野你……还有这种经历?”

“那时我也是一个新手,收尾还不够利索。”

“哦,是这样啊。那就拒绝他好了。”

“可是,我们恶蝎神从来没有拒绝过任何委托啊……”

“没关系,班野。我们虽然身处黑暗世界,但也要讲义气啊。欠了人情就应该还啊。这总比杀了那个人以后后悔一辈子好吧。再说,委托人连自己的身份都不肯暴露,就以此为理由回绝对方好了。而且这样一来又不属于失败，而是拒绝委托而已，也不会影响我们的声誉。”

“知道了。”

经我的这番劝说，班野的表情才有一点缓解。这时，信友放学回到了公寓。

“姐，我回来了！”

“这样就好。信友，你也放学了啊？”

“嗯，姐姐也……啊？？班野哥！班野哥！！”

信友这小子，说什么魅力超凡啊，帅呆了啊什么的，特别喜欢班野。说句实话，班野是好帅哦。哈哈哈。信友刚刚放下书包就缠着班野，也不知道两个人在说些什么。也许因为信友是我的弟弟，班野对他也没有任何反感，全身心地表现出了他的亲切。为了亲爱的弟弟和永远的战友，我开始忙着准备丰盛的晚餐。厨房里，偶尔会隐隐约约地传来信友和班野的说话声。

“班野哥，哥是我姐的情人吗？”

哎，这，这小子！如此心慌的似乎只有我一个人，班野毫无表情地回答道：

“不是，是朋友。”

“那么，班野哥没有女朋友？”

“没有。”

“为什么？哥哥长得这么帅呢！听说你也很厉害啊～”

“信友没有女朋友吗？”

“嗯，没有。喜欢我追我的我都不喜欢。”

“是吗？我喜欢信。”

班，班野！我装作漠不关心，在厨房里来来去去，时而打开冰箱门，时而打开锅盖，实在是坐立不安。这时，信友突然提高了嗓门。

“信？？是说我姐吗？”

“是啊。”

“哥，真的吗？你真的喜欢我姐姐？”

“是。”

"那,～快行动起来啊～"
"不。"
"为什么?是我姐姐配不上哥哥吗?"
这小子,你还是我的亲弟弟吗?— — 十
"不,喜欢信不是作为女人,而是作为一个挚友。"
"唉～那多没有意思啊!"
我再也听不下去了,赶快出面调停。
"信友,你!少说废话惹班野不高兴,快点出去洗手!洗好了吃饭。"
"哧!知道了。"
看着班野,我有点不自然起来,心里七上八下不知该说什么好。
"班,班野～呵呵。这小子不懂事,就知道胡说八道,你多包涵啊。"
"没关系。我马上就走了。"
"什么?班野,饭已经做好了,吃完再走吧。"
"不了,我还有其他事。必须马上离开了。"
"是吗?那……下次一定要吃完再走啊～"
"嗯,好了。那我走了。"
"今天……谢谢你送我回来。走好啊。"
班野轻轻点点头,转身就走了。
信友出来以后一直都在埋怨我放走了班野,耍起了小脾气。
吃饱了饭,想出去吹吹风,我便起身要去散步。信友跟出来问我。
"姐,这么晚了你要去哪里啊?"
"没什么,就是想出去散散步。你就在家看家吧。"
"知道了。自己小心啊。"
"呵呵,除了我自己以外,没有人敢动我!"
"什么?"
"没什么。我很快就会回来的～"
"嗯。"
我简单地嘱咐了信友几句,便走出了公寓。平时无论吃了多少,我都不喜欢出来散步,而今天却突然非常想散步,这令我自己都有些意外。我这样出来，是不是又要制造什么事端呢？脑子里刚刚闪过这个念头，这一切马上就成为了现实！按照杀手的习惯，我专选一些黑暗的小胡同散步，无意中目睹了两伙女孩子们打群架。一伙是四个人，另一伙是七个人。很明显，人数上处于劣势的一伙正在挨打。我不想插手这种事，刚要回头走，却被熟悉的声音所吸引，停住了脚步。

“不要小看我张微!! 臭丫头!!”

啪!!

“啊!”

“你不想活了是吧？好啊，我今天就送你下地狱!!”

不出所料，那个阴险的声音的主人公果然是张微。张微一伙挨打本来是一件让我很高兴的事情，可是看见她们被打得毫无还手之力，我便动起了恻隐之心。我靠着墙，两只手插进口袋里，悠闲地看了一会儿，想到如果我再不帮忙，张微这帮人就会必死无疑，便决定出手。

“像你们这样的野丫头们在这种黑暗的胡同里打群架，这成何体统啊？这个世道也真是……”

听到我的声音，所有参与在群架里的人都回头向我看了过来。由于夜幕已降临，看不清我的面孔，一个一头卷发、看似对方头目的家伙扔过来一句。

“你是什么东西啊？”

缓慢地走到她们面前，我看到满脸鲜血的张微帮的女孩子们脸上露出了无法掩盖的恐惧。一脸鲜血的张微，勉强动起流血的嘴唇，说道：

“你……你是……!”

“哎呀，不要用那张破烂不堪的脸看我，那会让我觉得很恶心的。”

“你怎么到这里……不想在这里变成尸体，你还是赶快跑吧。”

“就你现在这个样子还能担心我吗？就为了这句动人的话，看来我也不能这么丢下你们不管啊!”

张微帮被对方打得已经无法站立了。可能是出于对我打架水平的担忧，张微帮看着我的视线里流露出了一丝不安。这时，卷头发大摇大摆地走了过来。

“啊哈～看样子，你和这帮家伙很熟悉啊？”

“是啊，有一点。”

“如果不想死，三十六计走为上策哦。错过了机会可不要怪我们啊。现在给你一次机会，快给我滚。”

“这好像是我要说的话嘛。打成那样子也该解恨了吧。给你一次机会逃跑，我看三十六计走为上策哦。”

那帮家伙对着人数上处于劣势的我，嗤之以鼻，慢慢地围了过来。

“这丫头真是不知道天高地厚啊！”

“呵呵，我怎么会有那个能力去测量天地呢？虽然和她们不至于很亲密，不过看着你们有点过分，而且也不能见死不救啊。我不想暴力解决，趁我好言相劝，你们还是快点走吧。”

尽管我费尽口舌，这帮家伙仍然毫不在乎我的劝告，其中一个丫头迅速冲着我伸了拳头过来。

“可笑的丫头！！我让你闭上臭嘴！！”

脆弱的拳头用尽了吃奶的力气冲着我飞了过来。我不费吹灰之力，轻轻地夺过拳头，往后一扔，只听到一声悲惨的尖叫。

“哎哟！！这臭丫头！！”

张微帮倒在地上，用惊呆的目光看着我。

“就你这个稚嫩的拳头，能拿起东西已经很好了，还想打人？我再警告你们，现在不滚，我会让你们也见见血的。马上给我滚！”

我的眼睛发出了恶蝎神处理案件时那种习惯性的杀人般的光芒。见我用杀气腾腾的目光警告他们，这些丫头们开始后退。

“这，这丫头是什么东西啊？”

“怎么能，怎么可能拥有那种眼光呢？”

看见我怒视她们的凶煞的目光，她们开始左顾右盼，片刻后一溜烟全部跑光了。眼前只剩下张微帮的丫头们凄惨地东倒西歪着。张微为了回避我的搀扶，用充满崇敬、但是有伤自尊的口气看着我说：

“别过来！得到你这样的人的帮助，我已经很没有面子了。”

“我没打算靠近你。恬不知耻、警告我在校外要注意的家伙，怎么这么轻易就被别人收拾了？真是可笑啊。”

“究竟……你究竟是什么人啊？你的手怎么会……还有那杀气腾腾的眼光……你到底……”

“至少不是你们这类人物能知道的人。至于你们到底是要在那里躺一个晚上，还是会被人送到医院，我就不管了。我还要接着去散步呢。”

说罢，我把张微帮丢在身后，独自一人走出了那个胡同。我那么强烈的散步的欲望，难道就是为了帮助她们吗？顺着胡同走了片刻，一幢“似曾相识”的高大建筑物横在了我的面前。

“这不是蓝色酒店的后门吗？”

这正是我最后一次处理事件的那个酒店。看到这幢大楼，我莫名地感慨万千。不知不觉，我的脚步迈向了酒店后门。轻轻打开后门，我便看到了蹲在备用楼梯上的人，而且在那一刻，我们四目相对。

“你好！”

仔细一看，这不正是今早碰见的绝世美男子吗？接到暗杀委托，却因为人情关系而推卸了的暗杀目标——车亨柱国务总理的儿子？

在近处看起来，其容貌更加非凡耀眼。与白皙的肌肤不相称，他吐着浓烟，用脚踩灭了烟头，抢先跟我打起了招呼。向来不喜欢和陌生人接触的我，马上转过身打算离开，却听到了身后的说话声。

“当遇到有人打招呼，回一个礼是不是最起码的礼节呢？”

就在我迟疑的那一瞬间，我发现他已经站到了我的面前。落落大方的西装，与之和谐的贵族形象，使他那亲切的微笑更加动人。

“这里是后门，前门在对面。你看起来不像是进出后门的小姐嘛。”

“与你无关。”

“这位小姐口气好凶啊。”

“那么你呢？对初次见面的人说话这么放肆，也不像是一个很有修养的人啊。”

听我这样一说，他哈哈大笑起来。

“哈哈哈。不高兴了？那我向你道歉。”

他的语气突然变得非常温柔，让人陶醉于其中。近距离观察下来，他的年龄似乎不大，应该和我差不多。察觉到我的视线，他看着我面带微笑，再次用温柔的口气问我。

“到这里有什么事吗？”

“只是路过而已。”

他的口吻令我也改变了自己的口气，平静地回答了他。

“路过酒店的后门？您还真是情趣特异啊。”

“像酒店这种高级的地方，我从来没有进来过，有些好奇，所以进来看看。”

“是吗？那就进去看看吧。方便的话，还可以到餐厅吃吃饭。”

“不用了。我为什么要和陌生人一起吃饭呢？更何况我已经吃饱了，吃得过多才出来散散步的。”

“真是可惜。其实我也不是什么坏人啊。”

“国务总理的公子，拈花惹草的手法是不是太露骨了？”

他露出了一脸的惊讶。

“你，你怎么……”

“认不出您那样的知名人士，那才是奇怪吧？”

说老实话，其实我也是今天才知道的。

“能被您这样的绝世美女认出，深感荣幸。可是我的确没有丝毫恶意，请不要误会。”

他的微笑真像一团火，燃烧着我的内心。他那温柔的微笑可以倾倒多少女人啊！感觉告诉我，和眼前这个男人在一起，一定会发生什么不吉利的事情，必须马上离开。

“有没有误会又有什么关系呢？那我就此告辞了。”

分明已经转过了身，我的眼前又出现了一个人影。

“老婆，在这里干什么啊？”

嘿！这不是红头发姜月吗？

“怎么了？？你，你怎么在这里啊……”

“早上不是说过了？我今天有重要的事情，而那个聚会场所就是这个蓝色酒店啊。”

“是吗?”

“和那个流氓聊了些什么啊?”

很清楚,他指的流氓就是那个美男子。

“是不是流氓我不知道,我和他也没说什么,不用你操心。有重要的事情就快点去办你的事吧,跑到这里来干什么?”

“我只是想出来抽一支烟,正好看到你就过来了。怎么了?”

见我和美男子单独在一起,他浑身醋酸味浓,说话酸溜溜的。

“吵死了。喊什么啊?快点让开,我要回家了。”

“既然到这里了,尝一尝酒店的饭菜再走吧。”

……真是拿他没有办法!

“你以为我是乞丐吗?到酒店就是为了讨饭吃?”

“乞丐可是连酒店的名字都不敢提哦。”

“你这家伙!”

慌乱之中,我已经被姜月拉着手进了酒店。美男子还在微笑着看着我。

被他拉到酒店里,映入我眼帘的是很多非常有风度的、像是国会议员子女的人,按照年龄段就坐吃着饭。既有傲慢地自吹自擂的家伙,也有无声无息地吃饭的人;既有风度翩翩的人,也有平淡无奇的人。其中最傲慢的家伙就是这小子——红—头—发!

“哎呀,快看这个。看起来很好吃吧?给你尝尝,吃吧。”

“我不要,不吃了。我还饱着呢。”

“肯定比你在家里吃的好吃~尝尝看嘛~”

“抱歉,还是在家里吃得更香。”

“这么好吃的东西可不是什么时候都能吃得到的啊!快尝一点吧~”

“喂,你这家伙怎么这么麻烦啊?我说过不吃了啊。要想吃,你就自己吃个够吧!”

“老婆,你怎么可以这样对我啊?”

“能不能不叫我老婆啊?大家都看着呢,你这小子!”

“你怎么可以这么叫自己的老公啊?小子是你可以随便叫的吗?”

这家伙，一点都不在乎他人的视线，为所欲为。

正在被这家伙拉着参观各式各样的饮食时，车亨柱的公子走了过来。

“听说她已经吃过饭了。既然这样，就不要对淑女这样蛮不讲理了，我们快点开始开会吧。”

这句话显然是对红头发说的。听他这样一说，红头发皱着眉头，很不满意地回道：

“我对自己的女人无理不无理，跟你有什么关系啊？国务总理的儿子就了不起了吗？”

这句话应该对你说才对，国会议员的儿子就了不起了吗？可是对于姜月的挑衅，对方置之不理，依旧和颜悦色地对他说。

“国务总理是我的父亲，而不是我。所以我没有什么了不起的。”

姜月感到自己提出的挑衅，反被对方耻笑，一下子恼羞成怒。

“你想怎么样？难道还想和我打架吗？我这个人脾气不好，而且不爱动嘴，动动手还可以。如果你继续惹我生气，上了天堂可不要责怪我哦。多加小心吧，小帅哥！”

原来红头发也承认车亨柱的儿子比自己长得帅啊，否则怎么会称他小帅哥呢？难道和他吵嘴是因为嫉妒？

而这时，其他国会议员的子弟们正津津有味地看着姜月和车公子的二人戏。他们无聊的争执，究竟为什么要把我也卷入其中呢？就在我不得其解的时候，车亨柱的儿子美男子和红头发姜月的关系正逐渐僵化。

“古人云，无毛发者力足（扑哧），不应该说这种没有科学根据的话吧。不过在这种场合动手动脚，岂不是太愚蠢了吗？更何况，有谁能保证你更强大呢？”

原以为只会微笑的美男子，动嘴挖苦人的样子居然也这么风度翩翩。对于他的挖苦，姜月越发火冒三丈。

“你这小子，竟敢挖苦我？你在嘲笑我愚昧？好啊。我今天让你见识见识我这个愚昧人的拳头！！”

气急败坏的姜月，卷起袖子走近车亨柱的公子，眼前顿时出现了千钧一发的紧张场面。

就在他走到离车公子两三步远的那一刻,一直在旁守护公子的两个强悍的保镖挡住了姜月。

“请不要对公子随便动手。即便是姜月公子,我们也绝不会手下留情的。”

看样子,保镖的警告伤透了姜月的自尊心。姜月怒气冲天。

“对我来说,你们那仗势欺人的警告……没有用!哼!!”

啪!!

啪哒!咣当!!

无辜的饭桌被姜月一脚踢翻。满桌的美酒佳肴散落一地,真是浪费啊!脸上挂着微笑的车亨柱的儿子毫无惧色,注视着姜月的一举一动,平静地说。

“炫耀力气不应该是这个时候在这里吧。即使你想在女朋友的面前炫耀自己的能力,你也总该分一个场合吧(笑嘻嘻~)?”

美男子似乎早已预料到姜月会大发雷霆,大打出手,更是故意气他。被他气得两眼冒火的姜月,最终也只好由我来劝说。如果继续放任不管,最后会出什么样的洋相,也是一目了然。

“喂,算了!你又不是流氓,为什么总是要动手呢?你怎么就不会得过且过呢?”

“你怎么了,老婆?难道你也觉得他更帅,袒护他?这个流氓难道就那么好吗?”

“你这家伙把我看成什么了?人家长得帅和阻止你丢人有什么关系啊?我也是关心你才出面制止的,不要这么不知好歹。打架那么有瘾,你就在这里慢慢打吧。我先回家了。”

“喂~老婆~~老婆!!”

只听背后一阵阵凄凉的呼唤声,我径直走出了酒店。

难道我是为了看这种丑态才出来散步的吗?真是可笑!夜色早已漆黑,还有阵阵凉风迎面吹来。我回忆着过去的事情,向公寓走去。脚步还是不由自主地迈向了小胡同。这时,一个熟悉的身影出现在我面前。

“这么晚了,在这里做什么?”

“啊，班野！”

棱角分明的下巴在月光下越发清晰，严谨的眼光比月光更加强烈，见到班野，我马上高兴起来，脸上露出了喜悦的微笑。

“是处理案件回来吗？”

“嗯。你呢？”

“哦，吃完饭，没什么事就出来散散步。”

“是吗？”

“班野，处理案件很疲倦吧。快回家休息吧。”

“跟我走吗？”

“嗯？突然要去哪里啊？”

“我家。”

“什，什么？到班野的家？”

“不愿意？”

“不，那……个，我当然想去看看。”

在组织里，班野是我的部下，可是站在他的面前，我为什么总是变得如此渺小呢？只要看着班野，我就会格外地安心、舒心、高兴、心动、幸福。只要和班野在一起，就像孤立无助的宝宝找到了自己的父母一样。在我的心里，班野既是我的朋友，又是我的哥哥。对我如此重要的人，我怎么会不想更多地了解他呢！

出租车跑出了市中心，径直地奔向郊区。一想到可以去班野的家，我的心情又紧张、又兴奋。下了出租车，班野还是默不作声，只顾往前走。我紧随其后，走进了一条小胡同。看起来，这个坐落在郊外的小楼房就是他的家。认识班野的时间虽不短，除了工作以外，我对他一无所知。想到自己正在逐渐地了解班野，我暗自高兴，欣喜若狂，而且心跳加快。

打开楼房正门，在班野的引领下往里走，一股熟悉的、只有班野才有的香气扑鼻而来。我安安静静地坐在沙发上，而班野留下我一个人在房间里，在厨房烧着咖啡。我开始环顾周围，感受着房间里的气氛，享受着只属于班野的独特香味。过了一会儿，班野端着装有热咖啡的漂亮杯子回到了房间里。

"谢谢！好香啊～班野，你是自己住在这里吗？班野的香气充满了整个房间啊。"

"我一般不太喜欢用香水，你随便洒点什么好了。"

"不，班野，我喜欢班野的香气。班野的香气比任何香水的味道都香。如果可能，真想制造班野香水，呵呵。"

我在拼命装作镇定，挤出笑容说着冷笑话，班野还是毫无表情地说：

"谢谢。"

看到班野沉默的反应，我也闭上了嘴，只是细细地品尝着咖啡。可是没过几分钟，我又按捺不住寂寞和好奇，问道：

"班野，你今年几岁了？"

班野用犀利而敏锐的眼光看着我。

"几岁……是啊，我今年几岁呢？"

班野满不在乎地想了想自己的年龄，随后将视线转到咖啡杯上回答道：

"比信大两岁吧。"

"什么？这么说，班野你知道我的年龄？"

"对于你，我什么都了解。"

"可是我从来没有对班野说过我的年龄啊。"

"这个我当然知道。"

不管怎样，得知班野如此关心我，让我欣喜若狂，激动的心情难以平静。

"哦，原来如此啊。你了解我的一切吗？"

"你对我应该什么都不了解吧？"

"当然啊，班野一次也没有跟我说过关于你自己的事啊。"

"你也没有问过啊。"

"那是因为……在我们这个组织，问那些事情会很失礼，而且做事情并不需要知道那些啊。可是，我对班野……想知道的太多了。"

"想知道什么？"

"嗯……嗯……"

在这种氛围中，无论如何也想不到我会是班野的上司。为什么心慌的总是只有我一个人呢？我百思不得其解。当我还在为这个问题苦思冥想的时候，班野又问我：

“信，和弟弟两个人过日子，还方便吗？”

“嗯？也没什么，我正在努力适应。班野是和父母分开过吗？”

“都过世了。”

“什么？啊……对不起。”

“没关系。你不是也一样吗？”

“啊哈哈；是啊，同病相怜嘛，是吧？”

“虽然不是什么好事。”

“嗯，那班野没有其他亲人吗？”

“没有。”

啊，原来班野比我还悲惨啊！不过话说回来，如果不是被逼无奈，谁会走职业杀手这条路呢！同样是挣其他人的钱，可是我们的工作却是杀人！也许我们恶蝎神的人，每个人多少都有一些难言之隐吧。

恻隐之心令我暂时保持沉默。忽然间，我也不知道为什么，莫名其妙地问出了这样的话。

“班野在处理案件时是什么心情呢？”

“快感。”

看到用残忍的眼光冷静地回答我的班野，我的心里划过一道寒光。然而对于我来说，这种杀气就是他的魅力所在。片刻后，我又一次鼓足勇气问班野：

“班野在杀人时，从来都没有过负罪感吗？”

“没有。”

这种班野式的简短冷酷的回答虽然是我早已预料到的，但是却令我再次打了一个寒颤。真是一个残忍的人啊！这样的班野，为何我却能够感觉到他的温暖呢？这究竟是为什么呢？我又一次沉浸在了短暂的自我思考中。这时，听到班野反问道：

“信呢？”

“嗯，什么？”

“杀人时是什么感觉？”

“嗯，什么想法都没有。除了心里一直在想，我必须准确无误、一次成功以外……怎么说呢？感觉不像是在杀人，更像是砸碎那些残次品的玩具人一样……就是那种心情。”

听到我这样的回答，班野用要刺透我般的眼神凝视了一会儿，再次很难为情地开了口。

“看来你比我还要残忍啊。所以是我的上司吧？”

“那是什么……”

“我至少还能意识到我在杀人，而你却连那种意识都没有。”

听了班野的这番话，我的心突然打了一个寒颤。不知不觉中，我已经成了一个冷血动物。从班野口中得知这个事实，我瞬间意识到这样的自己有多么的凶残。

“是，是，是这样吗？”

“信是杰纳斯啊。”

“杰纳斯？那又是什么？”

“就是具有两个面孔的意思。”

“两个……面孔？”

“工作时的信不是凡人，而在日常生活中，信却是一个直来直去、非常冷静的女人。不是吗？”

“班野……觉得我是那样的？”

“不是吗？”

“不，不是，班野觉得是那样就是那样。因为班野从来都没错过。”

“胡说。”

我的心在疼痛。心脏就像被什么东西压着无法跳动一样沉闷。工作的时候不是凡人，而平时是率直冷静的女人——听到那句话的瞬间，我就像心脏坠落、胸膛冻裂一样难受，差点落泪。现在才真正地感觉到，我……是我在喜欢班野。不，是在爱着班野。

班野的话没错。工作时的我并不是一个正常人，而日常生活中的我，的确可以算是一个率直、冷静的女人。只是还有一个我，班野没意识到。那就是在班野面前会变成温顺绵羊的我。这样的我永远都只会站在班野一边，面对班野，永远都会是笑脸——这一点，班野没有看到。甚至连我自己，至今才刚刚意识到这样的自己。每当看到班野，我的心情都无法平静，这就是爱啊！而我一直以来却只把它当作对家庭成员的感情。我怎么这么傻啊！班野……班野……只是听到这个名字，我都会这么兴奋，我怎么就没有早一点意识到呢？我真的是一个大傻瓜啊！

看到我目光呆滞，班野觉得有些异常，便看着我开了口。

"想什么呢？是不是因为说你是杰纳斯而生气了？"

"不，不是！！不是的～谁说我生气了？？"

——；看来怕班野误会，我有些过分地紧张了。我拿起咖啡杯喝了一大口，突然意识到这是刚刚煮的咖啡，烫得马上伸出了舌头。看我可笑的样子，班野的脸上微微漾出了一丝笑容，随后又问我：

"信，校园生活怎么样？"

"学校？哎呀～别提了。红头发这个臭小子，害得我好苦啊！"

"红……红头发？"

班野犹豫了一下，接着问道：

"姜泰万的儿子……姜月？"

"是，那小子每天都缠着我，令我寸步难行。都怪他，至今我还连一个朋友都没有呢。哦，对了，我已经有一个朋友了。他是我们班的班长，长得瘦瘦的，像猴子一样，是一个拳头就可以打飞的，看似体弱多病的无奈的小子。我要好好训练训练他，毕竟他是我在学校处的第一个朋友嘛！这个唯一的朋友，也因为怕红头发找麻烦，想要和我保持距离呢。哎呀～想想都烦。"

也许是因为觉得我的话有意思，班野耐心地听我唠叨了好久。这时我突然发觉，每当在班野面前，我的话就会明显地多了起来。我察觉到自己现在的样子与平时大不一样，有些惶恐不安。只是……我并不讨厌现在的我。

也不知是因为与班野在一起格外地开心，还是因为晚饭后碰到了很多事情，花费了很长时间，不知不觉中时针已经指向了凌晨十二点。班野原本话就不多，而我也不擅言词，我们的谈话断断续续。每当空气中充满寂静的时候，听着他的呼吸声，我都感到非常紧张。为了不让他察觉，我甚至呼吸都倍加小心。对于这样的我，就连我自己都觉得非常陌生。这时，老天作祟，突然下起了大雨。

轰隆隆！！咣咣！！

伴着巨大的雷声，雨越来越大。我们都没有料到今晚会下这么大的雨，两个人有些慌张，却束手无策。班野迅速关好所有窗户，对我说：

“雨下得这么突然，原来早上觉得风有点凉，就是因为这场雨啊～”

“真是不妙，我根本就没有想到要带雨伞出门啊！”

公交车和地铁都已经没有了，只能找出租车回家了。

怎么办？出来散步又没有带钱包，口袋里只有七枚硬币。要不要和班野借一点钱呢？犹豫了半天，我仍然难于启齿。见我有些坐立不安，班野问道：

“怎么了？不回家吗？”

“嗯，那个……那个……”

“我这里有雨伞，可以借给你，不要担心。”

“不是，那个……不是那个……”

我长了嘴，只是断断续续吞吞吐吐地吐出几个字，而班野看着我也默不作声。犹豫片刻后，我只能硬着头皮实话实说了。

“我只是打算出来散散步，所以没有带钱包……”

“这个当然不用你担心了！虽然我不会关照女人，不过也不会这么晚了让信一个人走，还连路费都不给你吧。”

“那，那就谢谢你了。”

打开钱包的瞬间，班野的脸色突然变暗，表情十分难看。看着我用疑惑的目光望着他，班野难堪地支吾道：

“这下怎么办？我也只剩下卡了，出租车能刷卡吗？”

班，班野，你真幽默啊！天啊。—_—；

“是啊，出租车上我也没刷过卡。”

“没办法。只能让信友拿着车费到门口等我了。”

“只能那样了。”

说罢,我便拿起手机给信友打起了电话。不过打了好久,电话的另一头总是无人接听。到了这种地步,我开始怨起了电话。打了好多遍,可信友还是不接,看来电话铃声是吵不醒信友了……再过一会儿,传来的居然是电话已关机的提示音。我用更加难堪的表情注视班野,班野也意识到了麻烦。

“不接电话?”

“嗯,大概是睡了。现在电话也关机了。”

班野犹豫了一会儿,披上外衣说:

“那么信就睡在这里吧。我出去睡。”

“班野,我怎么能让你出去睡呢。”

“没什么。”

我拉住要冒着瓢泼大雨露宿街头的班野,一心在想,无论如何也不应该让班野受委屈。于是,我不假思索地说了一句:

“如果班野执意要出去住,那我也出去。你应该不会多想吧?那就没关系啊。就这样……就这样在一起……不可以吗?”

班野的视线缓缓地向我移动,我的脸像火烧一般。为了躲避他的视线,我低下了头。可是知道班野在望着我,感觉到了班野的视线,我面红耳赤,心跳加快。短暂的沉默后,班野开口了。

“那你到房间里睡吧。我就在沙发上睡。”

“不,不行。还是我睡在沙发上吧。”

“信是 No. 2 啊。我怎么能让信睡在沙发上呢。信明天还要上学呢,一定很累了,赶快睡吧。”

“不,不过……”

“还是我出去睡吧。你不方便,我还是出去好了。”

“不,不是,班野!睡吧。晚安~”

班野把我带到房间里,即刻走开了。

一整晚,由于过于激动,心跳太猛,我几乎没有睡觉。

一早我就睁开眼睛，急急忙忙穿好衣服，到了客厅。直到这时，大雨仍然没有要停的迹象。看到蜷缩在沙发上熟睡着的班野，我心如刀割。我轻手轻脚地走到班野面前，深怕吵醒他而屏住呼吸，轻轻地帮他把掉下一半的毯子拉上去重新盖好。

给班野准备好早餐，留下一张字条，我便走出了班野的家。

谢谢你，班野。多亏你的关照，昨晚睡了一个好觉。早餐已经准备好了，一定要吃啊。还有，我借用你的雨伞了～

信

雨渐渐小了，雨声听起来非常美妙，我的心情亦是高兴。抑制不住内心的喜悦，我边走边哼起了歌。

“啦啦啦～呀呀呀～”

咯吱！

当我正在兴头上，哼着歌曲，高高兴兴地往家走的时候，从后面泼来一身冷水。我一肚子火气地回头一看，泼冷水的竟然是一辆高级轿车。没有道德的司机，路上有那么大的水坑却没有减速，依旧快速行驶，泼了我一身的雨水，弄脏了我的衣服。还好，司机还算有基本礼节，轿车缓慢地停在了我的面前。司机开门下了车，迅速走到我面前低头道歉。

“对不起，我赔您一些洗涤费吧。实在对不起。”

我心里非常生气，但是一听到对方说要赔洗涤费给我，也就没有再说什么。还暗自窃喜，正好可以打车回家了。

“没关系。”

司机掏出钱包，取出钱递了过来。

“很抱歉，这一点请您收下吧。”

“不，没关系。”

我假装推辞了一下，随即装作无可奈何地马上接过了钱，刚准备往家走，从车上跳下来一位似曾相识的先生。

“咦？您是……”

“我们又见面了？”

站在面前的这位先生，露出满口整洁的牙齿，面带微笑，以温和的口气搭过话来。这不正是魅力十足的美男子、国务总理的公子吗？

“是啊，我们又见面了。”

“衣服都湿透了啊。被浸在泥水里一定不舒服，快上车吧。我送您回家。”

“不用了，我已经收下了洗涤费，不用送了。”

“我们也算是‘老相识’了，见过这么多次面，怎么能视而不见呢。不必客气，快上车吧～雨还下着呢。”

不过说起来，我现在这一身泥水，打了车也似乎有些不妥，犹豫了片刻，我便接受了他的好意。身上的泥水弄脏了高级座椅。我刚刚坐下，美男子便坐到了我的身旁。

“你的家住在哪里啊？”

“住在 PP 公寓。”

“师傅，先送她到 PP 公寓。”

“是，知道了，少爷。”

看着在绵绵细雨中送我回公寓的美男子，我想起还没有问过他的姓名，便开口问道：

“那个……送我回家，我非常感谢你，能不能告诉我你的姓名呢？”

他还是面带微笑。

“这又不是什么了不起的事，没有必要记住姓名吧。”

“您还真是谦虚啊，国务总理的公子难得这么彬彬有礼，温文尔雅啊。”

“国务总理是我的父亲，而不是我啊。”

他的品行和风度与红头发姜月相比，简直是天壤之别。自古富家子弟就应该拥有这样的品行才对。如此善良而又有礼貌，即便在一般人的队伍里，也绝对不会被人排挤孤立吧。

正当我为他的温柔与彬彬有礼感慨时，车已经到了公寓门口。对亲自下车，为我开车门的美男子，我亦表达了谢意。

“谢谢您了。”

“不，是我应该说一声对不起。赶快进去吧，别感冒了。”

“好，路上小心。”

就这样，我安全地回到了家。不出我所料，信友还在蒙头大睡，不省人事。我心里虽然多少有些恨他，但是反过来想，多亏了这小子，我才有机会和班野在一起，内心深处对信友便存有了一丝感激之情。

急急忙忙做好上学的准备，我便叫醒了信友。

“韩信友，该上学了，快起床。”

“嗯……嗯。再睡五分钟。”

“每天多睡五分钟，日积月累，错过的可就是五十年啊！快点起床！”

“啊，姐姐你真是的……”

“快去洗漱，吃完早饭还要上学呢。”

“知道了。”

信友睡眼惺忪地进了卫生间。过了一会儿，我做好了早饭。这个时候，班野应该也在吃我做的早饭吧。不知为什么，我的嘴角泛起了微笑。

第五章

又是一个愉快的星期六早晨。由于意外留宿班野家，早上的时间虽然紧了一些，但心情非常愉快，上学的脚步异常轻快。

到了学校，看见班长已经坐在了自己的座位上。见我进教室，他提起大框眼镜，高兴地跟我打招呼。

"嘻，信，你来了？"

只是声音还是那么无力。

"嗯，昨天怎么没有来啊？"

"嗯，有点感冒，浑身无力，实在难受……"

"连感冒都赢不过，以后还怎么上学啊？"

"对，对不起。"

"没有必要和我说对不起。"

班长像霜打的茄子一样，顿时低下了头。就在这时班主任进来，今天的课程就这样开始了。

第一节课刚刚开始，我的手机就震动了。轻轻打开手机，是一个没有储存的陌生号码。可是看到信息的内容，却丝毫不觉得陌生。

嗨～老婆！没有忘记我们的约定吧？我下午两点会准时到你家门口去接你的！嗬嗬，太美了～

这个红头发！他是怎么知道我的手机号码的？就这样一条信息，把我原本愉快的心情冲散了。第一节课就在这种郁闷的心情中继续着。我马上删除了信息，打开了课本。老师翻开点名簿点完名，转身开始往黑板上写字。这时，我的手机又接到了文字信息。

老婆～为什么删掉我的信息？无论如何也该给我一个回应吧！

虽然很不耐烦，但我还是藏在桌下回了信息。

别打扰我。

回信息还不到几分钟，又一次收到了他的信息。

啊哈！竟敢说老公打扰你？开始上课了吧？好好上课吧～

看完信息，我再一次删除了和他一样讨厌的信息。由于我对他的信息不理不睬，他大概也觉得无聊吧，再也没有发来信息。今天还算是一个愉快的星期六。想到今天的课程只有半天，我多少感到有一些幸福萦绕在身边。我一边跟着班长抄写笔记，一边自我鼓励和自我安慰，半天的课程很快就会结束。

正与班长路熙一起走出校门，让我心烦的红头发摇晃着红红的头，出现在我的面前。

"老婆，回家啊？"

"难道我像刚来学校吗？"

"看你那张嘴巴。女生说话应该有些娇气才可爱啊。"

"不娇气过得也一样很好。"

"如果说话不饶人是我老婆的魅力，我也应该爱屋及乌。哈哈。"

随便他胡说八道，我拉着路熙迅速离开了那里。刚要走出大门，红头发的臭嘴又吐出了令我难堪不已的话语。

"老婆，你不要和那种无能的人走得太近哦，记得不要给我丢人啊。"

听到红头发的话，路熙的肩更往下坠了。我恼羞成怒地指责红头发，俨然成了路熙的代言人。

"我愿意跟什么样的人交往,与你有何相干?至少比跟你在一起走感到自豪。所以我的事情不用你管。"

"我和你是什么关系啊!我不是你的男朋友吗?"

与红头发说话简直是对牛弹琴,我拉着路熙加快脚步走出了校门。穿过围得水泄不通的女生们,对我来说已经是家常便饭了。就要看到尽头的一刻,我突然发现班野站在其中。班野依然是毫无表情,默不作声,拒绝回答女生们任何问题。见到班野,我的心又开始剧烈地跳动起来。

"班,班野~!!"

听见我的声音,班野走到了我的身旁。

"走吧。"

"嗯,来,我给你介绍一下。他就是我说过的那个第一个朋友。名叫路熙。"

听完我的介绍,班野用满不在乎的目光看了看路熙。但考虑我的面子,做出了基本的礼仪。

"是吗?很高兴见到你。"

难道路熙也被这既帅气又极具男子汉气概的班野吸引住了?他用呆滞的目光望着班野,片刻后,又马上打起精神,结结巴巴地打了招呼。

"你,您好。我,我是……那个……跟信……成为,那个,朋……朋友的……那个……"班野越是面无表情,路熙越是紧张。正在路熙艰难地打招呼的时候,红头发又出现了。

"怎么?这家伙又来了?喂,我警告过你吧?别缠着我老婆!"

对红头发的恐吓,班野仍然毫无反应。我也不理红头发,与班野和路熙并肩远离了校门。这时,从身后传来红头发声嘶力竭的叫喊声。

"老婆,总是和那个帅小子在一起,要当心自己受到污染啊!"

无论他说什么,我们没有一个人做出反应,红头发更是气急败坏。

"总是和那个连嘴巴都不会动、沉闷无聊的家伙混在一起,难怪你没有女人味啊!! 老婆!! 过来,老婆!!"

我的眉宇不知不觉皱了起来,但我只是强忍火气,径直往前走。这时班野停住了脚步。

“吵死了!”

“什么?你这家伙!!”

恼羞成怒的红头发,飘扬着满头的红发向班野走来。敢与班野较量,恐怕最后会连骨头都找不到的。抱着同情心,没等红头发靠近,我便挺身而出阻止了双方。

“红头发,你给我住口!我知道你是一个了不起的家伙,不过那不代表在任何地方都可以放肆。我最看不起的就是你这种人了。”

出乎我的意料,红头发站住了。像是受了很大的伤害,低下头自言自语起来。

“你说……看不起?”

对这小子的意外举动,我有些歉意,但又马上冷冰冰地添了一句:

“对,看不起,所以还是少用那种幼稚的举动丢人了。”

红头发半低着头,捏紧双拳,虎视眈眈地瞪着班野。

“你给我走着瞧!!我要正式向你挑战,我要与你决斗!有胆量你就跟我来!”

他说完,大步流星地向学校后院走去。路熙被他吓得不敢作声,只是用畏惧的目光看着我。我也凝视着班野,大脑在迅速地思考,该怎么收拾残局。

“这个可笑的家伙!怎么办,班野?”

班野若无其事地骑上自己的摩托车,发动了马达,随后便叫我上了车。

“坐上来。”

还好,班野酷酷地回绝了姜月的挑战。路熙小心翼翼地看着我说:

“信,信,姜月好像已经气急败坏了,趁还没有受伤,赶快和那个人走吧。姜月是一个一生气就会不分水火的家伙。”

“这个不用担心。你也坐上摩托一起走吧?三个人骑也没关系的。”

“不了,我还是坐地铁比较方便。”

“真的?那星期一再见吧～”

“嗯,还有信,记得让那个人多加小心啊,小心落到姜月的手里受伤害。”

“不会有那种事的。那我走了～”

“嗯,再见。”

路熙不知道班野的真面目,大概误以为班野在夺路而逃吧。与路熙道别后,我赶快坐上摩托,抱住了班野的腰。过去我不了解自己的感情,现在则不同我意识到全身流淌着一股电流。不知道班野是不是也察觉到了,他开口问我:

“怎么了?”

“嗯?没什么,没什么。”

“出发了。”

“嗯,出发!”

班野丝毫没有想要回应姜月,慢慢启动了自己的爱马,一会儿工夫,我们就到了公寓。到了中午时分,感觉肚子有些饿了,我便让班野坐在饭桌前。

“班野～今天就在我家吃完再走吧。”

“早晨……吃得很好。”

瞬间,我又感觉到了面红耳赤、心脏怦怦乱跳。我这是怎么了?如果继续这样,以后和班野在一起就会越发难堪了。打起精神,韩信义!你是恶蝎神的 No.2 啊!班野是你的部下!我全身心地试图控制自己,表面上泰然自若地回答班野的话道:

“是,是吗?好吃吗?早上做得有些匆忙,也不知是不是合你的口味。”

“信。”

“嗯?”

“厨房的汤。”

“哎呀!天啊～”

随着班野的视线一看,灶上的汤像火山一样,正在往外流淌。我迅速关掉了火,把汤盛到了精美的容器里。不经意间,桌上已经摆满了饭菜。拿起筷子,班野没有忘记对我说一声谢谢。

“一定很好吃。”

“嗯,班野,多吃点～”

“信友呢?”

“哎呀,看我都忘了,这小子怎么还不回来? 咳,到时间自然会回来的,不用管他了。”

“嗯。”

就这样,我们两个人面对面吃起了饭,还真的有点新婚夫妇的味道~我的心又开始难以平静了。

我明显地感觉到现在的我和平时判若两人,我这是怎么了? 到底怎么了?

藏不住渐渐发烧的脸,我有些不知所措,无法和班野对视。正巧,这时电话铃响了。应该是姜月打来的吧。我犹犹豫豫地翻开了手机盖。

“喂?”

“怎么搞的? 那小子是不是因为怕我逃跑了?”

“哎,你这个不懂事的家伙,少说废话! 你还在那里?”

“啊哈,是害怕我才逃跑的是不是? 好啊,如果真的是害怕我了,就告诉他以后不要再出现在我面前了! 下次再碰到他。我一定饶不了他。连正式的挑战都不敢面对的家伙,没有资格站在我的面前。”

姜月如此大的声音,同时也传进了班野的耳朵里。班野仍然若无其事,毫无表情且极具魅力地吃着饭。只是我听着有些难堪,急忙要挂断电话。

“吵死了,我在吃饭呢。挂了。”

“喂,等等! 等一下,老婆! 没忘了今天的约会吧。两点钟我去接你,打扮得漂亮一点等我哦~”

“说够了吧? 挂了。”

就这样,我不管三七二十一,冷冷地挂断了电话,作出难为情的表情对班野说道:

“呵,这小子就是这个样子。”

班野仍然没有反应。虽然是熟悉的沉默,我还是非常愧疚,再次对他说:

“对不起,班野。都怪我,让你被那小子说成那样。”

“没关系,你也不用在意。”

“不过，总之对不起。还有，谢谢你。”

“什么？”

“故意回避了那家伙的挑战。”

“这种事没什么。虽说我的职业是杀人，但我也不会连信的朋友都想杀掉的。”

“哧，什么朋友啊？那小子才不是我的朋友呢！！不管怎么样，我知道你是为了不影响我的校园生活才忍耐的。真的很感激你，班野。算了，不提他了。对了，最近恶蝎神没有什么案件吗？我的空缺，我相信你一定能替补好的。”

“还是老样子。”

“今天没有案件？”

“没有。”

“正好今天是星期六，可以安心地休息一天了～真好。”

“信。”

“嗯？”

“这个星期天，能不能替我办理一个案件？”

“明天？”

“嗯。”

“什么案子啊？”

“本来不想让重返校园的你参与恶蝎神的事，可这次也是迫不得已。”

“班野希望我去做，我当然不会拒绝啊～”

“每个成员的手头上都有一个案子，我也负责了一个，正好缺一个人。”

“知道了，交给我好了，目标是大人物吗？”

“不是，小毛头。”

“也就是说，不是国会议员或大企业的老板那样的上流人物了。”

“嗯，好像只是个人恩怨。你帮我把这个人处理掉吧。”

说罢，班野递给我一张照片。照片里的人是一个长相十分平凡的男子。这个案子似乎真的非常简单。我不假思索地接过了案子，把照片放进了枪盒里，陪班野吃完了饭。

不知不觉中，时间已近下午两点了。这时，有人突然开门闯了进来。或许……我忐忑不安地走到客厅一看，原来是信友。

“姐姐，这么早就回来了啊～咦？班野哥也在啊！班野哥～”

抛开我，信友一下子跑到班野身边，亲密地打起了招呼。这家伙，到底是我的弟弟还是班野的弟弟呢？对这样的信友，班野没有一丝不耐烦的表情。

“刚刚放学？”

“嗯，哥！和姐姐两个人吃的饭吗？”

“嗯。”

“哎～真是肉麻啊。为什么不等我一起吃饭啊。为什么只和姐姐吃饭呢？”

或许，信友你……你……同性……唉，我这是在想什么啊？班野似乎有点歉疚，好言对信友说：

“下次我们三个人一起吃吧。”

“好啊。哥！我对哥还有一个非常非常想知道的事情！”

“什么？”

“哥，你有没有 kiss 过啊？”

呃，这小子!!

信友的这个问题有些唐突，我慌得不知所措，一把揪住了这小子的耳朵。

“喂，如果你见班野只是为了问这些无聊的问题，以后就不要再见他了！”

“哎呀!! 姐姐，快放开手～好疼啊!!”

“烦死了！放学回来了就快点去洗手吃饭！”

“哎呀!! 疼啊～我记住了，你放开手吧。”

我狠狠地拉了拉信友的耳朵后放开了手，信友撅起嘴巴跑进了卫生间。这时，班野用有磁性的男低音回答道：

“有过。”

0 口 0，班野……

与一时呆滞在原地的我相反，信友连忙从卫生间跑了出来，凑到班野的身边，兴致勃勃地聊了起来。

“哇～班野哥，这是真的吗？真的 kiss 过啊？是真的？”

班野对信友的质问漠不关心，喝了一口水，只是轻轻地点了点头。

“哥！真的吗？我说的不是简单的唇碰唇，是接吻，接吻啊！”

“这和接吻有什么不同吗？”

“哎，哥！你是真的不懂吗？这么说吧，嗯，亲嘴是简单的……而接吻是……哈哈哈，是有点深度～浓浓的啊。”

“那应该算没有吧。”

与安心地长叹一口气的我相反，信友显然有些失望。

“哎～怎么也要达到接吻的水平啊！”

我神不知鬼不觉地绕到信友的身后，狠狠地敲了他的头。

啪！

“哎呀，你想杀人啊，姐姐！”

“小小年纪，问些什么不好啊？还想活着就给我洗手吃饭！”

“哼，谁说我年纪小啊！不要小看我啊，我都有一米七八了！以后还能长高呢！”

“谁说个子了？”

“那姐姐有没有接过吻啊？”

“什么？你说什么？”

“我在问姐姐有没有接过吻！”

瞬间，姜月那浑小子的面孔浮现在了我的眼前。就在我慌慌张张地看着班野的眼神之际，信友抢先说道：

“谁敢和姐姐接吻啊～这么凶巴巴的女人，谁敢和姐姐接吻啊？”

“你小子，还不住口？”

啪！我又一次用力地打了他的后背，信友这才跑进了卫生间。

啊，这小子，为什么总是让我如此难堪呢！不过我的脑子里，一时间充满了问号——班野是和谁接了吻呢？我鼓起了勇气，假装若无其事地问道：

“那个，班野～你真的接过吻？”

“难道你小的时候没有让父母亲过吗?”

“啊啊,父母?哈哈哈,原来是这样的啊!吓死我了～”

“什么?”

“嗯?没,没什么。哈哈。我是说,在我的印象中班野好像没有谈过女朋友,却说亲过嘴,所以……”

“不说了。我该走了。刚才听你说好像有约会。”

“约会?什么……”

瞬间,红头发丑陋的面孔又浮现在我的眼前。一看手表,已到了两点。

“啊,对了!红头发快要来了。”

班野悄声无息地穿好了鞋子,对着还在卫生间里洗漱的信友大声说道:

“信友,我走了。下次再见。”

正在刷牙的信友听到班野说要走,来不及擦净嘴角上的牙膏,急急忙忙跑了出来。

“哥,这么快就要走啊?”

见信友狼狈的样子,我替班野说了一句。

“是看不惯你的丑态才走的!出来也不知道擦擦嘴巴!知道现在的你有多狼狈吗!”

“哥,别走。等一下。”

信友跑回卫生间,简单地漱了漱口,再次跑了出来。

“班野哥,今天如果不太忙的话,陪我玩一会儿吧～好不好?”

这次也是我来替班野回了他一句。

“你以为班野会像你那么悠闲吗?别打扰班野,和你的朋友们玩吧。”

“不要!我就是喜欢班野哥嘛!”

“可是班野不喜欢你。不要总是缠着班野。”

“是姐姐不喜欢吧!班野哥～你真的不喜欢我吗?嗯?”

无奈,班野看我一眼,又脱下了已经穿好的鞋子。

“那就陪你玩一会儿吧,不过我可不一定会让你玩得高兴啊。”

听到这里,信友的脸顿时亮了起来。

“姐！你不是有约会吗？快走吧～快走啊～”

“你这小子！那你记得看好家啊。不要总是问班野一些乱七八糟的问题，让人难堪。”

“知道了～你快走吧！”

“班野，如果这小子总是烦你，你就回家休息吧，不要理他了。”

“知道了，快去吧。”

“ 啊～我为什么一定要走呢……那我去去就回来。”

说好了约会，我必须信守诺言，如若我不去赴约，红头发就一定会闯到公寓来的。无奈，我留下班野和信友，走出了公寓。不知是从哪里弄来的，红头发摆着傲慢的姿势，站在漂亮的高级摩托车前，撅着嘴巴，用稍带不耐烦的眼神凝视着我。

“老婆！你迟到了五分钟！”

“闭嘴！”

“总是跟你后面的那个帅家伙，真是个胆小鬼！我一提出挑战，他马上就逃掉了。噗哈哈哈哈，那家伙已经被我吓跑了。”

“不要自以为是了。不要不知天高地厚，看清对手，否则就是自找苦吃。”

“你也看到了啊，我一提出决斗，他不是马上就逃跑了吗？别看那家伙长相不错，实际上也不过是一个胆小鬼而已！”

“胆小鬼？”

“他也不过是一个花瓶——简单的摆设而已啊。”

“是吗？”

“算了，不提这些了。你看我的摩托怎么样？好长时间没骑了，今天是为了带你外出才特意骑出来的。”

“你的摩托车技术可信吗？”

“哈哈哈。有一段时间，我也算是疯狂的车迷呢～”

“迷车和驾驶技术应该不可以混为一谈的吧？”

“哎呀，老婆，不要这么不相信我嘛。现在就这么唠叨了，以后可怎么办啊？知道了，快坐上。今天我让你好好享受一个正式的约会～”

红头发递给我一个头盔，摆足了架势，启动了摩托车。无奈，我只能坐在他的身后，轻轻抓住他。还没等我坐稳，他又开始兴致勃勃地胡说八道起来了。

“告诉你一个秘密，女人抱我腰的，你可是第一个啊～”

“什么?”

“我说你是第一个!”

“随便你怎么说。你这样的风流公子，怎么可能……”

“是啊，我承认这是谎话。可是被女人抱着的心情这么好，这次真的是第一次哦。”

“不走吗?”

“你这个急性子。来，抱紧喽～”

叶辘辘～嗡，嗡～

就如吵闹的红头发一样，摩托车也发出了震耳的杂音。不知是摩托车的档次比我的高还是其他缘故，我的心情的确有些爽快。当然，与坐在班野身后的心情是无法相比的。呃，我是从何时开始这么露骨地想着班野的呢？我真的可以喜欢班野吗？如果班野知道我喜欢他，会是什么样的心情呢？不顾我一人胡思乱想，摩托车飞快地在马路中央穿越，没过多久，车子就停在了市中心的某个地方。由于是星期六，街上的人川流不息。如此人多嘈杂的地方，对我来说格外生疏。由于职业的需求，我总是在黑暗的地方盘旋，所以本能地忌讳着可能会与很多人交叉视线的地方。姜月当然不会理解我的心情，熟练地拉着我，大摇大摆地走上了马路。

“那家餐馆的意大利面不错～我们进去吃吧。”

“我已经吃过饭了。”

“什么？老婆，我不是已经向你申请约会了吗?”

“那又怎么了?”

“那当然要和我一起吃饭啊。在家自己吃完饭，那我怎么办啊?”

“在家的时候饿了就先吃了啊。”

“哼，吃过了也要再吃一点～和我一起吃一定更香。”

为什么结果总是这样呢？被他粗暴地扯着手，被迫无奈地拖着走……我以自暴自弃的心情，准备放弃一切主张，任他摆布了。

红头发自作主张，点了一桌的美味。摆在正中央的是看起来很甜美的意大利面，旁边还有干奶酪比萨饼。不知是由于和班野一起吃饭时过于紧张，没有吃饱，还是因为摆在面前的都是我平时最爱吃的东西，我忽然感觉到食欲大增。为了掩饰自己的食欲，我装作被迫无奈地往嘴里送食物，而事实上，我心里暗自庆幸能够托他的福，吃到如此美餐。桌上的东西总算吃掉了一半，姜月拍着肚子，半开玩笑地看着我说：

"怎么样，老婆？这里的西餐不错吧！"

"嗯。"

"那我们下次再来～"

"再说吧。"

"为什么～你不是说好吃吗？"

"嗯。"

"那怎么说再说呢？"

"不知道。吃完了我们就走吧？"

"还剩下甜点没有吃呢。稍等一下～"

他的话音刚落，穿着干净整齐制服的服务生便端来了凉爽的冰茶。喝着冰茶，姜月又和我聊起了与约会毫无关系的话题。

"老婆，复学前你做什么来着啊？看性格，你也不像得过病的样子啊。"

"不必知道。"

"女人不用把嘴守得这么严吧？"

"那我问你，你到底是靠什么那么仗势欺人呢？"

"问我？当然是靠我爸了。"

"是啊，就是所谓的腐朽的政治家。"

"哎呀！不是那样的。搞政治的人也不一定都是坏人啊。有清醒的头脑，伸张正义的人也不少啊，只是不易看出来罢了。"

"就算是那样吧。"

"我爸爸可是位了不起的人物哦，不能和那些普普通通的政治家相提并论。"

"是啊，你有一位了不起的爸爸，多好啊？"

“老婆，你的爸爸是什么样的人？”

“是啊。”

“什么是啊？平凡的公民？公务员？到底是什么样的人呢？也是像我老婆这样守口如瓶的人吗？呵呵。”

“过分善良，善良到愚蠢的人。”

姜月放下嘴边的冰茶，睁大了眼睛重复了我的话。

“什么？什么样的人？”

“过分善良，善良到愚蠢的地步，会轻易受到伤害的人。然后……离开了的人。”

红头发听了我的话，先是有些慌张，随后，便马上想尽办法来安慰我。

“啊哈哈；也许善良的人比我爸那样的人更强呢。”

“唉，算了算了。别聊这些无聊的话题了。都已经高二了，不要总是参加到那些无聊的团体中去，也该踏踏实实地学习、生活了吧。”

“无聊的团体？那并不是我的意愿可以决定的，而是自然形成的。”

“了不起啊。”

“不管怎么说，如果我不够强悍，我就无法生存下去。”

“为什么？”

“如果我不够强悍，很快就会被强悍的对手抨击，以至于消失在这个世界上的。正如你所说，我是腐烂透顶的政治家的儿子啊。”

“那就不能谦虚一点吗？强悍也没有必要像你那样仗势欺人，装腔作势啊。”

“如果我不这样活跃一些……可能就没有朋友了。”

我还是第一次看到红头发的笑中含有凄凉与悲哀。可是以我的风格，我并不能刻意地向他投去同情的目光，伸出援助之手。我仍旧冷冰冰地回了他一句：

“狐假虎威也不见得就好啊。”

“是吗？哈哈哈。”

“尤其是你的那个红头发，太张扬了吧。”

“啊？是吗？那多好啊！”

小子不容分说，急匆匆地站起来，拉起我的手便往外走了去。

过了一会儿，我们就到了一家美容院。到了里面，他强势地压住我，让我坐在沙发上，自己坐到了镜子前，喊来了美容师。

“小姐！帮我染一下头发！”

“嗯，好的～客人，您要染什么颜色？”

“黑色。”

“是，知道了。”

“头发也剪一剪，帮我剪成模范生那样的发型。”

“是，客人～”

看到红头发的一言一行，我不知所措，只能呆呆看着他。

为了消磨时间，我拿起几本杂志翻来翻去。不知过了多久，听到那家伙叫我，我便抬起了头。顺着声音的方向回头，我大吃了一惊。

“老婆，看我怎么样？”

简短精神的发型和自然的黑色头发，洁白的肌肤和深邃的眼眸，还有像一头乌黑的头发一样又黑又长的睫毛……他这帅气的外表，令我难以想象眼前的这位绅士就是从前那一头红发、嬉皮笑脸的姜月了。红头发，不，姜月用他那顽皮而又真挚的眼睛注视着我的表情。而他现在的样子，任何帅哥在他面前都会觉得逊色，自愧不如的。我终于明白张微帮为什么那么爱慕他了。姜月这样摇身一变，实在是无法把眼前的这位绅士和以前淘气的、臭脾气的他联想起来，这副模范生的形象，国会议员的儿子在他的面前也会自愧不如吧。而且一瞬间，我感觉到他似乎与班野有得一拼了。啧！不是的！还是班野比起他要强出百倍～当然了！

当我还在胡思乱想的时候，姜月把脸伸到我面前，问道：

“老婆，怎么不说话了？我这样一变身，你是不是为我倾倒了？哈哈，这个我早就料到了。”

“少废话，不要自作多情了！”

“让你久等了，抱歉～无聊了吧？我们现在去看电影吧！”

还没等我做出任何反应，臭小子又一把抓住了我的手。刚才进来的时候，人们像看外星人一样，用异样的眼光看着我们；而现在人们看我们的眼神里多了一种羡慕，一种崇拜，而且因为姜月格外帅气，十分引人注目，回头率达到了百分之百。姜月似乎也意识到了这一点，更加挺起胸膛，昂首阔步起来了。

到了电影院，就在姜月跑去买票的时候，发生了一桩意外。由于是星期六，电影院里的人格外地多，使我和姜月隔开了一定的距离。这时，只见身边出现了一群人，慢慢地把我围了起来。

“咦？快看这是谁啊？这不是信吗？”

围住我的是七个强壮的男子，我开始仔细地打量起了他们。

“你们是……”

透过这些人群，我看到姜月在四处张望着找我，而我被这几个高个子围住，根本就无法映入姜月的眼帘。我无暇顾及姜月，一心只想找一个机会脱离这个窘境。

“还认识我们吗，信？”

“可笑。我认识你，你应该引以为荣吧。”

“真巧啊，最著名的暗杀团伙恶蝎神的 No. 2 还会陪男朋友看电影？听说这部电影是整治暗杀集团的故事哦，所以我们特意组织观摩，想看看热闹的。哈哈。”

“我没问过电影的内容。”

“聪明直率的小姐，一点都没有变哦。在如此近的距离看，这还是第一次呢，真是绝世美人啊。这样的美女不应该是恶蝎神的人，而应该在我们伊特奈尔(Eternal)啊。”

是啊。伊特奈尔，这帮家伙是仅次于恶蝎神的，不，也许跟我们不相上下的暗杀组织。历来，同行就是冤家，他们是与我们素有冤仇的职业杀手。真是冤家路窄啊！姜月这家伙还在四处张望。生怕被他看到我现在的窘境，我想尽办法，想尽快甩开这帮人。

“怎么，有什么话要对我说吗？”

“呵呵，是啊，也没什么事，只是跟你打个招呼吧。”

“苏景五，别忘了你我都是投身暗杀组织的人，聚集在这种人多混杂的地方，对你我都没什么好处吧。”

“哎呀，恶蝎神的No.2还能记住我的姓名，真是荣幸至极啊。”

“荣幸不荣幸与我无关，奉劝你不要在这里徘徊，赶快离开吧。”

“信，不要用那种眼光看我嘛～我们也不想在这种地方制造事端。”

“既然如此，马上疏散这堵围墙吧，不要妨碍他人通行。”

伊特奈尔的No.2苏景五，年龄大概和班野差不多。

这时，姜月刚好发现了我们。他紧锁眉头走过来，对着我身边伊特奈尔暗杀团的家伙们，不容分说地斥责了一通。

“你们是干什么的！怎么像流氓一样啊？不管你们是什么人，不要骚扰我的女人，给我走开！”

苏景五觉得很可笑，上下打量着姜月，随后看着我耻笑道：

“信的取向是……国会议员的儿子？哈哈哈。”

说罢，他领着自己的手下，慢悠悠地走开了。不愧是著名的暗杀组织，一眼就认出了姜泰万的儿子姜月。今后如果为了我，使姜月落入险境怎么办？

“老婆，他们是干什么的？那帮家伙是不是骚扰你了？”

“不是，没什么。”

“不过他们怎么知道我是国会议员的儿子呢？一般人应该不会知道啊。”

“我怎么知道啊，也许他们也是与国会议员有关系的人吧。”

“是吗？哼，不管他！电影马上就要开演了，我们快走吧。”

“嗯。”

姜月走在前面，而我紧跟其后。忽然觉得周围似乎有几双眼睛在看着我，回头一看，果然不出我所料，苏景五正扑哧一声笑着看着我和姜月。

这家伙……真是令人不愉快。

一种不祥的预感席卷全身，我再也无法集中精神看下去了。虽然表面上装作若无其事，我的心却是七上八下忐忑不安。放映电影的这段时间，我格外地留意观察周围，想确认一下伊特奈尔的杀手们所坐的位子。过了一会儿，总是觉得脑后有人在盯着我，慢慢回头一看……这，这帮家伙，居然就坐在我的后座。姜月对此一无所知，正津津有味地看着电影。这可不是好兆头，似乎形势不太妙。是不是要出什么大事呢？我出了一身冷汗。为了能够随机应变，应付突发事件，我攥紧了拳头，集中精力注意着身边的一举一动。

电影终于结束了，我和姜月跟随拥挤的人流走出了电影院。

“老婆，我去一趟洗手间，马上就回来。”

“嗯。”

一头乌黑的头发，显得格外精神的姜月，大摇大摆地朝着洗手间的方向走去。借这个机会，苏景五和他的手下又来到了我的面前。

“信，电影看得好吗？”

“托你的福，还不错啊。”

“不要用那种眼光看我嘛～刚才我已经说过，我们都是暗杀组织的，所以我们也不会在人多的地方肇事。呵呵。”

“那就快点走开怎么样？”

“因为还有些重要的事情，所以我们也正打算马上回去呢。只是临走想和你打个招呼，这也算是起码的礼仪啊。”

“你们这帮家伙，见到我视而不见才是礼仪吧。”

“呵呵，我们今天的案件非常重要，所以心情有些紧张。据说是被恶蝎神拒绝的案件啊。”

“是我们……恶蝎神拒绝的案件？”

“是啊。曾经名扬天下的恶蝎神，看来也走到尽头了嘛。只不过是要处理国务总理的儿子而已，就吓得夹起了尾巴啊。”

国务总理的儿子……车亨柱的儿子？那个风度翩翩的微笑美男子？因为班野欠了人情而拒绝的案件，终归转到了伊特奈尔的手里啊。看来车亨柱的儿子是保不住那条命了啊。

大概是我的脸色突然间变得非常难看，这帮家伙更是得意地嘲笑我。

“用不了多长时间，恶蝎神就要成为我们的下属了。不是吗？”

“住口。弄不好你们也会神不知鬼不觉地死掉的。”

“哈，是啊。杀手们想杀死对手，当然要做到神不知鬼不觉。这个的确有些可怕哦～哈哈哈。”

“真想瞄准你这家伙的嘴，往里面射一发子弹啊。”

“哟～小姐的脾气好大，真是可怕啊！那我们现在就从您的面前消失怎么样？你的爱人好像也出来了。车亨柱的儿子之后，姜泰万的儿子会不会成为下一个目标呢？哈哈哈，管好你的爱人吧～”

就这样，他们尽情地嘲笑了一番后就消失了。姜月对此丝毫没有察觉，笑嘻嘻地走过来问我：

“老婆，你不去洗手间？”

“嗯。”

“怎么了？老婆，是不是哪里不舒服啊？你看起来脸色不太好啊！”

“没事，不用你担心了。”

“是吗？可是老婆今天的确有点反常。尤其是你的眼神。”

大概是因为见到了仇敌，不知不觉中我的眼神里充满了杀气。马上眨了眨眼睛，若无其事地看着姜月说道：

“姜月。”

“怎么了，老婆？”

“或许……你知不知道国务总理的儿子住在哪里呢？”

姜月用略带吃惊的眼神看了看我，不情愿地皱起了眉头。

“那个逍遥自在的美男子？他怎么了？”

“不要问那么多，快点告诉我。”

“知道是知道，但是我不会告诉你的。”

“为什么？”

“那小子长得的确漂亮，但是连老婆你也被他迷住了吗？”

如果我不能比伊特奈尔先找到他，告诉他自身的危险，他必死无疑！但是这件事情我又不能如实地告诉这家伙。情急之下，我便瞎话连篇地哄起了姜月。

“我有一个朋友非常非常喜欢他，让我帮忙打听他的住处。”

“原来如此啊。那小子应该是一个人住在GM公寓。”

“是吗？谢谢！”

我急忙从姜月的上衣口袋里掏出摩托车钥匙，飞快地跑了出去。

“喂，站住。老婆，你这是干什么啊？”

“对不起，借用一下你的摩托车！”

“老婆！！哎呀～”

把拼命叫喊的家伙丢在身后，我飞似的跑到摩托车处，骑上他的爱马启动了马达。

全速驾驶飞快地到了 GM 公寓，跑到门卫处焦急地问穿制服的警备员。

“车亨柱国务总理的公子住在几号房间？”

“你有什么事吗？”

“我来转达非常非常重要的事情，不过太着急，忘了房间号码。请您快点告诉我吧！”

“是三〇八号，可是……”

“谢谢您。”

我急忙从紧急出口的楼梯一口气跑上了三楼，喘着粗气按下了三〇八室的门铃。

叮咚！叮咚叮咚！！

稍后，大门尚未打开，传来了熟悉的声音。

“谁呀？”

“那个，下雨天，那天下雨你送过我的。”

片刻，大门打开了。穿着一身便装的他，带着微笑迎了出来。

“啊！小姐，是您？您是怎么知道……”

“那个，我现在没有时间讲那些事情。我是因为有更重要的事情才来的。”

“是吗？先请进来吧。”

由于事态非常紧急，我丝毫没有考虑到走访陌生人家时的礼节问题，急匆匆地进了房间。正像他的外表一样，室内也整理得井井有条，好一个整洁而温暖的家啊！刚刚坐到沙发上，他就递过来一杯橙汁。

“谢谢。”

“不用客气。不过你是怎么知道我住在这里的？”

“怎么知道并不重要，重要的是我现在要告诉你的事情。或许听起来有些荒唐，但是你一定要听好了。”

他满脸好奇地凝视着我。

“有人盯上了你。”

“啊？哈哈，是谁啊？”

他的这种反应早已在我的意料之中。听着我的话，他似乎觉得太荒唐了，也觉得很有趣，用充满好奇的眼神看着我。

“这件事情不是一笑了之就可以解决的。或许你会认为我不正常，但是请你一定要相信我。”

“我会被什么人盯上呢……荣幸啊～”

“什么？荣幸？”

“对方也太看得起我了吧？”

“不是！我说的是你的性命，是有人盯上了你的性命。”

“那是什么……哈哈。小姐，你是不是电影看得太多了？”

“你真的不相信我的话？”

“不，我不是那个意思……”

“我知道这非常荒唐、也很不可思议。突然听到这样的话，任何人都不会轻易接受的。但是如果你想活命，必须相信我。”

他的眼里充满了好奇心和荒唐感。他看我的目光显得那么高贵，以至于让我感到是一种负担。可是这时的我满脑子想的只是要救活这个人的念头。是因为班野欠了他的人情？还是因为他和我有一面之交？连我自己也不知道，不知道我为什么一定要救活这个人。必须救活这个人，深藏在内心某一处的这种意识操纵着我的心。

“小姐，不要太兴奋，喝点橙汁再聊吧。”

“请你一定要相信我的话。也许你很难接受，可事实上我国现在的确有专门暗杀人的组织。”

“什么？暗杀……集团，那是什么……”

“几星期前，您没从新闻或报纸上看到过国会议员和大企业的老板被杀的消息吗？”

“那是每隔一段时间就会有的报道，现在的确也成了议论的话题。”

“你觉得那是谁干的呢？有没有想过那样的人是谁杀的呢?”

“是啊，是不是抱有怨恨的人干的呢？但是，我没有与任何人结过怨仇啊。”

“是国会议员，仅仅这一个理由，或是他们的子女这一个理由就充分可以成为其他人嫉妒的理由。”

“那么……”

“这次你很不幸，成了暗杀的目标。我是特意来告诉你这件事情的。”

“如果是那种事，小姐就不必担心了。我外出时随时都有警卫们保护。”

“哎呀，急死我了！杀手们往往都是在相对高的地方，只需一枪就能做掉目标，而且失败的概率几乎为零。他们都是从无数次的血战中成长起来的，收到委托人的委托后，做掉目标就是完成任务，而且会得到一大笔的报酬。对于那样的他们来说，围在身边的警卫，只不过是橱窗里的服装模特——普普通通的摆设而已。警卫们根本就不可能知道子弹从哪里飞来，怎么可能准确地看出子弹的来路，阻止住呢?”

由于内心十分焦急，我说话的声音比平时大了很多。听到这里，他才用真挚的眼光看着我，反问道：

“可是……你是怎么知道这样的事呢?”

“这个不需要你知道，我也只是为了还清欠你的人情才来告诉你的。如果珍惜你的生命，请你一定要相信我啊。”

“事实上，几年前我也亲眼目睹过暗杀者。爸爸的朋友被杀害时，我正巧看到了在旁边的建筑物上，穿着黑色服装、带着墨镜，手提黑色箱子，小心谨慎又匆匆忙忙地离开现场的男子。那时，因为那个男子压下墨镜往下看，不期与我对上了眼。当时他的眼睛里充满了杀气。直觉告诉我，杀死叔叔的就是那个人。我想到了报警，但是被他那杀气腾腾的眼神镇住了。那个人会不会就是暗杀者呢?”

是在说班野吗？呼，是啊，这个人就是使班野渡过难关的人。所以班野才拒绝了杀死这个人的任务，而我也有保护他的义务，哪怕只能保护一次。

“也许你见到的那个人就是暗杀者吧。这样说来,我说的话就不难理解了。我国现在也有几个著名的暗杀集团。其中有一个著名暗杀集团,今天晚上的目标就是你。不知道委托人是谁,但是只要能够躲过今天晚上,他们就会受到失败的打击,而你也能安全一段时间了。所以,今天你哪里都不要去,在家里安排好警卫,好好休息吧。”

“这可怎么办呢?我今天有非常重要的事情,必须出去啊!”

“没有什么事情会比你的生命更重要吧!”

“那是……”

“不管怎样,我已经很清楚地警告过你了,我相信你一定能处理好的。我已经没有什么可以帮助你的事了。即使你只是当作见了一个疯子,对我的话不予理睬,我也没有办法。但是我相信你会做出准确的判断。那我就告辞了。”

当我刚要起身告辞,他说出的话令我十分吃惊。

“谢谢你,信义小姐。”

怎么会……这家伙怎么会知道我的名字?瞬间,我忽然紧张起来,心跳加速,身体僵在了地上。我咽下一口唾液、打足了精神,勉强开了口。

“你是怎么……是怎么知道我的名字的?我从来没有在你面前说过我的名字啊。”

这时,我看到了他慌张的表情。

如果是与暗杀组织有关系的人,都会称我信。叫我信义,看来他并不了解我的底细。看出他已经有些慌慌张张不知所措,而与此相反,我的眼光逐渐凶狠起来。

“你……你到底是谁?”

“那个……我……是那个……”

这时,映入我的视野的是摆在桌子上的相架。戴着硕大的眼镜,还穿着不合身的校服,草草梳过的头发。这不是……

“你……你是……车路熙?”

无论如何我都无法相信眼前这一事实。巨大的冲击使我的心好久都无法平静下来。这样的帅哥竟然是车路熙??孤独的班长……就是车亨柱的公子?? 在令人无法相信的现实面前,我的眼睛大了一圈。犹豫了一会儿,他终于开口了。

“那个……对不起,信义。我本不想隐瞒……”

“你……你真的是车路熙?”

“嗯,我是车路熙。”

“这怎么可能啊……再怎么精心打扮,同一个人怎么会有如此截然不同的两个面孔呢?”

“在学校如果大家知道我是国务总理的儿子,我与姜月就只能变成敌对关系了。这样对我们两个人都没有什么好处,所以我才故意隐瞒身份的。”

“真是令人无法相信啊!”

“信义,真的对不起。”

“没什么,没有必要这样向我道歉,我只是觉得这件事有些荒唐而已。”

“对不起。但是,见到信义,我真的非常高兴。向你隐瞒这些事实,我的心里也很难过。我喜欢没有认出我的你,说起话来非常坦诚。这是真的!”

“算了吧。”

人怎么会有如此完美无缺的变身呢……风度翩翩的车亨柱的公子就是被全班同学孤立的班长车路熙? 一个自称最高杀手的我,居然连这一点都没有发觉! 难道班野也没有认出来吗? 当我把路熙介绍给他的时候,他真的不知道这就是当初他欠下人情的那个孩子吗?

我还没有完全接受这种荒唐事情,路熙已经站到了我的面前。

“信义,你很喜欢姜月吗?”

“什么?”

“你们两个人现在不是在谈恋爱吗?”

“就连你也那么认为吗?”

“什么?”

“你觉得我会喜欢他什么地方呢? 你应该比我更了解他吧? 他的臭脾气,简直就是一个自暴自弃的家伙!”

“是吗？也就是说……我还是有机会啊！”

“什么……什么？”

“呵呵，从最初开始，我就喜欢上了信义。”

“别说了。谁会喜欢你这么丑陋的家伙？”

啊，这样说来，路熙现在正是需要我来保护的时候啊！伊特奈尔的那帮家伙，并不是那么容易对付的。路熙这个笨蛋，还没有真正意识到危险的降临。

“我的真面目你已经知道了，我并不是很丑陋吧？”

“哼，我不管，是不是很丑陋并不重要，现在最重要的是，你的生命正处于危险之中啊。”

“可是……信义，实话告诉我，你是怎么知道这个事实的？”

“这个嘛……你不用知道。”

“或许……信义也是杀手？”

“什么，什么？”

现在站在我面前的路熙绝不是我认识的班长路熙。即使不做任何装扮，路熙现在的形象也足以被称为风度翩翩、聪明伶俐的美男子了。

“不要小看我，其实我的眼睛还是非常敏锐的。看信义的眼睛就知道，你的心里装满了很多东西。当然，淹没在许多秘密之中，也是信义独有的魅力（扑哧～）。”

我算是一个有福气的女人吗？生活在这一群美男子中间，老天是不是过于疼爱我了？不可否认，他的微笑足以让大多数的女人垂涎三尺。

“喂，不要自作多情了，当心我气急败坏了会打你的。”

“啊，对不起～是信义太美丽了。”

“你可真是色胆包天啊。不管怎么说，我为了救你，已经想尽了一切办法，剩下的你自己看着办吧！我希望你能够不外出。听不听由你。”

“那么，信义，能不能由你来保护我呢？”

“什么？希望你能清楚，我并不是保镖。”

“我想，有如此了解这一切的信义在我的身边，即使出门，我也不会有危险的。”

“难道你就那么想死吗？今天一定要出去吗？”

“今天我要替爸爸召开一个重要会议。因为爸爸出国不在，所以只能由我来代替。这个会议非常重要。”

“就算路上死掉也无所谓吧？”

“信义会在身边保护我吧（扑哧～）！”

这家伙真会难为人啊！那帮家伙的狙击场所，我大概可以估计到，即使这样，我也不可能有百分百成功的把握啊！但是这家伙的事情那么重要，又不能不去。把他交给根本不懂暗杀者活动情况的保镖怎么能放心呢！

见我犹豫不定，路熙用那极具魅力的，带有微笑的眼神深情地望着我，轻轻地抓起了我的手。

“只要你今天在我的身边守护我一天，这个人情债到任何时候我都会还的。”

“债嘛……已经还完了。”

“什么？”

你保护过班野……你保护了班野。好吧，作为你保护班野的代价，我用保护你的性命的方式还你那份人情债。当然，也不完全是为了这个，你还是我进入学校后的第一个朋友。

“就不要说什么债不债了，我马上回家去一趟。不过你要向我做出保证。”

“对信义做出保证？”

“是啊，对于我的一切身世，你要无条件地保密。不要问我任何相关问题。”

“那是什么？”

“我刚刚说过什么都不要问的。只当我是你今天一天的保镖就可以了。听清楚了吗？”

“可是……”

“那我先回家了。”

“我出去送你。”

“说到现在你一点都没有听懂吗？你气死我了！从现在起，不许你在外面随便走了。记住了吗？”

“哦，对了。知道了。”

“那么，直到我回来，不要给任何人开门，老老实实呆在家里。”

“哦，知道了。”

就这样，把路熙一个人留在家里，我骑上姜月的摩托车奔向了我的公寓。为了保护这家伙，我必须回去取枪。为了成功地杀掉路熙，伊特奈尔一定会安排高手处理这件事。那个人也许会是苏景五吧。如果我是苏景五，一定会选定路熙在宾馆门口下车的一刻，一定不会放过这个最佳时机。那么，我必须确定路熙下车的地点，找到周边最高的建筑物中最有利地点，找到苏景五抢先狙击。

想着对付对手的各种对策，我以飞快的速度奔向自己家。我很快便到了公寓。门没有锁，我直接进了房间，班野还没走，正陪着信友玩。

“姐，你才回来啊？”

“嗯，班野还没走啊？”

“嗯。”

“那个……班野，我有话想和你说。”

“好吧。”

我回避着信友的眼神，把班野叫到厨房，小声讲述了路熙的情况。让我感到吃惊的是，班野早已知道我介绍过的班长就是车亨柱的儿子。

“班野，你早就知道了？”

“当时碰到的眼光和那家伙的眼神完全相同。”

“那你为什么一直都要装作不认识呢？”

“没有必要说出认识他啊。”

“但是……就算为了那个理由，我今天也一定要保护他。”

“信，你不是保镖。你是恶蝎神的 No.2 杀手。”

“我知道。但是，路熙是我在学校交的第一个朋友，还有更重要的事实，班野你欠过他的人情啊。”

“信，难道你已经忘了吗？对杀手来说最没用的东西是什么？”

“那是……”

“就是感情。所有的感情对于我们杀手来说,都是最大的敌人。爱情、同情,任何感情都应该统统抛弃。”

“班野不是也觉得欠过债吗?不也是拒绝了杀死路熙的案子吗?”

“这个只是还债,不是为了什么感情。”

“班野!”

“信,这段时间没动手,你是不是心软了?在现在的信身上根本找不到原来的残忍了。信在慢慢地变化。”

“班野。”

“我交给你的明天的任务,你不会失败吧!”

“那和这个没关系,班野。明天的事当然会成功。那是一个很小的案子啊。”

“我该走了。”

“班野。”

“别忘了明天的事。明天凌晨十二点在家娱大厦等着,相片中的那家伙一定会路过那里的,不要错过了那个狙击的机会。”

“知道了。”

“那我走了。”

就这样,班野匆匆忙忙地离开了。

班野,这样的我是不是令你十分失望呢?我的心,真的在变软弱吗?怎么可能……只是,我渐渐地意识到自己在喜欢班野,仅此而已。可是……

这一瞬间,班野的那句残忍的话语又浮现在我的脑海里。无论是爱情,还是同情,对于暗杀者来说,感情是毫无必要的。换句话说,班野根本就不可能喜欢我,而我也根本就不可以喜欢班野。想到这里,我心如刀割。

犹豫了片刻,我还是背着信友准备了武器。既然已经承诺,就必须兑现。承诺过要保护路熙,无论发生什么事情,我都一定要做到。就这一次,就帮助他这一次吧。我决不能让这家伙就这么死掉。

我心绪很乱,但仍然很快收拾好武器,背着信友走出了公寓。刚刚走出屋子，手机铃声就响了起来。看到号码，是姜月打来的。

“喂？”

“老婆！！”

“我的耳膜都要震坏了。”

“你怎么了？没肇事吧？你知道我有多担心你吗？你会骑摩托车吗？”

“我比你骑得好，不用你担心。”

“不管怎么样，没出什么事吧？是吧？”

“是，什么事都没有，我很好，你不要大惊小怪了。”

“我是在担心你啊，什么都不说就突然跑掉了，让我怎么办啊？”

“话真多，烦死了。我现在忙，挂了。”

“等一下，等等啊老婆！！老婆！！”

啪！

我关上了手机，姜月的声音也被我关在了电话的那一头。虽然有些歉意，但是现在的我已经没有时间考虑那么多了。我把他的摩托车放我家门口，骑上我的爱马，飞快地直奔路熙的公寓。路熙焦急地等着我回来，见我走进房间，用有些诧异的眼光看着我问道：

“信义。”

“怎么了？”

“你拿的都是什么？”

“保护你必备的武器。”

路熙用他那极具魅力的眼睛凝视了我许久。

“我已经暴露了自己的真面目，你是不是也应该告诉我你的真面目呢？”

“我告诉过你，不要打听我的事。”

“可是，在一无所知的情况下接受你的保护，我总是觉得……”

“难道你希望死在路边吗？那我现在就回家。”

“不，对不起，我再也不问了。”

“会议是什么时间？”

“晚上九点钟。”

“在什么地点?”

“BB 大厦。”

“杀手一定会选择你在 BB 大厦门前下车的一瞬间狙击。从后门进去或许会好一点。你让司机把车子开到后门吧。”

“没问题。”

“杀手一定早已在 BB 大厦的楼顶做好了狙击准备。为了以防万一,很可能在后门方向也安排了备用狙击手。”

“这么说来,走后门有什么意义呢?”

“不一样。如果从后门进去,会方便我处理对方的。正门会有很多人,我不可能在众目睽睽之下拿出枪射击对方啊。如果从后门进去,效果就会完全不同,不会有人看到我狙击对方了。”

“信义你……你要开枪?”

“不开枪,难道用刀?”

“如果失败,信义和我都会很危险啊。”

“我不会让那种情况发生的,你放心吧。”

“杀手在那么高的楼顶上,你能保证命中率吗?”

“难道现在就放弃,选择死吗?”

见我表情如此认真,路熙没有再问下去。路熙似乎还是有些紧张,穿好衣服看着我说:

“我该出发了。”

“好吧。不过保镖太多,反而会很麻烦。还是减少一些保镖吧。”

“好吧,信义。”

“怎么了?”

“谢谢你。”

“没有必要道谢。帮助你,这是第一次,也是最后一次。”

路熙带着恋恋不舍的表情看着我,而我马上避开了他的视线。这时,班野的话又浮现在我的脑海里。无论是同情也好,爱情也罢,杀手不可以有任何感情。我是杀手,而且还是非常著名的组织恶蝎神的 No.2!!

“出发吧。”

“好吧。等一等,信义。”

“又怎么了?”

“我刚刚认真地考虑了一下……如果真的那么危险,我不想把你卷进来。”

“你说什么?”

“我可以把实情告诉保镖,让他们想办法做到万无一失……”

“那你必死无疑。”

“什么??”

“我是说,如果那样,你必死无疑。”

“即使那样,我也不想把你卷进危险中。”

“少废话,赶快走吧。”

“信义,再怎么说,我也……”

“你这个人,怎么废话这么多啊！快出发吧。”

“就算我死,我也不希望信义因为我……我是说万一……”

“车路熙,对我来说,世上根本就不存在什么万一——因为万一意味着失败。既然在知道会有生命危险的情况下决定去做,我就不允许自己回头,不允许自己有任何失败。”

“信,信义……”

“准备好了吗?走吧。”

我把枪放在怀里,先开门走了出去。看着毫不犹豫出门的我,路熙十分担心,但又不得不跟着我迈开了脚步。路熙和我很快就坐上了在公寓门前等候已久的高级轿车。事态已经不容许我们有丝毫的闪失了,任何一点失误都可能让我们丢掉性命,因此我必须谨慎再谨慎,不能马虎大意。这次的主要任务是,狙击对方和保护路熙。与我相同,这时的路熙也无法掩饰满脸的紧张。我真的好想保护好那贵族风度的迷人的微笑。抱着这种恳切的希望,我望着摘掉丑陋的假面,找回了翩翩风度的路熙。这次帮助路熙,我并不是以一个杀手的身份,而是出于路熙的朋友的立场。

不知不觉中,路熙的车已经到了BB大厦后门口。车子刚一停,我便再次警告路熙:

“下车后，你马上紧贴在我的身后，绝对不能离开，知道了吗？”

“信义。”

“我只需要简短的回应，其他的废话都可以省略。”

“可是……”

“车路熙，我说过简短的回应就可以了！”

“嗯，知道了。”

下车前，我习惯性地从车窗扫视了对面的大楼顶上。果不其然，后侧也安排了狙击手。我只要一发命中对方即可。要说和以前的不同，这次是从下往上射击，而不是从上往下。而且这次并没有时间瞄准，下了车子就要一发命中。而我——信从来不知道什么叫失败。抱着这种心态，我开门下了车，路熙也下了车，而且紧贴在我的身后。我迅速从怀里掏出抢，接着就是狙击!!

砰!!

装有消音装置的枪发出了微弱的声音，子弹毫不犹豫，径直飞向了目标。

果然一发命中。

路熙用惊诧的眼神看着我。

“解决了。虽然有些紧张，但是比想象中简单多了。”

“信，信义，你到底……是……谁啊？”

“我？呵，如你所见，是一个杀手。”

“信义……”

“你要迟到了，快进去吧。我再看一看周围，以防万一。”

“谢谢你，信义。我该怎么报答你呢……”

“我不需要报答。快进去吧。”

背对着路熙，我急匆匆地奔向对面的大楼楼顶。

中弹倒下的，正是伊特奈尔的杀手苏景五。看见我从车上下来，苏景五犹豫了片刻，而我正是抓住了这一刻，抢先狙击了。

‘哎，不知道这件事情会不会引发我们与伊特奈尔的战争啊。’

第六章

苏景五的尸体还没来得及处理。我首先察看 BB 大厦周围的状况，这时察觉到从我身后传来了脚步声，我屏住呼吸，猛一回身。

“是谁?”

“你终究还是肇事了啊。”

“班，班野，你怎么到这里……”

“因为这是委托过恶蝎神的案件，所以我对车亨柱儿子的行踪了如指掌。考虑到万一才来的，果然不出我所料啊。”

“对不起，班野。可是，路熙他……”

“好了。泼出去的水是收不回来的。还是赶快收尾，不留痕迹的好。以后你要格外小心自己的安全啊，信。”

“对不起。”

“恶蝎神的 No. 2 总向 No. 3 说对不起也不是什么好习惯。”

“班野。”

“还愣着干什么? 快点收拾吧。”

“嗯，我马上收拾。”

我很清楚，班野是担心我才到这里来的。

“班野，是我……做错了吗?”

“什么?”

“帮助路熙的事。”

“信，以前我对你是从来都不需要重复第二次的。”

“是吗?”

“泼出去的水……擦干净、不留痕迹，要比忏悔明智得多。忘掉吧。”

“可是……”

“信，你几天前曾经对我说过吧？你杀人时的感觉，就像砸碎次品的人体模型一样。现在我们要做的，就是把倒在面前的这个人当作人体模型，而不是尸体，知道了吗？”

“但是，苏景五是与我们恶蝎神有宿怨的伊特奈尔的 No. 2 啊。这件事情很快就会露出马脚的。对手会不会向我们发动战争呢？”

“你行动之前不是已经考虑到后果了吗。”

“那时……我首先考虑的是挽救路熙的性命，所以没想那么远，就做出了判断。”

“我相信信的判断。”

“班野。”

“继续在这里迟疑，我们很快就会被发现的。赶快收拾一下，离开这里。”

“那个……班野！”

“嗯？”

“如果一个人……没有感情，能活下去吗？”

“你这是什么意思？”

“我想知道，能不能像班野说的那样……抛开所有的感情，人仍然可以活得很好？”

“怎么说呢？”

“我觉得，班野，作为一个人……”

“信，难道你忘了吗？刚到恶蝎神时的事情？”

“嗯？”

“那时我们就已经抛弃了年龄、生日等一切的一切。我们都是诅咒这个世界的存在，才投身到黑暗世界的。对于像我们这样的人，所谓的感情不过是一句空话。更何况，杀人以后心存负罪感，心灵受到煎熬，对杀手是最大的悲哀啊！我们这种人，如果被感情控制，就根本无法杀人了。”

“是啊。都怪我，说那些没有用的话。对不起，班野。”

“信。”

“嗯?”

“我喜欢信。这个可能就是叫感情的东西吧。”

“班,班野。”

“但是,这种感情如果深到影响我们的工作,我一定会毫不顾忌地克制住它。所以投身我们恶蝎神的人,必须能够绝对控制自己的感情。”

很难想象,班野今天居然对我说了这么多话。难道是为了让内心逐渐发生变化的我重新找回原来的我吗?打起精神吧,信。没错,我是早已抛弃了作为信义的我、投身黑暗社会的信。事到如今,我不能因为虚无缥缈的感情而丢掉自己啊!至少至今为止,我仍然认为信这个名字比信义要美丽得多。

班野和我悄悄从紧急出口逃到楼下。由于是高层建筑,而又不能乘电梯,我们花费了较长的时间。刚走出后门,我便吃惊地发现,路熙已经开完会议在门口等着我了。

“信义,才回来吗?啊……那个人是……”

看见班野身着黑色西装,路熙似乎联想到了几年前自己无意中看到的杀手形象。在学校,当我做介绍时路熙并没有认出他来,只是觉得班野有些眼熟而显得惶恐而已,而现在……

“也许信义你真的……”

“会议,这么快就结束了?”

“嗯,结束得早了一点。可是,信义,你怎么和那个人……”

“什么?今天中午,我在学校不是已经介绍给你了吗?他叫班野。”

“我不是指那个……哎,我已经有些糊涂了。”

班野见状,看着我留下一句话,便先行离开了。

“信,我先走了。”

“嗯?班野,你要先走吗?”

“嗯,我先走了。”

就这样,班野就像躲避路熙一般,告辞了。班野走后,路熙才轻轻走到我的身边,带着很多疑问张口问我。

“信义,如果我的直觉没有错的话,那个人,刚才和你在一起的那个人,是……”

“什么？是暗杀者？”

“啊？？啊，嗯。”

“是啊，你猜得对。那又怎么了？”

“为什么信义要和那个人混在一起？你的枪法也是……难道，难道信义你……”

“难道，难道这个词只能用于疑问，你的疑心有可能是对的。如果你真的讲义气，能替我保密吧？”

“信义你……是个杀手？”

“是啊，我是。”

路熙用那种无法置信的表情看着我，眼里充满了疑惑和震惊。

“绝不可能。信义你怎么会……”

“怎么？就像我知道你不是丑陋的班长，而是国务总理的公子一样，受的冲击太大了吧。”

“不知为什么，信义，你的身上总充满一种神秘感。”

“你在胡思乱想什么啊？我哪里有什么神秘感啊。”

“不过现在，我还有些高兴。”

“高兴什么？”

“高兴我对信义有一个逐渐认知的感觉。”

“你到底要想说什么？”

“我不会像姜月那样强迫地占有你，而是想很自然地……最终得到你的心。”

“呵，对于像我们这样的杀手来说，我们的内心永远不会有什么感情之类的东西（正如班野所说……）。”

“是吗？呵呵，信义也有不懂的一面啊。”

“你说什么？”

“如果你的心里没有感情，我们就不会成为朋友。你知道那是为什么吗？因为友情毕竟也是感情。”

不知何时，路熙已经到了车子的后门处，开好车门等着我了。

“快上车吧，都这么晚了。你一定很累了吧？为了我，处理了那么大的案子，也该回去好好休息一下了。”

“好吧。”

我默默地坐上了路熙的车，随后路熙也上了车。

所有的一切都处于混乱状态。在这种混乱状态下，是否能处理好明天的小案子，我的心里也没有太大的把握。

“信义，到家了。”

“嗯？哦，知道了。”

“你在想什么？那么认真。”

“没有，没想什么。那你走好。”

我向路熙轻声道别后，转身进了房间。看着我的背影，直到我开门进了房间，路熙的车子才缓缓驶去。回到家一看，信友早已睡着了。地上散放着各式各样的糕点盒子的包装纸，信友一个人在家一定很无聊。

为了不吵醒信友，我开始小心翼翼地收拾起了房间。收拾完毕，我走进卫生间，抬头看见映在镜子里的自己的面孔，呆呆地注视了一会儿。是啊，我的眼神与我的脸似乎真有些不和谐吧。

我回忆起过去的事情，再看自己带有杀气的眼神。是啊，这种眼神才是信啊……

第二天，拗不过信友的催促，我勉勉强强睁开眼起了床。

“姐，我饿了，我们吃饭吧。昨天晚上你什么时候回来的啊？”

“知道了，小子。”

“姐，快起来吧，我都饿死了。”

“知道了，再忍一会儿。”

信友比我小几岁，小小年纪就失去了父母。每次想到这些，我总是会格外疼爱他。这样的弟弟提出的要求，只要他开口，无论是什么，我都会尽量满足他。

我飞快地从床上跳起来，抓紧时间洗漱做饭。不知不觉，时针已经指向上午十一点。难怪弟弟一直喊饿。我匆匆端上饭菜，坐在信友身旁，刚要吃饭，信友又开始说起了没用的话。

“姐,你今天打算干什么啊?”

“你有事吗?”

“你没什么事吧?”

“怎么了?”

“我们去班野哥家玩儿,好不好?”

“什么?”

“难得今天是星期天嘛,去找班野哥哥玩一天吧。”

“你以为班野哥也像你那么悠闲吗?”

“哎呀,中学生也不都悠闲啊。”

“好了,少说废话,班野可不是随时都能陪你玩的悠闲的人。”

“可是姐,班野哥到底是做什么的啊?还有,姐姐在离家出走期间做什么来着?怎么会赚那么多钱啊?是干很重的活吗?”

啪!

“哎呀!干吗总是打我啊?”

“少说废话,快吃饭。刚才还大喊说饿死了的人现在废话这么多,谁相信你刚才说的话啊?”

“哼,暴力分子!我怀疑姐姐是不是黑帮暴徒啊?”

“你小子还说!!”

“好好好,知道了,我知道了。不管怎么说,我就是喜欢班野哥。”

“你到底喜欢班野什么地方啊?难道你是同性恋吗?”

“哇,姐姐,你说什么呢?我说喜欢可不是那个意思啊。”

“那是什么?”

“很简单啊!像班野哥那样的人,在我们男人眼里也是偶像!完美的长相、完美的体型,还有谁都无法比拟的、魅力超凡的眼神,太动人了。简直就像杀人魔鬼。”

啪啪!!

“哎呀!我又说错什么了?”

“那种话是可以随便说出口的吗?你不想吃饭,我就把饭菜拿出去了。”

“知道了,我知道了。只要我一提到班野哥,你就动用暴力!”

“我让你住口,你还不听?”

“哼!”

经过几次的压制,信友才老老实实地开始吃饭。这时,不知是谁按响了门铃。

叮咚～叮咚～

“是谁啊?”

“姐,我出去看看吧。会不会是班野哥啊!”

“你这小子,还想挨打吗?”

“是哪位啊?”

信友一心只想来访者是班野,所以没等门外回答就打开了大门。随后传来的便是信友响亮的声音。

“姐,你快出来啊! 有客人来找你呢!”

信友这样一吵,我有点不知所措,放下筷子便迎了出去。

“嗨,老婆!”

“姜,姜月!!”

怀抱着一大把火红的玫瑰,面带着不算自然的微笑,站在门口的正是姜月。哎呀! 刚刚心里还在默默祈祷,一定不要是姜月,可是老天不解人意,来访的果然不出我所料。

“姐,这位哥哥是谁啊?”

“哦? 嗯,这家伙是……那个……”

“是信义的老公。哈哈哈。这小子真乖呀～”

“哎呀,不要碰我的头发,人家刚刚才喷过摩丝的呢。”

“喂,老婆,这是你的弟弟吗?”

“是啊。找到这里来,有什么事吗?”

“我会有什么事啊,昨天的约会泡汤了,今天当然要补偿一下咯～而且不打招呼就随便把我的摩托车骑回去。喂,花好重啊,快点接过去啊!”

这家伙把重重的一束花扔到我的怀里,没有经过我的允许就大步流星地进了房间。信友撅起嘴,用不太友好的眼光注视着姜月不礼貌的举动。与班野相比，信友怎么会看得上姜月呢！

“姐，你真的在和那个人相处吗？”

“少废话。快去把剩下的饭吃了。”

“哦，知道了。”

信友转身准备回去继续吃饭，姜月也跟着走了过去。

“哎呀，在吃饭啊？我也饿了。让我也一起吃吧～”

“饭都不吃，这么早就跑到这里来，请问您有何贵干？”

“哎呀，那还用说？当然是想早一点见到老婆啊。怪只怪那个花店，包一束花都要花那么长的时间。害我起得那么早，却赶了一个晚集！老婆，快帮我盛饭啊！”

哎，我真是拿他束手无策啊。无奈，我只好给这个不速之客摆上了碗筷。五分钟都不到，这家伙比信友吃得还要快，已经在打扫碗底了。姜月坐下不到十分钟，已经吃饱后拍拍肚子，又喝了一大杯水。信友不满地斜视着他。

“喂，小舅子。你怎么可以用那种眼神看大哥呢！”

“谁是大哥啊？我姐已经另有男朋友了，以后一定会结婚的。”

“什么？那个人是谁啊？”

“当然有！不过你不会认识的。是一个叫班野的哥哥，长得帅呆了。”

“哦？是吗？不过这个名字好熟悉啊？对了，想起来了，那张倒霉的面孔！不提这些了，小舅子，闲着多无聊啊，我们要不要玩一点有趣的东西啊？”

“我警告你，不要叫我小舅子。那你……打算玩什么啊？”

“有二代脉冲游戏机吗？”

“啊？没有，我姐说我已经不是小孩子了，就是不肯买给我。肯定是怕我学坏。”

“是吗？那东西玩起来太过瘾了。老婆是女人，世界上很多有趣的东西她都不知道。别担心，小舅子。我买给你，就当是见面礼吧。”

“呜哇！是真的吗??”

“那是～当然了！”

“咿呀，太棒了!! 我们好好相处，怎么样?”

这到底算什么啊？信友的脸还真是多变的天气啊。姜月掏出手机，也不知是往哪里打了电话，没过多久，游戏机便送到了家门口。

兴头上的信友，小心谨慎地打开包装，把接线连到了电视上。

“呜哇！哥，快来啊～我们一起玩儿吧!”

“嘿嘿，好啊，小舅子～”、

两个人坐在电视机前，眼睛分秒都不肯离开屏幕，叽叽喳喳好不热闹。信友高兴得又喊又叫，合不拢嘴。姜月也意外地流露出了天真的笑容，高兴地与信友比赛。我实在是看不下去，便给这种火热的气氛泼了一盆凉水。

“你们这是在干什么啊？又不是小孩子，买这种游戏机玩!”

“老婆，你也过来一起玩吧～很有意思哦!”

“姐，这你就不懂了，这是我们男人的游戏，大嫂就不要参与了～”

“这两个家伙!”

两个人津津有味玩的好像是足球比赛。两个人都聚精会神，无暇顾及其他，丝毫不顾时间的流逝。这段时间，我收拾碗筷、洗衣物、整理房间，忙得不可开交。忙过之后，我瘫坐在床边，斜视着这两个不懂事的大孩子，突然感觉到，这也是一幅不错的画面。

连续玩了几个小时，这两个冤家都觉得累了，终于停了下来。

“喂，老婆～帮我倒一杯橙汁～”

“姐，我也要一杯!”

“你们自己没有手吗?”

“哎呀～老婆，就帮我们倒一杯吧，嗯?!”

“就是啊，姐，就帮我们倒一杯吧～好不好嘛～”

游戏的威力好大啊;我眼前的两个大男人，为什么撒起娇来令人如此肉麻呢？真是可笑。就像当初姜月给我起的外号一样，真是令人‘寒心啊’。为什么我总是这么可怜呢?

无可奈何，我只能给两个人倒了橙汁递了过去，随后大发雷霆道：

“信友，游戏就玩到这里吧！再玩下去，眼睛都要玩坏了。还有姜月!

既然是来取摩托车的,赶快骑上你的摩托车回去吧!”

“哎呀,眼睛不好有什么啊,戴上眼镜就可以了啊。是吧,哥～”

“是啊。如果真的戴了眼镜,小舅子,你的眼镜,我帮你配世界上最好的,别担心!哈哈哈。”

这两个小子,真想一枪毙了他们!

“姐,你也别整天呆在家里啊。无聊就出去玩一玩嘛。”

“什么?我只是坐在后面,难道还妨碍你们了吗?”

“老婆～如果你实在无聊,我们三个轮着玩怎么样?”

“闭嘴!”

“哥～不用管我姐姐了,她就是这个脾气。简直是一个性情古怪的老太婆!”

“是啊是啊。老婆那个样子,看来我也要适应一下了。”

啪!啪!

“呜哇～你瞧瞧,哥～”

“哎呀,疼死了～为什么要动手啊!”

“不想挨打就闭上你们的臭嘴!”

就在这时,本来就不宽敞的房间里,又来了一位不速之客。

叮咚～叮咚～

“是谁啊?信友,你赶快出去看一看。”

“哎呀,不知道。姐,我现在正比赛呢,没时间。你自己出去看看吧。”

“就是,小舅子。如果你停下来,这场比赛可就结束了～”

“嗯,哥!啊,小心!哥!”

“知道了,小舅子!挡住,挡住!”

“哥!!哎呀!!”

“哈哈,小舅子,我们真是配合默契啊!”

“嗯!哥,你真是游戏高手啊～”

“跟小舅子配合得好嘛!哈哈哈。”

算了,我还是靠我自己吧。不折磨我、不惹我生气,我已经谢天谢地了。我快步走到大门前。

“是哪位啊?”

“信义!”

这个声音怎么这么熟悉?打开大门,正如我所想,路熙手捧大花篮站在门口。路熙今天的打扮比起往常更加利落得体。

路熙满面笑容,与在学校见到的他截然不同。真是名副其实的贵族派头啊!

“信义,你今天有时间吗?能和我约会吗?”

“怎么是你这家伙啊!!喂,小子!!你是怎么找到这里来的啊??”

不知何时,姜月扔下游戏机,跑到门口冲着路熙大喊起来了。路熙见到突然出现在眼前的姜月,开始有些吃惊,随后马上镇静了下来,平静地说:

“哦,您也在这里啊。”

“我在我老婆的家里有什么奇怪的吗?哼!”

“当然没有。好像是我冒昧打扰,失礼了。”

“什么?好像?明明就是你的不对,还说什么好像?你是不是活得不耐烦了?要不要我帮忙啊?”

作为风度翩翩的贵族子弟的路熙,而不是学校里懦弱的班长路熙,彬彬有礼地面对姜月,说话有条不紊,让我感觉有些生疏。但他的确很帅,这是无法改变的事实。

“因为欠了信义小姐的人情,今天我是来还人情的。不巧,看来今天我来的不是时候。那么,我就告辞了。对了,这束花是我的心意,请笑纳。”

路熙用双手恭恭敬敬地向我递过了鲜花。不知实情的姜月气急败坏,火冒三丈,拼命把路熙往外赶。

“马上给我滚,我绝不容许你这样的家伙出现在我老婆的身边。如果还想保住性命,马上给我滚开!”

路熙看了我一眼,露出一丝微笑便离开了。姜月看到路熙离开,还是不解心中之恨。抢走我手中的鲜花,扔到地上用脚拼命地踩踏。

“这算什么鬼东西啊!踩死你!!踩死你!!”

嚓嚓嚓嚓!!

鲜艳的花朵被怒火冲天的姜月踩踏得完全看不出原形。看着姜月，我感觉这个男人有时极为幼稚，毫无表情地扔下了一句话。

“花有什么罪啊？一定要把它踩成这个样子吗？过去玩你的游戏吧！”

“先不要说游戏，告诉我，那家伙到底是来干什么的？嗯？”

“刚才没有听到吗？是来还我的人情的啊。”

“那家伙是一个衣来伸手，饭来张口的人，会欠你什么人情啊？”

“看来他在你的眼里也是完美无缺的啊，是吧？”

“我在问你，他到底欠了你什么债？你到底借给他多少？老实交代！”

“什么？哈，也是啊。正如你所说，像他那样完美无缺的人会向我借钱吗？刚才所说的债，不是你想的那种债！你懂吗？”

“那是什么啊？难道你救过他的命吗？嗯？”

一瞬间，我有些做贼心虚，但马上装作泰然自若，尽量稳定姜月的心情，说道：

“哎呀，不说了，也没什么大惊小怪的。看来你整天在家里玩游戏，脾气只会越来越坏。走吧，出去散散心！”

“哼哼，实话实说，你是不是想和我约会，享受享受啊？”

“染成黑头发没有几天，你是不是想被我扯掉一把啊？”

“瞧你的说话水平！”

“少啰嗦。”

临走，姜月还没有忘记向信友告别。

“小舅子，我下次再来陪你玩。哈哈～今天就到此为止吧，我也该陪老婆玩一会儿了。自己玩也别有乐趣，你自己研究研究吧。还有什么想要的，随时跟我说。明白了吗？对了，还有，小舅子，除了我以外，其他男人绝对不许放进来啊～记住了吗？”

“知道了，不要担心，哥。我保证，绝对不让别人碰我姐。绝对！”

不经意间，他们之间好像形成了一种异常密切的关系。这样两个傻瓜联合起来如果给我带来伤害，我一定不会放过他们的！！啊！！真想一口咬掉他们身上的一块肉。不管怎样，我现在是和姜月在电影院看电影。

“老婆，想什么呢？电影没有意思吗？”

“少说废话。”

“哎,人家一直为你担心,你却……”

“替我担心?”

“是啊! 担心,担心!!”

这家伙的声音打破了平静的影院,人们的视线都集中在了我的身上。但是姜月却仍然满不在乎地大声嚷道:

“看什么看?? 知道了! 不说话就是了!”

这个没有教养的家伙! 不知不觉中,我又开口和姜月聊了起来。

“刚才你是说担心我吗?”

“老婆,怎么了? 做出那么严肃的表情。”

“或许,担心一个人……也是感情吗?”

“你这是怎么了? 老婆,你想说什么啊?”

“不是,没什么。看你的电影吧。”

姜月用疑惑的眼光看了看我,随即又全神贯注地看起了电影。

看完电影,我与姜月一起走出电影院。本想再出去走走,可是天公不作美,下起了雨。由于雨下得比较突然,我们事先没预料到,所以没有准备任何雨具。姜月和我望着天空,都有些不知所措。

“唉,真是倒霉! 老天怎么可以开这种玩笑啊。怎么可以在这种时候下雨呢! 真是的!”

“少啰嗦几句吧。难道你埋怨老天,老天就会给你送雨伞来吗?”

“天啊,万一我老婆淋了雨,感冒了可怎么办啊。我们还是先到那边的咖啡屋坐坐吧。我现在就让司机过来接我们。走吧。”

别无选择,我只能按照姜月的话,和他一起走进咖啡屋,点了两杯可可茶,一边品尝一边等司机。正在这时,我的手机响了。电话的另一端传来我最期盼的班野的声音。

“喂?”

“信。”

“班野?”

“是。你没有忘记今天的案件吧?”

“嗯?? 啊,对了!!”

“……是一时忘记了?”

“对,对不起。但是,不用担心。还来得及,我现在马上回家准备……”

“不必了,信。你好像没有准备,还是我自己解决吧。”

“没关系,班野。我又没什么事,我接下来的任务,当然要由我来……”

“信,你现在在哪里?”

“嗯?啊,我在市中心,姜月的司机马上就会来接我们的,我马上……”

“是在约会吗?”

“嗯?不是,不是什么约会,有点……”

“你们继续约会吧,那边还是我去办。那就这样了。”

班野就这样草草地挂断了电话。看到我的表情顿时暗淡下来,姜月担心地问道:

“怎么了,老婆?发生什么事了?”

我是从何时开始,甚至连办案都会忘记的呢?

更何况,为了与姜月约会,就会忘记班野交办的案子。唉,我的确在变化!! 如果窗外的瓢泼大雨,可以把我洗刷干净,还给我抛弃一切感情的干净的心该有多好啊!姜月见我呆呆地望着窗外叹气,轻轻地坐到我的身边问道:

“老婆,怎么了?是大雨影响了你的心情吗?”

“不是。”

“你接过刚刚的电话之后,情绪就一直很低落,有什么事吗?”

“不用你知道。”

“老婆,我是你的男朋友!不知道你是不是因为当初的约定才不情愿地做我的女朋友的,可是我对你的确是一片丹心啊!一个月的时间非常短暂,你到底要我为你焦虑不安到什么时候呢?哪怕就一个月也好,你能不能与我真心相处呢?”

“姜月。”

“你说吧。”

“喜欢我对你没有丝毫的好处。你不要对我投入这么多的感情。”

“你说什么?”

“我不知道你为什么……为什么会喜欢我,到底喜欢我的哪一点。不,其实我并不想知道,也没有必要知道。另外,我现在完全没有心思和你真心谈恋爱。我甚至觉得我和你这样自由自在的人到处闲逛非常可笑。而且我承认,答应与你约定一个月的恋爱期,对我来说是一个非常大的错误,至今我一直都在后悔。我知道这样对你非常残忍,但是很抱歉,你能不能变回从前的你,过你从前的生活呢?就这样放过我……不要再来找我了,行吗?”

“韩信义……你……”

“对不起!”

“我……我一直都在妄想,或许有一天,你也会喜欢我的。当然,我并没有想过那会是现在,但是无论过多久,总有一天,你会疯狂地爱上我。当我看到你的第一眼,我就有了这种感觉。即便那是我的错觉,我也愿意相信它。可是你从来都没用正眼看过我,从来都没有。你的眼睛告诉我,你总是一个人活在自己的世界里,被自己的秘密紧紧包围着,拼命地掩饰着什么,隐瞒着什么。无论你的秘密是什么,我都可以接受,我也可以不去过问。然而,真正让我悲切的是,你连我这颗喜欢你的心都要毁灭掉。我喜欢你,这纯粹是我的心意啊。”

“所以,我希望你能够把那颗心收藏起来啊。”

“……你真的好残忍啊。”

“我知道你对我的爱是真心真意的,我没有那么傻,而且我也非常感激你。”

“难道你是被车亨柱的儿子迷住了吗?见到美男子就寸步难行了?”

“我们之间的事情,怎么把那个人扯进来了呢?”

“他今天不是捧着鲜花到你家找你吗?那小子为什么会在你家进进出出呢?”

“那是他的心意啊。”

“你让我收住心,却允许那小子放任自流,还包庇他说是他的心意?”

“不要总是把那小子扯进来,我现在和你说这些话,与那小子毫无关系。”

“是吗？那就是因为那个家伙吧？就是天天在学校门口等你的那个家伙！”

“听着，姜月。我警告过你，班野不是你可以随便指责，随便谩骂的人。”

“你是喜欢他吗？”

“什么？”

“不是车亨柱的儿子，那一定就是那家伙吧。”

“算了，不说了。”

“你是在逃避问题吗？”

“我没有理由必须回答你啊。”

“你是我的女朋友啊！不管你喜欢不喜欢，你现在还是我的女朋友！为什么我就无法走进你的心扉，对你一无所知呢？”

“我说过，你没必要知道。”

“是吗？哈哈，是吗？”

姜月苦笑一声，便跑了出去，消失在瓢泼大雨中。咖啡屋里留下了他喝了一半的可可茶，在慢慢地冷却。透过窗户看着他那染得乌黑的头发被大雨淋湿，渐渐从我的视野里消失，我心如刀割。坐一会儿，我也起身打算走了。我顶着大雨，加快脚步往家的方向走去。这时，突然觉得头顶的雨停了，有人为我撑开了雨伞。

“我有些担心你，小心感冒，小姐。”

“这是怎么回事。你怎么会在这里？”

“信义在哪里，我就在哪里！就算是这样吧。”

“车路熙，我现在没有心情和你开玩笑，你还是走你的路吧。”

“是吗？那我也只能离开了。不过，这把雨伞你带回去吧。”

“不用了。你也只有……咦？喂！！回来！！”

只见路熙把雨伞塞在我的手中，头也不回，急匆匆地消失在大雨中。为什么大家都要冒雨离开呢？淋雨的感觉有那么好吗？啊！

拿着路熙留给我的雨伞，我低着头默默地往家走。浑身已经被雨淋透了，我感觉到一丝丝的寒意。我打着寒战，缩着脖子走到公寓。当我刚要进门,一个熟悉的身影出现在我的面前。

“对不起,老婆。都怪我一时冲动,扔下你一个人跑掉了。”

“姜月,你……”

“男人约会后必须遵守最起码的礼节,送对方回家!”

“早知要在这里等,你就不应该一个人跑掉。而且既然要等,你就进去等啊,为什么一定要在门口淋雨呢?”

“那你为什么拿着雨伞还要被雨淋呢? 万一感冒了怎么办?”

“还说呢,你现在是可以担心别人的时候吗?”

“不管怎么样,今天的约会很愉快。另外,这一个月我还是你的男朋友,希望你不要忘记这件事。其实我在这里等你,主要是为了跟你说这个的。那我走了。”

“喂!”

看着姜月的背影在雨中孤零零地消失,我突发恻隐之心。犹豫片刻,我跑了过去,把路熙的雨伞递给了他。

“打着伞走吧,再这样淋下去你会感冒的。如果患了感冒后还总是缠着我,恐怕我也逃不掉感冒病毒的骚扰了。知道了吗?”

“Thank you(谢谢。扑哧~)。”

姜月接过我递给他的雨伞,摇摇晃晃,迈着艰难的脚步走了。像我这样的女人,也有资格得到爱吗? 姜月虽然有些我行我素,可对我却是一片真心啊。

我被雨淋成了落汤鸡,站到了信友面前。仍然沉迷于游戏的信友头也不回地对我说:

“姐! 才回来啊?”

“打招呼应该看着对方的眼睛!”

听我说完,信友回过头又重复了一句。

“姐姐回来了?”

话音未落,信友又埋头玩起了游戏。

“嗯,回来了。”

我马上跑进卫生间,冲了热水澡后,有气无力地躺在了床上。过了一会儿，信友终于结束了游戏，就像保管宝贝一样小心翼翼地包好游戏机，坐到了我的身旁。

“姐，和姜月哥约会愉快吗？”

“别烦我，什么约会啊。”

“他不是你的男朋友吗？”

“我刚刚说过，不要烦我。”

“姐，你不是喜欢班野哥吗？”

“你让我再说一遍吗？别烦我。”

“哼，知道了。不知有什么事，班野哥半小时前来过。”

“什么？班野？”

这一句话让我一下从床上弹了起来。可是信友满不在乎地接着说道：

“我说姐姐和姜月哥约会去了，他说知道了就走了。不知道是从哪里回来，衣服穿得也很整齐。”

“是穿着黑色西服吗？”

“不是。穿的是西服，但不是深颜色的。我问他从哪里来，他没回答，看了我一会儿就走了。”

“是吗？班野是从哪里回来的呢？”

“不过，姐，姜月哥长得也好帅啊。哈哈！而且性格开朗，还挺风趣的。我本以为，想做姐姐的丈夫，除了班野哥，谁都没有资格，不过如果是姜月哥的品位……”

“你不睡觉吗？”

“唉，姐姐有那样的帅哥男朋友，应该早点告诉我啊～害我白白费尽心思，想把你和班野哥凑在一起……”

“要不要我帮你闭上眼睛，让你一辈子都睁不开？”

“姐，你今天是怎么了？看来气压比以前更低啊。”

“本来就没有什么高兴事，你不要惹我了！”

“和姜月哥吵架了？”

“你觉得我有那么无聊吗？为什么要和那种人吵架呢？”

“哎呀，已经快十二点了。我要睡觉了。姐，晚安～”

说罢，信友钻进被窝，盖上被子闭上了眼睛。已经到了十二点？现在班野应该在处理案件吧。我无法摆脱对班野的歉疚感，心神不定地看着手表。我几乎整晚都没有合过眼，几次拿起手机想给班野打电话，但几次都犹犹豫豫，最终也没有勇气打通电话。

第二天，早早做好上学准备后，我先把信友送走了。迈着沉重的步伐到了学校，教室里迎接我的是贵族风度荡然无存、而仍然带着大眼镜的班长路熙。

“信义，你，来了？”

“你真了不起。”

“你，这是，什么意思啊？”

“你做演员一定没问题！怎么能一夜之间又装扮回这样呢？”

“信义，能不能替我保密呢？”

“呵，也没什么不能保密的。第一节课是什么？”

“语文。”

“是吗？呼。”

其实我对第一节课的内容好不关心。现在我的脑子里想的都是关于班野的事。对班野的歉疚感让我不时皱起了眉头。我的这种样子，令同桌路熙十分担忧。

“信义，有什么事吗？”

“什么？”

“你好像气色不太好啊。”

“没有。”

“是不是昨天淋了雨感冒了？我的伞，你没有用吗？”

啊，我把昨天路熙借给我的雨伞转送给了姜月！呃；路熙不会知道我把伞借给了姜月，所以我只好马马虎虎蒙混过关，还恬不知耻地说道：

“嗯，多亏你把雨伞借给我，谢谢。你家那么富有，我可以不还你那把雨伞吧？”

“嗯？这个和是否富有没有关系，信义想要就留着吧。”

“谢谢你。”

很快，第一节课便开始了，语文老师开始滔滔不绝地讲课。

这时，走廊里又传来了熟悉的男主人公"响亮"的歌声。

"东海水干!! 白头山平!!"

啊啊，这令人毛骨悚然的声音！这不是歌声，这简直就是鬼哭狼嚎！这个声音的主人公，不用看大家也都知道。全班同学的视线，瞬间都集中到了走廊的一头。老师皱着眉头，狠狠地推开了教室门。果然不出所料，跪在走廊高歌的，正是原来的"红头发"姜月。

"姜月！你怎么又跑到这里来了？"

姜月满不在乎老师的怒斥，笑嘻嘻地回道：

"啊～老师，我又忘了带教科书。"

"没有带书和你现在这个行为有什么关系？"

"哦，是啊，班主任让我到走廊反省啊。"

老师更是觉得这小子可气，反问道：

"那么，你为什么跑到这里来了？"

"经我再三考虑，大胆地做出了艰难的决定。我要在走廊怀着虔诚的心，双膝跪地，高唱爱国歌，一方面可以整理心绪，另一方面还能培养自己的爱国心！我曾暗暗发誓，一定要充实地过好校园生活。哈哈哈。"

真是恬不知耻！姜月就这么大笑着诡辩。姜月这家伙，本身就是喜剧作品，可是女生们到底喜欢他的哪一点，为他争得面红耳赤呢！老师也觉得这小子不可理喻，拿起教鞭，狠狠地冲着他的后背抽了下去。

"我没有时间和你斗嘴，快回到自己的班级去！马上就要考试了，已经是二年级的学生了怎么一点头脑都没有啊？怎么这么愚昧啊!"

"哎呀，老师，再这样说下去，您的嗓子都要见血丝了。如果妨碍您上课了，我马上走开。哦，稍等片刻。"

说罢，大摇大摆地走进我们班教室，看着我扑哧一笑，丢下一句话便走了。

"老婆，放学后一起回家～"

呃!!

都是这小子捣乱，我还要一边受老师的白眼，一边继续听课。路熙这家伙，藏在眼镜后面的眼神陡然一变，低声嘟囔道：

“这个姜月，真是个独特的家伙。”

听到他的话，我一边躲避老师的眼睛，一边轻轻地开了口。

“你这么拼命地隐瞒自己的身份，思维方式也不正常啊。”

“信义，你喜欢姜月的哪一点？”

“我从来没说过喜欢他。”

“但是应该也不是完全不喜欢姜月吧。”

“那么应该说，虽然不喜欢，但是并不讨厌他才对吗？说实话，姜月其实并不坏。当然了，有些时候的确有些没有规矩。”

“如果我也我行我素不讲规矩……是否能够得到信义的心呢？”

“喂，班长，带着那样的眼镜，做出那种打扮，不要说这些浪漫的话，这样会被你倾倒的哦～”

“（扑哧～）信义可真有意思啊。”

虽然是藏在眼镜后面的微笑，可是路熙送给我的这一个灿烂的笑容中，丝毫隐藏不了他贵族的风范。这一节课，就在路熙高贵的微笑和姜月奇怪的行动中匆匆结束，丝毫没有让我感到无聊。

一天的课程全部结束了。放学铃一响，姜月这家伙按照约定随随便便走进了我们班教室。

“老婆，我们一起回家吧～”

路熙用藏在眼镜后面的凶狠的眼神，凝视着笑嘻嘻地向我走过来的姜月。我不耐烦地瞪着姜月，回了一句。

“你说话能不能小声一点啊？”

“老婆！！我的老婆！！老婆啊～！！”

“快，快出去吧！”

我丢下姜月，低着头急匆匆地走出教室，姜月也跟着跑了出来，紧贴在我的身边，生怕我一个人跑掉。

“老婆～课上得好吗？”

“至少不会像你那样在其他教室门口高歌！”

“老婆，如果你非常非常想见到我，我随时都可以过去啊。”

“我这辈子是不会有那种事了。”

不管我是否愿意，姜月笑嘻嘻地与我肩并肩走出操场。刚要出校门时，满脸稚气的姜月突然用不悦的眼神凝视着一个地方。

“那家伙，怎么又来了？”

随着姜月的眼神望去，出现在眼前的是我的班野，依然面无表情地站在那里等我放学。

“班野～!!”

我高兴地喊出班野的名字，班野也抬头看着我。

“信。”

“班野，昨天真的对不起。”

“那件事过一会儿再说，先回家吧。”

“嗯。”

这时姜月突然挤进了我和班野的谈话中。

“喂，我不管你是班野还是半月党，从今以后，我的老婆我来照顾！”

班野仍然无视姜月的警告，不动声色地启动了摩托车。

“信，坐上来。”

“嗯？哦，嗯。”

就在我要往班野的摩托车挪动脚步的瞬间，姜月粗暴地拉住了我的手腕。

“坐什么坐？不许上车！我再也不许你抱除了我以外的其他男人的腰了。”

“喂，你轻一点。疼死我了！”

说罢，我狠狠地甩开姜月的手。看见我手腕上留下的红印，姜月有些不好意思地降低了声音，说道：

“很疼吗？哎呀，对不起。”

“我走了！”

“你还是要坐那家伙的破车回去？”

“那又怎么样。”

“不管怎么说，今天我一定要亲自送你回家。”

就在姜月在这里无理取闹时，一个不受欢迎的面孔伴随着刺耳的声音出现了。

“哎呀，月儿～!! 在这里做什么啊?”

这个尖尖的、令人作呕的声音，一定是张微登场了。姜月皱了皱眉，为难地挤出了一丝笑容。

“哦? 姐姐～”

“要和信回家?”

“嗯，是～”

“哎哟，信，你可真幸福啊，能和月一起回家。唉……哎呀!!”

说着说着，张微的声音越来越小，很快就停在了她的嘴边。看到毫无表情地骑在摩托车上的班野，张微的视线凝固起来，脸上泛起了红光。没能控制住泛红的脸色，张微意识到了自己的失态，装作若无其事地拍着姜月的后背，不紧不慢地说道：

“哎呀! 月儿～那位是谁啊? 你认识吗? 嗯? 是你的朋友吗??”

姜月紧皱眉头，用一只手摸了摸受到重击的肩膀，委屈地答道：

“不是的，怎么会啊! 我可是一点都不认识那家伙。”

“是吗? 那是信义的朋友?”

虽然不情愿，但我还是回答了。

“嗯，差不多吧。”

张微的脸庞烧得越发厉害，像红色旗帜一样，成为校门口的一道景观。班野简单地说了一句话，催我上车。

“信，不走吗?”

“嗯? 走，走吧～”

“天啊～声音也这么动人?”

对于张微的过分热情，我感到有些无法承受。看到她对班野挤眉弄眼，更是令我无法接受。

也许和我的感受差不多，班野的脸色也开始变得越来越难看。为了快点逃离这个地方，班野一把抓住我的手，要把我拉上车。瞬间，姜月飞快地抓住我的另一只手，用力地往反方向拉了起来。我瞬间感到身体像一块面饼一样，在逐渐地被抻开。慢慢地，我像古时的五马分尸一样，要被撕成两半。

“哎呀！疼死我了，快放开我的手!!”

我的惨叫声惊呆了围观的所有人。先松开我的手，让我从痛苦中解脱出来的，还是班野。可是班野轻轻松开手，我的整个身体便倒向了姜月一侧。姜月不管三七二十一，紧紧把我抱在怀里冲着班野大喊道：

“喂，半月党!! 别再惹我生气了，马上从我的眼前消失!!”

班野用他那寒气逼人的眼神，恶狠狠地盯着姜月看了片刻，没有留下任何一句话，调转车头，离开了这是非之地。

怎么？班，班野!! 哎呀～你，你不能这样弃我而去啊～你要是执意一个人离开，就让我成为你脚下的那条路吧！没有理解我这恳切的心，班野骑上自己的爱马，很快就从我的眼前消失了。一直关注着事态发展的张微，恬不知耻地抬起烧得通红的脸，向我开了口。

“信，信义～你把那个人介绍给我吧！”

说着，张微一扭身，粘到了我的身上，憋得我透不过气来。

姜月啊姜月，求求你赶快把这个无耻的女人拉开吧，我可以原谅你至今以来所有的无理行为！你为什么站在那里纹丝不动啊？我的忍耐力即将用尽，可怕的暴力就要露出马脚了。我用尽办法，一心想把张微从我的身上拉开，却是瞎子点灯——白费蜡。不知是对女生也开始产生了嫉妒心，还是看着痛苦的我产生了同情心，姜月开始绞尽脑汁，要让张微主动离开我。

“姐姐～那个半月党，有机会我一定让她介绍给你！我现在要带她先走了～”

听了这句话，张微才强装笑脸，松开了我的胳膊。

“呵呵，是吗？那你走好吧。信义～改天如果那个人再过来，你一定要正式介绍给我啊。知道了吗？”

这和我有什么关系啊！我没有做出任何反应。心想，虽然不知姜月心中的目的地，只要能离开这个鬼地方，我都愿意去。没走多远，姜月在等着接他的黑色轿车前停住了脚步，为我打开了车门。

“上车,我送你回去。”

我一句话也没有说,迅速地坐上了车。不知道是什么事情令姜月如此兴奋,他的嘴角挂满了灿烂的笑容。在我只顾注意姜月的表情时,车子开到了公寓门前。我下了车,刚好碰到放学回来的信友。见到信友,姜月更是高兴地抢在我前面与信友大声打了招呼。

“喂～小舅子!!”

小,小舅子;看到门口的车子,随即又看到了姜月,信友三步并作两步地跑到我们面前。

“姜月哥～!!”

“小舅子～放学回来了?”

“我已经连作业都做好了～哥,是你用车子把姐姐送回来的吗?”

“我们嘛,当然要在一起了～好久没一起玩了,要不～我们进去打比赛?”

“好啊!!”

“那我们进去吧,你在前面带路,小舅子!!”

怕我上前阻拦,姜月拉起信友就往屋子里跑。他们怎么总是长不大呢?我无心考虑这些,跟着他们回到了房间。

刚刚脱下鞋子,两个人就完全沉迷于游戏中了。两个大孩子全神贯注,毫无顾忌地哈哈大笑,完全忽视了我的存在。看着他们如此开心,我只是无法理解地摇了摇头,没有阻止他们。这时,门铃响了。公寓里又来了其他客人。

叮咚～叮咚～

姜月和信友两个人,一心投入到游戏中,丝毫没有想要开门的意思。无奈,只能由我去开门了。

“是哪位啊?”

“信,是我。”

这个声音,是我最喜欢的班野的声音!我急忙开了门,展现在我眼前的,果然是班野耀眼的身影。

“班野,这是怎么了?”

“我来这里已经是常事了，有什么大惊小怪的吗?”

“嗯? 没，没有啊，我大惊小怪了吗?”

这时，班野看到门口散乱着的姜月和信友的鞋子，朝屋子里面看了一眼，平静地说：

“家里有客人?”

“啊，嗯。是姜月和信友，两个人在打游戏……”

“哦，是吗。信，我有话对你说。”

“嗯? 什么啊? 说吧～哎呀，你看我，一直让你站在门口，都忘了把你请进来了。快进来吧～”

“不用了，信。我想找一个安静的地方，跟你好好谈一谈。我们出去说吧。”

班野的话让我联想到了约会，我明显地感觉到了心跳加速。没有丝毫的犹豫，我躲着姜月的眼睛，迅速穿好鞋子，跟着班野走了出来。

坐上班野的摩托车，我们来到了离我家有一段距离的地方。看到不远处有一个白色的咖啡屋，我们停好车子走了进去。我们找了一个僻静的角落，各自点了一杯咖啡。我非常好奇班野所谓的重要的事情会是什么内容，有些期待，有些紧张。

“班野，你不是不喜欢这样的地方吗? 是不是出什么事了?”

“信，离开恶蝎神吧。”

“什么?? 班野，你说什么?”

“恶蝎神……我是说让你脱离恶蝎神。”

“这么突然，这是为什么?”

“是不是突然并不重要。信，你现在是一个平凡的高中生。这种情况下，你无法担任恶蝎神的二号人物的重担。”

“班野，是不是因为上次我忘记了你交给我的案子，让你生气了?”

“不是，做出这样的决定，并不是因为那件事情。当然，那件事也能够充分地说明，作为一个平凡的高中生，你无法频频出面负责处理各种案件。”

“那，那件事情，并不是那样的……”

“知道，我知道。信处理案件向来干净彻底。可是，现在已经不一样了。我只希望信能够顺其自然，接受身边发生的一切变化，尽快适应眼前的现实生活。”

“不管怎么样，你也不应该这么突然地让我离开啊……一直以来，只要是班野的话，我都是言听计从的。尽管在恶蝎神你是第三位，可是我从来都没有把你当作我的属下。但是现在你却突然提出让我离开恶蝎神，你让我如何接受这个事实呢？”

班野的表情逐渐暗淡下来，似乎已经失去了说话的意愿。我缓慢地把咖啡拿到了嘴边。杯中冒出浓烈的咖啡的味道，刺激着我的鼻子。我无论如何都无法理解班野突然做出这种决定的原因。是因为我暗杀了伊特奈尔的人，引发了战争？对方察觉到我的作为，决定要处治我，才有意让我……想到这里，为了验证我的猜测，我便开口向班野问道：

“班野，或许……是伊特奈尔发觉我的所作所为，正式与恶蝎神对立，宣战了吗？是那样吗？”

“……”

班野仍旧默不作声。我的后背已经沁出了冷汗。这时的我，脑子里闪过一种不祥的预感。而班野冷淡的目光，更让我的心情坠入低谷。

“班野，回答我！是不是担心我，怕我遭遇危险才做出这种决定的？是不是？”

“……信，你只要安安静静地离开恶蝎神，这样一切都会过去的。”

“班野，我知道你很关心我，但如果是因为这个，我就更加不能离开恶蝎神了！引发与伊特奈尔之间战争的根源是我啊，我理应背负起这个责任，解决这场纠纷！更何况我是恶蝎神的执行总裁，能对我下达命令的人只有老板。班野，不是我不信任你，但是我的确无法接受你的建议。”

班野紧紧地皱起了眉头，掏出一支烟叼在嘴上。似乎早已预料到我会这样顽固，班野深深地吸了一口烟。我无法抑制自己内心的冲动，继续苦口婆心地说服班野。

“班野，上次的事，我知道是我不对，我向你道歉。接到你的电话后，我也想过马上跑去处理。不管怎样，那是班野安排给我的事，我也一心想着要办得漂亮一些。你想把这件事情当作借口,让我离开恶蝎神,也太狡猾了吧?因为怕我遇到危险而让我离开,更是不应该啊!我知道我们在任何时间地点,都可能会被人夺走性命。既然我选择了杀手这个职业,说明我对这个职业的危险性已经有了充分的了解,这些你应该很清楚啊!你为什么要这样对我呢?"

"信,你不要这么冲动……先听我把话说完。"

"我不会同意的,绝对不会!班野,我是恶蝎神的执行总裁,没有理由服从你的命令!"

说出这句话,我马上意识到了自己有些过分。但是为了反驳班野,我别无选择,只能这么说。尽管我说出如此中伤班野的话,他的表情还是那么镇静。

"信,那么这一段时间,你不要到恶蝎神的仓库。这个能保证吗?"

"班野。"

"不要再和我讲条件了,就按照我说的做吧。这不是命令,而是请求。对执行总裁,我哪里有资格下命令呢?我只是在请求……听我的吧,信!"

"呼……"

不知不觉,我长长地叹了一口气。我时而拿起咖啡杯,时而又放下。一系列的小动作,只是为了逃避班野的视线。可班野仍然执意让我暂时离开恶蝎神,不肯让步。而他的口吻,像是对我最后的请求。

"信,从今天起一段时期内,我不会再给你打电话,也不会以任何方式联系你,更不会到学校找你。等过了这段时间,恶蝎神安定一些以后我再和你联系。所以信,你也不要再和我联系了。知道了吗?"

这时我才真正感受到心里一块石头落地的滋味。我思绪万千,但很快又变成一张白纸。

不知过了多久,两个人保持了好长时间的寂静后,班野起身先告辞。

"信,我知道突然与你说这些,会使你不知所措。但是你一定要记住,在我主动联系你之前,你绝对不能接触恶蝎神的任何人。这段时间里,你必须远离恶蝎神。"

班野冷冰冰地扔下这样一句话,起身离开我,消失在茫茫人海中。班野离开后，我呆呆地坐在咖啡屋，久久没有离开。虽然经过我的努力争取，避免了退出恶蝎神的结局，但是暂时离开恶蝎神，对现在的我来说，和退出恶蝎神有什么区别？这是否也可以看作是让我认真学习，过平淡校园生活的机会呢？但是不管怎么解释，我都无法轻易接受这个现实，心里总不是滋味。

手机电池耗尽，早已自动关机了。当我回到家，已过了子时。姜月见我迟迟不回家，也没有回去。我开了门还没来得及走进房间，姜月便不容分说地大发雷霆，喊道：

“喂！！老婆！！你到底跑到哪里去了？你知道我找你，有多担心你吗？连手机都关着！”

“别说了。我今天心情很糟，你还是回去吧。”

“人家为了你整整担心一天，等到现在。你总该对我说点什么吧？”

“住嘴！你还是快点回家吧。”

看着我那无精打采的冰冷的眼神，姜月稍微迟疑了一下，长长地叹了一口气。

“呼～我还以为你出了什么事呢。不管怎样，你总算安全回来了，我也就放心了。那我回家了。不过等你平静下来以后，一定要告诉我到底发生了什么事啊。不要忘了，我还是你名义上的男朋友呢。作为你的男朋友，我对你却一无所知。这样是不是太不公平了？”

“你还不打算走吗？”

“知道了，我知道了！我马上就走！喂，小舅子，那我就回去了！”

“嗯，姜月哥。走好啊。下次再来玩～”

姜月仍然没有忘记与弟弟打一声招呼，随后用担心的目光看了看我，便转身回去了。信友不管三七二十一，拉住我问道：

“姐，你到底跑到哪里去了？我们玩了一会儿游戏就发现姐姐不见了。我和姜月哥急得到处找你，你知道吗？”

“我不想听。”

“姜月哥为了找你，想尽了一切办法呢。你为什么还要关掉手机啊？”

“韩信友，不想让姐姐收拾你，就马上去睡觉。明天还要上学呢。”

“姐，发生了什么不好的事吗？”

“不用你担心，快去睡觉吧。”

“我马上就去睡觉～不过你要先告诉我发生什么事了。我一定洗耳恭听。”

“马上去睡觉。”

“姐！！”

“走开，不要烦我！！”

听到我这样大声训斥，信友吓得睁大了眼睛，蹑手蹑脚地去睡觉了。我也马上换了睡衣，瘫倒在床上。班野那专注的眼神和表情、让我离开恶蝎神的忠告，使我的大脑混乱不堪。加上信友鼾声如雷，我的睡意如秋风扫落叶一扫而光。我心烦意乱，躺在床上翻来覆去，久久无法入眠，睁着双眼度过后半夜，终于等到了黎明。

第二天清晨，送走信友，我也急急忙忙走出了公寓。大概是因为起得太早，姜月打着哈欠站在公寓门前等着我。看到我出来，姜月擦了擦由于打哈欠流出的泪，如清晨的太阳般满面灿烂的笑容迎了过来。

“啊，老婆。起来了？”

“有事吗，这么早。”

“当然是想和你一起上学啊。快上车吧～”

姜月那高级轿车的司机见我出来，也走下车与我打招呼。

“早上好，小姐。”

“啊？嗯，好。您好，大叔。”

由于小姐这个称呼对我来说太陌生，我的表现有些慌张。看着这样的我，姜月大声耻笑道：

“老婆，快上车！这么早来接你，司机叔叔也很辛苦哦。”

“所以啊，为什么要一大早就来骚扰我呢？我什么时候请求你来接我吗？”

“话怎么可以这么说呢？我决定从今以后每天都来接老婆一起上学。”

“什么时候做的决定啊？”

“不要问了，快上车吧。”

姜月岔开话题，一把把我推进了高级轿车。迫不得已，我坐上了高级轿车和他一起上学。透过贴了玻璃膜的车窗，无数男男女女嘻嘻哈哈打打闹闹着上学的风景映入了我的眼帘。这才是普普通通的高中生上学的样子吧？与富家子弟一同坐着高级轿车上学，当然算不上是平凡的生活了。但愿这会成为我开始正常生活的前兆吧。一股忧郁潮水般袭来，让我不知不觉叹了一口气。

“呼～”

看见我叹气，姜月似乎想起了什么，察言观色地看了看我，开始严肃地谈起了正题。

“昨天看你气色很不好……没什么事吧？”

“嗯。”

“发生了什么不愉快的事吗？还是不能告诉我吗？”

“明知道我不会告诉你，还一定要自讨没趣吗？”

“可是……算了。心情不愉快的时候，应该马上想办法摆脱困扰，否则长期埋在心里，很容易得心病的。今天放学后我们一起到有趣的地方吧！”

“有趣的地方？”

“嗯，你就信我一次吧。今天我一定会负责让老婆笑逐颜开的。”

“不要总是把负责这个词挂在嘴边。”

“呵呵呵！到了～快走吧！”

姜月的车子很快就开到了校门口。习惯地迎着同学们羡慕的目光，姜月和我各自走进了自己的教室。

刚刚走进教室，班长路熙便笑面迎来。

“早啊，信义～”

“今天也戴着那副眼镜啊。”

“嘿嘿，你不是知道的吗～在学校的我。”

“好了好了，随便你吧。”

“今天信义的脸色特别难看啊。有什么不愉快的事吗？”

“我还会有什么不愉快的事呢？就是有些疲劳。大概是昨晚没有睡好吧。”

“怎么了？为什么没有睡好呢？”

“弟弟睡觉时的鼾声太大了。”

“哈哈。信义真有趣～看你这么疲惫，还是到医务室好好休息一下吧，我来和老师说。”

“不用了，没关系。”

“不行，信义现在的脸色真的好难看。”

听路熙劝说，我也感觉到脑子昏昏沉沉的，身体和精神状态非常糟糕。正值老师的早会时间，路熙观察着老师的眼色，适时举起了手。老师暂时中断讲话，问道：

“有什么事吗？路熙。”

“老师，信义好像身体不太舒服。早上来的时候就发现她状态很不好，可不可以把她送到医务室看医生啊？”

“是吗？那你赶快把她送到医务室吧。”

“是。”

路熙轻轻拍了拍我，示意我跟过来，紧接着小心地搀起了我。在路熙的帮助下，我来到了医务室。是因为医务室刚刚搬来，还是因为发生了什么事情，室内一个人都没有，一片死寂。路熙帮我撩开隔帘，指着床说：

“我看这里还不错。信义，你就在这张床上好好休息一下吧。这里能够避开阳光直射，而且温度也正适宜。在这里好好休息一下，心情也会渐渐好起来的。”

“谢谢。”

路熙背靠着窗户，小心翼翼地摘下了眼镜。

“噗，眼镜特别容易脏，真是不方便啊。”

这时，一缕阳光直射在路熙白皙的肌肤上，显得肤色格外嫩白光滑。路熙摘下眼镜，一位绝色帅哥出现在我的面前。就在我独自胡思乱想的时候，路熙十分担心我的身体状况，用摘掉眼镜后的漂亮的眼睛仔细看着我。

“信义，是哪里不舒服吗？你看上去还是有些虚弱。”

“嗯？啊，没有，没关系。”

“看你，说话都有些不顺了。”

“不，不是那样的。”

“是吗？信义，你千万不要生病啊。人只有在自己生病时，才会为自己渺小而感到可悲。”

“是啊，谢谢你。”

“信义看上去总是很精神。”

不要，不要再露出那魅力非凡的笑容了！我快要支撑不住了，如果想笑，快点戴上那副眼镜再笑吧！戴上眼镜，还可以遮住一些魅力，让我不再胡思乱想。路熙，你为什么不能理解我的这种心情呢？难道戴上眼镜很难过吗？可是任我在内心呼唤，路熙只是静静地靠在窗户边看着我，丝毫没有要戴上眼镜的打算，而这让我无法入睡。

“班长，你已经把我送到医务室了，可以回到教室去了。”

“我想等你睡了再走。”

“你在这里，我怎么可能安心睡觉呢？快走吧。”

“是吗？知道了。那你好好休息吧。医生很快就会回来的，不用担心。”

“知道了。谢谢你。快去上课吧。”

“那好，过一会儿再见，信义。”

路熙临走也没有忘记留下他那迷人的微笑，卷走了我所有的睡意，勾起了我的无限遐想。而他却满不在乎地戴上偌大的眼镜，怡然自得地消失了。

这个杰纳斯(两面人)！医务室里终于剩下我一个人，可以安安静静地睡觉了。这时不知是谁，又拉开了医务室的门。我以为进来的是校医，刚要说明我的情况，起身坐了起来。当我回过头，发现我的预想并不正确。进来的不是我所期待的，穿着白大褂的校医，而是和我一样穿着校服、极度消瘦、显得有些憔悴的柔弱女孩子。虽然拥有一双很大的眼睛，但是眼神里没有丝毫光彩。看见我坐在床上，她似乎有些吃惊，但随即露出了淡淡的微笑。我看见她那白皙的脸庞、浅浅的微笑，一时间有些惊呆了。她不顾我的表情，熟练地坐到旁边的空床，轻轻地躺下了。她的一举一动告诉我，她是这间医务室的常客。而且通过她的外表，很容易看出她不是患有感冒之类的小病的人，而是长期患有重病的患者。我生来就对陌生人毫不关心，所以也没有理由去关心身边这个女孩子。我也重新躺了下去，打算舒舒服服地休息一下。我刚闭上眼睛，这个女孩便对我开了口。

“你是哪里不舒服呢?”

其声音亦和她的长相十分匹配，又细又轻。

“没什么，只是有点头晕。”

听后，女孩儿露出微笑，侧身面向我，又轻轻地开启了樱桃小嘴。

“看名签，你是一年级的吧。和你在一起的感觉很好。虽然在这种场合相逢、相识，成为朋友也有些可笑……不过……我们能不能交个朋友呢?”

我正面凝视着她，她马上表现出在迫切等待我答复的样子。从她已经没有那么透彻的眼睛可以看出，她已经病入膏肓、身体非常虚弱。既然我已经决心要做一个平凡的高中生，多交一些朋友对我来说并非坏事，我只是简单地想了想，便顺水推舟答应了她。

“像我这样的人，如果你不嫌弃，就按照你喜欢的去做好了。”

听到我这么说，她的脸上浮现出甜美的笑容。

“真的吗?谢谢你。我是二年级的，叫具银亨。就叫我银亨吧。”

“是吗?我叫信，不是，叫韩信义，你叫我信就可以了。”

“这个名字真好听啊!”

“好听吗?发音都有点难度呢。”

“哈哈，信是很有意思的人啊。”

“也许吧。当然我自己丝毫没有觉得自己是什么有意思的人。”

“信的眼睛不轻易笑啊。”

“什么??”

我有点惊讶地反问，她却还是那么温和地微笑着回答。

“信的眼睛里好像充满担心和忧郁，似乎在说，请不要接近我。”

“你可是眼睛里连焦点都没有，像是在告诉看你的人，我柔弱多病。所以，眼睛里留一些光芒吧。”

我自以为这是最温和的、出于关怀的话，但说出口才发现，其实只是一句硬梆梆的、毫无感情的话，顿时心里有些歉意。可是她却笑得更痛快。

“你是在担心我吗?”

呵，虽然她偌大的眼睛里眼仁混沌、没有精神，但是她看我的眼神，似乎能看到我的内心深处。

不知何故，我对眼前这个女人也有些好感。不知不觉中，我向她送去了淡淡的微笑。见她用一丝惊奇的目光看着我，我也用关心的口吻打听她的情况：

“看起来你好像哪里不太舒服，真的得了什么病吗？如果你不想回答也可以。我只是看你太憔悴了，所以问问。”

听了我的话，她毫不犹豫地告诉我。

“我只是好长时间身体都很虚弱。休学了一年，才刚刚复学。所以我今年已经是十九岁了。”

“是吗？那正好和我同岁啊。我是晚了两年复学的。”

这也是炫耀的资本吗？不管怎样，为了增加我们的共同语言，我强调了同岁。

听罢，她用更加颤抖的声音和我聊了起来。

“是吗？你也是因病休学两年?”

“你自己考虑吧，你应该也能看出来，我休学像不像那个原因呢?”

“哈哈，我觉得也是啊。那你为什么休学呢?”

“如果你知道我为什么休学，你可能就不会想交我这个朋友了。”

“说什么啊?”

“没什么。知道得太多，有时候可能会受到伤害。”

“是吗？不知道信有没有男朋友啊?”

“那样的我不需要。”

“嗯？为什么？我看见信，第一眼就被迷住了啊！你长得实在太美了，应该会有很多的男孩围着你，追求你吧。”

“我觉得你比我漂亮多了。我这种性格，不是男孩子们喜欢的性格。”

“信看起来好神气啊！这种气质更能突显你的美丽哦。”

"神气？是啊，任何时候在任何地方都不会唯唯诺诺。"

"呵呵，那么信，你没有喜欢的人吗？"

瞬间，班野的形象浮现在我的眼前。我的心开始剧烈地跳动，不经意间，满脸涨得通红。银亨脸上挂满了微笑。

"看得出你有喜欢的人嘛。"

"没有，对于男人这种动物，我从来没有深入考虑过，只是偶尔会有觉得很不错的。"

"我们学校的？"

"不，和我们学校一点关系都没有。"

"是吗？真想早点见到那个人。"

"你赶快好起来吧，等你看到什么都不会吃惊的时候，我会让你见到他的。"

"真的？"

"该你了。你有没有喜欢的人呢？"

对我的提问，银亨犹豫了片刻。

"有是有……可是，和我有点不般配。"

"他是一个什么样的家伙呢？"

她呆呆地盯着白色天棚看了一会儿，自言自语道：

"距离……距离太近了，反而变得很远。就是一个那样的人。"

"在很近的地方，但又离得很远的人？"

"不，不是的～能与信成为朋友真高兴。我们互相之间就这样一点点、逐渐地了解对方吧。"

"好啊，这也没什么不好的嘛。"

就这样，我和这个叫具银亨的女孩成了朋友。

我们躺在床上，静静地聊起这样那样的事情，不知不觉中两个人都睡着了。

过了好长时间，醒来一看，银亨的床上已经空空如也。哎，刚才问一问她的手机号码就好了。我怀着多少有些遗憾的心情离开医务室，独自一人走向教室。这时，忽然发现从卫生间走出来的银亨，我高兴地跑了过去。

她还没来得及擦干净嘴角上的血迹，这已经告诉我她的病情。

“哎呀，你吐血了？疼得厉害吗？”

看过我担心的表情，银亨反倒送给我微笑，说道：

“不要紧。现在没事了。谢谢你这么担心我。”

“哎呀，这样摇摇摆摆可怎么行啊。这么挺着绝对不行，赶快去医院看看吧！”

“不用了。休息一会儿就会好的。自己的身体状况，我最了解了。”

“那也不应该这样啊。”

“我带着药，吃了药就会好起来的。”

“那现在马上吃药吧。”

“嗯。信现在是要回教室吗？”

“嗯，我该回去了。我不像你，身体真的不舒服。睡得差不多了，我也该回去听课了。”

“是吗？信义，可以告诉我你的手机号吗？”

我告诉银亨自己的手机号码，又把她送回医务室，我便也回到了教室。因为是在课堂上，路熙悄悄地问我病情。

“现在好些了吗？”

“本来就没有什么病啊。只是身体状态欠佳而已。”

“是吗？那太好了。呼，刚才真是担心啊。”

“只是身体状态稍微有些不好都这么担心，如果我真的病了，那岂不是要混乱起来了？”

“那种话不要随便说啊。说着那种话，如果真的病了……”

看到老师凶狠的眼光在瞪着我们，路熙和我都不好意思地闭上了嘴。正在上课时，我的手机震动起来。躲避着老师的目光，把课桌当盾牌，我在桌后小心翼翼地打开了手机盖。一段文字信息传了过来。

“信义，好好上课～不介意的话放学后一起回家吧～——银亨”

我偷偷地看了老师一眼，躲过老师的眼睛发了回信。

“好啊。放学后我去医务室，你在那里等我吧。”

路熙看着我开心地发信息，似乎有些好奇。但他只是严肃地告诫我应该聚精会神地学习，自己也若无其事地专心听课了。一天的课程终于结束，我正准备去医务室的时候，姜月这个不速之客出现在我的面前。

“喂～老婆!!”

“我告诫过你吧，不要那么大声叫我老婆啊!”

路熙见了姜月，故意把眼镜往下拉了一下，看了我一眼，便微笑着离开了教室。路熙这家伙，还是不想暴露自己的真面目啊。姜月没有考虑那么多，没有理会路熙，拉住我的手就往外走。

“快走吧～车子等在门口呢。”

“实在抱歉，我今天不能和你一起回家了。”

“为什么?”

“我已经答应朋友一起回家了。”

“朋友? 你的朋友，不是只有那个傻瓜班长一个人吗? 那小子已经走了啊?”

“我没有朋友，你觉得应该怪谁呢?”

“喂，老婆! 有我在，要朋友有什么用啊?”

“那只是你的想法，不管怎么说，我已经和朋友约好了，所以不能和你一起回去了。”

“是谁啊?”

“说了你会认识吗? 别烦我了，你自己先走吧。”

丢下那家伙，我径直走向医务室。这么一来，姜月那家伙也悄无声息地跟在了后面。

“喂! 让你先走，还跟着我干什么啊?”

“我是想和老婆一起走嘛。”

“我让你先走的啊!”

“不行! 我说过，我的老婆由我来保护。”

“哎呀，不要再说了，快住嘴吧。”

我把姜月撇在身后，一个人加快了步伐。我轻轻地拉开医务室的门，看到了背着书包等着我的银亨。银亨还是微笑着迎接我，像是久违的老朋友一样。看到她，我主动开了口。

“我们回家吧。”

“好，课上得好吗？”

“咳，也没什么。”

“可是，那个……”

看着跟在我身后的姜月那家伙，银亨说话突然吞吞吐吐起来。意识到银亨的视线，我马上转身瞪了姜月一眼。

“啊～这个家伙啊，你不必管他，他总是跟着我。我们快走吧。”

听到我这样说，姜月气急败坏、暴跳如雷。

“老婆!! 哪有这么说自己的丈夫的啊？”

“喂，你这浑小子！谁是你老婆啊？”

“我还能说谁啊，说的当然是我面前的韩信义啊。”

“少废话!!”

看到我和姜月毫无顾忌地大喊大叫，银亨笑得前仰后合。看她那轻松大笑的样子，更是可爱至极了。

“哈哈哈。信义真是有意思的女孩子啊。”

“喂，姜月!! 都怪你这家伙，我在人家眼里都变得可笑了。”

“我的老婆原本就很有意思啊～”

“少废话!!”

姜月这家伙吵了半天才认出银亨，上前打招呼。

“哦？你是……具银亨？”

听到姜月打招呼，银亨的表情多少有些不自然了，略微地低下了头说道：

“嗯，你好啊，月儿。”

“今天又在医务室睡觉来着？”

“啊，嗯，是啊。”

瞧这家伙，对一个有病的女孩，怎么一点关心的话语都没有呢？太没有教养了！哪怕问一句在医务室休息得好不好那么难吗？我真有点看不惯，朝他大喊了一句。

“喂，你这个混蛋！怎么一点绅士风度都没有啊？对一个有病的女孩，说一句关心的话语有那么难吗？你这个没教养的家伙！”

“我问她是不是在医务室睡觉了有什么问题吗？在医务室除了睡觉还能干什么啊？”

“吵死了！不要在医务室争吵了，快点回家吧。”

没听我说完，姜月便带头朝外面走了出去，我和银亨随即跟在姜月的后面走出了医务室。刚走几步，我便出于好奇地问银亨：

“银亨，你怎么认识那家伙啊？”

“在我们学校，还会有不认识月儿的人吗？何况我们又是同班同学。”

“你真倒霉。怎么和那家伙同班啊，真是罪过啊。”

“我从来没有和月说过一句话……托你的福，还能和他说一句话。”

“那家伙有什么了不起的啊。”

“可是信义，姜月叫你老婆……你们是在恋爱吗？”

“怎么说呢？我从来没有那么想过。可是他好像一定要那么想。”

“哈哈，喜欢月的女孩子那么多，怎么偏偏信不喜欢他呢？”

“你看他的所作所为，我怎么会喜欢那样的家伙呢？”

“哈哈，信说过，你另有喜欢的人，是吧？”

“呃，嗯。算是吧。”

我们就这样边走边说，不知不觉走到了姜月的车子停下来的地方。姜月打开后车门让我们上车。

“具银亨，还有我老婆，上车吧。”

银亨看着我有些犹豫不决，我马上笑着说道：

“那家伙不是说可以白送我们回家吗？快点上车吧。你身体这么差，挤公共汽车回家多累啊！”

听了我的话，银亨小心翼翼地上了姜月的车子。

我亦轻轻地坐在银亨的身旁，而姜月无可奈何地坐到了前面副驾驶的座位上。

车子刚刚启动，姜月便问银亨的家住在哪里。

“喂，具银亨，你家住在哪里啊？”

“嗯？啊，我家住在江南。”

“江南什么地方？”

“在江南车站附近停车就可以了。”

“是吗？知道了。”

两个人简短的对话结束后，车子便向江南车站方向驶去。

转眼间，轿车便开到了江南车站，银亨马上让司机找一个地方停了车。

“啊，好了，就停在这里吧，就在这里停车好了。”

听银亨说到了，姜月迫不及待地命令司机师傅停车。

“大叔，停一下车。”

司机按姜月的指示停下来。银亨看着我说：

“信义，我们明天再见吧～月儿，谢谢你啊。司机叔叔，谢谢你送我回家～”

说罢，银亨面带微笑，挪动那虚弱的身体，缓缓地下了车。银亨下车后，我以为姜月会让司机送我回家。没想到姜月说的却是意想不到的话。

“司机叔叔，送我们去游乐大世界吧～”

“是，少爷。”

我大吃一惊，马上逼问姜月：

“喂！！突然去什么游乐大世界啊？？”

“今天早上我不是说过了吗，人的紧张疲劳，无论是身体上的还是精神上的，必须尽快缓解，否则会积多成疾的。我今天要带你去有趣的地方。”

“你什么时候说过啊？我怎么没有印象啊？我没有什么紧张疲劳，直接送我回家吧。”

“不行，为了你，我已经买好了游乐场的代币券。”

“你说什么？我什么时候让你那么做过啊？”

“哎呀，老婆，你就不要抱怨了，今天你只要什么都随着我就可以了。”

“真拿你没办法，有没有人能够管住你的胡作非为呢？”

无奈，我也只有随他安排。我靠在车座上闭上了眼睛。

很快，高级轿车安全抵达了游乐大世界。可怜的司机师傅，也不知道我们会玩到什么时候，只能回到车上耐心等待。姜月拉着我的手，大摇大摆地进了游乐大世界的大门。虽然不是休假日，但还是有那么多人等着享受晚间的场次。无论别人认为有多么刺激，对于生来胆大包天的我来说，统统不在话下，反而越是刺激越是想亲自体验一下。遇到姜月不敢做的，我一定要让他去面对。转眼间，被动者由我变成了姜月。

"嘿嘿，老婆，好了，我们今天就玩到这里吧。"

"小子！你不是说要让我好好解乏吗?!!"

"喂，老婆！你不是说没有紧张疲劳可解除吗？"

"喂！你这混蛋!! 你不是说特意为我买了那么多代币券吗？你不是一直都在说大话吗？我今天就是要玩个够，给你好好放一次血！"

"什么？还没玩够？你真的要让我大出血啊？"

"怎么？心疼了？"

"我大出血，你不是更心疼吗？"

噗!!

我不露声色，对准他的肚子就是一个勾拳。这家伙尖叫一声，捂着肚子急促地喘上了粗气。

"嗬，呃，啊，哎呀，我的老婆啊!! 怎么女人的拳头这么硬啊!!"

"少说废话。现在我们去坐那个。你不想坐就算了，我自己去。"

扔下这句话，我就走过去准备排队。姜月无可奈何地跟在后面。我们站在长排的末尾，等待着排到自己的号码。姜月对于按顺序排队等候有点不耐烦了，做出了奇怪的动作。

"哎，啧！怎么这么多人啊!! 大家怎么都不回家睡觉啊!!"

姜月无缘无故踢着边上的石头，故意大声吼叫，有意给前面的人听。平时听惯了这家伙的喊叫，我只是见怪不怪，也没觉得害羞。可前面的人见了姜月的狂妄举动有些震惊。装出泰然的样子，有意给姜月闪开了路，让他往前排。这样，我们很快就到了排头。姜月觉得占了便宜，扑哧扑哧地偷笑着。我实在看不惯这家伙的一举一动，冷冷清清地呵斥他一句。

"有什么高兴的？看你那得意样。难道你是流氓吗？还是黑帮？"

“我说过让他们闪开了吗？我没有威胁过什么人啊？都是他们主动让的路嘛！”

“就知道装聪明！”

“哎～这有什么啊？托他们的福，我们能够早点坐了嘛～”

“热泪盈眶啊～太感动了！”

不管怎么样，多亏了姜月，我们很快坐上了太空车，愉快地大喊大叫，把所有的疲劳和烦恼都甩给了太空。夜已经很深，只有月亮和星星给我们留一点光亮。我们拖着疲惫的脚步走出游乐园。这么晚了，司机师傅还在门口等着我们。在这个世界上为别人干活真是不容易啊！玩了一天的游乐园，姜月被那些游乐机折磨得失魂落魄，而且有些疲惫了，平常那么多的废话，现在一句也没有了。车子一启动，姜月很快就坠入了梦乡。司机师傅无言地把车子停在我的公寓门前。我怕吵醒姜月，轻轻地开了车门，向司机师傅道谢后下车，站在原地，目送姜月的车子开走，直到车影远去。当我刚要走进公寓，忽然听到了一个熟悉的声音在叫我的名字。

“信义。”

我回头朝声音传来的方向望去，只见白天的眼镜无影无踪，显示自己英俊面貌的路熙站在眼前。

“哎呀，班长，到这里有什么事吗？”

“在外面不要叫我班长。”

“那么叫你少爷？”

“信义，不要笑话我了。”

“不开玩笑了，有什么事啊，这么晚来找我。”

“实际上，我已经在这里等你几个小时了。”

“什么？那你怎么没有给我打电话啊！”

“你和姜月去约会了吧。就他的臭脾气，你接了我的电话，他一定会大发雷霆的。那样反而会让你难堪，所以我就没有打电话。”

眼前的路熙与姜月无法比较，城府颇深。姜月要是见到这个帅哥，一定会疯狂地嫉妒。尤其是，知道这家伙就是我们班的那个丑陋的班长，他一定会歇斯底里的。

我想着这些混乱的事情,又重新仔细地看了看路熙的脸庞。虽然还是带着那魅力十足的微笑看着我,但是看得出,他的内心隐藏着犹豫和苦恼。无论是谁,这种心态都逃不出我的眼神和预感。

我假装漫不经心地问路熙:

“有什么事吗?怎么眼神和以前不太一样啊?”

“啊?没什么,我会有什么事啊……可是,信义,或许……”

“或许什么?”

“酒……会喝酒吗?”

“什么?”

“问你会不会喝酒?”

“酒又没有毒。”

听我这么说,路熙的脸上露出了喜悦。

“喂,班长,你想喝酒吗?想要和我单独喝酒,才在这里一直等到这么晚的?是吗?”

“啊,那个……没什么,只是忽然想起来,如果能和你单独喝一杯酒会怎么样呢?所以……”

“喂,你也是个男人,不会是想把我灌醉了看我的丑态想干些什么吧!”

“你说什么啊?哈哈!哈哈!!信义,你看我是那种人吗?”

“这个世上有很多那样的人,从外表看一表人才,可他们的内心却是一个疯子。”

“嘿嘿,我疯了吗?敢拿信义当猎物。当然不是那样了。我只是想借机和信义多聊一聊各种各样的事,就想多创造一些了解信的机会。而酒只是一种道具而已。”

“兜了一大圈,说得那么累,就是一句话,喝酒去。是这样吧?”

“是。”

“嗯,多少有点累,但是正如姜月所说,你是我在学校唯一的朋友,我不能不管你啊。走吧,你喜欢去哪里?”

“信义,你是不是应该先回去换下校服啊?”

“啊,是啊,我还穿着一身校服呢,你稍等我一下。”

我急急忙忙跑回公寓，换上了一套西装，回到路熙的身旁。路熙默默地给我带路。

短暂的沉默之后，我们到了一家高级酒吧。酒吧的氛围显得异常高档，与路熙的情绪非常和谐。路熙究竟想要聊些什么？为什么一定要喝酒呢？我在恶蝎神的时候经常喝酒，所以有点酒量，可是像他这么老实的人能喝多少酒呢？

点了最好的洋酒后，路熙坐到了我的对面。

路熙开始有些害羞，只顾劝我端杯。喝过几杯后，路熙便开始对酸涩的洋酒来者不拒，我亦痛快地干了几杯。见我喝了这么多还丝毫没有醉意，路熙惊讶地看着我说：

"信义喝酒好厉害啊！"

"哪里，就当喝水好了啊！"

"哈哈，原来如此啊！那再来一杯。"

"好吧。"

就这样，我和路熙没有谈任何重要的事，就你一杯我一杯地喝了很多酒。过了一段时间，路熙那乳白色的脸开始泛起了红润，而且话匣子也打开了。

"在信义的眼里，我是一个什么样的人呢？"

"你说会是什么样的人啊？在学校是一个模范生，回家后作为国务总理的公子，就是一个少爷派头啊。"

"我像现在这样带着面具上学，你是怎么看的呢？"

"是啊，每个人都会有难言之隐，那是不可避免的。如果改变不了所处的环境，就只能想办法适应那个环境。你也是这样吧？否则有谁会喜欢带着假面具生活呢？你是不是也有难言之隐啊？"

"信义真是理解我的处境啊。如果姜月知道我的真实面目，会做出什么样的反应呢？"

"是啊，他平时就是一个疯小子，知道了一定会发狂的。原本姜月那家伙对你也没有什么好感。"

"信义对我的家庭有什么见解呢？"

“我会有什么见解啊，只是觉得，你的家庭是一个非常了不起的家庭啊～”

“在读高中的年龄，为了政治需要，我早已经订了婚。你能理解这种心情吗?”

“政治需要……什么??”

我多少有些吃惊，把端起的半杯酒重新放回桌子上。路熙长长地叹出了一口气，开始切入了正题。

“我没有必要对你隐瞒什么了，信义。从小，我特别害怕父亲，对父亲的话从来就不敢说一声不。而且家里的规矩也非常严格。我就是在这样的环境中长大的。所以我从小就没有朋友，即使有了朋友，人家也都只是为了利用我，用完就把我一脚踢开。仅仅一个理由，身边所有的人都可以把我孤立起来，即我是国务总理的儿子。这样被孤立，已经多得数不胜数。所以虽然很无奈，但是为了不暴露自己的身份，我也只能像现在这样带着面具生活了。”

“这一点我也猜测到了，这种处境，你也无可奈何啊。”

“是吗? 可是，以这种形式继续校园生活，对我来说是非常痛苦的事。总是需要隐藏什么、躲避什么、克制自己，而且还在无休止地反复着。”

“我理解你。”

“我的人生没有任何意义。只是按照爸爸的安排，被关在爸爸设计好的圈子里，做一个稻草人而已。”

“原来是这样啊。”

“有时我也在思考，按这种方式活着又有什么意思呢? 但是在无情的现实面前，我也只能自我安慰，并装出一副若无其事、自鸣得意的样子。在那种阔少爷公子哥聚会的地方，有些人嫉妒我、排挤我，我经常都会遭到一些人的白眼。所以我必须加倍努力，在实力上超过别人。不用说其他人，单看我们身边的姜月，就是一个很好的例子。姜月也拥有一个了不起的家庭，他也经常参加各种聚会。每次见面，他都一心想在大庭广众之下讥笑我、排挤我，恨不得一口吃掉我。那家伙这样对我，其实我们之间并没有什么恩怨情仇和其他过节。原因很简单，只因为我是国务总理的儿子。”

“如果还有其他理由，那家伙是不能容许旁边有占他上风的帅哥。你太出众了，就要受人嫉妒啊。”

“所以说，我最讨厌我现在的样子了。”

“今天你邀我喝酒，就是要发发牢骚，感慨你的人生吧。”

“还有最重要的是，在我这种假面人生的现实生活中，又有了使我心灵受到重大创伤的事情。”

“那又是什么啊？”

路熙的脸色更加阴沉，随着酒劲的加大，他满脸涨得通红。

“刚才也说过的所谓政治联姻，就是为了某种政治需要，为了达到各自的目的，两家人共同决定的婚事。这是我降生到这个世界就已经决定好的命运。人们不是说未来难测吗？而我这个人是连未来都决定好了才出生的。……这件事最让我心痛。这样的生活不知还要持续到什么时候。如果可以按照我自己设计的人生生存下去，长大以后我要娶一位我心爱的人，生养我们的孩子，而不是过一种非常超脱的日子。我想要的是一种平凡的幸福生活。可是……就连这么小小的愿望都无法实现。我觉得自己太可悲了。”

“总结一下你刚刚讲的这些话，就是说，虽然你出生在了不起的家庭，但没有一件随心所欲的事情，就连结婚的对象都是出于政治需要而确定的。是这样吗？”

“嗯。”

“呵呵，这简直就是在写三流的连续剧啊。”

“知道这些话很难令人相信……可这的确是事实啊。”

“是吗？那你也想一想，那位所谓和你政治联姻的女孩子的处境，是不是和你一样呢？是不是每天也像你这样叹息呢？是不是像你一样感慨这不幸的人生呢？”

“不，她是爱着我的。”

“你说什么？”

“那个女孩子坦然地接受了这个现实，并深深地爱着我。我也坦然地接受了这个现实，唯一不同的是，我并不爱那个女孩子。”

“那你想怎么办呢？”

“我喜欢信义。不知从何时开始，我发现信义的眼神、信义的一举一动都与众不同，很有魅力，深深地吸引着我，也不知道从何时起，我知道了我已经无法不去喜欢信义了。”

“哎呀。”

“可以说，我已经达到了只要是为了你，什么都可以抛弃的程度。”

“什么？你再说一遍。”

“信义，我们……我们一起远走高飞好吗？只要你愿意，我可以抛弃一切与你一起……”

“好了！别说了！”

“信义……”

路熙用他那有些悲哀的眼睛凝视着我。我也尽可能地避开他的视线。

“我绝对不会做逃跑的事。偷着逃跑……多丢人啊！”

“信义。”

“丢人的事我绝对不会做。做了丢人的事，就不能堂堂正正地做人了，我不能那么活着。”

“可是，只要为了你，我什么都可以……”

“你是说为了我吗？你再好好想一想吧。你要和我一起偷着远走高飞，真的是为了我吗？你还不是为了你自己吗？你自己想逃出现实，为了达到目的，你只是想利用我而已。”

“不是那样的，信义，我是真心的。”

“我知道。我是想告诉你，你说喜欢我不是在说谎，但有必要再深思一下。就算我们相互爱着对方、远走高飞了。那种幸福到底能坚持多久呢？一直生活在富裕家庭的你，怎能适应那种逃亡生活呢？生活开销又怎么解决？难道你想在远离家庭之前把父亲的钱财都偷来？”

“那，那个……”

“车路熙，你已经不是小孩子了吧？嘴上说坦然接受现实，但实际上你一直都在考虑怎样逃离现实。”

“我，只是……”

“只有面对现实才能获胜，而且只有那样才能超越你的父亲。但是你必须用你自己的聪明才智和力量。我看你学习成绩很好，人很聪明。虽然我不该说这种话，但我还是想告诉你，你是让一些痴情女孩为你流泪殉情的男人。你还有什么不满足的呢？在别人的眼里，你本身就是令人羡慕的对象。别人听了你的这些话，一定会说你是身在福中不知福。你真是好汉不知饿汉饥啊。”

“……”

“你再仔细想想，你最不喜欢的到底是什么。如果你想以这种方法向我表白对我的爱，我将感激不尽，因为我也喜欢路熙。当然，目前还不是对异性的那种感情。但是我喜欢的人，最终带给我的都是些令人失望的话，我对你的看法怎么会不发生变化呢？说到什么政治联姻……那可是你一生中非常重要的事啊。如果你真的断定这个不适合你，你要想尽办法，考虑怎样战胜它，而不是逃避它。我这个人生来就喜欢强者。我说的强者并不是说很有力气的人，而是精神上的强者，还有处理各种问题时强有力的人。你懂我的意思吗？”

“信义……”

“好了好了，今天我们一醉方休！然后从明天开始，丢掉一切私心杂念，回到你原来的位子，去寻找最适合你的突破口。”

“谢……谢谢你，信义。还有，对不起。说了这些莫名其妙的废话。”

“不，不是的，今天的酒席是让我进一步了解你的契机，我认为非常值得。来来，继续喝酒，喝他个一醉方休。”

为了安慰路熙，我陪他喝到了夜深人静，我已经不记得自己是怎么回到家的了。

第二天早晨，醉意未醒的我，强忍着头痛，抱着上学这一信念爬了起来，走出了公寓。在门口等着我的，依然是来接我的姜月。这家伙的精诚让我备受感动。精诚所至，金石为开？我浑身的酒气还没有散开，熏得姜月皱着眉头问道：

"昨天喝酒了？"

"是啊，喝酒了，那又怎么样？"

"怎么喝了那么多酒啊，到现在还酒气熏天？老婆，你是一个人喝的酒？"

"和你没关系。昨天碰见朋友喝了几杯，喝到太晚，所以还没有完全醒过来。"

"昨天坐车不知不觉睡着了，实在对不起。"

"还放话说自己的老婆自己守护。睡得像个死猪一样，连我什么时候下车都不知道，还说什么大话啊？真是可笑！吹牛的确不用上税啊～"

"啊？老婆，你自己也承认是我老婆了吧！"

"哼，笑话！啊啊，少说废话，我的头好疼啊，快点上学吧。"

"老婆，你浑身上下酒气熏天，难道就这么上学啊？"

"否则还能怎么办？"

"你等我一下，我去买一瓶解酒的药和凉爽的饮料回来。"

我还以为他会就这样跑去买东西，微微受到一些感动。可是，这家伙却回头给司机下达了命令。

"司机叔叔，你去前面的便利店，买点解酒的药、饮料和水回来。"

哎呀，这个混蛋家伙，你也就是这一点教养啊。

司机叔叔按照姜月的吩咐跑到便利店去，看着司机叔叔的背影，我有些看不起姜月了。当然，我知道他是为我着想，关心和爱护我，但总觉得这家伙缺乏教养，缺乏基本素质。和他在一起时，我会时不时地皱起眉头。

“老婆，怎么了？胃很难受吗？”

“不用你管，我看到你就觉得恶心。”

“喂，老婆，以后不要再喝酒了。高中生怎么可以喝酒啊？”

“你不要教训我了，难道你就没有喝过酒吗？”

“哦。”

被我的话堵住了喉咙，姜月有些害怕正视我了。司机叔叔从便利店回来，把买来的饮料和药递给了我。

“谢谢你，司机叔叔。”

“没什么，不用谢。”

我吃下了药，又喝了一大口清凉的饮料。就像姜月说的，吃了药，喝了点饮料，胃果然好受了一些，但还是难免有些难受。载着这种状态的我和姜月，车子很快开到了学校门前。刚刚走进校园，一种与平时完全不同的氛围惹恼了我和姜月的心情。我原本就有些难受，加之学校的氛围不平静，不知道要发生什么事，心里总是有些不痛快。姜月很不满意这种氛围，嘴里嘟嘟囔囔说了些什么。

“怎么了？有谁打架斗殴吗？一大早就这么吵吵嚷嚷，真让人心烦。”

“谁知道啊，好了好了，你快点回你的教室吧。”

“老婆，你也好好上课～”

“知道了。”

就这样与姜月分手，我回到了自己的教室。

没过多久，我似乎发现了新大陆，被眼前的情景惊呆了。我张大了嘴，眨着大眼睛，许久都没有说出半句话。穿过女生们的夹缝，映入眼帘的是坐在座位上看书的路熙。可与往常不同的是，此时的路熙和原来的路熙完全判若两人。原来那个戴着丑陋的大眼镜，穿着与身材极不和谐的肥大校服的路熙已经无影无踪，眼前的这个路熙已经是一个魅力十足的绅士帅哥了。这么大的转变，怎能不让我目瞪口呆呢？

我带着惊讶的表情走到路熙的身旁，路熙还是用他那美丽动人的微笑迎接我。

“你来了？信义。”

“嗯。喂，你……你想干什么啊？……”

“逃避，不是很丢人吗？”

“什么，什么??”

“从现在起，我不想再逃避现实了。我要把我的真相毫无保留地公布于众，毫无保留！”

“哈哈，看来你长大了、懂事了啊。”

“昨天和信义谈过之后，我认识到了很多东西。知道了我原来的想法有多么幼稚可笑。”

“不过，你首先要把身边围观的女生处理好啊。我可是很怕嘈杂的啊。”

我有些看不惯那些还围着路熙吵吵嚷嚷的女孩子们，便对路熙说了一句。

路熙满不在乎地看一眼周围的女生，便继续聚精会神地阅读手中的书。即便我现在近距离观察，也很难想象身边这个人就是原来的那个丑陋的家伙。当然，我会很快适应他这样的面孔的。可是，路熙现在的面孔只让人联想到贵族形象。白皙的肌肤，与之非常和谐的明快的微笑，正是让那些女孩子为之痴迷、为之倾倒的帅哥招牌形象。

上课铃响了，在路熙周围吵吵嚷嚷的女生各自回到自己的位子，班主任的早会开始了。路熙与往常一样站起来，领着全班同学向老师致晨礼。老师见状也为此一惊。

“班长，你彻底改变了原来的形象嘛。”

“是啊，老师。”

“你摘下眼镜，简直像变了另一个人一样。唉～这家伙，长得～蛮帅气的嘛！”

“谢谢老师夸奖。”

教室里大半的女生都为路熙的微笑所倾倒，就连我的脸都微微泛红了。

早晨的例会结束，接着开始了第一节课。这时，我忽然想起了银亨。今天她的身体还是没有好转吗？她还会躺在医务室吗？拿课桌当屏障，我开始藏在桌下给她发起了短信。

“银亨，在上课吗？还是在医务室？”

没过多久，我便接到了银亨的回信。

“我在医务室。今天还是不太舒服。”

“等这节课下了课，休息时间我过去看你。”

我马上给她回了信息。

我早已熟悉了平时路熙闷头做课堂笔记的样子，可是今天他做笔记的姿势都与往常不同，看来要适应他现在的样子还需要一定时间啊。我偷偷地、一次又一次地察看路熙的一举一动，第一节课很快就结束了。

下课铃声一响，我便站起来要走出教室，路熙见状马上问我：

“信义，你要出去吗？”

“我去医务室，马上就回来。”

“是不是哪里不舒服了？”

“不是，不是的。”

“那我们一起去吧，信义。是不是昨天酒喝得太多，胃不舒服了？”

“不是，不是那样的……我说过不是了……”

“快走吧，到医务室看一看有没有什么药。”

“不用，不是那样的，我真的没关系。”

路熙根本不听我的解释，拉着我的手，便直奔医务室。路过走廊时，众多火辣辣的视线更是不需要太多描绘。

终于到了医务室。路熙轻轻地敲了敲门，随即便推开了门。门一开，我就看到了满脸笑容的银亨。

“信义，你来了？啊……”

看着我微笑的银亨，瞬间变得满脸通红。看来，是看见路熙这个帅哥，一下子被迷住了啊。原来银亨也经不住美男子的诱惑啊！正在我随意联想的时候，路熙的一句话怔住了我。

“银亨姐。”

“路，路熙。”

呃！原来两个人早就认识了？

我的思绪已成了一团乱麻，而他们的对话仍在继续着。两人说话的声音由弱渐强。

“银亨姐，你怎么又到医务室来了？”

“啊，嗯。”

“所以我告诉过你要按时吃药，经常到医院做全面检查，注意保养好身体的嘛！”

“我也一直在坚持着。”

“你坚持做什么了？身体都弄成这个样子了！每天都到医务室，走起路来摇摇晃晃，这都是有原因的啊。”

虽然我是第一次看见路熙有点不耐烦的样子，但足以看得出路熙对银亨发自内心的、真诚的关心和担心。两个人的关系似乎完全超出我的想象。他们之间不仅仅是简单的相识，而是更加亲近的关系。银亨到这时才想起还没有跟我打招呼，强作微笑地看着我。

“你好啊，信义……”

“嗯，啊，你们早就认识了？”

“啊？哦，那个……”

路熙那英俊的脸上多少夹杂着不耐烦的表情，扔下一句话，一个人径直走向了教室。

“信义，银亨姐对于用药是大半个专家，你让她帮你配点药吧。那我先回教室了。”

路熙冷冷地丢下一句话离开，银亨的脸上浮现出难以形容的、悲哀的表情。也许路熙就是她说过的那个近在咫尺却感觉很远的、银亨单相思的人？？不管怎么样，这个时候应该说些安慰话。可是不善言谈的我，竟然不知道该说些什么。我只好等着银亨自己稳定情绪先开口说话。银亨那空虚的视线，挥抹不去悲哀的表情……但银亨很快又露出了笑容，虽然不是往常那种开心的笑容。

“信义,你也认识路熙?”

“嗯,是一个班级的,又是同桌。”

“是这样啊,今天我真的很吃惊呢。”

“为什么?”

“因为路熙在学校的打扮与平时的打扮完全不同啊。”

“嗯,是吗?今天我也吃了一惊呢。这家伙今天突然摘掉了眼镜,以贵族公子的风度坐在教室,我差点没有认出他来。”

“是不是有了……自己喜欢的女孩子?”

“这个啊……或许吧。”

“最近,我感觉到路熙在逐渐变化。明知道是我的单相思,但他待我那么慈祥那么周到,我的心总是无法平静下来……可是最近发觉这种热情在慢慢冷却。”

“这么说,你原来单相思的人就是……路熙?”

“啊?哦,那个,那是……”

虽然没有说出 yes,但她已经透出红光的脸色代替了她的正面答复。

“路熙是一个令人单相思的对象……不管怎样,看得出你们应该是十分合得来的一对。”

“是真的吗?信义真的那么认为?”

“那当然,你们很般配。是郎才女貌的绝配。”

“今天,你们两个人一起走进医务室的一瞬间,我神奇地意识到,信义和路熙是无可挑剔、天生的一对。你说是不是很奇怪?”

“什么嘛!岂有此理?我和那家伙只是普通朋友,朋友~”

“嘘,我懂~我说的是从外表上看,感觉是那样而已。”

“嗯,就是,就是。”

“在班上,路熙是什么样的人呢?”

“也没什么啊!应该叫典型的班长形象?一直都戴一副大眼镜,把自己真正的面目隐藏得那么无可挑剔,绝对不是什么有魅力的样子。”

“原来如此啊!你看路熙比较喜欢哪一门课?”

“嗯,是啊,这家伙对所有的课程都非常认真,成绩又都那么好,我也说不出他会特别喜欢哪一门课。”

“那么,路熙和班里的同学们相处得怎么样?”

“这个啊,他好像还没有意识到要与同学们处好关系。”

“是吗?”

“原来我以为,只要是关于路熙的事,你都会了如指掌呢。现在看来银亨对路熙在学校的情况也一无所知啊!”

“嗯,是啊。在学校,我们几乎不会碰面。而且他对我态度冷淡的时候太多。”

“哎,他也是没有心计的家伙啊。”

“可是,我现在正在努力,想办法让他慢慢喜欢上我。”

“是啊,俗话说,世上没有砍不倒的树。要想砍倒树,必须保证自己健康有力,只有保证身体健康,爱情才会更加坚实。”

“是啊,应该这样。”

“否则得到爱情也毫无用处啊。如果两个相爱的人中,一个人病病快快地先离开,不就是世界上最坏的人吗?扔下与自己相爱的人,自己先离开这个世界,那就是世界上最坏的人。”

“是吗?”

“不是,那个……我不是说银亨身体不好,会先离开这个世界。”

“我知道,信义。我知道你说的是什么意思。我的身体一定会好起来的,你不必太担心。”

“是吗?哈哈哈。”

这时,上课铃声响起,打断了我们的谈话。我依依不舍地向银亨告别。

叮咚叮～

“哎,这么快就要上课了,我该回去了。”

“好吧。谢谢你来看我。和信义成为朋友,我觉得太幸福了。”

“说什么幸福啊,你过奖了。那你就放心休息吧～”

“好,如果不影响你上课,我等一下给你发信息。”

“好啊,我也会偷着给你回信息的。”

就这样,我回到了教室。最先映入眼帘的是,在一帮女生的团团包围中艰难读书的路熙。为什么要抛弃像银亨这样痴情于自己的美丽善良的姑娘，移情别恋到我这样的女孩身上呢？你这个大傻瓜！我小心翼翼地坐下来，路熙还是用他那魅力十足的微笑迎接了我。

“才回来啊？”

“嗯，你这家伙，丢掉破眼镜、改变了一下发型就成了大明星了？”

“不是～可是信义是怎么会认识银亨姐的？”

“怎么说呢？就算托你的福认识的吧。”

“怎么是托我的福呢？”

“昨天我本来就没什么病，不是你硬要把我送到医务室的吗～在那里睡觉时认识她的。怎么样？”

“也是啊，银亨姐总是病魔缠身啊！”

“你应该善待患者啊～我一眼就看出你们不是一般关系了。”

“什么叫不是一般关系啊！”

一脸慌张的路熙，微微地皱起了眉头。

“喂，不管怎么样，你要尽量小心啊，别和姜月发生冲突。你的庐山真面目不是已经暴露出来了吗？每天傻傻地跟着我转的丑陋的班长车路熙，竟然是国务总理的公子、美少男，那家伙要是知道这个真相，怎么可能轻易不了了之呢？”

“如果我害怕姜月，当初就不会暴露我的真面目了啊！”

“当然了，你已经做好了充分的思想准备，这一点我相信。但是千万不要在我面前搬弄是非。好不好？”

“信义，你不用担心了。”

“我当然也不是非常担心。不过……你能不能清理一下我们周围的女生？太刺眼了。”

听了我的话，路熙用那明亮的微笑环视大家，不紧不慢地说道：

“那个……实在对不起～不觉得我的周围太骚乱了吗？希望大家能够各自回到自己的座位上去。好不好？”

这样一来，女生们都有点不好意思，红着脸，低着头回到了自己的座位。

然而，女孩子们回到了各自的座位，视线却还凝固在路熙的身上，不肯移开。

四节课很快结束,到了该填肚子的午休时间。中午的下课铃声一响,全班的女生一下子都拥到了路熙的周围。一个个红着脸,对路熙说的话都是……

“哎呀,路熙,我们一起吃午饭怎么样?”

“路熙,我们一起吃午饭吧!”

“有一起吃饭的人吗?”

这些人可以算是外貌至上主义吗?戴着大眼镜、打扮丑陋的时候,路熙无人问津,摇身一变成为时髦的美少男,招来了这么多献媚的女孩子,真是让人作呕。可是,路熙一概用微笑替代答复,却对着我说:

“信义,一起吃午饭吧。大家抱歉了,我还是喜欢与信义一起吃饭。”

女孩子们都用充满妒忌心的眼光瞪着我,随即做出遗憾的表情,用羡慕的眼睛看着我和路熙的背影。

到了食堂,所有人的视线齐刷刷地聚焦到了我和路熙的身上。周围交头接耳的声音,无一遗漏地传到了我们的耳朵里。

“哎呀,那个美少男是谁啊?是转学生吗?”

“呀,真是太帅了。我们学校还有这样的帅哥吗?”

“怎么回事,到底怎么回事~实在太耀眼了!!可是,旁边的那个女生不是姜月的女朋友吗?”

“就是啊,是姜月先提出要交往的女朋友啊。”

“哎呀,这是怎么了,是在乱搞吗?真不像话。”

“如果对象是这个档次的美男子,乱搞也值得啊。”

“胡说什么啊!不管怎么样,姜月在我们学校……”

身边的私语声越来越大了,这样下去会令人失去胃口的。而路熙对那些人的视线根本不予理睬,细心做着就餐准备,连我的那份都备好,端到了餐桌上。坐在路熙的对面,就在我们刚刚拿起筷子要用餐的一刹那,最不希望见到的家伙——姜月登场了。周围已经乱作一团,唯有姜月消息闭塞,对周边发生的情况一无所知,笑嘻嘻地向我走来。

“老婆,吃饭了啊?今天怎么这么乖啊?不过你一个人先跑来吃饭,我怎么办啊？一起吃……”

还没说完，姜月就已经发现了坐在我对面的路熙的存在。路熙微微一笑，先向姜月开了口。

“你好啊？”

“你……你……你，你是!! 喂!! 你到底想干什么啊!! 跑到我们学校要……等等，难道你是？”

“我还以为你的眼力很锐利的，只不过用了一副眼镜、一款头型就可以蒙混过关了？”

“你就是那个傻乎乎的班长？”

“看来你也是来吃饭的，如果你不介意，我们一起吃吧。”

“你这家伙，竟敢骗我？”

“我也没有义务要告诉你真相啊，不是吗？”

路熙的这句话惹恼了姜月。说时迟那时快，姜月马上抡起了拳头。

噗!

坐在椅子上的路熙，被姜月突如其来的重拳打得连同椅子一起倒了下去。咳，把一个弱不禁风的公子打成这样怎么行。我大吃一惊，大声喊着站了起来。

“班长!! 没事吧?! 怎么样？”

可令人意想不到的是，尽管被打翻在地，他的嘴角依然挂着平时那迷人的微笑。

“我没关系，放心吧，信义。不管怎么样，国务总理的儿子是不会随便动手的，不像眼前的这个人，连最起码的礼节都没有。在大家吃饭的食堂，还是在这么多同学的众目睽睽下随意采取暴力，成何体统？看来你也就是这个水平的人啊。”

对于讥笑挖苦自己的路熙，姜月更是咬牙切齿。

“你这家伙，你以为能说会道就了不起吗？什么叫礼节、体统啊？好啊，我今天就不成体统了，你能把我怎么样？”

话音刚落，姜月便继续向路熙挥动拳头。看他的眼神，他的架势，没有任何人可以阻挡他的野蛮。他的拳头越来越快，一直打不还手的路熙的眼神也开始逐渐变化。路熙不只是嘴角，就连眼角也都是血迹。受了如此重伤的路熙，突然出手，扭转了战局，占了上风。

啪——!!

只一拳，仅仅一拳就把姜月打翻在地。

站在旁边围观的人里，没有一个人敢出面劝架。在这种情况下，食堂内鸦雀无声，保持了短暂的寂静。路熙又一个拳头飞来，不偏不倚打中了姜月的下巴。姜月看起来似乎被打断了下颌骨，做出痛苦的表情倒在地上。姜月强睁着颤巍巍的眼睛，吃力地开口说道：

“你……你这家伙!”

路熙拍打着校服上的灰尘，看了看姜月，依旧微笑着说道：

“就到此为止吧，如果伤得更加严重，回家也找不出借口啊。这个程度的伤，回家还可以说摔倒了嘛。”

“你这家伙!”

姜月用尽了全身的力气想要站起来，但下颌的疼痛让他难以站立。见姜月的可怜相，我欲上前安慰几句，到了眼前却想不起任何适合这个场面的言语。

“喂，疼得厉害吗？真丢人啊。”

我的话令姜月受到很大冲击。姜月用失望的眼睛痴痴地看了看我，就在他那帮朋友的搀扶下勉强挪动身子，离开了食堂。看他那背影，我觉得实在丑陋和心疼。就在我发呆的时候，向我搭讪的还是路熙。

“唉，这顿饭糟糕透了。信义，重新去打饭菜吧。”

“啊？哦，我好像没有食欲了。”

“是因为……担心……姜月？”

“不是，不过……你怎么样，没事吗？”

“嗯，好久没有挨过打了，说不疼是说谎，不过也只是有点针刺的程度。”

“到医务室涂一些消炎药吧。”

“我真的没关系。”

“是啊，你可能没关系，但看你的伤口，我心里不安。”

丢开那家伙，我径直走出食堂，路熙便也不声不响地跟了出来。

到了医务室，老师仍然不见身影，守着医务室的依然是银亨。只见银亨安静地躺在床上，安详地睡着。难道这个医务室从来就没有老师看管？

银亨被长长的睫毛覆盖的眼睑显得格外安逸。为了不吵醒熟睡的银亨，我开始小心翼翼地翻找消毒消炎药。路熙看了一会儿熟睡中的银亨，转而又把视线移到我的身上。

"那个，信义。"

"嘘，别把银亨吵醒了，你别说话了，安静点。"

"啊，嗯。"

在恶蝎神时我就经常处理外伤，所以区分药物没有问题。我把各种各样的药依次递给路熙，路熙用微笑代替了谢意。简单的处理后，我们为了不吵醒银亨，小心翼翼地关上了医务室的门。经过种种事情，我越来越深切地感觉到了我是这所学校的学生这一事实。继续这样下去，我会不会把自己是恶蝎神的成员的感觉也丢掉呢？难道我原本就是这么慈详亲切的人吗？我用短暂的时间迅速分析着自己的人性。这时，路熙碰了碰自己的伤口说：

"信义，你在想什么啊？想得那么入神？"

"没有啊，没想什么。"

"信义。"

"怎么了？"

"还想……去上课吗？"

"什么？"

"我们逃课吧？"

"什么？喂～班长，你的外貌变了，还要改变做人的准则吗？像你这样的书呆子，对姜月施加拳脚还不够，还想逃课？"

"哈哈，我算什么书呆子啊。我也是普通人啊。"

"别说废话，午休时间都快要过去了，我们快点回教室准备上课吧。"

"……你真的那么想，我们就去上课吧。"

"喂，你是不是害怕放学后姜月来报复你啊？"

"什么？？哈哈，你是怎么知道的？"

“如果真的那么害怕，我可以陪你逃课。”

说实话，我也有些厌恶听课。听我这么说，路熙的脸上挂满了明快的笑容。

“我太害怕了，信义。我们逃课吧！”

说完，路熙拉着我的手，穿过操场直奔校门。校门口的值日生们也呆呆地看着我们出门，忘记了阻拦。来不及问目的地，路熙带头跑了一会儿，上气不接下气地跟我搭话：

“呼，虽说信义是女人，但是跑得好快啊。”

“这有什么啊，女人和男人一样，都长着两条腿嘛。”

“哈哈，是吗？我真的很佩服你，信义～”

“别只顾说这些了，课都已经逃出来了，你想去哪里啊？”

“嗯，首要的是，我们必须先把身上的校服处理掉。”

“什么？怎么处理？”

“走吧，跟我来！！”

路熙似乎很有自信，带着我坐上了出租车。

出租车到达的地方是一家百货商场。推开玻璃门走进去一看，里面设的全都是名品专柜。由于是上班时间，除了几位上了岁数的大嫂以外，商场里几乎没有顾客。我们到处转了一转，路熙指着一款高档情侣装说道：

“信义，那个怎么样，漂亮吧？”

“什么？嗯，还可以。”

“我们穿那个吧。”

“什么？那个好像是情侣装啊。”

“那有什么啊～我们就做一日情侣好了。”

“是吗？”

“我们总不能穿着校服到处玩啊。”

“想用那种方式说服我可没有用哦。”

“那信义你自己挑一身喜欢的衣服吧。”

我偷偷地窥视路熙的表情，他的脸上露出一丝遗憾。不过再怎么说，情侣套装对我们来说还是有些过分。在我短暂思考的时候，路熙已经选好模特身上的衣服，付完款把衣服递给了我。

“信义，你自己穿这件吧，我再选其他的。”

“好吧。”

是不是有点太过分了？不管怎么说，这也是路熙的一片诚心啊。这时路熙已经买好其他款式的衣服，穿在身上了。等我换好衣服，我们肩并肩走出百货商店，在大街寻找合适的游乐场所。每次和帅哥走在一起的感觉都有所不同啊！

我们按照多数学生喜欢的约会日程，从游戏厅到歌厅，之后还去影院看了电影。时间过得很快，我们还没有玩得尽兴，已经日落西山了。到了晚上，有趣的地方也越来越少了。

我们开始漫无边际地闲逛，不知不觉之中走进了著名的酒吧一条街。

“信义，要不要喝一点酒？”

“怎么？你今天是不是吃错东西了？”

“天都黑了，就这么回去不觉得今天的日程有些缺陷吗？”

“好像是啊。”

“这里有好多酒吧啊～我断言，跟信义喝酒一定会尽兴的。”

“嗯，你有熟悉的酒吧吗？”

“没有，信义你呢？有常去的地方吗？”

我当然认识在恶蝎神的时候常去的老主顾酒吧，可是考虑到在那里可能会碰到恶蝎神的弟兄们，便不假思索地一口咬定没有。

“我没有。”

“哈哈！是吗？那就随便找一家进去吧～”

“好吧。”

路熙到处张望，在找合适的酒吧。犹豫了老半天，路熙选择的竟然是恶蝎神经常光顾的老酒吧。

“信义，那边好像不错哦～就去那家吧。”

“那里……会不会有点阴森森的？”

“阴森森？那可能就是那家的风格吧。暗淡柔和的光线，宽阔寂静的环境，正合我意。”

“是吗？”

“就去那家吧～”

“嗯？哦，好吧……”

应该不会那么凑巧，在这个时候碰到恶蝎神的人吧？虽然不无担忧，但我还是硬着头皮跟着路熙进了酒吧。进到酒吧环顾一周，幸好没有恶蝎神的弟兄在场。我们找了一个合适的位子，坐下来先喝了一杯水。看着我，路熙又露出了甜甜的笑容。我的身边怎么会有这样的帅哥陪伴呢？就在我考虑这些的一瞬间，我又想起了班野……我怎么会如此渴望见到班野呢？难道因为这里是恶蝎神时常到的地方，让我触景生情了吗？班野现在会做什么呢？会想着我吗？恶蝎神真的会与伊特奈尔开战吗？

路熙看到我在发呆，担心地观察着我的表情。

“怎么了，信义？”

“嗯？没什么，没什么啊。”

“信义，你总是用那种不可思议的眼神思考着什么。可是每当我问起，你都会说没什么。”

“是吗？”

“当然了，你觉得我在说谎吗？”

面对路熙的微笑，我也扑哧一声，笑了出来。路熙马上做出惊讶的表情，睁大了眼睛，脸色也红起来。

“这么快就醉了？怎么脸都红了？”

“没有啊，只是看你太美了。”

“什么……你说什么啊……”

需要调节气氛的绝好时机，服务生适时来到我们的面前，递过菜谱。服务生认出我，热情地打起招呼。

“您好啊～好久没来了吧？”

“……是啊！”

“今天其他几位怎么没有来啊？他们都还好吗？”

“啊？嗯，都好。”

我漠不关心地应对着，服务生也自觉没趣，收住笑容等我点酒菜。

“现在就点菜吗？”

路熙见状有些不解，先把酒和下酒菜点好，放走了服务生。

“信义，你认识那个人？说你好久没来，你以前也常到这里来吗？”

“嗯？也许我与这里的常客长得相像，他们认错人了吧。我只是顺着他的话，随便应付几句，你别在意。”

“是吗？知道了。”

我的视线不自觉地移到了以前我常坐的餐桌，还有班野经常坐的席位上。看见我的视线凝固着，毫无表情地看着一处，路熙又开口问我：

“信义，看什么那么聚精会神啊？那块地都要被你看穿了！”

“嗯？哪里有一只苍蝇，在那边。”

“苍蝇？”

“难道是我看错了？啧啧。”

自从进这家酒吧，我的脑海里浮现的全都是对恶蝎神的思念和对往事的回忆。对我的过去一无所知的路熙，怎么会理解我此时此刻的心呢？他只是时时怕我受委屈，处处关心我、照顾我，不时微笑着注视我而已啊。这时，我又突然想起了银亨，觉得对不起她。我想趁这个机会，拿出有关银亨的话题，听听路熙怎么看银亨。

“班长，我说那个银亨……”

“嗯？这里只有我们两个人，这个时候我不想提别人的事情。尤其是谈到有关银亨姐的事。”

“为什么？对于你和银亨，我有很多想知道的问题呢。”

“想知道什么？想知道是什么关系？”

“不是，怎么了？你怎么用这种口气说话啊？”

“银亨姐就是，就是那个，就是那种……”

“就是那个那种什么啊？”

“你不懂吗？就是很普通。”

“真是的。”

喝着冰水打发时间，我们等的时间还不算太长，一桌丰盛的酒菜很快摆在了眼前。我们推杯换盏、借酒闲聊，这一刻是我有生以来最悠闲、最自在、最踏实的时间。

“恢复真面目，重新开始校园生活，班长的心情如何啊？”

多多少少掺有挖苦的口气，本想逗一逗班长、气气他，可路熙还是不失贵公子的风度，微笑着答道：

“就是啊，怎么说呢？就是那种……嗯……”

在我的一再催促下，路熙刚要开口转入正题，突然，传来了众人乱哄哄的入场声。紧接着，映入眼帘的是一伙熟悉的身影。

“坐到那边去吧。今天好像没有多少客人嘛。”

“就是啊。班野今天还会来得很晚吗？”

从他们的嘴里出来的，是对我来说也很熟悉的名字。顺着声音一看，果然是恶蝎神的弟兄们。我想立刻回头，但是手疾眼快的俊奎还是认出了我。

“咦？信!!”

都怪这家伙，恶蝎神的全体弟兄们齐刷刷地站起来向我行礼。

“拜见驸马，这边有礼了。”

行过见面礼后，按照恶蝎神的规矩，大家开始不用敬语，走到桌前你一言我一语、无拘无束地聊了起来。

“信，好久不见了，今天怎么到这里来了？”

“是啊，我们已经听班野说过了。信从恶蝎神请了一段时间的假，是吧？”

弟兄们的话此起彼伏，丝毫没有要结束的意思。我不好意思打断他们，只是默默地听着，而路熙好奇的眼神却让我有些不安。我强装泰然，与弟兄们闲聊着。

“啊，喂，大家真是久违了啊，我们有多久没见了？哈哈哈，呵呵呵(真巧)。”

不愧是恶蝎神的弟兄们，看见路熙的眼神就知道情况不妙，马上托词纷纷离开。

“好了好了，信，好久不见，我们真的好想你啊。是和朋友一起来的吧，多喝点，玩得开心点啊。”

“是啊是啊，你好好玩，喝得开心点吧。还要常联系啊，信！”

弟兄们都回到了自己的座位。我偷偷地观察路熙的反应，不出所料，路熙果然没有想到弟兄们的存在。

“都是谁啊？朋友？”

“啊？嗯，是以前相处过的好朋友。不是指异性朋友哦。”

“那么，驸马又是什么？”

“啊？啊！是土话，是一种方言。不，是我们这些朋友们专用的，是我们自己开发的独特的招呼方式……也就是说，那个（驴唇不对马嘴）……”

见我闪烁其词说不出来，路熙做出奇异的微笑。

“看来很难解释啊。那就算了，不用那么痛苦地辩解。我也不喜欢让信义为难。”

“哈哈，是吗？这家伙！你还是很会理解人的嘛～呵呵!!”

勉强渡过危机，我咽了一口酒。为了镇静下来，我端起了酒杯傻笑，却毫不见效。就在这时，更让我心惊肉跳的人登场了。坐在对面喝酒的弟兄们，又一次齐刷刷地站起来，和刚才对我时一样行礼。

“拜见班野大人，这边有礼了。”

班野……诸葛班野……

分手只有短短几天，可对我来说就像相隔几年没有见面。日思夜想的班野走进来，我的心像十五只水桶打水——七上八下地跳个不停。班野接受弟兄们的行礼后，走到最里面，坐在事先留出来的正位。他坐下来，正好与我面面相觑，不期对上了眼。持续了大概三秒钟的寂静，弟兄们偷看着我和班野的眼神，努力装得泰然自若。但是我和班野之间，却流淌着难以言表的紧张感。

首先打破这种紧张感的还是班野的视线。他先对我视而不见，和弟兄们一起有说有笑地喝酒吃菜，那种冷静让我感到有些心寒。这时，耳边响起了路熙的声音。

“你的朋友们，打招呼好独特啊。但是又不像是什么组织，真是不可思议啊。”

“哈哈！什么组织啊，他们觉得那样有气派，就那么演戏咯。对了，是喜剧，喜剧啊！哈哈(胡说)！”

“可是，刚才进来的那个男人，那个人不是你的朋友吗？好像是在学校门前等你的那个朋友啊。”

“啊？？啊，是啊。”

“那个人怎么装作不认识你呢？”

“哈哈！用眼，用两只眼睛打招呼就可以了～哈哈哈。”

“今天，信义的笑格外地多啊。”

“是吗？应该多笑一笑啊。笑起来生活是不是会更美好呢？”

“信义，我觉得你现在有些慌慌张张，不过你现在这个样子真可爱。扑哧。”

“什么，你说什么？？”

我微微感觉到自己的脸色在变红。这一瞬间，我又和班野的视线碰在了一起。这次又是班野有意避开了我的视线。路熙端起酒杯，刚拿到嘴边又放下，转而问我：

“你看，是不是下酒菜不合你的口味啊？”

“嗯，这家的下酒菜真难吃，是吧？我们换一个地方吃吧。喝酒的氛围也有点阴沉沉的，心里不太舒服。”

路熙凝视了我的脸，片刻后又扑哧一笑。

“是吗？那我们走吧。”

路熙没有再说什么，听从了我的意见。路熙结账的时候，虽然我背对着弟兄们，但感觉到脑后火辣辣的。这也算和班野见过面吧？我在心里偷偷地笑了。当然，我自己也觉得这样的我有些不自然。

换了一个地方，重新摆好酒席，我又和路熙面对面坐着。路熙从上菜的时候起就一直凝视着我，过了一会儿终于开了口。

“信义，有什么难言之隐吗？你好像在刚才的那个酒吧就一直发呆？是因为刚才的那些朋友吗？”

“嗯？不，不是。”

“我看见信义的眼神一直都藏着悲哀。”

“悲，悲哀？这里的酒菜上得好快啊。来，我们喝吧，喝～”

“早就端上来了啊。”

“是吗？我都没有注意到。嘿嘿！”

“信义，你不用隐瞒什么，也不用这么慌张。你忘了吗？你保护我的那个时候。”

路熙用坦率而真挚的表情看着我，放低了嗓音。

“我保护你的时候？哦，你代替你的父亲到 BB 大厦开会的那一次？那不是因为有杀手瞄着你嘛。”

“那个时候，信义你……不是说你也是杀手吗？”

“嘿！那件事，我不是让你忘掉它吗？我还告诉过你什么都不要问了吧。”

“不是，或许……刚才你的那些朋友，那些人就是你所属的暗杀组织的……”

“住嘴！安静点，班长。那种话可不是随便说的啊，我告诉过你什么也别问吧。”

“嗯，知道了。可是，真正见到他们后，我更觉得信义有些与众不同了。”

“我没有什么与众不同的，至少现在已经不是他们中的一员了。”

“是为了上学，暂时离开一段时间吗？”

“你与长相不同，眼睛很敏锐嘛。”

“哈哈。是吗？”

“了解我的情况，对你没有任何好处。所以不要再追问下去了，接着喝你的酒吧。”

尽管我断然拒绝了路熙所有的问题，他的眼睛里还是充满了对答案的渴求。我刻意避开路熙的目光，我们在无声无息中继续喝酒。偶尔目光相碰，我便马上移开。每当这个时候，路熙都用他那魅力十足的微笑替代言语。

喝了多少呢？酒瓶散落在酒桌上，醉意也开始袭来。我意识到，到了该收口的时候了，便先向路熙提出了建议。

“好像喝了不少，我们就到此为止吧～怎么样？”

路熙的眼睛早已闭上了一半，手上的筷子也无力地搭了下来。路熙对我的建议毫无反应。

“喂，车路熙，怎么了？你没事吧？”

轻轻地碰了碰他的肩，没有任何反应。我用力地推了路熙，他还是没有反应，已经喝得酩酊大醉了。直到喝成这副样子，路熙一句话都没有说。我恨自己太粗心，没有注意到路熙的状态。路熙瘫倒在酒桌上，令我有些手足无措。现在我该怎么处理路熙呢？这时，路熙用打了卷的舌头说起了醉话。

“信义～咳咳，咳咳，咳咳～”

“嗯，怎么了？”

“信义，你为什么啊！到底为什么?!”

“啊？我怎么了？”

路熙用半睁着的眼睛看着我，借着酒劲说道：

“你为什么有那么多秘密？为什么？为什么？到底为什么??你告诉我啊!!”

“啊？我有秘密？我除了自己是一个杀手以外，没有其他秘密啊。”

我也跟着不知不觉地自言自语起来，路熙明明已经喝醉了，怎么会听得如此清晰呢？听了我的话，路熙回答道：

“所以说啊，你是暗杀者，对吧？”

“喂。”

我迅速捂住了他的嘴。

“喂！你真的喝醉了！逃课这种事，像你这样了不起的家庭如果知道了，一定会急得团团转的！这还不够，你还要喝得烂醉如泥才回家，家人怎么会高兴呢？……对了，你是一个人过吧？不管怎么说……”

我独自在路熙的周围晃来晃去，不知如何是好，而路熙已经靠着椅子熟睡了。天啊，不吵不闹是不错，可是我一个人怎么把他弄回公寓呢？而且还要看着酒吧主人的眼色……无奈，我把如此高大的家伙扛在肩上，吃力地走出了酒吧。

“咳呀，是信义吗？咳呀。”

“是，是啊。我是信义，我就是信义。我叫你 god(上帝，老天爷)～你一定要醒一醒啊。啊！”

过路的食客、酒客们的视线让我十分难堪。可那又能怎样？这家伙丝毫没有醒酒的迹象。踉踉跄跄地走了几步，这家伙便要起了酒疯，让我更加难堪。

“信义～信义～咳呀。”

“好了，好了。我是信义，你还有什么要求？还要祈祷什么吗？”

“说谎！信义，你不是信吧～”

“什么，你说什么？”

“信不是暗杀者嘛。嘿嘿。”

“喂！”

这家伙一喝醉，绅士风度也便消失得无影无踪了。刚刚还觉得他有些可爱之处，但现在看他借着酒醉说话的样子，居然开始胡说八道了？真是的！我又迅速地堵住了他的嘴巴，他支支吾吾地动着嘴，可是我不能让任何人听出他说的话。我用力捂住这家伙的嘴，吃力地搀着他一步一步往前挪动着脚步。就在这时，一个人影挡住了我的去路。

“班，班野……”

班野还是沉默无语，把靠在我肩上的路熙拉到自己的肩上。这个时候还是需要男人啊！个子差不多，比我搀扶的时候要自然多了，看着也轻松多了。

沉默着走了好久，走出了酒吧一条街，班野才开了口。

“你知道这家伙的家吗？”

“嗯？嗯……知道。”

说了这一句话后，他只是叫来出租车，丝毫没有往我这边看一眼。

出租车把路熙送到公寓。回来的路上，班野不失为沉默至尊，就连气息声都那么低沉。耐不住沉默的我，为了表示感谢，开口打破了寂静：

“谢谢你，班野。你怎么知道我在那里……”

“偶然碰到的。”

“是这样啊。弟兄们喝完酒，已经散了吗？”

“早就散了。”

虽然我早已习惯了班野的这种口气，但是总觉得班野在有意拉开与我的距离，这让我非常寒心。在我还没有察觉到自己对班野的爱之前，我从来都没有在乎过班野的话。可是现在，我多么希望班野能够多看我几眼，能够对我更温柔一些啊！而正是我的这种欲望，使看到班野的自己更加疲惫。班野没有变化，而我的变化让自己产生了错觉，觉得班野对我太冷漠，我祈求这只是一种错觉。

送路熙回到公寓后，我们乘电梯下来，就在这小小的空间里，我的呼吸都十分紧张。我对班野的这种感情，班野又怎么会知道呢？我意识到此时我正心跳加快，犹犹豫豫地偷看着班野的眼睛、鼻子，故作镇静地看着他的嘴唇……我感觉到了自己脸上的温度。这又一次证明了我对班野的感情。但是我说服自己，不是因为我暗恋着班野，即使是其他女人，在这么小的空间里与班野单独相处，同样会有这种想法的。

也许是我的视线一直凝视班野的缘故，班野的目光也逐渐地固定在我的身上。这一瞬间，我慌张地扭头回避，我害怕自己的情不自禁会暴露了自己的心事。我暗自努力要平静下来，但还是无法控制自己，甚至担心我的呼吸声过粗，会打扰班野。就在我胡思乱想时，班野打破了这寂静的局面。

“作为学生出去喝酒，不是我所希望的。让你暂时离开恶蝎神，不是让你这样胡闹的。”

“对不起。今天只是和路熙出来了，突然想喝点酒……”

“这可不是普通高中生所想的。”

“不是的，班野。你有所不知，现在的高中生都能喝酒，你不知道～”

“所以你也喝酒？”

“不是，所以说，这样做是很普通的……”

“你不要觉得你的朋友这样做，所有的高中生也都会这样做。这不是信的一贯作风。”

“不，不是，我是……”

“找借口不是信的所作所为。”

“嗯，对不起。我错了。”

“没有必要向我道歉。作为同事、朋友，我只是向你提出一点忠告罢了。我当然知道我所处的位子，我怎么可以对你这位 No. 2 提出忠告呢？当然，更不敢发号施令了。”

“不是这样的，班野与我之间不存在那些东西。”

说罢，直到送我回家，班野再没有开口。

与班野告别，刚要转身进公寓正门的一刹那，在路灯的反射下，看见公寓楼顶上有一个发光的东西。我锁紧眉头仔细往上一看……啊！那不是!!

“班野，危险——!!”

嘭!

装有消音器的枪发射出子弹，瞬间，我的后背感觉有什么东西穿了进来。还没来得及感觉到痛苦，浑身就已经像放了气的皮球一样瘫软下来。如果我早一点知道挨枪弹是这种感觉，暗杀时也不用心存负罪感了，这样一点痛苦都没有……什么痛苦……我生来第一次看见班野变大的瞳孔。我慢慢闭上了眼睛。不，是眼皮慢慢把我的眼球覆盖住了。

羊皮面具第二卷

第八章

“姐姐,你没事吧?”

“嗯……这里……”

“姐姐,这是怎么回事啊?嗯?看你那么晚了都不回家,终于还是惹出事端来了吧!!”

“信友,这是哪里啊?”

“还能是哪里啊!当然是医院了。”

“医院……我怎么到……”

这时,门轻轻地被打开了,进来的人正是班野。他的脸色比平时还要阴沉。班野轻轻地走到我的床前,问道:

“信,身体好一点吗?”

“嗯?到底发生了什么事?……我看见有一个人在公寓楼顶拿着枪瞄准班野。然后我就……”

“信是为了保护我,才替我挡了一枪的。”

听了班野的这番话,比我更吃惊的是信友。

“这样看来,是有谁在有意盯着班野哥,想害他,是吗?”

“不必那么吃惊。信没有出什么事就是万幸了。以后千万不要再干那种傻事了。听到了没有?信!”

不知为什么,班野的话深深地刺痛了我的心。

“话怎么可以这么说呢?班野。难道有人想杀害班野,你也要让我视而不见吗?”

“为了保护我而让你丢了性命,那我活下来还有什么意义啊?”

“怎么没有意义?就算我死了,只要班野能活着……那……”

我也不知道自己怎么会说出这番话，突然意识到自己满面通红。而信友这小子，做出了神秘诡异的笑脸，知趣地离开了病房。

“信。”

“嗯？呵，我没什么事。”

“学校那边你就不用担心了。我已经告诉他们你遇到了交通事故，幸好只是肩膀一侧碰了一下，医生说没有什么生命危险。”

“你瞧，我这个人多硬实，你就放心吧。还有，班野，瞄准你的人是不是伊特奈尔那边的人啊？”

“也许是吧。就在不久前，我们恶蝎神还受委托暗杀过他们的人啊。”

“那是真的吗？”

“是真的，你还记得我们去喝酒的那天吗？是因为成功地暗杀了他们的人，高兴得出去庆功的。”

“原来如此啊。”

在我不在的期间，恶蝎神仍然持续着以生命为代价，躲在阴暗的角落进行的暗杀行动。名义上作为 No. 2 的我，这么久都没能参与行动，隐隐地意识到了自己的责任。

“别有那种心存负罪感的眼神，信。作为一个读书的学生，我不想让你参与这种危险性比较大的行动，所以我才让你离开一段时间的啊。”

“谢谢你，班野。”

“谢什么？”

“你总是……处处都为我着想啊。”

“那是因为……”

还没等班野说出那句话，外面就传来了嘈杂的声音。

“小舅子，我老婆呢？老婆，你没事吧？伤得重不重啊？肇事逃逸的那家伙有没有抓到啊？嗯？”

“哥，哥你安静点。我姐没什么事。”

咯吱！

病房的门突然被重重地推开了，姜月这家伙一个箭步跑到我的病床前，一把推开了班野。泪眼汪汪地看着我。

“老婆，你没事啊？”

“我没事，所以你不要哭丧着脸了。”

“你知道我有多担心吗？你瞧瞧，我还给你买来了炸鸡翅……”

就在这时，又有一个不速之客登场了。

“信义！”

“路熙，你怎么也来了啊？”

路熙一只手拎着饮料箱子跑了进来，看他那神气十足的姿态，真让人有些异常的感觉。

明知不可以，但是班野紧紧地抓住了我的心；姜月每天死皮赖脸地围在我身边，但是我却感觉不到任何厌恶；还有那文质彬彬，魅力十足的帅哥路熙在身旁陪伴着我。似乎世上所有的美男子都集中在我的周围一样。班野一贯不喜欢人多嘴杂的场面，他悄悄地用眼睛与我打过招呼，便离开了病房。

姜月这家伙似乎有点得意忘形了。大喊道：

“啊哈哈！你看那个叫半月党还是叫什么的傻小子，一看到我来了，就怕得灰溜溜地逃跑了。这就是神赐给我的超凡威力吧！”

听到这些话，路熙出面打抱不平了。

“这个……好像不是你说的那样吧。”

“你算什么东西啊？竟敢乱插嘴。我问你，你怎么也跑到这里来了啊？？”

“你觉得会是为什么啊？我的同桌出了车祸，难道我还不能来问候一下吗？”

“像你这种人，根本就没有必要来！快给我走开！”

“真是抱歉，我非常讨厌你这种说话的口气，世界上哪里会有被你的神威吓跑的人啊，居然还这么傲慢？”

“什么，你说什么？”

“你是不是听力不太好啊，总是要反问我，你可以去买助听器啊，你不是家里很有钱吗？”

“你这家伙，我说话这么照顾你，你居然越说越恶毒了啊！你是不是吃了豹子胆了？嗯?!”

路熙没有理睬姜月，把视线转到了我这一边。

“信义，怎么样？伤得很重吗?”

“嗯，正如你所见，我很好啊。只是你们在这里大吵大闹，让我有些头疼。”

“啊，对不起啊。”

听到我说头疼，姜月这家伙又大惊失色，小题大做起来。

“哎呀，怎么能让我的老婆头痛呢～快拿药来！吃点头痛药吧。”

姜月幼稚的言语，实在让我无言以对，我也只能呆呆地看着他，长叹一口气。这时，路熙替我反驳他一句。

“听说无知也是一种病啊。信义受了伤，正在打着点滴，还用吃其他药吗？这种情况下胡乱用药反而会引起副作用的，你连这一点常识都不懂吗？为了信义，还是请你不要出馊主意了吧。”

气急败坏的姜月用火辣辣的眼神怒视着路熙，一把抓住了路熙的衣领。

“你这家伙一定要这么说话吗！别忘了想想惹了我的后果!”

“在这么神圣的医院还要挥舞拳头，你还真是个无知的家伙啊。”

“是啊，我就是无知。我今天就要让你尝尝无知人的拳头!!”

没等姜月的拳头打到路熙的脸上，我便出面制止了他。

“喂！你们是来打架的吗，难道不是来看我的啊？真让人心烦。”

姜月无可奈何地松开了手。路熙用嫌弃的眼光看了看姜月，用手拍了拍衣服。班野，你怎么不声不响地离开了？只要你不走，这种喧闹也不会发生呢。原本在医院可以安安静静地休息，可是如果这帮家伙每天都来吵闹，我再得些其他的病也一点都不稀奇啊！

不管怎么说，还要多亏这帮家伙天天来陪我，住院期间丝毫没有觉得时间难熬。一天都不停顿，一定会来打扰我的姜月，绝非偶然地每天一同进出的路熙——这两个活宝，见面就吵吵嚷嚷，就连医院的护士也束手无策，他们的“事迹”也可想而知了吧。

然而，第一天第一个出现在病房的班野，从那以后就杳无音讯了。是不是又被对方的杀手盯上了？班野会不会遇到什么危险？一整天里，满脑子都是对班野的担心。可是双臂都挂上了点滴瓶的我，在医生护士的严密监控下，根本无法出去找班野。现在的我所能做到的，只有默默地担心……默默地为他担心，为他祈祷。但是，我坚信班野平安无事！天下无双的班野，怎么可能那么轻易就被敌人打败呢！

身体基本康复，我终于熬到了出院的这一天。然而，直到最后一天，我日思夜盼的班野也没出现在我面前。只有活蹦乱跳的姜月和路熙陪伴我出院。

姜月和路熙无论何时见面，没有一次和平共处。吵闹的时间长了，他们之间反倒吵出了感情，没有多久便成了好朋友。现在两人的吵嘴，已经分不清是吵架还是斗嘴了。不过现在和以前有所不同，两个冤家互相勾结，共同的目的居然升华为对付我。

分秒不得安宁的姜月，按捺不住表达欲望，一针见血地戳到了我的痛处。

“喂，车美人～那个叫半月党的还是叫班野党的家伙这几天都没有来，你心里是不是痛快多了啊？”

“不来又怎么样啊，他来不来和我们有什么关系吗？当然，他不来我们更轻松自如倒是真的。”

不知从何时开始，他们的话题就转到了班野身上。

“不要总是装得那么酷，觉得自己有多了不起。你看那家伙以前总是用那种眼光看人，自从见到我来以后，吓得再也不敢在周围出现了呢。我说得没错吧？”

“你别自作多情了，人家怎么可能是因为看到你才不敢来的啊。”

“车美人，你是不是也经常被我的超凡魅力吸引而心跳加速啊？”

“是被你不着边际的发言吓得心跳加速吧。还有，你怎么总是叫我车美人啊？这也有点太土气了吧。”

“那还用问吗？你不是姓车吗！”

“如果按照你的逻辑，姓车的人都叫车美人，女孩子们应该叫什么啊？”

“那就只能根据当时的情况看了。”

“看来我们可以悬赏找人堵住你的嘴了～”

“你小子年龄比我小，怎么对我说话一点敬意都没有啊？”

“那怎么可能啊？虽然我的实际年龄比你小一点点，但是精神年龄一定比你大很多。这可能让我多少产生了一些错觉吧。”

“话怎么可以这么说呢！！”

两人漫无边际的话题实在是无法勾起我的兴趣，我便加快了脚步。两人只顾自己侃侃而谈，瞬间就被我甩得很远了。我独自一人走了好久，才听到后面两人气喘吁吁地向我跑来。

“老婆，等等我们一起走啊～”

“信义，你走得那么快，伤口很容易裂开的啊～”

“多谢你们关心啊。”

看出我不屑一顾的眼神，姜月和路熙两个家伙做出了焦虑不安、不知所措的表情。

回到家后，为了能够静下心来好好休息，我便开始好言相劝他们赶快回家。

“我已经安全到家了，你们也都很辛苦了，早点回家休息吧。我也想一个人安安静静地休息一会儿。”

姜月露出一副不情愿的表情，又开始找起了闲聊的话题，问起了信友。

“小舅子呢？今天老婆出院，他怎么没有到医院来接你啊？”

“他要上学嘛，我弟弟可不像你们那样，随便逃课到处乱跑。”

“老婆，话怎么可以这么说呢？我们可是向老师请过假……”

“当然了，你有你爸爸那样的靠山，请假还会成问题吗？”

“咳，不管怎么说，我亲爱的老婆，当然需要我的呵护。”

“好了好了！呵护这么久已经可以了。你也该回家休息了。”

见我绞尽脑汁要赶走姜月，大概路熙也觉得我很可怜，于是帮我说了一句：

“江江水月～来(韩国民谣)！信义说她乏了，我们还是先回去吧。”

“江江水月～来？？什么意思？那是……”

经姜月这样一问，路熙用不屑一顾的眼神看了看无知的姜月，长长地叹了一口气。

“你的名字不是叫姜月吗？所以叫江江水月～来。听起来是不是很亲切啊？”

“像你这样的优等生，怎么会连一个外号都取不好呢？啧啧！”

“战争”丝毫不见平息，两人你一言我一语，越吵越凶。趁他们越聊越火，我悄悄跑回了公寓，锁上了公寓大门。片刻后，外面不再传来争吵声了。大概是路熙好言相劝，把姜月骗回家了吧。

我拖着疲惫的身子回到房间懒懒地瘫坐在床上，呆呆地望着窗外。我想用这种办法让自己复杂的头脑清醒一下，也让充满担忧的心平静下来……一瞬间，我似乎感觉到了一种莫名的悲哀。唉，明知道我今天要出院，居然若无其事地去工作！这有点太过分了吧！

我手里握着手机，机盖开了又合，合了又开，我数十次地重复着这一个动作。而眼睛始终没有离开过储存着班野的手机号码的缩写号码一字键。只要按一下这个一字键，我很快就可以听到班野的声音了。我一直犹豫不决，拇指就徘徊在一字键的周围，无论如何也无法鼓起勇气去按下那个一字键。我是从何时开始连打电话给自己的属下都这样扭扭捏捏，犹豫不决了呢？

班野就像奔腾不息的江河里任凭惊涛骇浪翻滚沸腾都岿然不动的岩石一样。他的心也像任何风浪无法动摇的岩石一样永远不会发生任何变化。那么，我可以算是那个惊涛骇浪吗？我的心为什么总是像江河水一样汹涌澎湃呢？如果说班野是江中岿然不动的岩石，我宁愿做江中的水滴，可以撞击在岩石上，并借机依偎在他身上，哪怕只是短暂的时间。

一个多小时转眼就过去了，我坐立不安、犹豫不决，但最终还是鼓足勇气拨通了班野的电话。铃声响了很久后才有人接电话，可是电话的另一端传来的声音并不是班野的。

“您好。”

“喂，这……不是诸葛班野的手机吗？”

“啊？不是啊。”

“啊？怎么可能呢？”

“您……是不是打错电话了？”

“不会啊，我拨的是储存在手机里的号码啊。而且也不会按错键的。请问您是新换的号码吗？”

“不是重新更换的。不过实际上这部手机的主人并不是我，而是班野大人的。而且这个号码已经用了很长时间了。”

“是吗？奇怪，怎么会这样呢……不管怎么说，实在抱歉。”

“没关系。”

就这样，虽然很无奈，但是我只能挂断电话。

用这个号码的人叫班野，而且已经用了很长时间，这意味着班野没有更换过电话号码……那么其中隐含着什么样的谜题呢？

我的思路已经变成一团乱麻。我无力地拖着尚未完全恢复的身体，艰难地走向恶蝎神的仓库。但是我面前的却是恶蝎神紧锁着的大门。我心急如焚，但是任凭我想遍了所有的办法、用尽了全身的力气，那扇门还是丝毫不动。我无力地背靠着大门，慢慢地瘫坐在了地上。我半睁着眼睛，过去和恶蝎神的兄弟们共同经历的一桩桩案件、和兄弟们共同生活的每一天、每一个人的面孔都历历在目。

就在这时，有一个身影出现在我的面前。

“信。”

抬头仔细看眼前这个人，他并不是我左思右盼的班野，而是恶蝎神的另一位弟兄。

“啊，是相友啊。”

“啊！信？你不是在住院吗？怎么会在这里啊？就这样跑出来没关系吗？身体已经完全康复了吗？”

“嗯，现在好多了，我已经出院了……可是，仓库大门为什么这么紧锁着呢？”

“啊，你还不知道吧？听说今天老板要来，我们接到命令要整理好仓库。所以……”

“什么？老板要过来？是出什么事了吗？”

“这么久以来从来都没露过面的老板，今天终于要出现在我们的面前了，想必要下达重要指示吧。"

"是吗？会是什么事情呢？"

"信，既然你已经来了，那就见见老板的面再走吧。你在我们恶蝎神也是 No.2，老板的面孔你总应该认识一下吧～恶蝎神的弟兄们都很期待老板出现呢。"

"是啊，我也很想见见老板。现在已经开始心跳加速了。我一直以来都在想，暗中领导我们恶蝎神的老板到底是什么样人。"

"我有预感，一定是一个了不起的人物。信，你也是第一次见老板吧？"

"嗯。哦，对了，差点忘记问你了，班野怎么样？"

我一打听班野的情况，相友的脸色突然变得非常难看。看到相友的表情，我的情绪一落千丈。一种难以形容的不祥的预感涌上了心头。我急忙向相友打听详情。

"怎么了？发生了什么事啊？"

"信，你是～真的不知道吗？"

"怎么了??"

"不过也是啊，那个时候信正在住院，所以没能参加葬礼啊。"

瞬间，我的心脏就像爆裂一样，眼睛瞳孔的焦点越来越模糊了。模糊不清的眼睛里，霎时间情不自禁地流出了热泪。看着我无法控制的眼泪，相友也低下了头。

"消息……真的没有传给你啊，信？"

"什么……什么消息？你说的葬礼是什么话？究竟是谁的葬礼啊？"

"班野……我说的是班野的葬礼啊。"

瞬间，我的脑里一片空白，全身麻木，就像漂浮在茫茫白云中，没有丝毫的知觉。愣了一会儿，我一把抓住相友的衣领，拼命地摇晃。

"骗人！你是在骗我吧？告诉我那不是真的!! 班野怎么会死呢？这怎么可能啊!! 到底是为什么!! 我当时是为了什么帮他挡了枪弹啊?!! 我为什么会住进医院啊！难道是为了让班野去死……是为了连班野的死讯都听不到，才住进医院的吗？不应该是这样的啊～!!"

看着语无伦次、泣不成声的我，相友低下了头，轻轻对我说道：

“听说老板也是为了班野的事才露面的。不知是谁听到的传言，老板和班野一直都是暗中保持联系的。如果那是事实，那足可以说明老板对班野宠爱有加啊。”

“不是的，这绝对不可能！班野怎么会就这么死了呢，绝对不能！你告诉我这不是事实！相友，班野他没有死吧？是不是？刚才你是在和我开玩笑的吧？只是想吓唬我的吧？嗯？”

“对不起，信。我知道对你说这些很残忍，但是你必须接受这个事实啊。班野一定是去了更好的地方……”

“不会的！！一定是入地狱了！杀了那么多人……那么残忍地杀害了那么多人，死后怎么可能去好地方呢？我们怎么可以期待那种好结果呢?!!”

“信，你怎么可以这么说啊？说话不要太过激了。毕竟我们都是杀手……”

“杀人不一定用刀枪武器，是他，是他让我的心死了数百次，这次居然也不肯放过我！班野……呜呜……”

“信，你是不是对……班野……”

“从头开始，他只是残忍地扔下一句——对杀手来说感情是最不应该存在的，也是最没有用的……知道那句话让我的心死了多少次吗……他从来都没有露出一次笑脸，这个没有人情味的家伙，到如今，怎么可以那么孤单单地走掉呢？而且还，走得这么急，急得让我来不及告别，这是不是太过分了?! 连我的命令都不听就敢死掉!? 为什么!!”

都怪我这止不住、而且比血都要浓的眼泪，我浑身开始发烫，开始酸痛。我根本就没有心情见什么老板。任眼泪不住地流淌，我开始漫无目标地奔跑。不知不觉中，我跑到了汉江防汛大堤。

满面的泪痕让我的面孔不再有丝毫光彩。可是我无暇顾及这些，跑跑走走，走走跑跑。就在这时，我似乎隐隐约约地听到有人在叫我的名字。

“信义！”

那分明是路熙的声音，可我却无力回头看他。我的脸被汗水与泪水浸湿，眼睛哭得又红又肿。这种丑态，我实在是无颜面对路熙。路熙看着头也不回、只顾向前走的我，十分焦急，三步并作两步，很快就赶上了我，并拍了拍我的肩膀说道：

“信义，没听见我叫你吗？为什么不说话啊……？信，信义！你这是怎么了？出什么事了吗？”

我察觉到路熙在担心我，正用关切的目光看着我。温暖的关怀使我更无法抑制悲痛的心情，我已接近悲痛欲绝了。我的脸就像刚刚被一场大雨淋过一样，很难想象其丑陋的程度。但是与失去班野的痛苦相比，这一点又算什么呢！路熙看我抽泣得越来越厉害，急忙拿出手帕帮我擦眼泪，然后紧紧地抱住了我。

“怎么了？信义，发生了什么事啊？嗯？”

“呜……呜呜。”

“有什么就说出来吧，信义。我们可是同桌啊。以前听老人讲过，只要倾听对方的诉说，就可以使对方的悲痛减轻很多。所以，你一定要告诉我，到底发生了什么事，嗯？信义！”

“班，班野他……班野他……呜！”

“班野？你说的班野不是你们组织的……”

“嗯。我的班野……班野他……呜呜。哇——！”

最终，我就在路熙的怀里痛痛快快地大哭了一场，把心里的悲哀和怨气全部都发泄了出来。过了一会儿，我的心才慢慢地平静下来。

我们找了一个能望见汉江的地方坐了下来。路熙只是用担心的目光默默地望着我，没有再说什么。这时，我的手机铃声打破了这一片寂静。我清了清嗓子接听了电话。

“哪位？”

“老婆！”

电话那一头的声音正是姜月那家伙。

“什么事啊？我现在心情不好，没有心情和你闲谈，有什么急事快一点说，没有什么事情我要挂电话了。”

“老婆，你的声音怎么了？是不是哪里不舒服了？刚刚才出院，怎么又病了？嗯？”

“没有，我没什么事。”

“什么没事啊！你说话的声音可不会欺骗我啊。到底出什么事了？嗯？老婆，你现在不在家吧？出院才几个小时啊？这么快就到处乱跑。你现在人在哪里啊？我马上过去接你。”

“没什么，你不用过来了。你还是赶快告诉我你打电话的理由吧。”

“啊，哦。我这是要说什么来着？想说什么事来着？”

“姜月，我刚才说过了吧？我现在没有心情和你开玩笑。没有什么要紧的事，我就挂电话了。”

刚要挂断电话，那家伙的高音就止住了我。

“等一等，老婆！我想起来了～我要说的事情！”

“什么？”

“你现在……是一个人吗？”

“你问这干什么？”

“如果现在身边有其他人，你就到没有人的地方接电话吧。”

“你就一定要这样折磨我吗？”

“我现在也不是在和你开玩笑，就按照我说的做吧。”

姜月这样一本正经地说话，让我感到有些意外。我向路熙打了一个手势，告诉他我去接听电话，然后便跑到没有人的长椅旁。

“现在这里只有我一个人，有什么事你说吧。”

“路熙是一个非常危险的家伙。”

“车路熙？他怎么了？”

“和他政治联姻的女孩子正是我们班的学生，叫具银亨……对了！你应该也认识吧，上次在医务室，看起来你们好像很熟悉啊。”

“对，很熟悉。银亨她怎么了？”

“病怏怏的，最终还是没有熬过去，死了啊！可是，他居然连眉头都没有皱一下！”

“什么？银亨她……她死了??!”

“听了很难过吧？我也是后来才听说的。银亨，她一直都非常喜欢车美人的。药盒上，手册上，在所有她自己的东西上，到处都写满了那家伙的名字，还有写给那家伙写的信。都是些‘这些话我无法当面对你说，我真的非常非常爱你’等等。”

“那……那是真的吗？”

“老婆，我再怎么淘气也不会拿这种事情开玩笑啊！”

突然间，我手臂无力，手机差一点从我的手中滑落。为什么今天传来的都是这种噩耗呢?！这些不祥的感觉还要困扰我多久呢？我愣愣地拿着手机，一个人自言自语，不知所云。这时，电话的另一头又传来了姜月一本正经的说话声：

“还有一件更奇怪的事情。我原本只是想吓唬他，往他的私人存放箱里放了一条蛇。”

“什么？蛇？”

“嗯，只是想和他开一个玩笑。可是，在他的存放箱里发现了一个奇特的包裹。我出于好奇，打开包裹一看，真是令人吃惊啊！包裹里装的居然是组装式的长枪啊！而且还是配备了消音装置的长枪！这家伙夜里会不会是在做一些奇怪的事情啊？你知道我看到那些有多害怕吗？真的是令人毛骨悚然，浑身发抖啊！”

“那是真的吗，姜月？会不会是玩具枪呢，那种 BB 弹玩具枪。如果是真枪，他怎么会那么粗心地放在那里呢？”

“就算再傻，我还是可以分辨出玩具枪和真枪啊！另外，他也不是粗心吧。一般人都不可能打开那个箱子的啊。游戏也好，玩耍也好，越难越有意思啊，我就是喜欢这种有难度的游戏。还有，更奇怪的是，你不是有一个叫半月党的朋友吗？”

“班，班野？班野怎么了？”

“车美人的包裹里还有一张你和那家伙在一起谈话的照片。从照片上看，好像是在距离很远的地方拍的。”

“我……我和班野的照片？”

“我知道他也喜欢上了我的老婆，一直惦记着你，不过，看见他在自己的包裹里装着那种东西，我心里真的不是滋味啊，所以我才这么急着告诉你。明白吗？”

瞬间，我脑子里一片空白，感到手脚麻木，浑身发抖——我感觉到有人站在我的身后。一转身，只见平时总是神气十足微笑着的路熙，今天的笑容里却带有几分阴暗与深沉。路熙紧贴在我的身后，已经魂飞魄散的我浑身发抖，惊恐地站在那里。不经意间，手机从我的手中滑落，虽然抑制不住内心的恐惧，但我还是强作镇静，与路熙说道：

"路，路熙你真的……"

"被你发现了？扑哧～"

"如果，真的是那样的话，是你把班野……"

眼前的这个路熙，绝不是我所认识的，那个神气十足的路熙。脸上布满了邪恶的杀气，眼光充满了残忍的凶光，令人难以直视。

"骗人！这不可能，你不会那么做的，对吧？这绝对不可能——!!"

第九章

啪!!

浑身湿漉漉的,出了一身的冷汗。头就像要裂开一样。睁开眼睛一看,我所在的地方还是医院。

“信,怎么了?”

熟悉的男低音,顺着声音轻轻回头一看,坐在我身旁的正是我的班野……正是我日思夜想的班野守护在我的身旁。

“班,班野!!”

原来只是一场噩梦!我心里的一块石头终于落地了,泪水犹如泉涌。

“班野!班野你还活着啊。嗯?班野!”

我瞬间似乎失去了理智,居然一把抱住了班野。初次依偎在班野宽阔的怀抱里,我情不自禁地流出了安心的热泪。班野一无所知,似乎觉得有些荒唐,随后便有点不知所措。但是犹豫了片刻后,他马上把那宽阔的胸膛借给了我。

哭了一阵子,打起了精神,我仔细地正视了班野。

“我不是在做梦吧?是吧?班野,你真的还活着,是吧?”

“你这是怎么了?信。是做了什么噩梦吧。”

“嗯。做了一个噩梦,心情非常糟糕,非常悲伤,非常……反正是一个特别奇怪的梦。”

我已经哭成了泪人,说话也语无伦次了。班野看着我,默默地递给我两张纸巾。赶快擦净脸上的泪痕,我又情不自禁地望着班野。

真是万幸啊,从噩梦中惊醒后,我的眼前展开了一片晴空。可是,我为什么会做那种噩梦呢?梦是从哪里开始的呢?

头一片混乱，肩膀上的伤口又开始隐隐作痛。短暂的沉默之后，耳边又传来了班野极富磁性的声音。

“醒过来了就没什么了。医生说只是肩膀处受了一点伤，不会有生命危险的。”

“啊？哦，是吗？”

“对不起，信。为了我，让你……”

“你在说什么啊，班野。我只是觉得你没有受伤，这是最大的幸运啊。”

“你要向我保证，以后不能再做那种傻事了。”

“那么，难道让我眼看着班野遇难而袖手旁观吗？如果下次发生同样的事，我还是会这样做的。”

“那么做，你会有生命危险的。”

“只要能救活班野，我……”

“为了救活我而让信失去了生命，那还有什么意义呢？”

“就，就算那样……”

“还有……姜月和车路熙已经来过了。”

“什么？那两个家伙？”

“在你昏迷不醒的时候，在这个病房里吵闹一番才离开。”

“是那样啊。信友呢？”

这样想来，守护在我身旁的应该是弟弟信友啊，可是他怎么会连个面都不露呢？嘿嘿，说曹操，曹操就到。我刚想到这里，信友就大摇大摆地走进了病房。

“哦？姐姐，你醒了啊？”

“嗯。你这是从哪里回来啊？”

“我去洗手间啊，才走开一会儿你就醒了。姐，你没事吧？”

“嗯，没什么，真的没什么。”

“我在这个世界上的亲人，只有姐姐你了，我还以为你要扔下我自己先走呢，你知道我有多担心你吗？”

“真的吗？”

信友做出似乎马上就要哭泣的孩子一样的表情，抓住我的手不松开。

这可怜的家伙,真让人揪心。我无意识地对着这家伙的头……

啪!

“哎呀,干吗要打我啊? 姐!!”

“谁说我要死了? 你想诅咒我啊? 你这个浑小子!!”

“我也是好心为你担心嘛!!”

“少啰嗦,你对着我这么大声说话,我的头都要震坏了!”

“姐姐是个傻瓜! 大傻瓜!!”

“是不是想让我拿点滴瓶砸你的头啊?”

“哼!”

班野面带淡淡的笑容,一直凝视着我和信友。听着我们半开玩笑话的对话,班野小心翼翼地开口说道:

“你已经醒过来了,看来我可以回去一趟了。”

“班,班野,你这么快就要走啊? 我……”

没等我说完,抢在班野前回话的还是信友。

“什么叫这么快啊? 姐,在你昏迷的整整三天里,班野哥可是一刻钟都没有离开过你的病床,一直守护在姐姐的床前啊,你难道不想让他休息一下吗?”

“什么? 那是真的吗?”

“你觉得我是在骗你吗?”

“这样说来,我被送到医院后一次也没醒过?”

“那不是很正常的吗? 还有姐姐你学校那边,也是班野哥编了一个交通肇事的故事,才解决的。可是姐姐,你这是怎么啦?”

瞬间,我似乎浑身毛骨悚然。虽然只是一场梦,但却如此无懈可击、活生生的。这会不会是对未来的预测呢?

一直在旁察言观色的班野开口了。

“怎么了,信?”

“嗯? 哦,没什么。我刚才做的那个噩梦,总是让我心中有些忐忑不安。”

“做的是什么样的梦啊?”

“不是,没什么,没什么。”

班野摇了摇头,准备出去。走前还再三嘱咐信友:

“信友,你要好好照顾姐姐啊。明天我会早一点过来的。”

“嗯,知道了。班野哥,谢谢你～走好啊～”

“嗯,信,那我走了。”

“班,班野……”

班野就这样小心翼翼地走出了病房。信友目送着班野离开,一直等到班野的身影完全消失,才拉出了话匣子。

“姐,班野哥好像是喜欢姐姐哦。”

“什么?? 这,这,这,这是,什,什,什么……”

“说实话吧,姐,你是不是也喜欢班野哥啊?”

“少……少啰嗦! 你这家伙!”

“嘿,你还是老实交代吧,姐,姜月哥也好,路熙哥也好,你是不是都看不上啊? 姐,你的心里是不是只有班野哥啊?”

“你少废话!”

“你看,你都不敢否认～看来是被我猜中了啊～”

“说什么呢,你这小子! 小小年纪,你懂什么啊?”

“我看他不像是单纯地因为姐姐为他受伤,心存负罪感才一直守护姐姐的。一定是发自内心地担心姐姐才能做到。”

“那是因为我和班野相处的时间……”

“男人的心只有男人才知道。班野哥也一定是真心地喜欢姐姐的。我用我的人格保证!”

“你不要以为什么人和你想的都是一样的(班野是一个不知道什么叫感情的家伙)。”

“噢,对了。”

“什么?”

“在姐姐昏迷的时候不知道是谁,往你的手机上打过电话。”

“是谁啊?”

“叫什么名字来着? 啊,具银亨! 对了,是叫具银亨。看我这记忆力啊。”

“银亨?”

“嗯。不过打电话的不是那个人,是那个人的妈妈打来的。”

“真的?为什么?”

“不知道。说是从女儿的手机电话簿上看到你的名字就打过来了,不过听说你在医院不省人事,就说不好意思,又说了几句安慰的话就挂断了。”

我马上拿起手机给银亨打了电话。可是那个号码已经变成了空号。看我突然间脸色都变了,信友莫名其妙地看我一会儿。

“怎么了?姐姐,没有人接电话吗?”

“说是空号……”

“什么?会不会是想告诉你电话号码换了,听说你生病了就直接挂断了?”

“那种事为什么要银亨的妈妈告诉我呢?一定是银亨出了什么事!我要去看看她。”

“你现在这个情况怎么出去啊?再说,你知道她家住在哪里吗?”

“说是在江南附近……”

“江南?江南范围那么大,你以为江南就都是她的家吗?你先镇静一下,也许没什么事呢。”

话虽这么说,可是我的心却越来越感到不安,一时无法镇静下来。她会不会真的像我梦中那样死掉了呢?那样的话,梦中班野的死……?

“信,信友!!”

“嗯?怎么了?”

“你快点跑去,把班野找来。快去!”

“什么?班野哥才刚回家就要找来啊?你知道班野哥有多辛苦吗?”

“少说废话,快点去,快点把他拉来!”

见我脸色发青,火冒三丈,信友也不知所措。

“知,知道了。”

看着慌慌张张跑出去的信友,我马上给班野打了电话。

“丁零零～丁零零～丁零零～主人暂时无法接听电话，请留下语音信息……”

这时的我越来越感到不安。电话机的另一端，一直都是无人接听状态，而信友去了这么久也毫无音讯。更重要的是我的心里无法驱赶的不祥预感。这一切的一切都让我烦躁不安，不知所措。别无选择，我只能给姜月打电话。幸好这家伙及时接听了电话。

“你好。”

“喂，姜月。”

“啊？老婆～怎么了？怎么样？你已经醒过来了？”

“嗯。我没事。听说你来看过我？”

“嗯，和路熙那家伙一起去的。”

“你们……和好了？”

“我们两个人啊，说吵架就吵架，不过要说和好也很快。虽然还是有点不太喜欢那个家伙。嘿嘿。”

“那个……姜月。我有一件事想问你……”

“什么事啊？”

以防万一，我还是想确认我做的梦。所以……

“或许……你有没有捉弄过路熙？”

“捉弄什么？”

“比如……往他的私人存放箱里放一条蛇什么的……”

“啊？老婆，你怎么知道我在养蛇啊？我当然没有和他开过那种玩笑，不过这样说来，那种捉弄方法也应该会很有意思啊。哈哈。”

我大吃一惊，马上挂掉了电话。现在身边发生的很多事情，不是正好与梦中的相同吗？如果梦会变成事实，班野也许真会有危险。梦里，班野是在我住院期间死的啊！

当我拔掉针头，刚要出去找班野的一刻，班野和信友一起出现在病房门口。信友气喘吁吁地跟我埋怨道：

“我亲爱的姐姐啊，你知道我为了你跑了多少地方吗？累死我了！呼呼！”

“信友，你暂时出去一下。”

“为什么?”

“快一点!”

“哦,知道了。我明天的作业太多,反正也正打算回家看书呢。那我就直接回家了。”

“那好,路上小心点。知道了吗?”

“知道了,姐～”

随后,信友意味深长地眨了眨眼睛便跑掉了。这小子,是什么意思啊?难道是为了让我和班野单独相处,给我们创造机会?可是现在,我的脑子里根本考虑不到那个问题。我必须把我的梦全部讲给班野。或许这个梦真的会影响到他的生命!

听完我梦中的全部故事,班野依旧毫无表情。仅仅说一句话:

“是吗?梦毕竟只是梦而已。”

“可奇怪的是,那些本以为只是一场梦的事情,正一件件地得到证实了啊!”

“可能只是偶然吧,或者是你生搬硬套的。”

“无论如何,我的心就是无法镇静。万一,万一班野你真的死了……”

“信,我是不会死的。”

“嗯?”

“不要那么不安,那个梦不会发生在我身上的。”

“但是……”

“还有,信。”

“嗯?”

“很快……恶蝎神就会消失的。”

“什么?那又是什么意思?”

“警察已经有所察觉,正在加大力量,集中抓捕杀手。”

“什么?怎么会这么突然?一直以来,警察不是连我们的存在都不知道的吗……”

“所以,这是个解不开的谜啊。”

班野的表情暗了下来。我也思考片刻,接着分析道:

“或许，会不会是委托我们工作的人检举的？也许会无意中流露出像我们这样的组织存在的信息。”

“这样一来，他本身委托我们杀人的事实也会败露，应该不会有这种可能性。”

“不暴露自己的身份举报，匿名举报不是也可以吗？”

“这种案件不像其他案件，连自己的身份都不说清就举报，警察怎么会相信呢？从警察的立场来看，知道有这样的暗杀集团存在，一定是一个轰动全国的大案。就根据一个不明身份者的匿名举报电话，就大动干戈地出动搜捕，警察也没有那么傻啊！”

“听起来也有道理啊。”

“所以说，应该不会是委托过我们的人。”

“那么，难道是……内部人所为？”

“我们恶蝎神也不是什么流氓团伙，脱离组织并不用付出任何代价，也比较自由，这么简单的事情，为什么一定要检举呢？所以……应该也不是内部人所为。”

“那应该怎么解释呢？警察是怎么察觉出的呢？”

“一定是知道我们存在的什么人举报的。”

班野的眼神开始发出冰冷的光芒。紧接着，小心谨慎地问我：

“我的怀疑可能会有错，不过信的周围有没有知道信是杀手的人？”

“我的周围？怎么会有那种人啊！”

瞬间，路熙的形象从我头脑闪过，这是为什么呢？我的确忘记了，忘记了路熙知道我和班野的存在。一直小心翼翼对我察言观色的班野，立刻发觉我脸色苍白。

“难道……真的有吗？”

“路熙……车路熙已经知道了。”

“国务总理的儿子车路熙？”

“嗯。那时，班野因为欠他的人情拒绝了委托，路熙差点被伊特奈尔杀害那次，我不是帮助过他吗？那时班野也看见了吧，还有印象吗？”

“嗯，想起来了。”

“那时是无可奈何，使我暴露了身份。”

“这样说来……果然是他！”

“但是，路熙不可能举报啊。”

“为什么？”

“因为……他是我的朋友，还有……”

“还有什么？”

“还，还是喜欢我的家伙嘛。如果是那个家伙举报，他还有什么脸来见我呢？”

“会不会是最初就计划好的？”

“你是说，路熙早就计划好要利用我？为什么？当时，他可是一个连有暗杀者这种事都不知道的家伙啊。”

“他真的不知道我们的存在吗？他是国务总理的儿子，信又帮助了他那么多，他会一点没有察觉我们的存在吗？”

“这个……可是，路熙应该不会那么做吧。”

“你有什么根据吗？”

“你不是也还没有路熙那么做的证据吗？”

“虽然没有证据，可是就目前来说，他是最大的怀疑对象。”

怀疑路熙的事，和梦中的内容也是完全相同的。

“路熙他……真的会那么做吗？”

“不管怎么说，现在对我们来说最重要的不是谁举报没举报的问题。警察在追捕我们，所以我们绝对不能暴露身份。当然，这类组织本来就是不能暴露身份的。”

“那你有什么打算？”

“解散恶蝎神。”

“什，什么？不经老板同意，能随便解散组织吗？”

“老板……”

“虽然一次都没露过面，但在名义上，他毕竟是老板啊。不请示老板，就这么随便解散恶蝎神，是不是……”

“只要报告给老板，估计他也会理解的。”

“可是……班野，你见过老板吗？”

“嗯？怎么了？”

“我们恶蝎神的全体弟兄，不是谁也没见过老板的面吗？”

“是啊，你想见见老板吗？”

“嗯。”

“那就赶快出院吧。我会向老板报告的。为了解散恶蝎神，早晚都要与全体弟兄们商量的。那时候我们聚一聚吧。”

“知道了。我明天马上出院。”

“我不是这个意思，信。我是让你认真接受治疗，赶快恢复健康。”

“我现在已经完全好了。”

“那也不可以，信。必须听医生的话。”

“知道了。还有……班野，你本来就已经很疲倦了，我还让你再跑到医院来，真对不起。”

“不是。信的那个不祥的预感，也许会成为事实呢。”

“可能多少会有一些不方便，不过你一定要留在这里，睡在旁边的简易床上，知道吗？”

“不要担心我，信。你才刚醒过来，就听到这些乱糟糟的情况，让你这么担心。什么也不要想了，好好睡一觉吧。”

“知道了，班野。你不能到处走啊，记住了吗？”

“好了，我记住了。”

听到班野这样说，我的心情也平静下来了。只要班野在我身边，在这个世界上，我还有什么可怕的呢？难道我真的是爱上了班野吗？他不在身边就会心慌意乱，就会朝思暮想，就会为他担心……如果这种感情就是爱情，我现在不是已经爱得很深了吗？

想着这些，再看班野，我也情不自禁地脸红起来。看着我红扑扑的脸，班野关心地问我：

“怎么了？信。是不是太热了？”

“嗯？嗯，有一点。”

“要不要打开窗户啊？”

“不用，没关系。我的脸本来就很容易泛红的。哈哈。”

“快睡吧。”

“嗯，班野，你也睡吧。”

班野——你这个傻瓜！怎么完全不懂女人的心呢！总有一天，班野也会感受到这种心情，一定也会燃起爱的圣火吧。我翘首期待着那一天，但愿到那时能够占有班野的心的人还是我。

第二天早晨。

看见蜷曲在简易床上睡觉的班野，我心如刀割。一向毫无表情、阴沉着脸的班野，今天却那么平静而温和。看他盖着小小的毯子，像天使般熟睡，我突然有了给他拍照留念的冲动。我飞快地拿出手机，把这一瞬间的形象装入了镜头。储存好相片，我的心情变得格外清爽。一个人目光呆滞地看着班野可爱的脸，我一点也不觉得时间漫长。反而，时间似流水，总也看不够他那可爱的面庞。

转眼间，一个小时就在我默默注视中飞逝。

班野的脸上开始有一点微动，慢慢地睁开了睡意惺忪的眼睛。这一瞬间，我马上闭上眼睛装作睡觉。我这时的样子一定很可笑吧。班野走到我的床前，见我还在睡觉，便走出了病房，大概是出去洗漱了吧。

我眯起眼睛，确认班野已经出去后，才完全睁开了眼睛。只是看了看班野熟睡的面庞而已，为什么我会如此心慌意乱呢？我必须尽最大努力克制住自己，像往常一样自然对待班野。原来那么凶狠残忍的我，不知不觉在班野面前变成了一个缩手缩脚的小女人。我一个人回想着往事，等待班野回来。

终于，病房门轻轻打开了。我以为是班野洗漱归来，头也没抬就热情地打起了招呼。

“愉快的早晨，班野～∧_∧昨天睡得好吗？简易床是不是很窄……嗯？”

出乎我的预料，出现在我面前的并不是班野，而是路熙。

“早上好啊，信义。”

“嗯？路熙……你……这么早……有什么事吗？”

“听说你给姜月打过电话，却没有给我打，我真的有点失望啊。”

“啊？不，不是，我只是做了一个很不愉快的梦，所以……”

“不管怎么说，恢复意识，醒过来了就是万幸啊。我也是到学校之前顺便来看看你的。”

“是吗？谢谢你。”

“看来，班野他一直在医院守护你了啊？”

“啊，嗯。”

“看来你们好像不是一般的朋友关系啊。”

“什么？为什么？”

“普通朋友能做到这样的太少见了。睡在简易床铺，一直负责看护的朋友……非常特殊。信义能有这样的朋友真幸运啊。”

“啊，嗯。是吗。”

也不知是做梦的缘故，还是班野在怀疑路熙的缘故。总之，现在只要看见路熙，我就会有些不愉快，这是无法改变的事实。我的心理作用在作祟，使我和路熙原本很普通的朋友关系搞得非常别扭。

病房内的气氛多少有些尴尬。这时班野进来了，头发上还滴着水珠，看上去十分性感。班野原本明朗的脸色，看见路熙后便阴沉下来。不知内情的路熙，见到班野热情地打招呼，寒暄道：

“班野，早上好啊。”

班野只是轻轻地点了点头，省去了语言。路熙对此毫不在乎，继续向班野搭话，似乎执意要听到班野的声音。

“简易床铺在这里，您昨晚是住在这里的吧。”

班野仍然默不作声，挪动椅子便坐了下来。对着这样的班野，路熙稍微迟疑了一下，但仍然满不在乎地继续说道：

“我好羡慕信义啊，能有班野这样的朋友。我至今还从来都没有过这样的朋友呢。当然，也不是一定要有。不过现在的我，也已经有了那样的好朋友呢。你知道吗？那就是信义你啊。我也渴望自己能够成为信义必不可少的朋友，就像班野那样。”

尴尬的氛围持续着，但是听到路熙的这番话，我决定出面缓和一下气氛。

“哎呀，班长～哦，对了，你不喜欢我叫你班长的吧？如果你还把我当作你最好的朋友，就不要再逼不爱说话的班野了。反正你也已经看到我很好了，还是快去学校吧，不要迟到了。”

“嗯，时间过得好快啊。我放学后再来，那时候可能会和姜月一起来的。”

“好的，注意安全～”

路熙还是保持着他特有的、神气的微笑，迈着自信的步伐走出了病房。路熙离开病房后，班野用平稳的口吻说。

“虽说入行初期，我曾欠过他的人情，但是今天见到他，我还是觉得非常不愉快。”

“可是路熙仍然这么若无其事……”

“他的那种对任何事情都满不在乎的笑容……总是让我无法心平气和地面对。”

“是吗？”

“像路熙这种类型的人，一旦认准一件事情，就可能会过分地执著。可能是对人，也可能是对物。更危险的是，那种执著会远远超出我们的想象，其顽固性会达到让人吃惊的程度。如果他的目标是信……他完全可以不顾手段，制定一套令人生畏的计划，并且暗中实施，这完全是不足为奇的。”

“班野，看你把路熙说得这么恐怖，可是我觉得他不会那样做的。路熙只是……”

“信，对你的朋友我只能做出这种评价，真的很抱歉。不过无论从哪一方面考虑，那家伙的嫌疑都是最大的。动用警察兵力，对他来说不费吹灰之力。只要他说一句话，安排警察布置行动计划，也是手到擒来的事啊？”

“那么，班野还是在怀疑路熙？”

“不单单是怀疑，可以说是基本确信。”

班野的眼里突然放射出犀利寒光，让人生畏。至今为止，班野的预感从来都没有任何误差。而现在班野如此坚信就是路熙把我们的存在透露给警察……我到底应该怎么办呢？

几经考虑，我还是决定再替路熙辩解几句。

"那好,班野,就算是路熙举报的,那么他的目的究竟是什么呢?竟然动用警察的兵力来除掉恶蝎神,他又能从中得到什么呢?"

班野仍旧面无表情地看着我,低声说道:

"你真的不知道其中的隐情吗,信?"

"我真的不知道。"

"你从来都没有考虑过吗?"

我开始感觉到心脏在加快跳动。我知道,也许从最初我就知道。

经过短暂的犹豫后,我决定正面回答班野的问话。

"我……是因为我?"

"当然。"

"为了占有我,所以一定要除掉恶蝎神?"

"就是这个原因。"

"可是班野,如果警察除掉恶蝎神,我也会被抓进去啊,路熙为什么……"

"如果只是你一个人,那家伙完全有能力保护。即使警察已经察觉到信的存在,只要那家伙亲自出面,利用他手中的权力,完全可以避免你受到伤害。"

"如果那样……"

"把我们都投入监狱,独自占有信。这就是充满野心的路熙的目的。"

"那么班野的意思是……路熙如此顽强执著追求的,竟然是我?"

"当然,我也希望这不是事实。可是,事情并不像我所希望的那样。"

"真令人胆颤心惊啊!如果这一切都是事实,路熙的面具实在是太完美无缺了。"

班野接着我的话,用他那清凉的视线看着我,低声说道:

"戴上了……羊皮面具而已。"

"班野,如果这一切都是事实,我们该怎么办?"

"什么??"

"万一,班野被警察抓走……"

"只要那个野心家说一句话,我很可能现在就被抓进去。可是他没那么做,这说明他还有其他阴谋。"

“你想怎么办,班野?”

“在最快的时间内解散恶蝎神,然后出国。当然,其他弟兄们也全部都要分散。”

听到这里,我的心都要碎了。至今为止,我从来都没有想过班野会离我远去。而班野却没有丝毫的留恋,如此轻松地说出离我而去的话。我一下子瘫软了下来,强忍住要夺眶而出的眼泪。

“那……那我呢?我该怎么办,班野?扔下我不管……你就想一个人远走高飞吗?”

“信,你没有必要跑到国外。即使你留在国内,他们也不会把你怎么样……”

班野说了一半,突然停了下来。班野愣在那里,看着我的眼睛瞳孔开始变大,眼圈微微地泛红。

“你在哭吗?信。”

我也感觉到这样的我非常可笑,可是眼泪像断了线的珍珠一样落下来。这到底算什么啊……我一头扎进了眼前黑暗的空间,满脑子都在抱怨自己糟糕透顶的人生,感觉到前途暗淡悲凉至极。在我原本就没有丝毫光芒的生命里,如果再失去班野,我的人生还有什么意义?

看着泪流满面的我,班野有些不知所措,马上递过一包纸巾来。

“眼泪比从前多了很多啊,信。”

听了班野的话,我马上擦干眼泪反击道:

“增多的不只是我的眼泪,还有你的言语。”

“是吗?”

“嗯。当初决定重返校园,就是为了能够成为一个平平凡凡的高中生。可是从我做出决定的那一刻起,事事不如人愿。似乎从我选择了杀手的那一天起,平凡就已远离了我。”

“与平凡无缘的人生……如果那就是信的人生,你应该勇敢地接受啊。”

“可是,没有班野的人生……我从来都没有想过。”

“信!”

“如果没有班野，由谁来保护我呢？至今为止，还没有一个人像班野这样对我呵护备至，长期以来从无怨言地保护我呢。”

我真心希望班野不是作为我的左膀右臂，而是作为一个男人守护在我的身边。

“从此以后，不再有保护你的理由了。以后你不再是杀手，你将做回原来的你，做回一个最平凡的人，信。你是……我也是……”

“为此，你就一定要逃到国外吗，班野？是不是把做一个平凡的人为借口，逃避现实呢？你仔细考虑一下吧，班野！”

无意中，我已经开始出口伤人了。想到班野要远走高飞，我实在无法控制住自己的情绪，说话的声音也逐渐高了起来。然而，班野还是那样沉着冷静。

“不是逃避，信。是要把我们过去的黑暗生活丢在这里，去寻找新的人生，这和逃避完全不同，这一点信也明白吧？”

“要放弃过去所有的经历，离开这里（把在恶蝎神与我共同经历的一切回忆都丢掉，然后离开）？不行！！我不允许，班野！！对从幼年就投身到恶蝎神的我来说，班野既是我的父母，又是我的挚友。我是一直在班野的保护下长大的，班野在我心中占据什么样的地位，你应该也清楚吧。班野要离开我，这是我想都没想过的事。我不能离开班野。离开了班野，我还是一个不懂事的孩子！班野，难道你真不知道吗？嗯？对于班野来说真的……没有一点感情而言吗？”

“信，你想说什么啊？”

“我，我真的很爱……很爱班野……知道吗？”

我的表白结束的同时，我的心在狂乱地骚动。我以为班野也一定会惊呆，可是他的表现却出乎意料地镇静。班野看着我，不紧不慢地反问道：

“信，你知道爱情是什么吗？”

“我也说不清楚，可是我觉得……谁也离不开谁的感觉……那种关系就是爱情吧。我已经知道班野想说什么了。你的眼睛在问我，由于我们长期形影不离，所以我是不是分不清什么是亲情，什么是爱情了。可是班野，我说爱你并不是因为这个原因。自从我意识到我对班野的感情，我就知道我的心在为班野而跳动，我的思维也在为班野而变化。也许班野与我不同，也许对班野来说我就是恶蝎神的 No. 2，可是，对我来说班野却是……是一个男人啊。”

强忍住的眼泪，又开始一颗颗地滴在床单上了。看着我的泪珠，班野似乎也开始沉思了。然而长出一口气之后，他马上转移了话题。

“呼……现在就让恶蝎神的全体弟兄都到这里集合吧。”

“恶蝎神的弟兄们？（哭泣）突然招呼恶蝎神的弟兄们，要做什么？”

班野不等我回答，就开始给恶蝎神的弟兄们打起了电话。

准确地说，三十分钟后恶蝎神除了老板以外的全体人员无一缺席，齐刷刷地集合在我的病房。大家都面面相觑，不理解状况，莫名其妙地看着我和班野。有些弟兄们不知道我住院的实情，用惊异的眼光看着我，为我担心。顿时，病房内出现了一丝骚动。为了让室内的气氛平静下来，班野清了清喉咙，准备主持会议。

“大家都到齐了吧？”

“见过驸马和班野大人。”

接受大家的行礼后，班野开始讲话。

“这么急着把大家召集到这里，是因为信躺在床上不便行动。”

大家用疑惑的表情把视线集中到了班野的身上，但是班野接下来的话更令大家大吃一惊、目瞪口呆。

“我宣布，从今天起，恶蝎神解散。各自手中的武器一律烧掉。要做到彻底消灭证据。”

突然接到解散的命令，兄弟们纷纷要求解释，按捺不住内心的疑问与焦虑。班野开始谨慎地解释事情的缘由，逐一说服弟兄们。听完班野的解释，大家都表示只能面对现实，服从命令。可以说，我们已经挣足了金钱，即使不再涉足黑暗的行当，也可以安定地生活了。所以我们应该尽快找到稳定的生活道路。这时，我还站出来提了一个建议。

“那个……班野，就算这样，没有老板的命令，我们怎么可以擅自解散恶蝎神呢？”

“这就是老板下的命令啊？”

"什么？你什么时候请示过老板啊？"

听我这么说，兄弟们开始互相交头接耳议论开了。其中叫相友的兄弟站了出来，说道：

"信，你还蒙在鼓里啊？"

"什么？"

"恶蝎神的主人，即老板，就是班野大人啊。"

"你……你说什么？"

"是班野把幼小的信培养成神气的杀手啊。你想想看，在信的身边一直保护信的是班野，每次行动给我们分配任务的是班野，对所有的事情负起总责的还是班野大人啊。"

这句话对我来说，简直是当头一棒。班野他……我的班野，他竟然是我们恶蝎神的老板……而且，就我自己不知道，还一直把他当作部下，对他下达命令，我真是昏了头啊！看着目瞪口呆、不知所措的我，班野抱歉地解释道：

"抱歉，信。并不是刻意瞒着你……"

"为，为什么就瞒着我一个人呢，班野？嗯？"

"没什么。信如果知道我就是老板，就不会对我那么随便了啊，我不喜欢尴尬。只有这些。"

"我……我至今还蒙在鼓里……完全不知道这一切……"

"没关系，信。反正从今天开始，我也不是什么老板了，我们都要成为普通百姓了啊。恶蝎神的所有弟兄也都一样。"

"那，那么今天突然澄清事实的理由又是什么？而且还是在医院，当着所有弟兄们的面……"

"从现在开始，我也不想再犹豫下去了。"

"什么？你指什么？"

"我想早一天成为普通人，爱一个不是作为杀手的普通人……就想成为这样的男人啊(扑哧～)。"

这是我第一次见到，几年来一直守在班野的身边，却从未见到过的班野的微笑。从只有残忍寒光的班野的眼里，还能感受到那么和蔼的温情，真是不可思议。也许我有什么先知先觉,所以才从开始就爱上了班野?

“信,从现在开始,你愿意跟随我这个平凡的男人吗?”

“班,班野……”

“一个不知道什么是爱情的男人,一个对甜言蜜语太生疏、除了在你身边保护你之外什么都不懂的男人。如果你不嫌弃这样的我……就从现在开始,给我一个机会吧,信。”

“班野……”

“哇~”

恶蝎神的弟兄们衷心地祝福着我们。

从我出生以来,除了父母亲去世以外,我从来没有流过像现在这么多的眼泪。

这……是第一次……

第十章

“姐，做好出院的准备了吗？”

“嗯。衣服有没有拿来最漂亮的啊？”

“按姐姐说的，拿了最漂亮的衣服。可是，今天怎么突然要打扮了啊，姐姐还要穿裙子？你才刚出院，会不会不太好啊？或者是精神上还没有治愈……哎呀！就这点小事还打我啊？开一个玩笑而已嘛。”

啪～

听信友埋怨，我也突然觉得过意不去了。是不是打得狠了点？我的手指都有点木了。虽说是我弟弟，我至今还认定他的头是一块石头。今天我如此兴奋，不仅仅是因为出院，想到今天也许会与班野第一次约会，真的好想打扮得漂漂亮亮的，让班野见了，为我的魅力所迷惑。再过一会儿，班野就要来接我出院了。我要在他到之前，打扮得更靓丽一点。我一个人痴笑着，抓紧时间洗脸，洗头发，脱掉病号服，换上了漂亮的裙子。

我的形象瞬间焕然一新，让人难以认出这个人就是韩信义。住院时的憔悴面孔已经荡然无存，镜子里映出的是一个连自己都觉得美丽无暇的女人。这就是我，我——；做好回家的一切准备，我高兴地拿着镜子照来照去。信友看了觉得有些奇怪，不解地问道：

“哇，姐，你好漂亮啊。虽说是我的姐姐，可是真的好迷人啊。可是姐，你今天怎么突然要打扮得这么漂亮呢？嗯？”

“当然有原因了，小家伙。”

“告诉我吧～是不是有约会啊？”

“呵呵呵呵呵。”

信友看到我这意味深长的大笑，先是一愣，马上便兴致勃勃地问起来。

“是与姜月哥？要不是路熙哥？是要和谁约会啊？我还是第一次见姐这么兴奋呢。”

“少啰嗦，不告诉你。”

“为什么？”

“现在说出来，到时候就不会那么感动了啊！呵呵呵。这件事情就只有我自己知道，不让你知道。”

“真小气～”

“随便你说什么，没关系。”

这时，我的挚爱——班野登场了。轻轻地推开病房的门，进来的正是英俊潇洒的班野！呀～虽说是我的男朋友，我还是禁不住想夸他——实在是帅呆了！男朋友……我似乎从来都没有想过这个称呼。不过这就是现实，班野已经是我的男朋友了！虽然我不希望任何人妨碍我们，不过班野一进来，最先欢迎他的是信友。信友完全不了解我和班野相爱，已经成为情侣的事实，热情地与班野打招呼，而且把我这个姐姐说得一文不值。

“哥～班野哥来了？班野哥，你看看我姐姐，她是不是疯了？”

啪!!

“哎呀！干嘛打我啊？姐，你太反常了！”

“谁让你说姐姐疯了啊？怎么可以这么说姐姐呢？你这家伙！找死啊？”

班野凝视了我好久。

“信，真合你身啊。”

“谢，谢谢你，班野。∧//∧”

本不想让信友看见我羞红了的脸，可眼快的信友若有所思地看了看我和班野后，似乎发现了新大陆一样大叫起来。

“哇！这么说，班野哥就是我姐姐的……啊哈哈哈哈哈哈!!”

我们就像马戏团里的小丑一样，捧腹大笑着。就这样，我与班野一起早早办好手续，出院回到了家。认定我下午才出院的姜月和路熙，放学后一定会马上跑到医院的。而且到了医院见不到我，还会慌慌张张地跑到我家来。可是我的脑子里，现在根本无法容纳那两个冤家。为什么？哈，今天是我和班野的第一次约会，是我人生中非常有意义的一天啊，啊哈哈哈！我为了隐藏自己的过分兴奋，强忍着笑，不露声色地和班野断断续续地闲聊着。

回到家里简单收拾好行李以后，我们稍作休息，一起喝起了咖啡。在这个世界上，一定不会有比这种感觉更幸福的事情了！我突然开始跟班野撒起娇来，跑到班野的面前，紧贴在他的身上，发出了阴阳怪气的声音。

“那个……班野～班野是从什么时候开始喜欢我的？”

看来我也是一个女人啊，撒起娇来，连说话的腔调都变了。我都觉得这样的自己很是不知廉耻。

“嗯，从你说要当杀手，气宇轩昂地来找我的时候开始吧。”

“这么说，班野是一开始就喜欢我的啊？”

“也许是吧。可是，这么久以来，我一直在抑制自己的感情。”

“原来如此啊。但是，班野是怎么成为杀手的呢？”

“也没什么啊。”

“什么叫没什么啊？”

“是啊，就是没什么。”

“哎呀，这怎么可能啊～不管怎么说，做杀手可是关系到很多人的生命的事情啊，怎么会像故事一样轻轻松松地说出来呢？”

“与其说是那样，不如说是想要扫除这个世界上所有的人间垃圾更合适吧。”

“班野怎么会想起做那种事呢？”

“从爸爸杀死妈妈逃跑的那一刻开始。”

“什么？”

班野的这句话对我来说不能不说是一个刺激。班野的表情一直都是冷漠，而且没有任何变化。但是这个表情意味着什么，这个表情的背后隐藏着什么，我至今才略有所知。我感觉到后背袭来一股冷风，心里沉闷，嘴唇也在微微发颤。

意识到此时此刻不知所措的我，班野便安慰我道：

“不用做出那种表情，那已经是很久以前的事了。我只是说，我当时决定要做杀手的动机是那件事情而已，不要那么吃惊。”

“可，可是，班野……”

“你是不是想问我，我的爸爸为什么要杀死妈妈啊？”

“啊？嗯，不是，那种事不一定要告诉我啊……”

“信知道了也没关系，我现在就讲给你听。”

“啊，不，不过……”

“理由嘛，知道了就觉得简单。除了钱还会有什么呢？爸爸痴迷于赌博和酗酒，一心想要抢走妈妈为了生活而积攒下来的钱，结果酿成了人命案。我一直以来所说的人间垃圾，指的就是这样的人。”

“班，班野，你亲眼目睹了全过程吗？”

“嗯。我从半开着的门缝里，清清楚楚地看到了爸爸用力推开妈妈，致使妈妈撞死的全过程。爸爸看着妈妈的头狠狠地撞在家具的角上流血死去，默不作声。那时的爸爸，我实在无法称他为人类啊。他就像披着人皮的怪兽一样！”

“那，然后呢？”

“爸爸愣愣地看了看妈妈，随即翻遍全家，拿着妈妈攒下的钱逃跑了。他杀死妈妈，丢下我，就那么逃跑了。”

“班，班野……”

“都已经过去很长时间了，现在也只是偶尔会想起而已。不像以前，每当想起那个场景的时候，我都会感觉到撕心裂肺的痛。”

“原来是这样啊，原来班野的背后有过这样的故事啊。难怪班野那么寡言少语，从无笑容。我现在终于能理解了。”

“我也想笑……可是我早已忘记了笑的方式，就在那时。”

“班野是个大傻瓜。”

“什么？”

“笑没有什么方法。因为笑是当一个人感到幸福的时候，自然而然流露出来的。”

“是吗？”

“从现在开始，我一定会让你幸福，只给你创造笑的机会。不用担心，班野。”

虽然现在我们之间还有点羞涩，但互相关心、互相爱护、互相照顾，见到我们的人，无不夸我们是情深意笃的恋人。

送信友上学后，我和班野骑上摩托车，奔向了班野母亲的墓地。这里似乎好久没有人来拜祭，遍地杂草丛生，没有人来过的痕迹。我们费了很大的力气，从长满杂草的半山坡找到了班野母亲的坟墓。

班野和我无声地拔起了杂草。经过半天的艰苦劳作，我们清除了坟墓周围又高又密的杂草，终于使墓地露出了原形。

我和班野双双跪在了墓前，谁都没有说话。我们合拢双手，低下头，默默地拜祭着。

一片寂静的沉默后，班野把我扶了起来。原以为班野会在母亲的墓前堂堂正正地介绍我是他的女朋友，可是班野没有那么做。他没有让我得到那种满足感，我们便骑上了摩托车。

从墓地回来的路上，我有些费解，发起了牢骚。

“班野为什么没有把我介绍给你的妈妈呢?”

“介绍过了。”

“什么时候? 你不是什么话都没有说吗?”

“我已经用心介绍过了，别担心。不，虽然刚才我已经介绍过了，可是我想，即使我不做任何介绍，妈妈也早就知道了我的心。我们现在去哪里呢? 还有什么其他要求吗?”

“现在我们已经是平凡的老百姓了，所以我想享受一下普通人的约会。我打扮这么漂亮出来，你还是第一次见吧? 咳咳。”

“那么，我们到人多的地方去也没关系吧?”

“去哪里都好，只要能跟班野一起去。”

“扑哧～那好，我们先去吃饭吧。肚子饿了吧?”

“嗯。吃饭去吧。出——发!”

噗隆隆! 噗隆隆!

班野的摩托车风驰电掣般地一路飞驰，穿梭于各种车辆之间。现在的心情与杀掉目标后的快感是完全不同,也许这样的感觉才叫真正的快感吧。抛开一切,钻进只有我和班野的世界中。如果一辈子都能生活在这种涨潮般汹涌澎湃的心情中,一辈子都能过着这种幸福生活,班野再也不会忘记笑的方式了吧。是不是,班野?

坐在班野的摩托车上,紧紧抱住班野的腰,悄悄地把耳朵贴在班野的后背上,我感觉自己是这个世界上最幸福的女人。与班野约会,就像吃了毒苹果进入梦乡的白雪公主得到王子的亲吻一样幸福;就像急急忙忙从舞会逃回家丢掉一只鞋的灰姑娘被王子找到重新获得爱情时一样幸福。任何童话故事中主人公的幸福,都比不过我现在的幸福。

我和班野在平凡的恋人或好朋友们经常出入的餐厅里一起吃饭,然后到咖啡吧吃甜点,再到电影院看电影……我们感受到了无比的幸福。如果我们早知道平凡有这么好,就不会去选择黑暗生活,花费这么多的精力,经历艰辛的历程迂回到今天吧。我索性把短暂的后悔丢到脑后,尽情地和班野享受约会的幸福,很晚才回到家。坐上班野的摩托车回到家,从很远就看见姜月和路熙正在马路边上嘟嘟囔囔地等着我。发现班野的摩托车,姜月径直跑过来,对我吵吵嚷嚷地闹个不停。

"老婆!你到底跑到哪里去了,这么晚才回来啊?刚刚出院,怎么能这样乱跑呢?"

"烦死了!我和班野出去玩了。你有意见啊!"

"都怪你,我和车美人还傻傻地在这里等你。"

"谁让你们在这里等我了吗?"

"哎呀~老婆,你是不是有点过分啊?老婆,我恨你!"

"－_－;真是个令人作呕的家伙啊。啧啧。"

路熙依然面带微笑,用极富磁性的声音迎接我。

"信义,你是从哪里回来啊?"

"啊,嗯。和班野约会去了,刚刚回来。"

"约……会?"

"嗯,是约会,到外面去约会。"

听到这里,姜月便开始和我搬弄是非。

“什么？约会？老婆，你怎么可以扔下我，和那家伙约会去呢？你怎么可以这样啊？”

“你怎么这么不讲理啊？好了好了，大家都不要在马路中间丢人了。有话进去说。”

“那好，老婆。”

“这种时候倒是很听话嘛——”

为了宣布我的重大决定，我把他们都请进了房间，从冰箱里拿出水果和饮料。就算我和班野在一起，我还是不想让他们感到太冷淡。这些不速之客围坐在饭桌边，一切安排妥当后，我也坐在了他们中间。

“老婆，有什么话要说吗？突然摆上这些东西，就像要做出重大决定一样。”

“是啊，我有非常非常重要的话要对你们说。”

姜月和路熙用疑惑的眼神凝视着我。为早一点消除他们心中的疑惑，我直截了当地说出了我的秘密。

“其实，我是为了成为一个平凡的高中生，才到你们这所学校读书，成了你们的同学，还交了你们这两个朋友的。但是，想做一个平凡的高中生，虽说只是一个很小的愿望，我也已经无法实现它了。正如路熙所知道的那样，我原来是一个杀手。”

听到我说自己曾是杀手，姜月吓得目瞪口呆，一句话也说不出，只是愣愣地看着我。相反，路熙无声无息地喝着饮料。

“前前后后的事，我也不想再多说了，我今天只想说出结论。现在的我既不是杀手，也没有其他身份，只是一个平凡的女孩子。现在看来，我虽然不能成为一个平凡的高中女生，但我还是想作为一个普通人，过充实而平凡的日子。为了这个目的，我也许要断绝与你们的交往。我有我犯下的罪过，能与你们共享的幸福，也只能到此为止了。我想和班野一起远走高飞，重新开始新的生活。你们惦念我的心、照顾我的心、关爱我的心……你们的好心我都会铭记在心中的。也许我太自私了，我只会在我必要时想起你们。多亏有了你们，我也有了可回忆的人和事，所以我的心也非常充实。也许你们现在不能理解，但是总有一天，我想你们一定能够理解我的。即使不能理解,也总会有一天能够忘记我的。路熙对我有所了解,这些话对路熙来说可能不是很大的打击。但是姜月,我看你已经有些魂不守舍了,不要总是张着嘴巴,口水都要流下来了。”

姜月还是无法相信这些,用一种惊奇、疑惑的眼神看着我,一句话也不说。路熙表面上看起来似乎很坦然,但是汹涌的内心再也无法令他保持沉默,便小心翼翼地开了口。

“要走……你真的要走?”

“嗯。我欠了路熙很多人情,这我知道。从复学的第一天起,我就得到班长的好多帮助啊。最先承诺做我的朋友的还是你嘛。”

“我们不想放你走,怎么办?”

“什么?呵呵,我当然理解你们的心情。你们那么喜欢我、那么纵容我,那么爱护我,我怎么会不知道呢?”

“信义不是早就明白姜月和我的心了吗?”

“……嗯,明白。”

“明明知道我们有多么喜欢你,多么心疼你……你怎么能这么狠心,轻易抛弃我们说走就走呢?”

“不能说是抛弃……”

“逃跑……你说过是丢人的事啊。信义不是这么说的吗?逃跑是非常丢人的事,你绝不会做丢脸的事的,不是吗?”

“我是说过。”

“那信义为什么还要逃跑呢?我问你为什么要逃跑!!”

如此冲动的路熙,我还是第一次看见。路熙的眼睛就像在爆炸前一刻的炸弹一样,而且眼神里充满了悲哀和难以言表的感情。

这时,一直沉默不语的姜月突然站起来,一本正经地小声问我:

“老婆,或许……你真的喜欢半月党?”

“什么?”

“你不是说要和半月党一起走吗?死皮赖脸地缠着你、让你厌倦的我,还有不惜揭掉面具、暴露自己真相喜欢你、追求你的路熙,你都能毫不犹豫地抛弃。你爱班野真的已经达到这种程度了吗?”

“……对不起，姜月。所以从开始我就与你……”

“原来如此啊，对我和车美人，你当初就没有留下任何考虑的余地啊。”

对于姜月的这番话，我的确无言以对。即使眼睛看着姜月和路熙，我的脑子里想的一直都是班野。现在，我得到了自己的爱情。而对他们，我除了歉意之外，再没有可以给予的了。结局就是这么悲哀、这么明了，但是对于姜月和路熙来说，似乎仍然无法接受这样的现实。

原本就寡言少语的班野，还有受到巨大刺激的姜月和路熙……漂浮在我们周围空气中的，只有苦涩和寒冷。沉默的时间，流逝得总是很慢。

最先打破尴尬的还是路熙。然而，他的话对我来说是更大的刺激。

“信义，几天前，银亨死了，你知道吗？”

“什么？？银，银亨，她怎么了？”

“就是因为病情恶化而离开的……毕竟还是喜欢我的女孩子啊。爱我的女孩离开这个世界时的悲痛，对我来说并不是那么容易忍耐的，但我还是可以坦然面对。那是因为，我的身边还有信义在。那时我认为，只要信义在我的身边，我什么都不需要了。信义对我如此重要，我怎么能够轻易放弃，让你远离我呢？你以为只要自己幸福，我们这样的家伙变成什么样子都没关系吗？信义，你太过分了，真的太过分了。信义！”

看着路熙热泪盈眶的表情，我的内心充满了内疚与不忍。然而，我自己选择的人生道路，怎么能轻而易举地推翻呢？

路熙越来越冲动起来，而姜月反倒镇静了下来，冷静地问我：

“学校呢？就这么一走了之，学校怎么办？”

“只能放弃了。”

“你说得是不是太轻率了？对信义来说，放弃这一切就那么容易吗？”

“对不起，也许在你们眼里，我是很容易放弃，但是我也有我的苦衷啊。虽然没有资格请求你们原谅，可是现在我也想寻求自己的人生和自由，和班野一起。”

话音刚落，姜月突然站了起来。

“不早了，我该走了。”

姜月就这样离我而去了。路熙最初悲哀的表情也逐渐变得平静，毫无表情地与我道别。

“我也该走了。”

最后，只剩下班野和我无奈地坐在原地，守着饭桌。

足有一刻钟，班野和我没说任何话。后来还是班野率先打破寂静，小声安慰我。

“没事吧，信？”

“嗯？什么？”

“你因为我而失去了朋友啊。”

“不要这么说，班野。不是因为班野而失去了朋友，而是为了班野和我的人生，重新选择新的生活道路。”

“真的没事吗？信。”

“嗯，我没事。只要和班野在一起，就算是地狱的尽头，我也会跟着走的。”

“信……”

“班野……”

情意浓浓，瓜熟蒂落的暖流萦绕在我们身边。映进我眼里的，只有班野的嘴唇，我偷偷地咽下了口水。班野的脸在慢慢地贴近我的脸，我亦轻轻地闭上了眼睛，准备接受班野的热吻。而就在这一刹那，传来了信友的声音。

“姐～我回来了！”

唰！

随着门厅门打开的声音，信友闯进来了。班野和我迅速分开，若无其事地与信友打招呼，而我心里却暗暗地责怪他，回来的真不是时候。

“哦，回来了？”

“啊？班野哥也在这里啊？”

“是啊，怎么这么晚才回来啊？”

“嗯～和朋友们玩了一会儿，所以晚了。我还在想大门怎么没锁呢，原来是班野哥在这里啊。嘻嘻。就算你们是公开的恋人，也不应该逗留到这么晚吧？呵呵。”

啪!

“哎呀! 怎么又打我啊?”

“年纪不大,怎么就没有不能说的话啊。该打!”

“我又怎么了? 不就是说你们单独在房间里到这么晚不太好吗? 这一句话就要打我啊? 是不是真的做了什么啊?”

啪!

我又一次狠狠地对着信友的头击了一拳。

“哎呀!! 怎么还打我啊!!”

“你说我们会做什么啊!! 你这家伙真是……”

当我再一次伸出拳头,班野阻止了我。他一把抓住我的手腕,劝我住手。

“啊,姐,你是不是心里有鬼啊? 就像做错事的人一样,你是不是做贼心虚啊!”

“算了。总那么打信友,小心把他的头打坏了。”

“啊,嗯。年纪不大,什么话都敢说出口。难道这种孩子不该打吗?”

信友撅起了嘴,大概是有点生气了。信友趁班野抓住我,骂了我一句就飞也似的跑进了卫生间。

“你这个魔鬼老太婆!!”

“喂,你这小子,你说什么? 你给我站住!”

“我不!!”

咣!

信友跑进卫生间,从里面把门反锁起来,干脆就不出来了。加上我在外面严厉地警告,更让他怕得不敢出来。

“你这家伙! 等你出来,我决不会轻易放过你的!!”

结果,信友一直等到班野回去,又过了很长时间,觉得我应该睡了才逃出卫生间。

——;啧啧,失败的人生。

第二天,到学校提交自行退学申请书回家的路上,突然想起了班野,便给他打了电话。没过几秒钟,电话的另一头就传来了班野的声音。仅仅几秒钟的等待时间,对我来说却感觉那么漫长。对极为细小的感情问题也变得神经过敏,难道这就是爱情吗?

“喂?你好?”

“班野,是我~”

“信。”

“嗯。我刚从学校回来。你在做什么啊?”

“没做什么,我也刚想给信打电话呢。”

“是吗(啊~这种幸福感)?”

就在这一瞬间,我被几个陌生人强行拖到了车上。

“你,你们是什么人啊?啊!!”

“喂喂!信?怎么回事?信!”

这一切就发生在一瞬间。我被陌生人绑架,已经被拖到了车上,而我完全不知道方向。我拼命反抗,绑匪强行往我的胳膊注射了药水。很快,我便失去了意识。

不知过了多久,我慢慢地苏醒过来。睁开眼睛一看,我似乎倒在某个高层建筑的楼顶上。这个地方看起来非常眼熟,仔细想想,原来是蓝色酒店的楼顶。我勉强打起精神,确认我所处的位置后,看了一眼周围的人。

“总算有点精神了啊。”

开口的是高高的个头,穿着干净利落,风度翩翩的男子。

“你……你是车路熙……”

“对不起。邀请的方式有点粗暴了吧?我本来是让他们好生请你来的。”

“你这是干什么?突然玩什么名堂啊?不要吓唬我啊……哎呀!”

刚要起身站起来,我感到浑身疼痛难忍。

“还是不要动了,那样会好一些。药力还没有过去,全身还是凝固的状态啊。我不忍心让你躺在冰凉的水泥地上,所以铺了一块厚布,不要不愉快啊。”

“车路熙,你这是玩什么名堂啊?你没有去学校?”

“学校当然不重要了。现在……我……我除了信义,什么也不需要。”

“什么?”

“只要拥有信义,我什么也不需要。”

“你到底在胡说什么啊?那么你现在想要得到什么?”

“我让你发誓,永远在我身边。信义,你要跟我一起离开这地方,不是跟着诸葛班野,而是要跟着我。”

“你怎么了?车路熙,你不是这样的人啊。一定要打起精神啊!!”

“该打起精神的是你,韩信义!!打起精神,好好看看我吧。看看我是多么喜欢你啊!!我想你想得都要发疯了!扔下永远只会爱你一个人的我,你要跑到哪里去啊!我就是喜欢信义,我永远只爱信义,我要一辈子和你在一起。”

“你那么爱我,这一点我非常感激你。可是,你用这种方法把我拖到这里的理由是什么呢?”

“我也委托了一桩暗杀案件。”

“什么?你这是什么意思?”

“我是说我委托了一个暗杀组织。”

“谁,你想杀谁?或许……不是吧,车路熙?绝对不是那个人吧?”

不祥的预感正在侵袭我的全身。路熙脸上的微笑已经不是从前那魅力十足的微笑。

“不,信义想得没错。稍等一会儿,接到电话跑过来的诸葛班野,就会在这里被杀手杀掉。我可是花了数目不小的一笔钱啊,所以我一定要让你好好看看最后的场面。”

“什么?不行!!你想干什么啊?车路熙!!你疯了吗?真的疯了吧——!!”

“是的,我疯了,我为你发疯了啊。只要有你在,我什么事都做得出来。如果没有班野,你就会到我身边来的,一定会的。”

“那是你的错觉!!如果你敢动班野一根手指,我会恨你一辈子,最后还会自杀!!所以,你马上住手!!”

“我办不到。估计班野这个时候已经接到电话,在奔向这边的途中了吧。说得更准确一点，这也不应该叫暗杀，因为他会在信义的眼前中弹身亡。”

“你干出这么卑鄙下流的事情，还算是人吗？你还是个人吗——”

“不管是不是人，这都没关系。只要信义在身边，我什么都无所谓！”

“喂，车路熙！你知道你现在有多么丑陋吗？丑恶至极，看着都让人恶心！！你现在到底在干什么？！”

“现在你怎么看我都没关系！等过了这一刻，我会只想着你在我身边的这个事实啊。”

我已经无法和他沟通了，对他说话就像对牛弹琴一样。路熙就像一堵墙，那么冰凉，那么阴暗，而又那么高大。

咯吱——

楼顶铁门发出了刺耳的声音，看上去像是杀手的男子上了楼。由于我原来也是杀手，一眼就看出了他就是路熙雇用的杀手。他在路熙的耳边说了几句话后，从手提包里拿出了枪，装上消音器，做好了暗杀的一切准备工作。随后，路熙露出了从没有过的生疏而阴险的微笑，看着我说：

“原来的计划是暗杀，可是又一想，在这里亲眼看着他死，会更有意思，所以……”

“你这个疯子！！精神病！！你简直就是一个人渣！！”

“现在你可以随便叫喊。终究你也算是一个女人啊。”

“你要是羡慕我的肉体，可以随便拿去！可是你永远也得不到我的心！！如果你是真心爱我，你就不应该做出令我伤心的事啊。因此，你也就不应该这样残忍地杀害班野。否则，我的心……我的心会流泪，甚至流血啊……难道你就是为了看到我如此痛心的样子吗？班野对你做了什么？到底班野对你做错了什么事，要被你那么残忍地杀害呢？到底为什么？？”

看到路熙的眼神发生如此大的变化，我真的害怕他对班野下毒手。想到这里，我情不自禁地流下了眼泪。

不知道路熙给我注射了什么药，我的身体就像一块石头一样沉重不堪，无法活动。而路熙的决心也毫无动摇，他明确地告诉我：

“妄想占有你，就凭这一个理由，我完全可以杀死他。”

“你可以换个立场想一想，仅凭你要得到我这一个理由，我便委托杀手暗杀你，你会怎么想？你又会怎么办?!”

“这个已经不用我考虑了。现在委托杀手杀害对手的人是我。”

“你这个疯子!! 你这个坏蛋!!”

这时，又传来了铁门打开的声音。从这一刻开始，路熙雇来的杀手一直把枪口对准铁门，准备射击随时出现的目标——目标当然是班野。班野用他那独特的、放射寒光的眼睛注视着路熙，迈着堂堂的步伐一步一步走了过来。这时，路熙向班野发出了命令。

“不要再靠近了！你再过来就开枪了!”

班野看了我一眼，便停止了脚步。紧接着，就开始质问路熙。

“你想干什么？车路熙。”

“难道你看不出来吗？这是一场争夺信义的战争啊。”

“这并不是什么战争，而更像是一次单方面的杀戮。”

“少废话!! 不管怎么说，来到这里辛苦你了，诸葛班野君。”

对路熙带有讥笑的语调，班野只是默默地用他那杀气腾腾的眼神回敬了他。此时此刻的路熙，就像是一个得到了全世界的胜者一般，得意忘形地说道：

“最后还有什么话你就说出来吧，等你说完，我很快就会让你消失的，让你没有一点痛苦，彻底结束。”

“你对信做了什么?”

看到我一动不动地流着眼泪凝视班野的样子，班野还在为我担心。对此，路熙亲切地做了解释。

“信义只是药物在体内起了作用而已。从现在起，大约三十分钟后就能恢复正常，信义不用你来担心，这种药物是对人体无害的。”

班野这才有些放心。

“是吗?”

“看来除了这个以外，你也没有其他话要说了啊？你明知道来了就是死，还敢到这里来。勇气可嘉啊！放心吧，我会给你造一个很好的坟墓的。”

我再也看不下去了，便大声喊了一句：

“车路熙，你！！胆敢对班野动一个手指，你的下葬之日也就到了！你要记清楚了！！”

路熙用寒冷的眼光看了我一眼，根本没有把我的话放在心上。诚然，路熙现在已经疯狂了，做出什么都不奇怪。但是跑到这里来送死的班野，怎么能说没有发疯呢？明知道到了这里的下场就是死……明明知道来到这里来就要为我送死……你为什么还要到这里来？这个没有用的身体，为什么到现在还不能动弹啊！我的心憋得快要发疯了。我应该告诉班野马上跑掉。我在呐喊，载着对路熙的怨恨，而且把我的心全部放到班野的身上。

“班野！！求求你快跑啊！你到这里干什么？到底为什么到这里来！！”

听罢，班野对我露出微笑回答道：

“你不是在这里吗？有你存在的地方……我也一定会在一起的……永远！”

“班，班野……啊！”

看见班野和我如此情深意笃，路熙更是怒火中烧，把眼神转向杀手示意动手。

“不可以，路熙！！不要那样！我恳求你。你让我怎么样都可以，千万不要伤害班野，千万不要！！”

“信！！”

班野用哀求的眼光看着我。相反，路熙露出邪恶的笑容走到我的面前。

“是真的吗？”

“嗯，我可以到你的身边，把班野作为陌生人对待，这样总可以了吧？你放过班野吧。我求你了。”

“那么，我花那么多钱雇的杀手，不是白费了吗？”

“那些钱，我都还给你。所以你千万……千万不要那么做啊，路熙！”

“我不是那个意思。那点钱对我来说也无所谓。只要信义在我的身边。”

“我会到你的身边的。一年三百六十五天，一天二十四小时，就连上卫生间的时间都算上，珍惜每一分每一秒，时时刻刻都在你身边，这样还不行吗？所以，千万不要伤害班野，路熙，我求你了。”

“这个，怎么让我相信呢？”

看着满脸泪水的我，路熙仍然不停地给我制造着创伤。因为杀手的枪口瞄准着自己，班野只能无奈地看着我，一步都不能向前。我算什么啊，让班野为我而死！我究竟算什么啊，要让班野为我而死？如果结果是这样，我应该把班野放走。班野为什么要为我而死呢！就算我再心痛，也要放走班野！与其让班野永远消失于这个世界，不如我主动放弃班野，宁愿我身边没有班野陪伴，放走班野还是明智的选择，这是正确的！我心痛不已。这种只能在电影中看到的故事，怎么会发生在我的身上呢……

对于怎么让路熙相信这一问话，我也找不到任何答案。

“怎么做……你才能相信呢？”

“在这上面盖章，我就相信你。”

路熙从口袋里拿出了白色信封，从信封中拿出早已准备好的材料给我看。这不是……

“这，这是？这不是婚姻申报书吗？”

“是啊。在这上面盖章吧，那样我就相信你。”

瞬间，我的眼泪流了下来。不，是无法止住眼泪流下来。我曾杀过无数人……而面对心上人的生死抉择，必须违心地选择我最不喜欢做的……也许，这就是我要对自己杀人罪过付出的代价吧。

“好的……我盖章。”

“好啊。”

路熙早已准备好了一切，拿出印泥，伸到我的面前。我勉强伸出手，把一个手指伸向了印泥盒里。当我刚要往路熙拿着的文件上印上指章的时候，班野大喊道：

“不要盖，信。不要听他的！”

班野想要跨上前走近我，但是杀手马上用枪逼着班野，制止了他的举动。

“班野，我是流淌的江水，班野是稳固在江中的岩石。虽然我是随着水流流淌偶然与你相遇的，但是……在这短暂的时光里，我能够依靠你，这已经是我的福气了。也许我依然渴望能够依偎在你身旁安静地休息，但即使我可以在班野的心里留下我的踪迹，用不了多久还是会消失的。所以你要忘掉我，我衷心希望你作为一个平凡的人，能够永远幸福地生活下去(我爱你，班野)。”

最后，我还是在路熙伸出的文件上按下了手印。路熙就像得到了整个世界一样欣喜若狂。

“三流爱情游戏可以到此结束了，现在该做最后的收尾了。有了这个，不管谁说什么，信义都是我的女人了！不过，障碍物要彻底清除才对吧?”

“喂，车路熙！难道你……”

路熙要无耻地撕毁对我的承诺。

“我只说过相信你的承诺，但没说过给诸葛班野一条活路啊。呵呵，干掉他！”

“你……你这个混蛋……不可以——!!”

嘭!!

班野——!!

瞬间，我闭上了双眼……

我所爱的人……我这迟迟才开始的爱，全身染成血红色，走向永远也无法归来的另一个世界。这一场景，我怎么能睁着眼睛亲眼目睹呢?我怕……这一切……就这么结束了……

第十一章

“信，你还记得吗？”

“什么？”

“那时在蓝色酒店楼顶。”

“哦，是指路熙事件？”

“嗯。那时，找来警察的，还有在后面保护我和信的人，都是……姜月一个人，你知道吗？”

“什么？？”

“那时的我，脑子十分混乱，一心只为了一个念头，那就是必须无条件地救出你。就在我失魂落魄地往那边跑的时候，碰到了往你们家走的姜月。”

“是吗？”

“姜月拉住失魂落魄的我，非常镇定地打听情况。开始，我真想不予理睬，但是转念一想，或许他可以帮助我们，所以把事情的来龙去脉都告诉了姜月。没想到，姜月把警察布置在蓝色酒店的各个要害处，占领了周围的所有制高点。警察采集到所有的证据和资料后，抓准最佳时机，果断地采取了行动。”

“原来是这样啊。当时我还以为我们已经走投无路了呢。我真的没有想到，当时那里已经有警察介入、布下天罗地网啊。呵呵，现在回过头想，我们走过的真是五颜六色的七彩人生啊。当然，以后要过的是平凡的生活。”

“从开着的铁门缝，警察早已瞄准了杀手。”

“是啊。可是我对这一切一无所知，回想起来真是毛骨悚然啊。哇，我们拥有着普通人绝对不可能拥有的回忆啊。”

“还没有向姜月好好答谢呢。所以，如果今后姜月来了，我们一定要好好谢谢他啊。喝水不忘打井人，他是我的救命恩人，也是创造我们今天幸福生活的恩人啊！”

“路熙现在应该在国外吧。”

“也许吧。他爸爸会想尽办法、用尽手段，让自己的儿子免遭牢狱之苦吧。”

“路熙也不是本性不好，但是这种人一旦被什么迷住，就会变得非常可怕。”

“嗯。路熙那明快的微笑绝对不是装出来的。都已经五年多了，现在还是历历在目呢。”

“是啊。也许经过自我反省，他还能重新做人，变成好人了吧。”

“嗯，以后我们要只讲好事趣事哦。”

“我担心孩子听到我们过去的故事。”

“孩子只要不像我们那样就可以了。”

“这个孩子……像班野该有多好啊！”

“我希望他会像信。”

“如果重新回到原来……我还能和班野相爱吗？”

班野回避了羞愧难答的话题。我依偎在心爱的班野的怀中，轻轻地闭上眼睛寻找爱的感觉。就像远处传来的波涛声，班野极为规律的心跳声，让我感到从来没有过的平安，似乎要让我很快进入梦乡。我真想钻进他的心里，所以拼命地往他的怀里钻。班野也把我紧紧地抱在怀里。

啪！

房门突然被重重地推开，信友脸上带着挑逗性的笑容，抱着胳膊讥笑我们。

“啊～你们那个爱情游戏，不感觉很肉麻吗？谁会想到盖世英雄班野哥，如今会变成现在这个样子啊～”

“找死啊，韩信友？你这小子真是不想活了……哎呀呀呀（还要考虑肚子里的胎儿啊！）～我们做什么了？你为什么那么大惊小怪啊，信友～你好奇怪啊。哈哈哈。”

“姐，你没吃错药吧？妊娠中是不能乱吃药的。”

“—_—+（要不要拿枪？）有什么事赶快说，说完马上出去。”

这时，信友偷偷从身后拿出一样东西，伸到我的面前。

“你看！为了给我亲爱的姐姐，不是，我是给我的外甥买了些草莓。噗哈哈哈，你快吃吧～”

信友虽然有些调皮捣蛋，但心肠还是很热的。班野仍然保持着微笑，虽然没说话，但是看得出，他对这样的信友十分满意。就在我们这么其乐融融地过着平凡的日子的时候，来了一个不平凡的家伙。

叮咚～叮咚～

正津津有味地吃着草莓的信友跑了出去。

“哪位啊？”

“还会有谁啊～是我，你这家伙。嘿嘿。”

姜月不知什么时候又染回了红头发，笑嘻嘻地走了进来。

“啊？哥，哈哈哈。怎么还买这些东西来啊～”

“给孩子吃的嘛，嘿嘿。喂喂，韩新衣，半月党，我来了！”

吵吵嚷嚷的家伙！班野和我还是热情地欢迎了他。

五年后的今天，班野和我在一个小渔村，带着信友一起过着平静的生活。

姜月则准备接父亲的班，读着一所大学的政治学院，过着忙忙碌碌的日子。

他从那么远特意跑来看我们，我们难隐心中的欢喜。看见这家伙的红头发，我又开始挖苦道：

“喂，你这家伙！每天吵着要做国会议员的，怎么又染成红头发啊？”

“国会议员还早呢！嘿嘿。”

“可是你怎么到现在还不去服兵役啊？”

“唉～你不是都知道的吗？”

“知道什么啊？”

我的问题似乎太过于天真烂漫了。这家伙做出阴险的鬼脸，用拇指

和食指圈出一个圆形(意为孔方兄,即钱币),嘿嘿笑了。信友一听,马上用羡慕的眼神看着姜月,说了一句:

“啊!就是传闻中的那个兵役丑闻啊!嘿嘿嘿。我也不想去当兵啊。”

“不用担心,有你这个哥哥帮你解决呢,还担心什么啊。哈哈哈。”

啪!啪!

“好痛啊!”

“哎呀!疼啊,姐!”

我狠狠地朝两个头各敲了一下。

“你们也不觉得丢人啊?大韩民国健康的男人都应该去当兵的,你们还想逃?”

“姐,你是女人,所以说得那么轻松。一想到真的要到部队浪费两年的光景,你会忍心吗?”

“什么叫浪费啊?有了你才有国家,有了国家才有你,这点道理都不懂吗?你们这些健康的小伙子们不去保卫国家,百姓们怎么能安心生活呢!”

“哎!从什么时候开始关心起国家,又从什么时候开始感谢这个国家了?”

“信友,你是不是想一辈子挨打啊,临死之前你还想挣扎着说几句?你们这两个家伙,必须去当兵回来。”

班野依旧保持着传统,只是微笑而不开口说话。还是姜月的反应快,马上转移了话题,摆脱了尴尬的局面。

“哎呀呀~哎呀~我肚子饿了。”

“怎么,到别人家里来之前连饭都不吃吗?”

“上次韩新衣炖的酱汤真好吃啊,我可是早就馋了哦,所以今天特意饿着肚子来的。你看怎么办?”

“来得正好,真的。稍等片刻,正好我们也还没吃呢,马上就好。”

“哇噻!!”

“姐,加油~”

班野只是微笑着看着我。

因为快要到预产期了,肚子已经鼓得像一座小山,动起身子已经有点困难了。我勉强站起身来,艰难地挪动双腿走向厨房。

“啊!!”

突然,腹痛开始了。班野和姜月不用说,就连信友也吓得跑过来。

“怎么了,姐姐?”

“寒心,怎么了?”

“信,没事吧?”

三个家伙的说话声在我耳边回荡,我很快出了一身冷汗,瘫坐在厨房门口。

“信!!”

难以忍受的阵痛从肚子疼到头顶。疼得实在受不了,简直就像要命一样,使我的心变得更加软弱。真的,词典上的疼痛,描写的就是这种状态吧?

很快,他们就用姜月的车子把我送到了医院。与班野过的日子太幸福了,以至于忘了准确的预产期,我被直接送进了分娩室。世界上怎么会有这样粗心的妈妈呢?

为了在外面焦虑地等待的这三个家伙,我也要更加努力啊。这点痛苦与这些年来被我杀死的人的痛苦相比,算得了什么呢?想到这些,我咬紧牙关,忍着疼痛,使出了吃奶的力气。经过一阵痛苦挣扎,感觉到什么东西被挤了出来,随之阵痛也结束了,身子一下子轻松了。是孩子……出来了?片刻之后,传来了婴儿洪亮的啼哭声。

“哇~啊!! 哇~啊!!”

是一个健康的男孩子,医生把婴儿送到了我的怀抱。怎么会这么小呢?我也是从这么点开始成长起来的吗?想着这些,我仔细地观察着孩子。在我的眼里,孩子太神秘,长相也太漂亮了。

三个家伙马上都跑了进来。看着抱在我的怀里不停地打哈欠的孩子,三个男人的表情那么专注,没有一个人说话,每个人都目不转睛。

姜月看到我顺利地生下了孩子,高兴地骚动了一阵子才肯离开。病房里只剩下我和班野,还有我们的孩子。病房有点太寂静了,寂静得甚至呼吸声都听得很清楚。过了一会,班野打破了寂静。

“信，谢谢你。”

“谢什么？”

“谢谢你为我们生下了漂亮的儿子。还有，相信你一定会把他养得漂漂亮亮的。”

“那是当然。班野，你也真是～”

“信。”

“班，班野。”

都已经过了五年多了，我们至今仍然羞于亲吻。班野的嘴唇徐徐向我移动，我也慢慢地闭上了眼睛。就在这一刹那。

咯吱！

“姐，我买些点心来。怎么样？班野哥，你也吃吧～”

—_—+怎能让我不冲动去揍他呢？好不容易等到亲吻的场面，就被这个捣蛋分子破坏了。

信友丝毫没有发觉我不高兴的眼神，一下子跑到我的面前，把点心递给了我。看着这样的信友，我无法对他产生厌恶的感情。

“这种点心要趁热吃，那样味道才正～快吃吧，姐。”

“谢，谢谢你（你这家伙！）。”

“班野哥，你也快吃吧～”

“好，谢谢你。”

班野有点害羞，怕与我对视，低头咬了一口点心。信友嘴里塞满点心，走近我儿子。我很怕这个毛手毛脚的小子会碰坏我的儿子，马上对他发出了警告。

“小子，不要嘴里塞那么满的东西到我儿子面前，小心嘴里的点心溅到孩子身上。”

听了我的警告，信友的回答很干脆。

“知道了（别担心）。”

可是谁会料到？刚说知道了，就有一块点心从嘴里喷出来，不偏不倚正好落在孩子的脸上。

“喂，你这小子！！”

听到我的喊叫声大吃一惊的信友，一下子把嘴里剩下的发糕块咽了下去。

“咳咳！呃，嘿！姐，你怎么突然大喊起来啊？都怪姐姐，嘴里的东西都喷到孩子的脸上了，我也差一点被噎着呢。”

“所以才说你啊，嘴里的东西都没咽下去，为什么还要到孩子面前啊？”

“啧，我也是太喜欢他了啊！因为是班野哥和姐姐的孩子嘛！”

“那，那个嘛(呃嗬～)不是理所当然的吗？”

信友已经不理睬我说什么，走到孩子面前，把自己的头当成拨浪鼓，做着鬼脸给孩子看。过了一会儿又愣愣地站在那里，不知道在想些什么。随后，信友很快跑到班野的面前小声问道：

“哥，给孩子起个什么名字吧？”

“是啊。”

班野马上把头转向我。接过指令的我，犹豫了片刻后结结巴巴地说出了半句。

“这张小脸和班野一模一样，又是儿子……嗯……我也想不出来。”

信友看到我们如此犹豫不决，长叹了一口气，随后得意地说道：

“哎呀，我早就料到会是这样了，所以已经想好了一个名字，是一个很好的名字哦。”

“叫什么？”

“听好了，姐～”

我们屏住呼吸，耐心地等待信友发布孩子的名字。没想到信友绕来绕去，说出来的话让我们哭笑不得。

“就叫……诸葛……信友！哈哈哈哈。叫诸葛信友怎么样？”

对这家伙不着边际的话，我简直无言以对，瞪着眼睛回了他一句。

“你还要挨几拳才会恢复正常啊？”

“啧！孩子长得这么帅，和我这么相像，同名有何不可？”

“你小子，少废话。别因为你，把孩子也熏染了。”

这时，一直沉默无语的班野不紧不慢地发表了自己的看法。

“我们走过来的生活道路是那么艰难困苦，我想我们的孩子一定不能再步我们的后尘了。我们一定要让他在阳光和爱心的沐浴下，聪明伶俐、健康活泼地成长。"

"那是当然。班野～就按你说的那样培养,一定不会错的。"

"所以我觉得……"

"嗯? 说吧,班野。"

"诸葛孔明怎么样?"

"什么? 诸葛孔明?? 那是三国演义里的……"

"对,是三国演义里刘备的军师诸葛孔明。历史上还没有哪一位军师能像他那么精明过人呢。既聪慧又睿智,既有能力又明智……真是一位了不起的伟人啊!"

"希望我们的孩子也像他一样,所以取名叫诸葛孔明?"

"嗯,奇怪吗?"

"没有啊,我觉得不错。只要是班野选择的名字,叫什么我都喜欢。"

见我这么一说,旁边的信友又插嘴嘟囔起来。

"我看还是诸葛信友更聪明啊。"

我故作没听见,望着孩子说道:

"明儿,我的小孔明～"

虽然感觉有些害羞,但是不知什么原因,我又一次沉浸在幸福之中,心脏开始剧烈跳动。希望班野也是,不,希望班野和我,还有我们的小孔明,再算上冤家信友,我们能够永远在一起幸福生活。但愿我永远沉浸在这样的幸福之中,永远为班野心动。

很快,我便完全恢复健康出院了。

怀抱着熟睡的孩子,我和班野并肩走在回家的路上,谁见了都会称赞我们是一对恩爱夫妻。害怕会惊醒孩子,我得轻轻地迈着每一步,呼吸声也降到了最低限度。班野的脚步亦和我保持了一致。

"有人抢劫啊!! 有人抢劫啊!!"

突然,从后面传来了悲痛的求救声。一个歹徒抢下刚从银行出来的一个妇女的手提包,骑上摩托车飞快地逃离现场。班野凝视一会儿那个劫匪,捡起了脚下的石子。

"班野,你要干什么?"

“距离已经算好了，速度也测得差不多了，用这么大的力气，从这个角度扔出去……”

咚！

班野就像投掷棒球一样，准确无误地命中了疾驰中的摩托车的前轮。可遗憾的是，石子碰上车轮后就弹了出去。

“呃；就那么碰了一下就弹出来了，班野。”

“看来我的感觉还是没有丢失啊。”

“什么？明知道碰到前轮上就会弹回来，你才扔出去的？”

“信，你在这里等我一下。”

说罢，班野看了一圈周围的地形，便跑进一个较大的建筑物里。班野很快就在那个建筑物的楼顶露出了面目，由于离得太远，班野的身影就像蚂蚁一样狭小。随后不知道发生了什么事，抢劫手提包的家伙们骑的摩托车咯吱一声滑倒，连人带车撞到了路边的树上。没过多久，急救车便把那个抢劫犯送到了医院。当然，随后还有警车跟着。

就在我还在望着救护车的背影时，班野已经回到了我身边。

“你到底做了什么，班野？”

“第一次扔石子只是想试一试感觉，想试探原来的感觉是否存在。然后跑到楼顶重新投掷了石子。第二次准确地打到了车轮，力量用得也恰到好处。”

“原来如此啊。班野，你好帅啊～”

“过去的时间里，我们让太多的人失去了生命。所以今后，我们要向更多的人伸出援助之手。听到了吗？这仅仅是一个开始。”

“是啊，班野，你说得很对。就算为了我们的小孔明，今后我们也要多参加社会公益活动啊。班野，我们一定会幸福的。”

班野在我的额头上亲了一口。然后用无限深情的眼神凝视了我好久。这时，我怀抱里的孩子开始骚动起来。

“哎呀！班野，你看。孔明是不是也在笑啊？”

“是啊，好像是在笑。孔明好像也赞成我们的观点啊，信……”

灿烂的阳光照在我们的身上……

第十二章

“我回来了～”

“明儿放学了？”

“哦？信友舅舅，你在干什么？妈妈呢？”

“你妈在卫生间呢。”

“是吗？妈～明儿回来了！”

我可爱的儿子已经放学回家了。在卫生间还没有办完事，我就急急忙忙收尾，出来接我的孔明。

“我们的孔明先生回来了？”

“回来了，妈妈。爸爸是不是要晚回来？”

“是啊。爸爸最近很忙啊。”

“哼，信友舅舅～”

“怎么了？”

“舅舅，你不结婚吗？”

咳，我这个儿子，开始揭那个老处男舅舅信友的伤疤了。

“少啰嗦，你这小子！小小年纪，瞎操什么心啊？”

“啧，我一提到结婚，舅舅就发神经。”

已经读小学五年级的孔明和他的舅舅、老小伙子信友的神经战一直在打打停停，永无休止。

“你这小子！喂，小子，你还是担心担心你的学习吧。你爸妈为了让你更聪明，给你取名叫孔明，可是你的学习成绩怎么那么差啊！”

“我的学习成绩好不好，舅舅怎么知道啊？我在我们班级还是第四呢！”

“小子，在小学谁都能得第一的！你不知道吧?”

“那么舅舅，你读小学的时候得过第一吗?”

“那是当然，舅舅一直是第一啊。”

“谁都能得第一，所以舅舅也得了吧。”

“你这孩子，怎么说话呢？你这个浑小子!”

“羞，羞～老光棍舅舅，呸呸呸呸。”

“你给我站住，浑小子!”

不算宽敞的房间内，一个公牛般的大个子和一个牛犊子般的小孩子你追我跑，闹得不可开交，让原本不算宽敞的房间显得更加狭窄，一片狼藉。也不知孔明的口才到底像谁，班野原本话就很少，我平时除了必要的话外也基本不说什么。可是我的明儿的口才不能算是一般，这是什么原因呢?

正在他们闹得不可开交、房间里乌烟瘴气的时候，又来了一位不速之客。连门铃都不按，趁着大门没锁，直接探头进来的不是别人，正是姜月！

“哈罗(Hello)～”

看见笑嘻嘻地进来的姜月，最高兴的还是孔明。

“月儿小叔叔～”

“哎哟，我的小孔明～”

姜月一把抱起了孔明，信友见了不无嫉妒地说道：

“那么大的家伙还让人抱着？你这小子，月儿哥比你妈才小一岁，怎么叫小叔叔呢？该叫大叔啊!”

“哼～月儿叔叔长得年轻啊，而且多帅气啊。”

“那我呢?”

“舅舅有一股老男人的光棍味道啊～”

“你这家伙，经常和你开玩笑，你居然这么调皮了!! 你还不快点下来?”

原本乱哄哄的家里加上姜月的参与，简直乱作一团。姜月好像完全没有结婚的打算，三天两头到我家来忙着陪明儿玩，而信友忙着和明儿吵架。俨然，大家都成了一家人，我们也早已熟悉了这样的生活。

丢下三个小子,我到厨房准备起了水果。把削好的水果摆到精美的果盘上,端到了房间里。直到这时,这几个家伙的嬉戏还没有结束。

"你这个小不点!!"

"那么舅舅就是老家伙了?好啊!"

"你找死啊?"

"老处男杀手!"

"哎呀~再说我真的要动手了!"

"你来啊,你来啊~"

调换立场,如果我是信友,我也会不耐烦的。也不知道姜月觉得他们哪一点有趣,把我的孔明放到自己的大腿上,满脸写着笑意。我端出水果大声斥责他们,房间里方才静了下来。

"你们几个都想死啊?吵死我了~安静点!!"

"哇~是水果。妈妈,谢谢你的款待~"

"嗯,姐,谢谢你的水果~"

"哈,我来了还会特意削好水果招待,你是真的懂事了?你现在已经可以算是称职的家庭主妇了啊。哈哈哈。"

"你也马上住口,不要让我看到报纸上刊登这种消息:一个男人在朋友家吃水果时,不幸因故死亡。"

被我泼了冷水后,三个家伙只好放弃嘴的说话功能,专注吃上了水果。

他们安静下来没过多久,我心爱的班野回到家里。房间里的气氛变得十分热闹,当然,只是我和班野之间的气氛。

"你回来了?班野。"

"嗯,信。来客人了?"

"我们家里还会有什么客人啊,除了红头发以外。"

这时,姜月突然到了门厅门口迎接班野。

"Hi~半月党!"

"干脆搬到我们家附近好了,那多方便啊?"

"就是啊,谢谢你的关心。天天跑长途虽然有点累,但还是很有意思的。"

“是吗?”

天生沉默寡言面无表情的班野现在也学会笑了。而且对陌生人加倍警戒的班野,现在对姜月的态度也友善了。姜月自从孔明出生,对孔明就像自己的孩子一样对待,又买衣服鞋袜,又买玩具,把小孔明的一切用品几乎全部包了下来,可以说姜月比班野还关心孔明。姜月现在已经成为我们的好朋友,虽然对他多少还存有一丝歉意,但现在无论姜月还是我,已经成了不用有任何负担,可以互相关照对方的好朋友。

班野对这样的姜月,一直也都心存感激之情。再过几年,姜月也会领着自己的恋人到我们的面前,告诉我们他也有了心爱的人吧。到那个时候,如果我们仍然可以保持现在这种关系,那我们的生活中就会永远伴随着欢笑和快乐。对于我来说,只有班野一个人的生活是有点寂寞的,在这方面,信友和孔明正好弥补了这个缺憾。加上常常找上门来的姜月,也让我们时常感受到这个世界的快乐。

作为平凡的人,生活在这个世界的方法并不难。对于还没有意识到过平凡生活是多么幸福的人,我很想把自己的痛苦经历讲给他们,告诉他们平凡的幸福。现在,我虽然还披着羊皮面具生活,但在不远的将来,即使这个羊皮面具被摘掉、我的过去被曝光,我也有信心堂堂正正地站在人们的面前拍着胸脯说话。

“作为披着羊皮面具过日子的人,不是因为我的脸和我的过去太丑陋,而是希望变成像羊一样善良的、永远微笑的人!!”

我要给这个世界上的每一个人都送去一张羊皮面具作为我的礼物,即使所有的人都得到羊皮面具,我和班野的爱情故事也将继续进行下去。

直到永远～

羊皮面具番外篇

诸葛班野的故事

“你又喝酒了？哎，这日子可怎么过啊！我过不下去了!! 真的!! 这该死的酒！酒！酒！这个可恨的酒能不能不喝啊？你到底有没有脑子？你真要气死我啊!!”

“怎么，你这个老婆子，对老公怎么这么刻薄啊？天天听你啰嗦都烦死了。你还有完没有？嗯？”

“你以为我愿意啰嗦吗!!？你有什么可炫耀的，还大喊大叫啊？你有什么钱那么天天喝酒啊？”

“你给我打过酒吗？嗯？你给我摆过酒桌吗？你把天一样的老公当成什么了？竟敢对我耍威风!!”

咣当当!!

叮格啷!!

“真要这样，我们现在就离婚吧!! 我要离婚!!”

“你这个老婆子疯了吗？脑子坏了？你说离婚，谁还怕你不成？嗯？”

叮格塄!!

这种日子持续着，我已经厌倦了。

妈妈永远降不下来的高嗓门，爸爸那每天醉生梦死的大舌音的酒话，塞满了我的耳朵。尽管我努力躲避这种场面，但这些场面似乎是他们故意摆给我看的一样，几乎每天都会又砸又摔，而在旁边受害的总是我。打完了、摔完了，接下来就是爸爸的出走。再过几天，爸爸手里的钱花光了，他还会再回来。收拾被砸得乱七八糟的屋子，永远都是我的工作。妈妈总是等爸爸走后一个人喝闷酒，然后就站在阳台吸着烟发呆。不用说孰是孰非，对我来说父母的存在只是多余的。

记不清是谁说过，子女是一对恋人爱情的结晶。每当我望着父母都会考虑，我究竟是不是因为他们之间的爱才出生在这个世界的。这一点经常令我费解。

我从小就是在奶奶家长大的。一直到八岁，我都生活在奶奶的身边。奶奶去世后，父母没有办法，把我接到了家里。尽管是自己的亲生孩子，但是对待我就像对待别人的孩子一样，他们的一举一动、一言一行中没有一丝爱意。

由于很久都没有当着他们的面喊一声爸爸妈妈，就连喊一声爸爸妈妈，对我来说都是那么陌生，那么不自然。

叮格唧！咣当当！哗啦啦！

四天前吵嘴后出走的爸爸回来了。因为进来的时候发出的声音太大，我不用看便知道是爸爸回来了。家里几乎没有什么家电家具，由于他们总这么摔摔打打，原有的一点东西也早已坏的坏、扔的扔，室内除了一张破烂不堪的饭桌和衣柜，再没有其他东西了。

房间里电视啊，录像机啊，还有箱子柜子等什么东西都没有。看屋子里冷清的样子，已经再没有可以砸的东西了。可是每到他们吵架时，房间里还是会传来砸东西的声音。

直到打架结束，我从不出我的房间。我怕见到爸爸妈妈吵架时恨不得吃掉对方的那种可怕的眼神，只是想想都令人毛骨悚然，厌恶恶心。更为重要的是，每次看见那种场面，我都会觉得自己永远不会与人相爱、结婚，永远都不会过上幸福生活。离家出走，我已经想过不只千百回，但是我没有那么做，也绝对不会那么做。因为……

“哦呀～哦呀～”

我的弟弟只会拉着我的裤脚，仰着头望着我的脸，对父母的房间里发生的所有的事情一无所知。弟弟至今连哥哥的发音都叫不出，多少年来，他一直只会叫我哦呀。就是因为他，所以我不能离开这个家。我的这个弟弟只比我小一岁，但他是一个患有先天性成长障碍的残疾儿。我不能离家出走的原因，就是因为我有这么一个病残弟弟，而我不能抛弃他。我家能够过上安静的日子，就是我爸爸不在家的时候。自从妈妈怀上弟弟后，爸爸就开始和别的女人在外面鬼混，因此妈妈也没有心思与爸爸好好过日子了。爸爸本想和喜欢的女人一同过日子，可没想到，他被人家白白骗走了不少钱，最后还是被人一脚踢了出去。从此以后，爸爸和妈妈就再也没有和好过。日积月累，两人见面就像独木桥上的冤家一样，只会吵架。他们丝毫没有要养活孩子的想法，把我和弟弟丢给了奶奶，之后便从不问津。但是奶奶一去世，我们就被送回了家里，成了这个家的负担。

虽然是我自己的家，但是这里从来没有让我感觉到家的温暖。如果没有我，弟弟一定逃不出饿死的命运。没有人为弟弟做饭，没有人关心弟弟。但是，即使这个地方在我们心中毫无意义，一旦离开这里，我们便会在不被世人知道的情况下悄悄死掉。

“哦呀～哦呀，妈妈……爸爸……打……打了，打了。”

“是啊。妈妈爸爸又打架了。别怕，没关系。班导，很快就会结束的。”

“嗯。哦呀，哦呀……班导那个，班导……班导……”

这时我才注意到，班导拉着我的裤脚，从他的手上传来一股热气。我急忙摸了摸班导的额头，才知道班导在发烧，浑身热得像一个火团。吓得我急急忙忙把班导抱出房间，大声喊父母：

“妈妈！爸爸！班导他……他，他……班导他……”

“你这个老婆子!! 天天在家囚着，老公回来都不知道出来迎接吗？”

“每天出去就知道喝酒的家伙，算什么老公？还让我去迎接!?”

“你这个臭女人，真是!!!”

“怎么？还要打啊？你打啊!! 你打啊!!”

啪!!

“打你又怎么样？你以为不敢打吗？”

“哎呀!! 你这个坏蛋，我真看不下去了！好啊，我们就你死我死，都死了算了，你这个疯子——!!”

“你这臭女人!!”

对于父母，我已经连愤怒都意识不到了，我对爸爸妈妈的行为实在无言以对了。然而，此时班导的病情危在旦夕，分秒必争。慢慢地，班导就连呼吸都困难了，我无心顾及爸爸妈妈，背起班导径直奔向了医院。我把班导直接送往急救室，班导艰难地喘着粗气，浑身都在发烧，嘴里也在出着热气。救救我的弟弟吧！我在心里无数次地呼喊着。

在急救室门口等了许久，才有一位护士走到我的面前问我：

“是班导君的哥哥吗？”

“对，我就是。”

“医疗保险证带来了吧？”

“什么？那，那个……”

“没有带来吗？”

“是，没有啊，没有什么保险证啊。”

“那就要先交手术费了。”

“手……是说要手术吗？”

“如果现在不马上做手术，你弟弟就很危险。请你马上叫父母过来，交手术费或者提供医疗保险证吧。”

“是要马上吗？”

“是的。现在是分秒必争啊，请你马上与父母取得联系。”

“那个……我家里没有电话。您能不能稍等我一会儿，我去去就回来。”

“一定要快啊！”

“知道了！”

我已经跑得上气不接下气了，可是无论如何我也不能停下脚步。现在的我，连坐车的钱都没有，就更不用说手术费了。

我用最快的速度跑回了家，用力拉开大门，来不及脱鞋就跑进了房间。可是映在我的眼睛里的，依然是爸爸妈妈吵架的场景。

“妈妈！爸爸！班导病了！如果现在不马上手术，班导就要死了！！”

可是，两个人吵得正凶，根本就听不进我的话。

“遇到你这样的人，是我人生中最大的不幸啊！！”

“你以为遇到你，我幸福了吗？？你给我滚！快滚！！”

“为什么要我滚？该滚的应该是你啊？”

“你这臭女人!!”

“妈妈……爸爸……班导病了,病得很重!! 班导他……他病了啊——!!”

我放声大喊,两个人暂停了战争。我借此机会,马上把班导的情况告诉了他们。

“班导如果不马上手术就要死了!! 不交手术费就不能手术啊!! 有医疗保险卡就可以先做手术!! 所以,所以……”

可是,爸爸简单的一句话让我瞠目结舌。

“……那又能怎么办?”

“爸……爸……”

“就让那个残废去死吧! 我们家没有钱救他! 连我的酒钱都没有呢。”

“什么? 你说什么?”

我已经怒目切齿,我用力攥紧拳头看妈妈,妈妈马上说道:

“你等等,稍等一会儿。”

说着,妈妈跑进了房间。一直无动于衷的妈妈,在孩子的死面前动了恻隐之心。不知从哪里,妈妈找出了几张汇票。

“先拿着这点去医院吧。是哪家医院? 快走吧。”

“妈妈……”

就在我准备去接妈妈手中的汇票的一瞬间,

“你这个臭女人,明明有钱还装没有? 你这样的废物,死了算了!!”

咣!!

“啊,呃……”

妈妈被爸爸推得无力地倒下,头正巧撞到了家具角上。这一瞬间,爸爸也愣住了。暂时呆滞在那里,但是看到妈妈手中的钱,还是一把抢了过去。爸爸明明看见我目睹了这一切,一把推开我,跑了出去。

“妈妈……妈妈? 妈妈——!!”

妈妈口吐着鲜血,勉勉强强地断断续续说道:

“班野呀……我这辈子……还有……没说的话……对不……起你啊。妈妈不称职……”

“妈妈,不要说了!嗯?你不要动了!血流得太多!我现在就送你去医院……”

“等,等来世,我一定……做一个好妈妈……下辈子……做个……好妈妈……”

妈妈就这么悲惨地死在我的面前,死得那么凄惨悲凉。我已经连哭的精力都没有了,想到一定要救活班导,拼命跑到了医院。我的衣服上沾满了妈妈的鲜血,我不顾大家看着我的诧异的眼神,直接跑到了急救室。刚才的护士认出是我,跑到我面前。

“怎么才来啊!”

“啊?因为妈妈病了……”

“你弟弟……已经死了。”

“什么?你说什么?”

“我告诉过你分秒必争啊……”

“没有钱……最终还是不能救活吗?”

“你说什么?”

“如果不先交钱,医院就不管人的生死,难道这就是我们国家的制度吗?”

悲愤至极的我,已经目中无人了,甚至连眼泪都不会流了。不,是眼窝里的泪水怕我更显悲惨,不肯再往外流了。

“这……这该死的世界——!!”

妈妈的死,还有班导的死……这一切的一切,都足以说明我的出生……本身就是对这个世界的诅咒。

此后,我便组织了一个叫恶蝎神的暗杀组织,为了绝对保密,我隐瞒了自己的老板身份,与一个叫信的孩子一起进行了一系列的暗杀行动。我逐渐被信的魅力所吸引,害怕自己掉入情网,我严令部下弟兄们管好嘴巴,严守秘密——

我是老板,但是你们在信的面前绝对不能暴露出我的老板身份!

我的命令,所有成员是必须绝对服从的。所以,直到我亲口说出我就是老板之前，信还一直蒙在鼓里，一无所知。过了几年，我们的恶蝎神组织正在活跃行动的时候，我目睹了信的母亲去世。信母亲的葬礼，还有信成了孤儿的弟弟。这一切让我重新想起了忘怀已久的我的妈妈和弟弟班导。我担心自己会被卷入私人感情之中，怕我的内心会产生爱情之类的东西，影响到我们的杀手职业，所以我只能抑制和隐藏自己的感情。

我发自内心地想帮助信重新成为平凡的高中生。我不想让信这样美丽聪明的孩子投身到如此肮脏的地方。所以我开始劝她离开恶蝎神，可是这个固执的丫头就是不肯听话。

与信共同生活已有很长时间，日子过久了，有时连时间的流逝都意识不到。忽然，想起今天是妈妈和弟弟的忌日，因此拜托信，替我完成一个任务。可是当我回来一看，信正在与其他男人约会。无可奈何，从墓地回来后，我只能自己处理这个案件，当然，当时我的心情不是很好。

如果是与普通高中生交往，我也许会祝福她。但是对象是国会议员的儿子，更何况相处得还不是很融洽，我担心信的前途不会平坦，因此倍觉心痛。我不知道应该把我对信的感情隐藏到何时，但只要是为了信的幸福，我完全可以做到抛弃和牺牲我的感情。至少在完全掌握信的想法之前……我有信心做到这一点。

可是，看到为我中弹倒下的信，看到噩梦醒来后一下子投入我的怀抱的信，我已经完全猜测到了信的感情。但是我怕信会因我而遇到更大的困难，所以我断然决定离开她。正值此时警察的行动也异乎寻常，更多的暗杀行动对我已经没有什么意义了。

还有——

“从此以后，不再会有需要保护你的理由了。以后你不再是杀手，你将会做回原来的你，做回一个最平凡的人，信。你是……我也是……”

我提出，等恶蝎神解体后，我要在信的面前消失。面对躺在病床上的信，而且还是为了我而受伤的人，我当然知道不应该说这样的话。但是我说这些话的目的只是为了让她忘掉我。

“为此，你就一定要逃到国外吗？班野？是不是把做一个平凡的人为借口，逃避现实呢？你仔细考虑一下吧，班野！”

虽然她用含泪的眼睛看着我，说出了那么令我难堪的话，但是我完全理解信的心。我必须表现沉着。

“不是逃避，信。是要把我们过去的黑暗生活丢在这里，去寻找新的人生，这和逃避完全不同，这一点信也明白吧？”

就像信所说的那样，我也许就是要逃离，从信的身边。

“班野，难道你真不知道吗？嗯？对于班野来说真的……没有一点感情而言吗？”

不行，信。不能让你再进一步吐露出你的感情，信。

我很冷静地对信说。

“信，你到底想说什么？”

“我，我在……爱着那个……班野……”

这个傻瓜，终于还是说出来了。刚才还说自己是不懂事的孩子……现在又说爱着我。这个傻瓜说她爱我，但是我到最后也不能接受那种感情，所以我必须保持冷静。

“信，你知道什么叫爱情吗？”

“我也说不清楚，可是我觉得……谁也离不开谁的感觉……那种关系就是爱情吧。我已经知道班野想说什么了。你的眼睛在问我，由于我们长期形影不离，所以我是不是分不清什么是亲情，什么是爱情了。可是班野，我说爱你并不是因为这个原因。自从我意识到我对班野的感情的那一刻起，我就知道我的心在为班野而跳动、我的思维也在为班野而变化。也许班野与我不同，也许对班野来说我就是恶蝎神的 No. 2，可是，对我来说班野却是……是一个男人啊。”

这个傻瓜，不一定真的要哭出来啊。然而，我的心已经在哭泣，对我来说，你是这个世界上最心爱的女人。你是连这个都不知道的傻瓜……

我真的可以说我爱信吗？真的可以把这个比我好十倍百倍的、对我如此痴情的女人放在我身边吗？在任何时候，信都可以把我放在身边，而我不能让信总在我的身边啊。我能够在这个诅咒我的世界，还有我诅咒的世界上与信幸福地生活吗？前面等着我们的，会不会有比现在更痛苦的考验呢？

只按照心中所想的随心所欲，不经过周密的思考就那么随便说出口……这样也可以吗？

“信，从现在开始，你愿意跟随我这个平凡的男人吗？”

我鼓足了勇气、硬着头皮说出这番话。也许信不知道，为了说这么短短的一句话，我的心脏都要炸裂了。

“班野……”

“一个不知道什么是爱情的男人，一个对甜言蜜语太生疏、除了在你身边保护你之外什么都不懂的男人。如果你不嫌弃这样的我……就从现在开始，给我一个机会吧，信。”

我真的可以和信一起过幸福的生活吗？这个世界会看着我们幸福生活而放任自流吗？现在应该到了让我放任自流的时候了吧！从今以后就不要再折磨我了，这个该死的世界！！我真的好想与信共享幸福啊！我不需要其他的任何人，只要信一个人在我身边，我甘愿接受任何诅咒与惩罚。我要让大家看着我顽强地挺过去！

你愿意跟随这样的我吗……信？

“班野……”

从那双美丽动人的大眼睛里，终于流出了珍珠般的泪水。这一瞬间，我意识到了我的义务，我要一辈子保护好信。因为爱……因为我太爱太爱我的信了！

就这样，随着时间的流逝，我们得到了一个健康的男孩。孩子是一个像信一样漂亮的姑娘还是小伙子我都无所谓的。似乎老天爷终于施恩，让我逃出地狱了吧。能有信和我的儿子让我感到无比的幸福，即使我马上死去，也不会有丝毫遗憾。

我和信的儿子在一天天长大成人，现在已经很会说话，开始上学了。孔明……诸葛孔明。出于让他成长为聪明的孩子的期望，我为孩子取了这个名字。

我和信只想把孩子培养成平凡的人，经过我和信的共同努力，孔明一次都没有让我们失望过，正在健康、善良、快活地成长。

有一天,自以为长大了的孔明,突然问出了出乎意料的问题。

“爸爸,你喜欢妈妈的什么地方才与她结婚的呢?”

问这个问题时,孔明才十一岁。

“你喜欢妈妈的什么地方?”

“我?那还用说吗?因为她是我的妈妈,所以就喜欢她呗。”

“是啊,我也因为她是我的妻子才喜欢她啊。”

小子做出怪表情,在说明我的理由太荒唐。

“什么嘛～爸爸!那么,在成为爸爸的妻子之前,你为什么喜欢她啊?”

“那个,与其说是为什么,不如说是当然了。因为爸爸身边只有你妈妈一个人啊。”

“原来如此,说实话,妈妈是有点美丽动人啊。”

“不是有点,你这小子。你妈妈是与谁比都毫不逊色的美人呢。”

“爸爸这样赞美一个人,我还是第一次见呢,爸爸本来话就不多嘛。”

“你这小子。”

“爸爸,等我长大了,也要和像妈妈那样的女人结婚。”

“不一定能有啊。”

“为什么?”

“因为在这个世界上,像你妈妈那样的女人只有她一个人啊。”

“爸爸,鸡皮疙瘩～”

我轻柔地抚摸乖小子孔明的头发。我原以为,我这辈子是不会有机会享受这样的幸福的。我以为自己生在这个世界,一生得到的只能是诅咒……是啊,也许我所得到的那些诅咒,都是信为我破解的吧。

如果有人问我会不会为爱献出生命,我一定会毫不犹豫地回答——会!

“从开始,我就准备为爱献出我的生命。为了爱我的信,为了能够留在信的身边,我用生命作为担保,得到了信的心。信可以随时离我而去,但是我不会逃离信的身边。我逃离信的时候,一定是我作为担保拿出去的生命消失以后的事。”

总有一天,我要把深藏在心中的这些话说给信听,当然,说出口的时候也许会有些不自然吧。但是在这之前,我一定要学会温柔地笑,到事后,我会微笑着对信说我内心的话，再加上爱她的话。

因为过去犯下的罪太多，怕有一天会被别人暗杀，我写下一封留给信的信，以防万一。本人无才，不会写信，但我是用我全部的心，慢慢地、一字一句地写下了这封信。

写给无法说对不起而更让我心急的人：

信，是我，你的丈夫诸葛班野。多么想说一声对不起，可是都说相爱的人之间不用说对不起这句话，所以每当看着你，我都更加心急。你为什么会喜欢我这样一个人，为我而如此煎熬呢？这一生，我能碰到你这么好的女人，可是我却没有为你做好一件事情，这让我总是心存歉意。我想让你知道，能使我这个沉默寡言的人发自内心地笑的人，在这个世上只有你。

在这个世界上，即使鼓足了勇气，最难启齿的话是什么，你知道吗？信，就是“我爱你”。大概是因为，连自己都不知道自己对那个人的爱到底有多深吧。爱情并不像物品，可以量出大小。也许你会认为我是在狡辩，不是因为我不知道自己对你的爱有多深，而是因为我实在没有勇气说出那句话。你可以这样理解我吗？你可以把我看作没有勇气的懦弱的人，这远比不了解对信的一片丹心好百倍千倍。

现在这个瞬间，对我来说实在是太幸福了，信。因为有了你……因为能在你的身边……我真的很喜欢你。在生活的每一天，即使是非常劳累的一天，临睡前信笑着说一声“晚安，班野”，我就会因为那句话沉浸在幸福之中；在办公室，只要看见办公桌上你的相片，我的嘴角就会不知不觉翘上去。是你让我学会了笑。

在这个世界上，在我们共同出生的这个世界上，如果没有你，我还会这样爱上谁呢？即使重新出生在这个世界，死过千百次重新出生在这个世界，我也会只爱你一个。这么想、这么做，我当然会毫不犹豫。

即使我自己变得再狼狈、再可怜……我还是会选择喜欢你，信。刚开始，我说不出什么喜欢你的理由，但是现在我可以在任何人面前理直气壮、准确无误地说出来。我一天中所有的工作与生活，都想详详细细地告诉你，即使是我暂时离开你的身边时所发生的再细小的事，我也想全部与你共享。就像我知道信的全部才爱你一样，让信也了解我的一切后再爱我。这是我的心意，我的期待。信有多么喜欢我……多么爱我……这些现在已经不那么重要了。仅仅把我对信的爱、把我要给信的全部感情，没有任何负担地交给我最深爱的你……能够包容我的一切，并接受我的，令我感激不尽的你……教我什么是爱的感觉、把初吻这个爱的礼物献给我的你……至今为止与你亲眼所见的任何爱都有所不同的……比那样的爱更为美丽、更为真挚的爱。

信，我真的想成为你心中的……你最爱的男人、最重要的人。我有生以来第一次，也是最后一次贪心想要拥有的就是你——信。

我爱你，信义。

——载满真心传递挚爱的你的班野

姜月的故事

“你这个浑小子！想给爸爸的脸上抹黑吗？你怎么把头发的颜色染成这个样子啊!!”

啪!!

都怪这个装着为套取资金编出的虚假明细账的文件夹，我费了半天力气竖起来的红头发一下子塌了下来。但是，我对爸爸不仅没有反抗，而且总是以肯定的心情送去微笑作为礼物。

“哎，爸爸您也真是的。我染着红头发上学，大家都很容易认出我是著名的国会议员姜泰万的儿子。因为我以爸爸为荣，所以总想与众不同嘛。”

“哎哟，即便是那样，你这颜色也有点过分了吧？老师们不说什么吗？”

“知道我爸爸是谁，谁还敢说三道四啊？爸爸是著名的国会议员姜泰万先生啊。”

“唉，不管怎么样，你一定要注意端正你的言行，不要给爸爸的脸上抹黑啊。”

“是。不用担心，爸爸。”

笑着对爸爸说不，这是我对爸爸能做出的唯一反抗。

在学校说说笑笑吹牛，到处炫耀自己，自然有一些朋友跟着。并不用很认真就可以在上层生活，我已经从爸爸那里学到了这种方法，所以这些对我来说并不难。爸爸妈妈总是那么忙碌，所以我总是孤孤单单一个人，我总觉得自己是世界上最不幸的孩子。在金钱就是一切的世界上意识到世界上有金钱无法解决的问题，能够安慰如此孤独的我，只有最新型的游戏机、电脑和漫画书。身边普普通通地过着平凡生活的朋友们，没有一个人能够理解我。他们只是看到我的表面而羡慕我。浑浑噩噩地过着这种人生，某一天突然遇到事故死掉，那该有多好啊！我上百上千次地这样幻想着，诅咒着自己。如果我死了，爸爸妈妈会回头看我一眼吗？会用不是担心自己的利益，而是以担心儿子的心回头仔细看我一眼吗？

妈妈能够理解儿子的心吗？能够理解放学回到家想说一声“妈妈，我回来了～”的心情吗？我只能常常唉声叹气，真的不想就这样活着。我总是装出一副很自豪的样子，常常把爸爸的名字挂在嘴边招摇撞骗。但是我也看得很清楚，世上对着爸爸指指点点、谩骂政治家的人并不是少数。

可是我回到家，就只能讲大家如何尊敬爸爸，崇拜爸爸。而每当那个时候，我就会感到自己也在逐渐成为人间垃圾。像垃圾一样活着，几十年后悲惨地死去的人生，对我来说怎么浪费都无所谓。这种想法一直在我的脑海里，直到见到……见到那个女生……

那天我与往常一样，因为迟到，和一帮总在一起混日子的几个家伙一起，挤占教务处走廊的一侧被罚跪。虽然是罚跪，但对我来说与平稳地坐在那里没有区别。

所有走过的老师见了我都感到心寒，有的视而不见地过去，有的拿点名簿拍打我的头。老师们对我不说一句好话，但是我心里明白，这一刻老师们看着我心里在想什么。

“遇到好父母，丰衣足食无忧无虑，可是看你那所作所为吧，啧啧。”

对我来说这已经不是一天两天了，破解人们看我的视线已经不在话下。从人们看我的眼神中，我能马上看出他们的假面孔。有的人虽然表面上对我阿谀奉承，但是心里却在骂我，这一点很容易看出来。

每当受罚的时候，我听到的是朋友们带有感叹的声音。那天我们受罚的时候看见有女生过去，大家都高兴得欢呼雀跃，而我也在那群人之中。

“真……漂……亮……啊！”

那是一个充满神秘风度的女孩子。在别人眼里，她可能就是一个漂亮女孩，可是在我的眼里却不一样。抛开长相的美丽以外，她的眼神与众不同的神秘，和普通女孩子们拥有的目光完全不同。看到那个女孩的眼睛的一瞬间，我的全身都僵硬了。

很快，我便有了和这个女孩接触的机会——帮助这个女生把很重的教科书送到她的教室。我就像对待其他女生那样对她炫耀自己，再向她献殷勤，我想自己一定能够勾住她的心。我开始主动与冷淡地走路的她搭讪。

“是转学生吗?”

我搭讪的话也不过是这一句话，可是在我的心中想问的却是“你是从那个星球来的?”她对我是如此的神秘。这位冷美人用不耐烦的表情上下打量我，眼神里装满了故事。是第一次，看着别人的眼睛而没看出她的心，对我是第一次。也许正因为此，我才更想好好看穿她。

对于是不是转学生，她一口就回绝道：

“用不着知道。”

有一点受刺激的感觉，也许因为从没有人敢对我如此冷漠吧。这个女生甚至敢给我起一个任何人都不敢叫出口的外号——红头发，并且敢毫无顾忌地骂我是个废物。虽然感觉有些荒唐，但这个冷美人心直口快的言行，更加增添了她的神秘感，更显她的魅力。少女清纯形象的背后，好像暗藏着某种刚强的东西。为了能够给这样的女孩子留下更深刻的印象，我开始绞尽脑汁使我的名字变得特殊。

“我是月亮的儿子姜月学长。不管你是不是转学生，现在我已经是你的学长了！所以你以后开始要用尊称，知道了吗?”

“什么，月亮的儿子?? 你在写科幻小说吗?”

虽然带有挖苦的口气，但是听起来还比较舒服。而这个女生接下来的自我介绍终于让我心动不已。我开始心跳过速，以至于担心心脏破裂。她甩动长长的秀发，用那美丽的樱桃小嘴告诉我自己的名字。

“我是神的孩子信义！”

神的孩子……那个女生自称是神的孩子！口气虽然生硬，却很有魅力。我对她已经蠢蠢欲动，但我必须克制自己，我应该给她留下更好更深的印象才对。

自从见到那个女生，我不再为自己的人生唉声叹气了。在学校，为了博得她的好感，我毫不犹豫地做了很多疯狂的事。我当然也知道这样非常丢人，但是即使背弃整个世界，我也想要得到她。我一直都在幻想，只要她能陪伴在我的身边，我就不再孤独了。

这个女孩的确与众不同。任我用尽甜言蜜语，用金钱诱惑，软磨硬套，使出浑身的解数也无法让她正眼看我。为什么？难道我没有达到她的标准吗？这让我有些心灰意冷，比我在爸爸面前虚心假意地迎合他还要难过。

第一次夺走我的心的女孩子，在她的面前，我的存在变得毫无价值，这让我感到无比自卑。哪怕给我很短的机会也可以，就算是合同恋人也可以，就算是敷衍我也可以，这样我就可以站在她的身边，堂堂正正地说我就是她的男朋友。也许从看见她的那一瞬间起，我就产生了这种想法。

在尾随她的某一天，我在百货商场的食品摊前遇到了她，便装出一副偶然相遇的样子。当时她那吃惊的表情是那么令人欣喜，但是她随即表现出一副不耐烦的表情，让我的自尊心受到很大伤害。如此小事都能使我伤心，这说明我已经为她神魂颠倒了吧。我强行跟着她，要求她订立恋爱合同，欲从中体会到幸福感。我知道这种行径有多卑劣，可是对我来说，为了得到她，这一点完全可以忽略。虽然“合同期”并不长，但是能够成为他的男朋友让我兴奋不已。而与如此热诚的我不同，她对我的态度丝毫没有变化。也许她的心里从来就没有过合同恋爱这个概念。她和从前一样，对待我还是冷冰冰的，偶尔也会按照我的安排去配合我而已。

她的眼里向来都充满着秘密，不，不只是眼里，就连心里也充满了秘密。如果她的背影足以令我满足，我应该已经感到幸福了。然而，人类是贪婪的，总是得寸进尺，而这让我精疲力竭。虽然只是形式，但是我已经可以堂堂正正地站在她的身边了，而我却又想进一步得到她的心。人类无止境的欲望，使我成了她的负担，因此她的心离我也就远了。我想让她知道，我可以让她尽情享受多少人梦寐以求的富贵荣华——我可以对信义炫耀的，只有这样一个“好家庭”，遇到了有钱的父母。如果这样能够得到信义的心，我会不择手段地尝试。

那一天，在蓝色酒店安排了国会议员的子女们聚会的酒席。参加聚会的都是些像我一样，凭借父母的权力在外面招摇撞骗的家伙。可是没想到，信义也来到了这里。我为了在众人面前炫耀信义就是我的女人，尤其是在国务总理的儿子面前抖一抖我的威风，强行把信义拉进酒店，想让她品尝各种菜肴。

"哎呀，快看这个。看起来很好吃吧？给你尝尝，吃吧。"

面对这样的我，她冷静地转过了身。

"我不要，不吃了。我还饱着呢。"

"肯定比你在家里吃的好吃～尝尝看嘛～"

"抱歉，还是在家里吃得更香。"

信义还是一句话都不肯服输，而她的这种唐突更令人喜欢。

"这么好吃的东西可不是什么时候都能吃得到的啊！快尝一点吧……"

"喂，你这家伙怎么这么麻烦啊？我说过不吃了啊。要想吃，你就自己吃个够吧！"

"老婆，你怎么可以这样对我啊？"

"能不能不叫我老婆啊？大家都看着呢，你这小子！"

"你怎么可以这么叫自己的老公啊？小子是你随便叫的吗？"

听着她乖巧的口气，我正陶醉在幸福之中。而每一个幸福故事中一定会出现一个恶魔，这里的恶魔正是总理的儿子美少男，令人倒胃口的家伙。我和他同是靠父母的后台到处招摇的人，都是同样孤独的人。可是这家伙居然也在瞄着信义，在这里见到他，不能不说是一件扫兴的事。

他胆敢出面破坏我和信义甜蜜的时光，我恨不得把他打得魂飞魄散。在我眼里，他只是一个装着自己有风度、有礼貌、有魅力的让人作呕的家伙。而也正是因为他，我总是被人家看作无所事事游手好闲脾气粗暴的废物。

信义似乎被他那假惺惺的微笑骗了过去。如果就这么放任自流，信义会被他抢走，我必须和他针锋相对、寸步不让。然而出乎我的意料，抢走信义的心的人并不是他，而是每天都到学校接她、像她的保护神一样的、沉默寡言面无表情的男人。不过说一句心里话，他在我的眼里也非常帅气，魅力十足。

不必多说，仅那一双我所没有的、凶残的、俯瞰世界的眼神就足够迷惑他人，他是一个极具魅力的美男子。无可非议，信义的心一定属于他。虽然我的心里非常清楚，但作为一个男人，我还是不甘心，不想这么轻易放弃。无论用什么办法，我都想把她变成我的女人。我知道，如果我斗不过这个男人，这一辈子我只能作为朋友留在她的身边。但是就算这样，只要能够留在信义的身边，我就应该感到满足。即使有谁讥笑我傻，只要能从她那倔强的表情中看到一丝微笑，我就会感到心满意足。其他人的讥笑或责骂都已经不在话下。

岁月如流，许久后的今天……我甚至如此疼爱她的孩子。她的丈夫诸葛班野，现在也成了我不可或缺的好朋友。最重要的是，包括信义在内的所有人都没有把我当成外人、让我孤独，我真正的朋友也只有他们一家人，我与他们全家产生了割舍不掉的感情。我明白，正因为这些，我的执着并不是错误。

有一天，在路上遇到了信义放学回来的儿子孔明，孔明高兴地迎接我。虽然孔明的长相与半月党一模一样，但还能找到一点信义的影子。孔明拉着我的手，前后摇晃着往家的方向走去。虽然没有对信义那样的感情，但这孩子毕竟是信义的一部分，我一定会好好爱他的。

“姜月叔叔！”

“嗯？”

“叔叔怎么不结婚呢？叔叔不是和我妈妈差不多大吗？是不是错过了结婚年龄啊？”

“是你妈妈结婚太早了，傻瓜。”

“就算那样，叔叔为什么不结婚啊？”

“我？我已经结过婚了啊。”

孔明用不可理解的表情晃了晃小脑袋，自言自语地说：

“哦？那姜月叔叔家的婶婶，我怎么一次都没见过呢？”

“那是因为叔叔总是独来独往嘛。”

“对啊，叔叔，你总是到我家来玩，怎么不把婶婶也带来啊？难道你还打算装作小伙子啊？你看信友舅舅，都变成老小伙了，哈哈。”

小孔明开心地大笑着，他的笑脸让我想起了信义。我愣了一会，为了答复小家伙，解除他的疑惑，开了口。

“我的老婆不能出门。”

“嗯？为什么？”

“因为我把门反锁上了啊，就算是把她关起来了吧。”

“什么？姜月叔叔你坏！那么婶婶一个人关在家里多无聊啊？”

“没关系。就算被关起来，她还是很幸福的。”

“一点道理都没有！叔叔，你是不是病了？”

“我把她永远关在里面，而她在里面幸福地生活着。叔叔也是为了保护她，才不把她带到外面，深深地藏在家里啊。”

“嗯？我听不懂叔叔的话。”

我抚摸着孔明的头，笑了。

“等孔明长大了，遇到你爱的人，但是只能对她单相思，就会知道叔叔说的是什么意思了。”

“哎呀，好难啊。”

“如果真的遇到那种情况，可不只是难办了。我的小孔明，叔叔给你买匹萨好不好？”

“嗯。∧∧妈妈不让我总勒索姜月叔叔呢。”

“怎么是勒索呢？这是叔叔给你买的。”

“我妈说叔叔家是大财主，是垃圾人家。”

“－_－＋什么？”

“说那些钱都是用垃圾做的。是真的吗？叔叔。怎么能用垃圾做钱呢？”

“对孩子说的都是什么话啊？”

“嗯？”

“不，不是，孔明，哦，妈妈的意思是说，用好回收的垃圾也能成为富翁。哈哈哈哈。”

“原来是那样啊。那我也把牛奶盒子攒起来，做回收垃圾。那我也能成为富翁吧？”

“是啊，是啊。”

遇到这种情况，我就会觉得信义很可恶。怎么可以对孩子说这些呢。当然，继承爸爸的财产，我就会拥有不逊色于任何财阀的金钱和权力。在现在这样经济不景气的形势下，利用权力在暗地里获得的财富，当然可以视为垃圾。但是让小孔明理解这些，不是太为难小孩子了吗？以后我如果成为杰出而正直的国会议员，一定要让我国的政治清明，打造一个干干净净的国家。

“孔明啊，我们把匹萨打包，拿回家吃怎么样？你妈妈不是很喜欢匹萨吗？”

“信友舅舅比我妈妈更喜欢吧？”

“好吧，好吧。那我们就多买一点，让大家都吃个够。”

“嗯！姜月叔叔最好了！！有时候姜月叔叔就像我爸爸一样。嘻嘻。”

孔明的这一句话只能让我苦笑，但我对现在的人生从没有后悔过。我感谢这个世界赐给我一双明亮的眼睛，能够久久地看着我愿意献出一生去爱的女人。还能拥有为那个女人投资的很多钱财。仅这一点，我对这个世界感激不尽。

如果真的有来生，我一定要挑战班野现在的位子。总在后面担忧被踢开，是不是偶尔也可以站在前面堂堂正正地得到爱情呢。当然，这些事只能到来生再做。现在的我，除了就这样心甘情愿地等待来生的幸福生活之外，再没有渴求的事了。

爱情是可以跨越阶层的伟大光芒。我要超越界限发射那个光芒，更要用接受到的光芒去培育和壮大爱情。月亮的儿子——姜月……我不想做仅仅渴望来生的月亮，而要做一缕空气，始终与你在一起；做一阵轻轻擦过你的肩膀，但永远不可少的风。

韩信义，你这个傻瓜！！你永远是我的女神——！！

“呵呵呵呵。哎呀……银亨真是漂亮啊。”

“谢谢您，叔叔。”

“嫁给我们家路熙，我一定把你当亲女儿那样好好待你。”

“真的谢谢您。”

“路熙，你也到这边坐一会儿。银亨来玩了啊。”

“……”

银亨今天又到我家来玩了。我只当没看见，倒一杯橙汁回到了楼上的房间。

“这，这，这个没教养的家伙，长大了到底要做什么啊？啧！”

爸爸非常喜欢银亨。从小和我一起长大的银亨，在爸爸的心中早已是儿媳妇了。其实银亨是长我两岁的姐姐。但因为从小就一起长大，所以我不喜欢用敬语和银亨说话，银亨也不愿接受敬语。银亨亦是有钱人家的掌上明珠。双方父母自作主张，决定了现在社会根本不存在的所谓的政治联姻，两家相处甚密，来往频繁。看着这种情况，我心里特别难过，却有苦说不出，每天都在心里埋怨自己生在这样的家庭。我的一生早已被一个固定的框架圈住，从某些方面看，我的生活还不如稻草人，就像一个旧玩具一样，没有任何用处。我只能无奈地被人们摆弄着，就像一块懦弱可怜的小布块。我不喜欢人们把我当作总理的儿子看待，不喜欢人们把我当作有钱人家的孩子看待。人们只是……因为这些理由远离我，把我孤立起来。这一切我都不喜欢了，不，是厌恶。

“喂，班长！帮我做一下作业吧。”

“喂,那边的笨蛋,你的头挡住我的视线了,看不到。”

“喂,班长,替我打扫我分担的地方的卫生!”

“那个傻乎乎的家伙!帮我借一本教科书。”

“喂,还有运动服也帮我借来!”

在学校,我十分忙碌。要为同学们做帮手,有三头六臂也不够用。可是我很满足,就因为家里有钱,就因为爸爸是国务总理,很多人在我的面前假惺惺地说好话,而背着我大家都在骂我。何必让人家有意孤立我呢,还是我自己变得丑陋,被人讥笑做傻瓜好。我不能像姜月那样,仗着爸爸的权势做一些丢人现眼的事情。像现在这样过日子,是一个过安稳生活的好办法。

学校里的我,会把头发从中间分开,戴上大框眼镜,穿上极不合身的校服,把自己打扮成一个丑小鸭,风雨无阻地到学校,做一个好学生。不知为什么,今天的打扮让我觉得自己格外丑陋。和往常一样,同学们看到我这身打扮,尽情讥笑着。

我旁边的位子一直都空着,今天终于来了一名复读生。格外美丽的女同学,无心地看了看我,无心地和我搭讪,但绝不是讽刺挖苦的口气。就这一点,我已经对她感激不尽了。对我……对这样丑陋的我,没有丝毫歧视,令我非常感激。

这个女生,话语中毫不留情,直截了当,可我却被这粗糙的语言感动了。因为她的话语背后是对我的关心,有谁还会对我说这样的话呢?爸爸?妈妈?或者是银亨?我确信,终有一天我对她的爱会重于生命。

然而,我如此丑陋,身边却坐着天使般的女孩子,这种搭配极不相称。当然,姜月也不会容许她在我的身边。姜月和我拥有相同的眼光,令我很不开心。更过分的是,姜月在学校利用自己的权力任意摆布信义,让我无法容忍。我暗下决心,无论如何,我要让信义成为我的人,为此可以不择手段!

我逐渐刻意改变自己的生活方式,开始参加我最讨厌的权力聚会,并随声附和高官子女们的高谈阔论。我想,这样的生活持续下去,我的形象会有所改变，信义也许会喜欢我。对于很少露出笑容的信义，我的笑能不能为她带去一点快乐呢？我对着家里的镜子每天练习笑，但总觉得不够自然，而且通过网络学习笑也不是一件容易的事。难道我连自然地微笑都不会吗？

经过我的不懈努力，我在笑的方法上终于有了突破，这是从信义成为我的朋友开始。

我费了很大周折才得到了唯一的朋友——信义。信义如果知道我是国务总理的儿子，也会像其他同学一样对我虚情假意吗？会变成那样吗？以一表人才的新形象出现在信义的面前，是牵制姜月的好办法。但是信义知道了我的这种双面形象，会怎么想呢？对我又会怎么样呢？

就在我为此而苦恼的时候，信义在一无所知的情况下来到了我的公寓。信义当然还不知道我就是班长路熙，她到我的公寓来是为了寻找国务总理的儿子。信义无论什么装扮都美丽动人。最终，信义还是认出了我就是班长路熙。可是她的态度却令我出乎预料，她没有像其他同学一样，对待我的态度丝毫没有变化，信义还是用对待朋友路熙的眼光看我。

对于信义来说，无论我是国务总理的儿子还是被人孤立的班长都是无所谓的，信义只是把我当作自己的朋友……朋友而已。对这样的信义，我的内心逐渐产生了贪婪的占有欲。我不喜欢信义与班野在一起，只想让她成为专注于我、让我笑的、只属于我一个人的信义。

只要信义在身边，无论别人把我当作国务总理的儿子，还是把我当作一个稻草人，我完全可以不予理睬。现在，我可以堂堂正正地在众人面前露出我的真相了。

果然不出我所料，看到我的真面目，最惶恐的还是姜月。也许是我的过分执拗，但我就是不想输给那家伙。因为他也在惦记着我的信义，想占有只属于我的信义，所以我憎恶姜月。

随着丑陋的班长就是国务总理的公子这一爆炸性的新闻公开，校园里一片沸腾。无论以什么样的形象，即便是以普通朋友的身份，我依然愿意守在信义的身旁。与姜月在中午吃饭时打了一架以后，我不顾一切地拉着信义的手，有生以来第一次逃了课。其他同学正在上课的这个时间，我和信义又是逛百货商场，又是看电影，还吃了很多美味佳肴，度过了我有生以来最幸福的时光。

时间像流水般过去，不知不觉已经到了晚上。我和信义很自然地到了酒吧。可是，第一次来到这个酒吧，我却从信义的眼睛里看出她在在意什么，认真地思考什么。

“怎么了，信义？”

“嗯？没什么，没什么啊。”

“信义，你总是用那种不可思议的眼神思考着什么。可是每当我问起，你都会说没什么。”

“是吗？”

知道了，有关信义的事，我已经什么都知道了，只是不想相信而已。信义是杀手这个事实，或是她爱着一个叫班野的人的事实，都是无法改变的，而我就是不想相信这些。信义的眼睛里经常会情不自禁地流露出悲哀的眼神，那是因为信义在想着那个人。这些情况我都知道，只是在回避而已。

考虑到这家酒吧会使信义想入非非，我们换了一家酒吧。我以为这样就能有所改变，但是信义的心仍然留在那家酒吧。不，是信义把心留在了那家酒吧里的那些男人那里。

“信义，有什么难言之隐吗？你好像从刚才的那个酒吧开始一直在发呆？是因为刚才的那些朋友吗？”

“嗯？不，不是。”

“我看见信义的眼神一直都藏着悲哀。”

“悲，悲哀？这里的酒菜上得好快啊。来，我们喝吧，喝……”

“早就端上来了啊。”

“是吗？我都没有注意到。嘿嘿。”

我的心感到一阵疼痛。望着我，信义的眼神里却没有我，这把我的心撕得粉碎。

“信义，你不用隐瞒什么，也不用这么慌张。”

你不用这样，其实我早就知道了。大概是为了哄信义开心说了过多的话，我感到口干舌燥。而且看着信义充满悲哀的眼神，我的心也隐隐作痛，我便在不知不觉中拼命往嘴里倒着酒。一杯接着一杯，不知过了多久，我的记忆开始模糊了。

真是惭愧，我竟在信义的面前喝醉，让她看到了我醉酒后的"壮举"。最终，我在信义的搀扶下勉强回到了家。而更让我心疼的是，那天竟让班野把我这个不省人事的家伙送回了公寓。虽然我一直装着对当时的事毫无记忆，但是让信义最喜欢的人帮忙，对我来说不能不说是一种耻辱。

另外，就在那天晚上，发生了让我难以想象的事情，令我变成了一个狠毒的人。一无所知的我第二天到学校后听到了颇受刺激的消息。就在前一天晚上，信义因交通事故被送到了医院！我的信义在医院！

我疯狂地跑到医院，还碰到刚跑来的姜月。更可恶的是，我看到那个班野闭着嘴在一旁站着。看着还没有恢复意识的信义，我心疼不已，我感觉到了撕心裂肺的痛。我已近乎疯狂。

信义在昏迷中一直在微微地动着手指。看到她的举动，我马上就知道了这绝不是一起交通事故。姜月还不知道信义是杀手，当然不可能意识到，但我一下子就知道了信义受的是枪伤。后来知道了信义是为了保护班野，替班野挡子弹而受伤的事实，那一瞬间，我失去了理性。

我可以为信义牺牲我的生命，然而信义却为班野献出她的生命。不是因为我所爱的人不爱我而悲哀，而是因为我爱的人把自己的爱奉献给了别人，这让我感到尤为痛心。信义必须在我的怀里得到幸福，所以我必须想方设法把信义和班野拆开。

我利用我所掌握的证据动员警察，准备把班野的组织一网打尽。至于信义，我完全有能力保护好她。我这样做的目的很明确，除掉班野后把信义留在我的身边。所以我毫不犹豫地举报了班野这个组织。可是，信义根本不知道我的一片苦心，她要在康复出院后马上离开这里。她要忘掉这里的一切，一走了之，在我面前消失……那我怎么办？留下我孤零零的一个人……让信义的面庞只能出现在我的脑海里，使我一事无成……我该怎么办？那么冷静地说要走，一点留恋都没有。看着这样的信义，我已经连失望的空暇都没有了。信义留给我的只有心痛，心脏马上就要崩裂的疼痛。听完她的话，我马上离开了她的家。我已经精神崩溃了。我的脑海里只有一个信念，不管采取什么办法，一定要把信义留在我的身边。即使信义不爱我也没有关系，只要像现在这样留在我的旁边就可以。我的贪欲支配着我的理性，令我犯下了无法挽回的错误。

"我……我除了信义，什么也不需要。"

"什么？"

我把在药力作用下身体僵持住的信义劫持到这里，做出了不可容忍的蠢事。

"只要拥有信义，我什么也不需要。"

"你到底在胡说什么啊？那么你现在想要得到什么？"

这不是我的本意。

"我让你发誓，永远在我身边。信义，你要跟我一起离开这地方，不是跟着诸葛班野，而是要跟着我。"

我不知道自己在胡说些什么，我意识到自己已经达到疯狂的状态了。可是我已经身不由己了，我的所作所为，已经脱离了我的本意。

"你怎么了？车路熙，你不是这样的人啊。一定要打起精神啊!!"

"该打起精神的是你，韩信义!! 打起精神，好好看看我吧。看看我是多么喜欢你啊!! 我想你想得都要发疯了！扔下永远只会爱你一个人的我，你要跑到哪里去啊！我就是喜欢信义，我永远只爱信义，我要一辈子和你在一起。"

这些话都是我发自内心的真心话，信义！我希望你能够理解我的心，我求求你……

"你那么爱我，这一点我非常感激你。可是，你用这种方法把我拖到这里的理由是什么呢？"

信义的眼里根本就没有我。对我这个绑架自己的人，信义的心里只有恨。信义的心里丝毫没有容纳我的位子。如果是这样，那么谁也休想得到信义，谁都休想。!!

"我也委托了一件暗杀案件。"

"什么？你这是什么意思？"

“我是说我委托了一个暗杀组织。”

“谁，你想杀谁？或许……不是吧，车路熙？绝对不是那个人吧？”

信义已经被药力折磨得痛苦不堪，但在她的心里，自始至终担心的还是班野。信义……我真的讨厌你！你的眼里难道就没有我吗？你对如此疯狂地爱着你的我，就只有厌恶吗？是那样吗？呃……哈哈哈哈哈哈哈哈……啊哈哈哈哈哈哈哈哈哈哈！！！

我终于坍塌了。我这颗向往信义的狠毒的心和我的顽固让我完全坍塌了。

当然，这件事靠我家的权力轻而易举地摆平了，但是我心中的罪恶感永远都难以摆平。我背负着沉重的负罪感，选择了出国留学。为了忘掉信义，不，为了回来后能够堂堂正正地面对信义，出于自我反省的心，我攻读了医学和法律专业，并坚持了多年的志愿者服务。出于对信义的负罪感，我自愿为蒙冤的人提供援助，为患病的人免费治疗。为了这番事业，我奉献了自己的时间和精力。

就这样，在我得到了无数人的尊敬后，我重新踏上了祖国的土地。我想，这样多少可以冠冕堂皇地面对信义。

“呼，出乎意料，变化真大啊。”

手拿一张几经波折打听到的信义的住址，开车去找信义的路上，我遇见了一个看起来有点忧郁的男孩子，我便带着一丝歉意上前向他问道：

“那边的小朋友。”

“啊？是在叫我吗？”

“是。对不起啊，我想问路。”

“好，您问吧。”

我把写着信义家住址的纸条递了过去。男孩子看了以后立即瞪大了眼睛。

“啊？这家是……”

“怎么了？你认识这家吗？”

“是我家啊。”

这让我不能不大吃一惊。这么说这个孩子……这孩子就是信义的……我强打精神，摇一摇头，慢慢问起那孩子。

“你叫什么名字？”

“我啊？叫孔明啊。”

信义一定是和班野结婚了吧？我对此深信不疑，所以接着问男孩子：

“你姓……诸葛吧？”

正如我所料，男孩子吃惊地问我：

“您，怎么知道的……是我爸爸的朋友吗？”

“哦，嗯。大人都在家吗？”

“在，爸爸妈妈都在家。今天正好是爸爸的休息日。我给您带路吧？”

“上学不会迟到吗？”

“没关系，我今天出来的早。”

“是吗？真谢谢你。那就上车吧。”

过了这么多年，车上载着信义的孩子，走在去信义家的路上，我的心情无以言表。我该怎么向她道歉呢？我的心里一片茫然。在看到信义的瞬间，我一定会很自然地跪在她的面前吧。

信义印有岁月的痕迹的面庞终于出现在了我的面前，我日思夜盼用心呼唤的信义就在我的眼前！我强忍住泉涌般的泪水，嗓音已经嘶哑，无法说出道歉的话语。即刻，我就瘫软地屈膝跪到了班野和信义的面前。紧接着，听到了信义的声音，那么渴望听到的信义的声音。

“好久不见了，车路熙。”

听到她的声音的瞬间，我再也无法止住泪水了。信义，我对不起你！信义！我在从心里号啕大哭。

然而，我还是郑重其事地向她赔礼道歉，这是首要的礼仪。在哭之前，我应该首先赔礼道歉。

“是不是我来的太晚了？为了向你们忏悔，我攻读了医学，到印度做了志愿者，解救很多人的工作。我是为了忏悔过去，恳求得到你们的宽恕。对不起，信义！还有更对不起你，班野君。”

本以为见了我，信义会摔着东西让我滚开……会说再也不想见到我……可是她却用深沉的眼神看了看我，说道：

“那都已经是很久以前的事了，只是埋在历史中的小记忆而已。不管怎么样，这么久才见面，我们很高兴，快进去吧。”

信义的儿子到这时还愣愣地看着我们的一言一行，信义马上逼着孩子上学了。班野的话依然那么少。那种发着寒光的眼神、冷静的表情，一切都没有变化。唯有看信义的眼神变得温和了。虽然我做了很多对不起他的事，但至今我仍然羡慕班野。

“就算是现在，我还是无法宽恕你。不，也不是能够得到宽恕的事情。可是，我们的年纪也都这么大了，相互都经历了这么长的时间。何况，我在班野身边过着如此幸福的生活，我已经知足了。所以，我想把它当作获得今天的幸福生活的一个必需过程。我想从这个角度理解你，因为你是……我在学校的第一个朋友啊。”

“信，信义……”

终于，强忍住的泪水像决堤的河水般顺着脸颊猛烈地流了出来。我连擦去泪水的念头也没有，只顾着抽泣。这时，从门厅传来了熟悉的声音。

“车美人……听说你来了，我特意跑来，想要揍你一顿。可你流什么泪啊，让我这么心软。你那神气的样子丢到哪里去了？看你现在这副可怜相……愚蠢的东西……”

略微回过头望去，由于泪水遮住了视线，我无法看清眼前的一切，但是姜月分明是在用惋惜的眼光看着我。

姜月给我扔过一条毛巾，接着就说道：

“不觉得丢人吗？先把眼泪擦了吧，你这家伙。”

我抽泣一会儿，用毛巾擦干了眼泪。接着又跪下来，诚心诚意地向大家谢罪。看到我的这副样子，姜月满面笑容地对我说：

“美少男来了？欢迎你啊，车美人……”

班野也接着说道：

“刚才你流下的眼泪，就算把过去的记忆也包含到里面一起流掉了吧。”

我的心为之一震，马上感到一阵暖流。信义也接着说了一句：

“今后，你只能在我们的身边，以朋友的名义做些好事了。知道了吧，班长？”

轻松了！心里背负的沉重包袱现在终于……终于放下了。不知道人们是否了解……比友情深的是爱，爱加深了就会再变成友谊的道理。

“信义，姜月，还有班野君，我一定要继续反省过去的错误，直到我生命的尽头，一定认真生活，成为对大家有用的人。实在太感激你们了，还有，真的对不起！”

就这样，我成了他们终生的朋友。而且享受着他人无法比拟的幸福。

我!! 真!! 幸福!!

诸葛孔明的故事

时间飞逝，不知不觉中，我已经到了热血沸腾的十八岁。难道我还没有真正感受到情窦初开的甜美，青春期就这么默默流逝了吗？听说一般的孩子一到青春期就会有反抗父母的心态，算是对第二次性征的自我停滞性的忧虑等症状，而我却没有经历那样的过程就已经长成了高中生。

我的父母特别强调平凡。诸如买衣服，吃饭，上学，参加特长班等各方面都要求我与普通人家的孩子一样，要求我达到普通人的水平就别无他求。

难道他们对我就没有丝毫的贪欲吗？成为平凡的人，这就是我的父母对我强调最多的话，几乎成了我的座右铭。不知道爸爸和妈妈有过什么不平凡的经历，对我如此强调平凡的人生，真是让我疑惑不解。

然而，我对我的父母，一直心存感激。他们从来没有做过伤害我的事情，哪怕是出于善意的，而且处处都在为我着想。这一切我都看在眼里，记在心里。

"我回来了～"

"明儿回来了？肚子饿了吧？妈妈马上给你做好吃的夜宵。"

"晚自习的时候吃了很多点心，肚子还饱呢。妈妈不用担心我，这么晚了，你也赶快睡觉吧！"

"哎呀，我这个了不起的小宝贝。"

我觉得自己在努力过着平凡的生活，可是我的精神年龄仍然比其他同龄孩子高很多。与成熟的精神年龄相比，我对女性这种动物却毫不关心。普通孩子从初中就已交起了女朋友，而我至今仍然没有接近过任何女孩子。难道因为妈妈是绝世美人？还是觉得一般的女孩子不够漂亮，所以漠不关心呢？对这个问题，妈妈总是笑着告诉我：

“是因为你长得像你爸爸啊，你们都是固执挑剔的人嘛。”

妈妈平时总是这样敷衍了事。可我还是会暗暗地担心自己是不是有些反常，为此苦恼是不是青春期的特征呢？一个人苦恼好也想不出什么好办法，我决定给姜月叔叔打电话，向他套出一些话来。

电话接通了，很快就听到了姜月叔叔的声音。

“你好，哪位？”

“姜月叔叔，我是孔明～”

“啊，听出来了～你有什么事吗？孔明。”

“叔叔，你现在忙吗？”

“不忙。刚办好事情，正往家走呢。什么事啊？”

“没什么事，就想问一些问题。”

“什么啊？”

“啊，那个……”

最后，我和姜月叔叔约定，这个星期的周六见面后谈。这样的苦恼，我实在不好意思与爸爸妈妈谈，信友舅舅还是老光棍，问这种问题会让他难为情的。

令我有些紧张的星期六终于到来了。

问这些问题，姜月叔叔会不会讥笑我，把我当作另类看呢？我担心这些事情，但又耐不住心中的苦闷，硬着头皮来到了约好的地方。

我提早到了约好的鲜果汁店，找好座位等着姜月叔叔。从窗户望去，看见姜月叔叔那漂亮的奔驰轿车停在停车场。姜月叔叔神气十足地迈着矫健的步伐匆匆走进了鲜果汁店。从小到大，我一直特别喜欢姜月叔叔，在我的眼里，他一直都非常关照我的爸爸妈妈，既是爸爸妈妈的好朋友，又是我的朋友。

点好了饮料，我把我的苦恼说了出来。

“叔叔，我要问的是……”

“说说看，到底是什么？”

“是怀疑我有什么不正常……”

“什么?”

“一般像我这个年龄的孩子,是不是对女孩子很感兴趣啊?”

“是啊。”

“那为什么我对女孩子一点都不感兴趣呢?”

“什么?”

“是我不正常吗?”

听了我的问话,姜月叔叔大概觉得我荒唐可笑,扑哧一声笑了出来。

“乖小子,对女孩子不感兴趣?”

“是啊。”

“别开玩笑了,你这小子。”

“是真的,叔叔!我到现在不仅没有和女孩子恋爱过,而且都不想正眼看女孩子,完全不感兴趣呢。”

“你在说谎,孔明先生!你为这件事而苦恼,这本身就是在想着女孩子嘛。不是吗?”

“那,那是因为我对那些不感兴趣……只是觉得奇怪,所以……”

“你怀疑自己对女孩子不感兴趣是不是有问题,这本身就是在想女孩子的表现啊。”

“是,是那样吗?但是我从来都没想过要交女朋友啊。”

“明儿,那是因为你还没有遇到你心目中的理想型女孩子。”

“我的……理想型——偶像?”

姜月叔叔虽然面带微笑对我点头,但显然是认真的。他用吸管搅了搅橙汁,沉思片刻后对我说:

“不用特意留意女人的存在,按照你自己的生活方式去生活。这样生活下去,有时候也会忘记男性的本能。虽说是热血沸腾的十几岁年龄,但也不会随便喜欢一个人啊。”

“是啊,那是当然。”

“男人一旦遇到一个令自己疯狂的、命中注定的女人,心态就会发生很大的变化。”

“疯狂……命中注定??”

“是啊，疯狂、命中注定。从见到那个女人的瞬间开始，我就已经不是原来的我了。”

叔叔见我还是一头雾水，摸不着头脑，便继续为我解释道：

“举一个例子讲讲，在看见某一个女孩子的一瞬间，就会有心脏突然停止跳动，片刻后开始心跳加速的感觉，就像要崩裂一样。看见那个女人的瞬间，大脑一片空白，周围一片漆黑，只有那个人的身上有光亮……总之，能够感受到这一切就是命中注定的。”

“真的会有那种感觉吗?”

“当然会有啊。”

“这么说，叔叔见到过那样的女人啊。”

“那当然。”

我们的对话越来越趣味盎然了。我突然有了一种期待，而且越来越兴奋。或许我可以听到姜月叔叔的初恋故事了。

“接下来呢？后来叔叔怎么样了？和那个女人。”

“说到结果，非常遗憾，我和那个女人没能走到一起。”

“为什么?”

“虽然我对她那么钟爱，但是就像我对她爱得很深一样，她也已经有了她所钟爱的人。”

“哇～真是撕心裂肺的感情啊。”

“撕心裂肺～就是那个感觉，无法用语言形容的感觉。我都没有想到我还能活下来。”

“那你现在也会经常想那个女人吗?”

“一直在想，总是在……”

“真的吗？没有得到的爱也那么刻骨铭心吗?”

“虽说我的爱没有结果，但她一直留在我的心里。”

“哇～想不到我的姜月叔叔这么浪漫啊！”

“这小子！”

姜月叔叔害羞得脸都红了，他想一笑而过，但我已经看出他的眼神里流露出了一丝悲哀。

爱情真的是永恒的吗？姜月叔叔讲的是好久以前的故事，但是就像不久前刚刚发生的事情一样，姜月叔叔的眼神里仍然会流露出悲伤。

“那么，如果我碰见那种命中注定的女孩子也一定会变吗？”

“我不知道你究竟会有怎样的变化，但是那种变化，你自己一定会感受得到。没有必要到处寻找命运中的女孩子。命运就是那样，也许在身边，也许在天边。越是想找到，越是远离你。这就是命运！”

“你这乖小子，这么早就开始苦恼这些事了？呵呵，不用着急。好小子～命运既是偶然的，又是必然出现的。”

“如果那个女孩子像我妈妈就好了。”

“我也是……”

“怎么？叔叔也觉得像我妈妈好吗？哈哈哈哈。”

“是啊。”

“啊？为什么？叔叔也喜欢我妈妈那样的类型吗？”

“嗯。”

“呵呵，是因为漂亮吗？”

“嗯。”

“如果把这件事告诉叔叔的妻子，你怎么办？”

“你小子才不会那么做呢。”

“为什么？”

“一定不会的。不管怎么说，你这么小的年纪，竟然开始苦恼这种问题了，不愧是小大人啊。”

“你说什么？”

“哈哈，开玩笑的。好长时间没吃匹萨了，买匹萨到你家玩怎么样？”

“好啊。我爸爸妈妈一定会高兴的，最高兴的一定是信友舅舅了。”

“是啊，信友也该早点结婚啊。”

“所以嘛，姜月叔叔认识好女人，就介绍给信友舅舅吧。”

“那当然。哈哈哈哈～”

命中注定的人……对我来说太抽象了。可是与姜月叔叔聊过以后，我觉得轻松了很多。

与小的时候一样，我一手拿着一盒匹萨，坐在副驾驶的位子上，每次看到叔叔那很有气派的奔驰车，我都会感慨万分。可是叔叔从来都不告诉我他做的是什么工作。我觉得，他可能是经营一家很有前途的风险投资公司。当然，这只是我的推测而已。问过妈妈，可是她没有告诉我。她只说“姜月？做的都是没用的事，怎么了？”我今天一定要打听清楚姜月叔叔到底做什么工作。

“嗯……叔叔？”

“叔叔的职业是做什么的啊？”

“我？游手好闲。”

“什么啊？哎呀，叔叔骗人～游手好闲的人还会开着奔驰转吗？”

“啊，那是因为我爸爸有钱，这都是我爸爸的财产，不是我挣的。”

“那叔叔的爸爸做什么工作呢？”

“我爸爸也是一个无业游民。”

“什么嘛。哎呀～叔叔，这怎么可能啊。别开玩笑了，你就告诉我吧。”

“真的是无业游民，你怎么不相信啊？现在我爸爸也是无业游民。一辈子奔波忙碌积攒下来的钱，老了就都留给了我。”

“哇～那多好啊。”

“好什么？”

“你多富有啊。”

“用你妈妈的话说，是用垃圾做的嘛。”

“用心积攒垃圾成富翁有什么不好啊？等等，你说那可能吗？”

“什么？”

“就算再怎么努力，捡垃圾能变成开奔驰车的富翁，那岂不是全世界的人都成富翁了？”

叔叔想回避这个问题，岔开了话题。

“你读的学校是男子学校吧？”

“嗯。不过旁边就是女子高中，所以也没有关系了。”

“在高中学理科很有意思哦。”

“是吗?”

“你这个叔叔就是学理科的。我还是我们学校的队长呢,而且是在女生心目中人气最旺的男生。”

“哎～吹牛吧。”

“你小子,这是真的啊。”

“吹牛～听说大人们最喜欢用这个吹牛了。说我年轻的时候有多么多么厉害,多么多么受欢迎之类的……”

“真是的,你不相信可以问你妈妈啊。”

“真的吗?叔叔和我妈妈是同一所学校的吗?”

“是啊,你呀,我说实话你都不相信。”

“是那样啊,哈哈哈～真有意思。既然叔叔那么有人气,一定会有很多趣闻吧?”

“有那么多女生喜欢我,可是我就深爱着一个人。”

“哎呀,真的啊?那个人是谁呀啊?”

“到家了,下车吧。”

姜月叔叔的奔驰车很快就开到了家门口。

“匹萨都凉了,快点进去吧。叔叔下次有机会再讲给你听。”

“知道了～”

我和叔叔一人拎着一盒匹萨,快步走到房间里。

因为是星期六,爸爸也很早就回到家,高兴地迎接了我们。

“明儿回来了?”

“是,爸爸,姜月叔叔也来了哦。”

“是吗?姜月,快进来吧。”

“嗯,半月党。最近忙吗?”

“还是老样子,坐下吧。”

“嗯。”

爸爸和姜月叔叔一起坐到了沙发上。妈妈略带着微笑,半开玩笑地与姜月搬弄起是非来。

“你怎么又来了?前一段时间到这里来的次数好像很少嘛,最近怎么又多起来了?”

“哈哈,想我了吧?”

“哎吆,我怎么会想你呢?”

“说前一段时间来的次数少,难道不是说你很期待我吗?”

“你的这张嘴啊,总是这么油腔滑调。”

“呵呵,信友呢?”

“谁知道啊,还没回来呢。”

“最近信友做些什么?”

“干活啊。”

“干什么活?”

我一个人吃着香喷喷的匹萨饼,大人们还在你一言我一语地聊着。在我听来,他们聊天的内容都是一些家常,没有什么特殊的话题,可是爸爸妈妈和姜月叔叔聊得津津有味。

吃完匹萨,为了让我饱满的胃得到一点解脱,我走出家门,独自一人散步。走出大门,首先映入眼帘的是叔叔那威风的奔驰车。将来我会像姜月叔叔一样,这么年轻就开这种豪华车吗?不管是怎么挣来的钱,我还是很羡慕姜月叔叔。

终于有一天,我的眼前出现了一位命里注定的女人。就像姜月叔叔所说的那样,见到她的瞬间,我的心脏似乎停止了跳动,随即便马上心跳加速,眼看就要崩裂了。而且大脑一片空白,周围一片漆黑,只有那个人的身上有一片亮光。

我马上掏出手机,给姜月叔叔打了电话。

姜月叔叔的手机,连彩铃都没有设定。不管怎么样,没响几声,便听到了姜月叔叔的声音。

“是哪位?”

“叔叔,我是明儿。”

“哦,明儿。有什么事吗?”

“是命运啊,叔叔!命中注定的!!”

“突然说什么梦话啊?”

“就像叔叔说过的那种,那种心脏出故障的命运,那种理想型!”

“什么?你是说终于遇见了理想型的女人?”

“是,遇见了,刚才遇见了!可是……我不知道该怎么接近她……”

“是在哪里见到的?”

“下课后肚子饿了,就和朋友们一起到了快餐厅。在那里负责点菜的打工妹,实在是太靓丽了,而且给人的印象特好!可是……好像我的那些朋友们对她也很感兴趣……”

“哇,就是说,那个女孩子是超凡靓丽,绝世美女?”

“是。大概是因为这个……我没有信心。”

“为什么?”

“我没有谈过女朋友,所以没有什么经验。更重要的是,喜欢那个女孩子的朋友中,有一个小子比我帅多了。而且他的家里有些钱,穿着打扮就像演员一样,总有很多女生见了他就不知如何是好呢。”

“也就是说,你有一个强有力的竞争对手?可是看外表,我们明儿也不比别人差啊!虽然我不想承认,但是你长得像半月党,绝对算是盖世美男子啊!”

“不过现在的女孩子,重视的不只是长相,派头也很重要啊。女孩子都喜欢又有钱又有风度的男孩子。第一次遇见我喜欢的女孩子,真不想她被景俊抢去……”

“是吗?所以我们的明儿气馁了?”

“不是,我就是有点……”

给姜月叔叔打电话,我也只是想发发牢骚。从某种意义上说,平凡是世界上最无奈的东西。但是因为我的父母一再强调平凡,所以我作为一个男子汉,也有些缺乏骨气。这时,又传来了姜月叔叔的声音。

“你和景俊关系好吗?”

“好是好,但也就是表面上的好而已,还不至于能够交心。”

“那么即使得罪景俊去得到那个女孩子也没关系吧?”

“那当然……第一次遇见的理想型嘛……”

“那你就交给叔叔吧!”

“叔叔,你说什么? 你想怎么办啊?”

“你现在在哪里啊?”

“和朋友们一起在快餐厅,我现在是在卫生间给你打电话。”

“那些朋友中,有没有人去过你家啊?”

“没有。我从来没有把朋友们请到家里去过,也没有谈到过家里的情况。”

“是吗? 那就好。”

“什么?”

“叔叔现在就去你那里,那家快餐店叫什么?”

我不知道叔叔有什么打算,不过还是把这里的详细地址告诉了他。叔叔马上说:

“十五分钟以内到你那里,你和朋友们在那里不要走开,知道了吗?”

“好吧。”

“等一会儿挂了电话你就去和朋友们一起吃汉堡包。知道了吗?”

“嗯,我知道了……”

就这样,与叔叔通过电话后,我马上回到了我的座位。见我出去那么久,浩太最先和我开口。

“你这是去洗手间了? 怎么这么晚才回来啊? 薯条都凉了。”

“哈哈,抱,抱歉。最近有点便秘。”

“嗨,这家伙真恶心。长得这么帅,怎么什么话都乱说啊。”

与浩太逗了几句,我偷偷看了一眼景俊。景俊的视线一直不离那个女孩。当然,盯着那个女孩子的不只是景俊。除了浩太,其他朋友都在朝那个方向看去。跟我一起来的朋友,加上我一共有五个人。五个人当中,除了浩太以外,剩下的四个人似乎都对那个女孩子感兴趣。不,不只是我们,快餐店里所有男人的视线都集中到了这个女孩子身上。难道所有的人都觉得自己与这个女孩子是命中注定的缘分吗?

在我为此胡思乱想时,景俊稍作考虑后问我们:

“喂! 你们觉得我能吸引她的注意力吗?”

朋友们都毫不犹豫地答道：

“当然能了，你是谁啊～”

“是吧？只要我出马，她一定会被我吸引住吧？”

朋友们随便迎合几句，景俊已经飘飘然了。在我的朋友当中，我最讨厌景俊了。可是朋友们却只是称赞他，捧着他。

“要说景俊啊，不仅有钱，而且还有派头，长得又那么帅。别说你去吸引她的注意力，我们都怕她会像其他女孩子一样死缠着你不放呢。”

“是啊，我真羡慕你啊～”

“哈哈，是吧？你们在这里等着我，看好戏吧。”

得到朋友们的夸奖后，景俊更加充满自信心了。他离开自己的座位，不顾无数竞争者的眼神，径直走到那个女孩子的面前。那个女孩子用温柔的微笑迎接他，问道：

“这位客人，您需要什么呢？∧∧”

“在这里工作，一天可以赚多少钱啊？”

又来了，景俊这家伙惯用的手法！摆出有钱人的架势，用金钱来诱惑女孩子。真叫人厌恶！真正富有的人，才不会随随便便把自己的富有挂在嘴边呢！景俊的话令我十分气愤。那个女孩子开始有些惊慌，但马上反问道：

“您说什么？”

“我是在问你，像这么站一整天，你能赚到多少钱？”

“是啊……会有多少呢。您为什么要问这个呢？”

“我付给你今天的工资，你能和我约会一天吗？”

景俊用这种手段，已经勾引了无数女孩子。只见那个女孩子莞尔一笑，一定是被他的话吸引住了吧？可是，没想到女孩子马上回答道：

“如果您肯付给我一个月的工资，也许我会考虑一下。对不起，我不能满足您的要求。”

“一个月的工资？”

“是啊。看来您很富有，但是我不会对富有的人另眼相看的。请问您在我国属于第几大财阀呢？应该不是吧？大财阀家的公子，不会到我们这样的小快餐店吃汉堡包的。如果想炫耀您的富有，请您换一个地方，或者换一个对象。”

女孩子的话，令我十分痛快。女孩子义正词严地拒绝的样子，和妈妈的做派十分相像。听了她的话，景俊似乎怒气冲天，语气也开始粗暴起来。

“对不起，你今年几岁？”

女孩子对景俊毫不相关的问题有些不耐烦，但还是温和地回答道：

“十八岁。”

“这么说我们是同岁啊，那么可以不用那么恭敬了吧？”

对景俊轻浮的行为，我再也无法忍耐了。而这个女孩子仍然面带微笑地回答道：

“您是这里的客人，对客人怎么可以不恭敬对待呢？如果您不愿意，完全可以不说敬语。”

真可爱！世上怎么会有如此可爱的人呢？这个女孩子的确与其他女人不同。

景俊仍然不肯服输，还在继续用轻浮的腔调与这个女孩说话。

“我就是喜欢你的这种态度。虽然我不能给你一个月的工资，但一天的工资我还是可以付出的，和我一起骑摩托车出去兜风怎么样？”

“如果我要说不愿意呢？”

“这附近的高中生中，像我这样有钱的人并不多。你那么喜欢有钱的男人，放过我这样的富翁帅哥不觉得可惜吗？你所说的那种财阀，在我国可是几万人中也不一定会有一个人啊。”

“无论几万中有一个还是几亿中有一个，毕竟您不是啊。您这样会妨碍我们营业的，如果是私事，还是请您回去吧。”

“一次两次我可以当作是你在撒娇，不过这样的态度持续下去，我们的谈话可就没有意思了。”

景俊看起来有些伤了自尊，脸色变得十分难看。周围的其他男人们也有些看不起景俊，都用鄙视的眼光看着他。不过景俊在高中生中是出了名的恶棍，所以没有人敢轻易出面制止。

正在这时，快餐店里的人、还有外面所有人的视线都转到了一处，从宽敞明亮的大玻璃，看到一辆非常气派的大奔驰车戛然停到了门前。从车上走下来的人，正是姜月叔叔！绝对看不出实际年龄的外貌，极富魅力的翩翩风度。无论是男人还是女人，所有的视线都集中在了姜月叔叔的身上。景俊和那个女孩看见姜月叔叔，也都愣在了那里。快餐店里的所有人都开始小声议论起来。

“哇～好像是个大财阀啊。”

“好像年龄也不大，帅呆了～”

“世界上真的有这样的人啊！又有钱又帅气，太酷了！”

“难道这样的人也会到这样的店铺来吃饭？”

“哎呀，怎么会啊！那种人足可以得到全世界了，还会到这里来吃汉堡包吗！”

“就是，就是啊。”

可是出乎大家的意料，姜月叔叔真的信步走进了快餐店。大家不免咽下了口水。我的朋友们也完全不知情，对着我悄声说道：

“哇～完全是超大财阀啊！”

“就是啊，如果我能够认识这样的人，终生都没有什么遗憾了！”

“哈哈，孔明先生，不要那么泄气，还是快点吃汉堡包吧。你看景俊那家伙傻了眼的表情，还想勾引女孩呢！你猜现在他会是什么心情呢？”

伴随朋友们的笑声，大家正咽口水的时候，姜月叔叔站到了我们的饭桌前。我的朋友们每个人都瞠目结舌。姜月叔叔略带微笑地看着我，当然，这时人们的视线都集中到了我这里。景俊也惶恐地看着这边，最重要的是，女孩子的视线也转到了我这里。在这种情况下我意识到，能认识叔叔绝对是一件自豪的事。当我刚要开口打招呼，姜月叔叔抢先对我说了话。

“少爷，我来接您了。”

什，什么？少爷？叔叔你疯了吗？这一句话差一点脱口而出。这时，人们羡慕的视线都转到了我的身上。最吃惊的还是我的朋友们。我从小就没有对姜月叔叔用过敬语，所以在慌乱之中，从我的口中滑落出来的都是一些习惯已久的、很随便的话语。

“啊,嗯。谢谢你。”

听到我的这句回答,我的朋友们用不可理解的眼神交替着注视我和姜月叔叔。对他们的视线,姜月叔叔完全视而不见,依然说出那些令我惶恐的话。

“少爷说的就是那位小姐吗?”

姜月叔叔指的……正是景俊面前的那位小姐。

“啊,嗯。就是她。”

“请您稍等片刻。”

说罢,姜月叔叔在众目睽睽之下,很自然地直接走到那个女孩的面前。女孩子脸上泛起了红晕,愣愣地看着叔叔。景俊虽然非常不高兴,但也只能做出颓废的表情站在原地。姜月叔叔马上向那个小姐开了口。

“您好,我家少爷在那边就餐,想和您交个朋友。他完全没有恶意,只是少爷不善言谈,所以由我来替他传话。初次见面,如此冒昧有欠礼数,但我代他郑重问您,可否与我家少爷做朋友呢?”

女孩子的表情非常惶恐。

“啊,那……这个……”

“不用太为难,小姐。我家少爷只是想与您做普通朋友而已,别无他意。”

“啊,这……那个……”

“从我家少爷刚出生起,我就一直照顾他,所以我非常了解他。看他的打扮就能知道,我家少爷在外面从不显露自己是财阀家的公子。他的为人就是这么朴素、纯真、可靠,这一点我可以发誓,希望您能够相信。”

女孩子红着脸向我看了过来。此时此刻,我手足无措,露出了很不自然的微笑,而且浑身发抖,手里捏着一把汗。稍过片刻,女孩子很不自然地向我点了点头。这一瞬间,我浑身的热血沸腾,心情有说不出的愉快。我的朋友们用吃惊的眼神看着我,景俊更是垂头丧气,但是怒视我的眼神里充满了愤恨。

稍过一会儿,姜月叔叔不知和那个女孩说了什么,女孩离开了柜台。没过多久,从里面走出一位穿着西装的男人,姜月叔叔与他说了几句话,这时女孩也换上了便服出来了。姜月叔叔对我眨了一下眼睛。咳,姜月叔叔一定是一个诱骗女孩的高手!

我饱受着朋友们羡慕眼光,和女孩坐到了姜月叔叔的奔驰车上。姜月叔叔就像我的司机一样,细致周到地照顾我的一切。或许我这一辈子再也不会有如此痛快的心情了～

"少爷,您想到哪里呢?"

"随,随便去哪里。"

"那我帮您找一个好去处吧。"

"嗯,好吧。"

女孩的笑容里含着些许不自然,眼睛一直望着窗外。这样继续下去,女孩子会不会被姜月叔叔的魅力深深地吸引住呢?可我无论如何也不想放弃姜月叔叔为我创造的这个绝好机会。如果这是我的命运,我不想用自己的脚把送上门来的命运踢出去。想到这里,我小心翼翼地向女孩开了口。

"那个……刚才看到我的朋友无理取闹,我代他向你道歉。你们说话时我听到,我们都是同龄人吧,说话可以随便一点吧?"

和与景俊说话时的口气截然相反,女孩带着微笑温柔地回答了我:

"好啊。"

"我叫诸葛孔明,很特殊吧?你呢?"

"在喜,申在喜。"

"在喜……好漂亮的名字啊。∧_∧"

"孔明,这个名字更好听啊～"

"谢谢你,哈哈。"

虽然很不自然,但我还是尽了自己最大的努力。就这样,托姜月叔叔的福,我轻而易举地得到了自己的命运。在姜月叔叔的周密安排下,我们享受了一次甜蜜的约会。开始两个人都有些不自然,但是后来在喜也很自然地与我说说笑笑,轻松愉快地度过了这一天。

互留联系方式,约好下次见面的时间,我把她送到了家门口,便回家了。不知道该怎么回报姜月叔叔的这份恩情,我正犹豫该如何表达我的谢意，姜月叔叔看透了我的心思，打开了话匣。

“今天开心吗？小子～”

“谢谢你，叔叔！真是知我者唯有叔叔也。”

“好小子，明白就好！”

“可是……用那种手段欺骗她……会不会有点过分了？”

“命运是需要创造的。”

“就算那样，欺骗也……”

“以后，当两个人真正相爱时、当明儿能够堂堂正正地面对在喜时，你再亲口把实情说出来。如果你向她坦白地说出你的内心，而她却无法接纳你，那么这就不是命中注定的缘分了。事在人为啊！开始的这一段时间，我一定会为你做好后台，从各方面全力帮助你的！”

“是那样吗？知道了，真的谢谢你，叔叔。”

“真是个可爱的家伙啊～”

姜月叔叔对我倾注着如此特殊的感情，对我如此关怀，即使是有血缘关系的亲戚也不一定做得到啊！姜月叔叔与我的爸爸妈妈是什么关系呢？为什么对我这么好呢？我突然觉得这些都有些蹊跷，对这一切充满了疑惑。为了解开这个疑团，我还是决定问问姜月叔叔。

“叔叔，我有一个疑问，叔叔从小就和我的父母是最要好的朋友吗？比如三个人总是形影不离什么的，是那种关系吗？”

“怎么突然问起这些了？”

“因为你待我就像自己的亲生儿子一样，所以我怎么也想不通，叔叔过去与我的父母有什么特殊的关系啊？”

“就是从小看着你长大，所以特别喜欢你啊。”

“叔叔不是结婚了吗？难道就没有孩子吗？”

“啊啊？哦，还没有。”

“为什么？”

“没有什么原因，就是还没有啊。”

叔叔的这种应付的态度有些可疑，但是他的表情中还带有一丝难堪。我不想让他心里难过，所以没有再问下去。我想，叔叔或者婶婶之中，一定有一位患有不孕症。所以他们没有孩子，就把我当作自己的孩子对待。

叔叔把我送到家门口，说有急事需要处理，就急匆匆地离开了。开始我还有些担心，是不是我说错什么话，惹叔叔不高兴了。但是转念一想，就算我说错了话，叔叔不是把话闷在心里一个人发愁的人，结果我还是心情愉快地进了家门。

高高兴兴地迎接我的，还是我最爱的妈妈～

"我儿子回来了？"

"我回来了～"

"好啊，吃过饭了吗？"

"嗯，吃过了。妈妈，爸爸和舅舅呢？"

"都还没回来呢。你快去洗洗手，换一身衣服吧。"

"知道了。对了，妈妈～"

"嗯？"

我忍不住对姜月叔叔的疑惑，便决定直接问妈妈。

"我想问一问关于姜月叔叔的事。"

"这小子～啊，呵呵，姜月怎么了？"

"结婚很长时间了，他怎么没有孩子啊？"

"你说什么？"

从妈妈的表情看出，她认为我的问题荒唐至极。看到妈妈的这种表情，我便越发对这个问题产生了浓厚的兴趣。

"姜月叔叔结婚已经很长时间了，为什么还没有孩子啊？"

"明儿，你是不是听错什么了？"

"怎么了？"

"谁说姜月结婚了？"

"姜月叔叔自己说的啊。"

"什么？是真的吗？"

妈妈的口气告诉我，这个"事实"中有很大的误差，而我也越发好奇，更想弄清事实，了解真相。

"那就是说，姜月叔叔还没有结婚吗，妈妈？"

“那家伙结什么婚啊？每天喊着要从政，天天钻进法律事务所学习，一直忙个不停呢。”

“从政?”

“不知你能不能理解，在老资格的国会议员中，有一个叫姜泰万的人，你有没有听说过?”

“嗯，我知道。不就是那个作恶多端、以狠著称的国会议员吗？但是因为从政的时间长，经验多，在有些方面还很有建树啊。可是，这个和姜月叔叔有什么关系啊?”

“姜泰万的儿子就是姜月。”

“什么?”

太不可思议了！我简直无法相信，姜月叔叔竟然是国会议员的儿子！原以为他就是一个年轻的老板，没想到竟然是那么了不起的人家的孩子啊！那么叔叔为什么要说谎呢？为什么要骗我说已经结婚了呢?

“不知道那家伙为什么要骗人说结婚了。大概是因为这么大岁数的老小伙子，到现在都没有结婚，觉得没面子了吧。”

“哦，妈妈，那么姜月叔叔说妈妈和他曾经是同一所学校的同学，是吗?”

“就算是吧，只是时间很短。”

“时间怎么会短呢?”

“我的儿子今天怎么有那么多问题呢?”

“就是好奇嘛。姜月叔叔对我太好了，我想知道他为什么待我这么好。”

“因为他傻啊，而且又是无业游民，没事做吧。或者他可能很喜欢你啊～”

“就算和爸爸妈妈是好朋友，我只是朋友的孩子啊，没有理由待我这么好吧。”

“那家伙即使对你好，又能好到哪里去呢。”

“妈妈，我最近经常和叔叔在外面见面呢。”

“是吗??”

真是奇怪，看妈妈的态度，叔叔没有理由对我这么好啊。妈妈对姜月叔叔帮助我们没有表示丝毫的谢意，就像理所应当一样。妈妈对他只是随随便便，没有特别热情，而他却总是那么满腔热情地对待我们，大人的心思真是难以理解啊！我忽然想起了姜月叔叔说过的话。

“我的老婆不能出门。”

“嗯？为什么？”

“因为我把门反锁上了啊，就算是把她关起来了吧。”

“什么？姜月叔叔你坏！那么婶婶一个人关在家里多无聊啊？”

“没关系。就算被关起来，她还是很幸福的。”

“一点道理都没有！叔叔，你是不是病了？”

“我把她永远关在里面，而她在里面幸福地生活着。叔叔也是为了保护她的这种幸福人生，才不把她带到外面，深深地藏在里面的啊。”

“嗯？我听不懂叔叔的话。”

“等孔明长大了，遇到你爱的人，但是只能对她单相思，就会知道叔叔说的是什么意思了。”

如果这些都是事实……叔叔反锁起来的家会不会不是人住的家，而是他的内心？？是说他把那个人隐藏在内心深处吗？？在那里过着另一种幸福的生活？为了保护她的幸福人生而不把她拿出来？如果叔叔是在单相思，这一切就都讲得通了！如果是那样……

就在这一瞬间，我的心突然隐隐作痛。再看一眼妈妈的脸，我立刻跑进了我的房间。

“明儿？孔明啊！”

从外面传来了妈妈叫我的声音，但我装作睡觉，蒙上被子没做答复。

过了一会儿听到爸爸回来的声音，但我还是没有走出房间去迎接爸爸。因为我猜到了姜月叔叔的秘密……姜月叔叔深爱着妈妈，已经达到了迷恋的程度。我猜到了姜月叔叔爱我妈妈的那颗心……

外面传来了爸爸和妈妈说话的声音。

“明儿呢？”

“不知道啊。大概是睡了吧，今天孩子有点反常。”

“怎么了？是哪里不舒服吗？”

“不像是生病了……也许是太累了吧。”

“是啊，信，你没有哪里不舒服吧？”

“我没有。”

“信友这家伙，今天还要工作到很晚啊。”

“打个电话问问吧。”

“嗯，知道了。班野，你也去洗洗，好好睡一觉吧。”

“好吧。”

我的爸爸妈妈总是静悄悄的、相亲相爱着，从来都没有提高嗓门大声地说过话。两个人的感情是那么根深蒂固，结婚已经二十多年了，但至今还像新婚夫妇一样。在如此相亲相爱的爸爸妈妈中间，单相思的姜月叔叔该有多么痛心，多么可怜啊？！

第二天，在上学路上，我感觉到内心深处仍然有一种难言的疼痛。就在我边走边整理无边的思绪的时候，看见一辆漂亮的进口车从对面的方向开过来，到我的身边停了下来。车主是像姜月叔叔那样富有的人吗？我犹豫了一下，刚要继续往前走，车窗玻璃摇下来，一位外表出众的叔叔探出头向我问路。

“那边的小朋友。”

“啊？是在叫我吗？”

“是。对不起啊，我想问路。”

“好，您问吧。”

那位长相和蔼的叔叔从车上走下来，递过一张纸条给我。一看纸条，上面的地址，不正是我们家的住址吗？

“啊？这家是……”

“怎么了？你认识这家吗？”

“是我家啊。”

听我说这话，这位叔叔用非常吃惊的表情注视了我好一会儿，摇了摇头，又重新打起精神问我。

“你叫什么名字？”

“我啊？叫孔明啊。”

“你姓……诸葛吧？”

“您，怎么知道的……是我爸爸的朋友吗？”

“哦，嗯。大人都在家吗？”

“在，爸爸妈妈都在家。今天正好是爸爸的休息日。我给您带路吧？”

“上学不会迟到吗？”

“没关系，我今天出来得早。”

“是吗？真谢谢你。那就上车吧。”

我坐上了这位风度翩翩的叔叔的车。姜月叔叔的奔驰轿车是很阔气，但这位叔叔的宝马轿车也绝非一般啊。

没用几分钟，我就和这位叔叔回到了家。我喊着妈妈跑进了房间，这位叔叔很小心翼翼地看了看我家的周围，便也跟了进来。

“妈妈！妈妈～”

妈妈和爸爸同时向我看过来。

“明儿，怎么又回来了？”

“是不是忘了什么东西了？”

“爸爸妈妈～家里来了一位客人。”

“是谁啊？”

妈妈和爸爸听了我的话，跑到了门厅。然后看到这位叔叔，瞬时间脸色就变得煞白。这是怎么了？和我一起进来的美男子叔叔看见妈妈和爸爸，马上露出了苦涩的微笑。

“我来得太晚了，对不起。”

叔叔说着就跪了下来。爸爸妈妈愣愣地看着这个叔叔，没有做出任何反应。房间里的气氛一片寂静，连每个人呼吸声都能听见，还略带一丝紧张感。首先打破这片沉默开口的是妈妈。

“好久不见了，车路熙。”

“是不是我来的太晚了？过去这么多年，为了向你们忏悔，我攻读了医学，到印度做了志愿者，解救了很多人。我不是在为我评功摆好，我是为了忏悔过去，恳求得到你们的宽恕。对不起，信义！还有更对不起你，班野君。”

开始，爸爸妈妈好像还略有顾虑，但很快便转变了态度。

“那都已经是很久以前的事了，只是埋在历史中的小记忆而已。不管怎么样，这么久才见面，我们很高兴，快进去吧。”

直到这个时候，我还在莫名其妙地，若有所思地看着父母和那位叔叔。

妈妈拿出饮料和水果忙着招待客人，可爸爸仍然默不作声。还是妈妈递过一杯饮料，打破了尴尬的局面。

“你父亲现在还好吗？当时因为那件事，一定受到很大打击吧。”

“作为儿子，我彻底损毁了爸爸的名誉。从那个事件以后，爸爸的威信就一落千丈，没过多久就被迫辞去了总理职务。虽说是爸爸自己提出引咎辞职，但从那以后我再也没脸见爸爸了，所以就选择了出国留学。就像刚才说过的那样，一直背负着负罪感，在印度一带进行了义务救助活动。我刚回国没有多久，只能借助爸爸的力量到处寻找你们。不久前爸爸已经过世……真想好好道歉啊。”

“真遗憾啊。他老人家年岁已经那么高了吗？呼，反正已经是过去的事了。其实我们也很想知道你现在的生活情况呢。”

“是这样啊。你们也有了孩子，看起来日子过得不错嘛。真是万幸啊！”

这时妈妈才意识到我还站在这里，便马上催我上学。

“哎呀，明儿，你还没去上学啊？快点上学去，否则要迟到了。”

“哦，是。”

我看着他们的眼色，很不情愿地走出了房间，踏上了上学路。

那个人到底是谁呢？哎，不去想那些了，还是快点上学吧。就这样，我加快了上学的步伐。这时姜月叔叔给我打来了电话。

“喂，哪位？”

“是明儿吗？”

“啊？是，是我。怎么了？”

“是在上学的路上吧？”

“嗯，是啊。”

不知为什么，突然觉得我和叔叔打电话不像以前那么自然了。大概是因为我已经猜透了叔叔心中的秘密吧。可是对此一无所知的叔叔，对我还是像以前那样亲切。

“妈妈在家吗?”

“嗯? 哦，在。”

“今天我有点事情要找你妈妈，所以打算一早就去你家。不过怕去得太早了，你家里没有人，所以先问问你。我现在已经在去你家的路上了。”

“哦，爸爸也在家呢。”

听到姜月叔叔要到我家来，我格外高兴。我张了嘴就不想停下来了，顺口把这句话也说了出来，不过姜月叔叔并没有太大的反应，只是随口说了一句：

“是吗? 又没上班啊。哈哈，这样怎么能养家糊口呢? 好吧，知道了。反正我过去再说。”

“那个……家里来了一位客人。”

“客人? 什么客人?”

“说不清楚，好像非常非常有钱。”

“嘿，比我还有钱吗?”

“好像差不多。无论是他开来的轿车还是穿着打扮，看起来都很富有。”

“是真的吗?”

“嗯。好像和妈妈是老朋友。说什么过了二十多年的岁月啊，想说对不起啊什么的……”

“什么?! 你有没有听到妈妈怎么称呼他的啊?”

“好像叫车什么，车路……车路……”

“车，车路熙?!”

“哦，对了，是叫车路熙! 咦? 可叔叔是怎么知道的啊?”

“知道了，叔叔马上就到。到了学校好好学习啊。”

说完，叔叔直接挂断了电话。我拿着已经挂断的电话愣了一会儿。到底是什么事呢? 那个人又是谁啊? 我很疑惑，对这个谜底十分好奇。但这毕竟是大人们之间的事，不会有我参与的份，所以我还是放弃了好奇心。我突然看了看手表，加快了脚步。

到了学校才发现，我是大富豪的消息已经风靡全校，同学们用各种各样的眼光看着我。其中夹杂着羡慕，嫉妒，还有不满。不管怎么样，我的心情还是比平时爽快很多，似乎一夜间成了世界的明星。在全班同学的注目下，我坐到了我的位子。这时浩太跑过了，开始冷嘲热讽地寻开心了。

“喂，财阀!! 哎，少爷!! 今天怎么没坐奔驰车来啊？哇，真是让人开眼界啊～”

浩太说出这句话，班级里的所有同学都开始交头接耳地议论开了。这到底可不可以算是一个好的结局呢？本想以此作为诱饵，结交一个漂亮的女朋友，而现在的我似乎深陷一个无法跳出的污水坑一样。景俊看起来心情也很不好，撅着嘴向我搭话道：

“你家那么有钱，怎么这么久以来我们一点都没有看出来呢？”

“啊，有什么钱啊，其实也没什么。”

第一个谎言说出口，酿造了无数的谎言，而我只能一次又一次地说着违背良心的话，无法挽回。景俊仍然用怀疑的态度看了看我，用试探的口吻问道：

“我无论如何也想不通，如此一位大财阀，把所有人都蒙在鼓里，你不觉得有点质疑吗？昨天应该不是在和我们开玩笑吧？是不是为了把那个女孩子骗到手，拿出一个月的打工钱雇人上演的小品啊？”

“什么？我有那么无聊吗？怎么可能做出那种蠢事呢。”

“那你就再让你家的司机开着奔驰过来接你啊。反正是你家的司机，你说话他怎么可能不听话呢？”

“什么？？不，不过那个人是我爸爸的司机，不是我的司机，昨天只是特意来接我一趟而已。”

“哎呀～开什么玩笑啊，你爸爸的司机就是你的司机啊。不想被人称作骗子，你就再让他来一趟吧。”

景俊的脾气真是固执啊！大概是我昨天的阵势太让他伤自尊心了，他用咄咄逼人的口气说道，如果放学以后我不能让奔驰车来接我，从此以后他们就把我当作骗子，好好整治我。

在这种情形下，我已经无法逃脱。我利用课间休息时间，偷偷跑到没有人的地方给叔叔打了电话。

“丁零零～丁零零～”

一声，两声……我开始不安起来，害怕叔叔不接听电话。我知道这并不是什么了不起的事，但是我的心跳却逐渐快了起来。还好，没过几秒钟，我就听到了叔叔的声音。真是谢天谢地，叔叔没有让我失望！

“喂？”

“叔叔，我是明儿。”

“嗯。怎么了？你现在不是在学校吗？”

“是休息时间，叔叔，出大事了！”

“出什么大事了？”

“同学们一定要我再把你叫来，否则就把我当作骗子！”

“哈哈哈。这帮小子真可爱。好啊，哪天我再去接你，让他们好好见识见识。”

“他们说如果今天放学后不来接我，从此以后就把我当作骗子对待。”

“怎么？一定要今天？”

“嗯。怎么了？今天不可以吗？”

“嗯。一定要今天，这可怎么办呢？叔叔今天有非常重要的会议，实在是走不开啊。”

“什么？”

我的心就像失控一样，开始猛烈地跳了起来。的确，我是为了得到那个女孩子而说了谎，可这件事如果被景俊揭穿，我说谎的事就要传遍全校，我以后在学校就会很难做人……这时，我听到电话那头还有除了姜月叔叔以外的人，而那个声音很快就从电话那一头清清楚楚地传来，代替了姜月叔叔的声音。

“喂？”

“你是哪位啊？”

“早晨问你家路的叔叔。”

“啊，早晨那位……姓什么来着？那个，那个……”

“叫路熙，车路熙，你觉得怎么叫方便就怎么叫吧。”

“可是……有事吗？”

“听姜月说你今天好像遇到一点困难，今天就让我做你的司机吧。”

“什么？那，是真的吗？”

“不过我的车子不是奔驰啊，宝马也可以吗？”

“不是，不是说不行……”

“就说家里有两辆车子嘛，说我是你妈妈的司机不可以吗？”

“真，真的可以吗？会不会太麻烦你了啊？其实也不用这样说谎，反正大家早晚都会知道的，随便让他们取笑好了，说来说去这也都是我的错啊。”

“那怎么行，就这样被人家当作骗子，你不觉得太冤枉了吗？还是我去吧。我应该几点钟到学校呢？”

“嗯，今天没有晚自习，下午六点钟来就可以了。”

“是吗？知道了。那我问问姜月怎么走，下午六点准时在你们学校门前等你。”

“那就先谢谢叔叔了。”

“好了，你就放心，好好学习吧～”

“那，好吧。”

得到意外的收获，我高兴地迈着轻快的步子回到了教室。景俊还是不依不饶纠缠着我，说道：

“喂，司机来不来啊？”

“啊？那个，那……”

“那个什么？没有给司机打电话吗？如果不让司机来，你马上就会变成骗子了，难道你不知道吗？如果那部车子真是你家的车子，让车子再来一趟应该是小事一桩吧。”

“司机叔叔能不能来我也不能保证啊。”

“难道你就想用这种话来混过去啊？做梦吧～”

景俊就这样，不依不饶地折磨我到放学。其他朋友们也跟着景俊起哄，怀疑我欺骗了他们。

虽说路熙叔叔答应来接我，可是我从心里还是有些担心，如果路熙叔叔不来，我该怎么办？直到下课，我的心一直在七上八下，无法投入学习。随着下课铃响，同学们的欢呼声也一齐响了起来。不分年级，全校学生的目光都集中到门前的宝马轿车上。听到同学们的唏嘘声，景俊把窗户打开，看见了停在门口的宝马轿车。他马上转过来问我：

“喂，孔明！那个车可不是你家的吧？你的车不是奔驰吗？”

“啊？啊。”

叔叔果然来了！我高兴得想跳起来呼喊，但表面上还要装着毫不在乎的样子。对老师行礼告别后，我和景俊、还有我的那些朋友们一起跑出校门。与姜月叔叔一样，路熙叔叔也对我郑重地行礼，说道：

“少爷，今天的学习愉快吗？”

“啊，你好。”

“是夫人吩咐我来接少爷回家的。”

“啊，是吗？”

“老爷的司机因为和老爷一起去开会，来不了了，所以我来接您了。”

“啊，那谢谢你。”

朋友们都做出惊异的表情，有的同学合不拢嘴，只是一味地拍着我的肩膀表示羡慕。

“哎呀～你太幸福了～”

“哇，真了不起啊～又是奔驰又是宝马，真羡慕你啊！”

在同学们羡慕的唏嘘声中，我坐上了宝马车。景俊表现出愤愤不平的样子，但也不得不相信眼前的这一“事实”，无可奈何地说一声：

“你真有福气啊。”

“那我先走了～”

坐上车子向同学们挥一挥手，路熙叔叔就稳稳地启动了车子。感激之余，我马上向路熙叔叔表示了谢意。

“那个……太感谢您了。其实……您不一定要帮我这个忙……”

“不用客气。想起我对你妈妈犯下的错误，一辈子为你做这些我都感到欣慰啊。”

“你认识姜月叔叔吗?”

“啊,我们都是很早以前的老相识了。”

“都是高中时的朋友吗?”

“除了你爸爸,我们三个都在同一所学校读书来着。”

“原来如此啊,叔叔也喜欢过我妈妈吗?”

“什么?”

看他慌慌张张的样子,我对自己的猜测有了自信。这么说来,爸爸和姜月叔叔、路熙叔叔,这三个男人都喜欢妈妈,与我妈妈是四角关系?我再也不想问与我妈妈的关系了,便马上换了一个话题。

“叔叔您结婚了吗?”

“不,还没有。”

“为什么?看起来您很有钱,而且人长得还这么帅。”

“姜月也还没结婚吧?”

“好像是。”

“我们可以看成是同一个理由。”

“我妈妈非常爱我爸爸。”

“我知道。我并不是想等机会做什么,而是经历过太多心痛的往事,心中已经无法再轻易接受其他人了。或许你也已经看出来了,在过去的岁月里,无论是姜月还是我,都非常喜欢你妈妈来着。”

“是啊。在我看来妈妈也是美丽动人的呢。”

“当然,刚开始是被她美丽的容貌迷住的,但后来相处的时间久了,觉得信义是一个极富有魅力的女人。”

“现在叔叔们的年龄也不小了,不应该再错过机会了。趁还没有太晚,你们也应该寻找自己的另一半了啊。朋友归朋友,结婚归结婚嘛。”

“扑哧~谢谢你的担心。”

我被路熙叔叔美丽的笑容惊呆了,男人笑起来还可以如此美丽吗?我生来第一次见到男人拥有如此美丽的笑容,叔叔的这一笑给我留下了深刻的印象。

正当我为叔叔的笑容所迷惑，愣愣地望着叔叔的时候，我口袋里的手机欢快地唱起歌来。

“我可以接一下电话吗?”

“可以。快接吧，别断了。”

“好。”

“喂?”

“这……这是孔明的手机吗?”

“是啊，你是谁啊?”

“啊，我是在喜……”

“啊，在喜？啊！你好啊?”

我还是第一次接到女孩子打来的电话，也许正是这个原因，我突然觉得自己无法发出声音来了；由于过度的紧张，心跳也已经无法控制了，我害怕对方会听到我心跳的声音，所以拼命地控制自己的情绪。路熙叔叔看到我的这副样子，偷偷地笑了。难道我现在的样子很可笑吗？听说大人们只是听孩子们说话的口气，看一看孩子们的表情就会知道孩子们心里想什么事，难道路熙叔叔已经看出我现在的心思了吗?

“你放学了吗?”

“啊，嗯。在喜你呢?”

“我也刚放学，因为今天没有晚自习呀。”

“我也是。”

“你现在在哪里啊?”

“我在回家的路上。”

“我们能不能见一面呢？不会花很长时间的，我有一件事想麻烦你……”

“是吗？我要去哪里找你呢?”

“到三星洞展览馆广场前可以吗?”

“是现在吗?”

“恩。怎么了？你有什么事吗?”

“那，你稍等一会儿。”

我用手轻轻地捂住了话筒，抬头问路熙叔叔：

“叔叔，麻烦你，能不能给我送到三星洞展览馆广场前啊？”

“这有什么啊。我送你到那里好了，看起来你好像有约会嘛。”

“啊？是。哈哈。”

我放开捂住话筒的手，对在喜说道：

“在喜，我现在就过去。”

“好。谢谢你～我等着你，快点来哦～”

“啊，好。”

我现在是要去约会吗？在喜是在邀请我和她约会吗？我激动地笑着，窗外每天都会看到的城市景象，今天觉得格外地美丽，格外地清爽。

没过多久，宝马车就停到了展览馆广场前。我一眼就看到了穿着合身的校服，站在广场等我的在喜。我刚要下车，路熙叔叔就拉住我手，半开玩笑地微笑着问道：

“站在那里的漂亮女孩就是你的女朋友吗？”

“啊？是……不，现在还不是……”

“哈哈，在那个女孩面前，叔叔是不是应该让明儿更有面子呢？”

“不，不用。没关系，把我送到这里，我已经感激不尽了。”

“不，既然帮忙，那就要帮到底嘛。”

说着，路熙叔叔马上走下车子，为我打开后门，让我下车。

“请下车吧，少爷～(对我做鬼脸)”

路熙叔叔对着我眨了眨眼，做出一副鬼脸，活像个淘气鬼。看见这种情景，在喜吃惊地走到我面前。

“孔明～”

“啊？在喜，你好啊。”

“车，车子……”

“啊～这，这是我妈妈的车。”

“那个奔驰车是你爸爸的吗？”

“啊，嗯，算是吧。哈哈哈(不应该这样啊)。”

听说，说谎只要有一次，就会无法停止而说出一连串的谎话。难道我真的要对这个纯真可爱的女孩子说一辈子的谎吗？

路熙叔叔满脸笑容地对我们说：

“少爷，您就尽情开心地约会吧。约会结束时给我打一个电话，我会马上来接您的。”

“哎呀，不用那么麻烦……”

“那怎么可以呢！夫人吩咐过，今天我一定要照顾好少爷啊。”

“是吗？那就谢谢你了。”

就这样，路熙叔叔满面微笑地开着宝马车离开了。在喜看到这一切，似乎特别开心，满脸的笑容一直都没有停顿过。

“谢谢你过来。”

“不，这没什么。”

“其实是……我到学校和朋友们炫耀过，可是他们都不相信，所以我想让你过来，让她们亲眼看到我说的不是谎话。”

“什么？”

“我刚才一直躲在墙后看着你过来。我好怕你会坐地铁或公交车过来，不过幸好你是坐你家的车子过来的。”

“什么？原来是这样啊。”

“我可不可以让朋友们过来呢？”

“嗯。”

看到我点头，在喜欢快地跑开，很快就带来了三个朋友。我又不是动物园里的猴子，难道在喜也和其他女孩子一样吗？会不会比其他女孩子更加过分？难道真的是因为不满足景俊家的财富，要求更高、更贪心才拒绝他的吗？瞬时间，我的思维乱成一团。在喜的这一行动令我十分失望。难道这就是咎由自取吗？是因为我用谎言欺骗了在喜，所以老天让在喜也和其他女孩子一样贪心吗？这一事实令我十分痛心。

朋友们上下打量了我好久，问道：

“你是第一高中的？”

“嗯，是。”

“第一高中不是景俊的学校吗？”

在喜的朋友中，似乎有一个女孩子认识景俊。

“啊，他是我的朋友。”

“是吗？我以前还和他交往过呢。”

“是吗？那家伙和女孩子交往很有手段，换过很多女朋友，所以我对他的女朋友的情况完全不清楚。”

“是吗？你和我们在喜相处有多久了？”

“什么？”

在喜有些难堪地看着我，慢慢地低下了头。

“好像还不到一星期吧？”

“哪，哪里有……”

“你一定要对在喜好一点啊。如果你也像景俊那样，我决不饶你。你要知道，钱并不是一切！”

“没问题。”

听到在喜的朋友中一个看似最厉害的女孩子向我提出忠告，我的心里很不痛快。今天到这里来见在喜，也许是我最大的失误。在喜和朋友们错以为我是大财阀家的儿子，会不会想利用我做点什么呢？

“听说你家是了不起的大财阀啊。”

“不是，不是那样的……”

“听说你上次是坐着奔驰车啊？刚才又是宝马车嘛。”

“那也就是……”

“既然你这么有钱，那就请我们吃点什么好的吧。就算是与在喜交往的纪念，请在喜的朋友吃一顿饭也没什么不好的吧～”

她们的这种口气，让在喜十分难堪。在喜急忙说道：

“你们这是干什么啊？我和孔明还没……”

“还没开始交往啊？那从今天开始交往就可以了啊。喂～你也不用推辞了，我们知道一个好地方，就去那里吃吧。”

我从来没有见过这种场面，呆呆地望着她们，糊里糊涂地被她们拉到一家餐厅前。

这是一家我从来都没有进过的高级餐厅，她们不容分说地围坐在一个餐桌上，菜单都没有看一眼便开始点菜了。

“我要一份这家最贵的套餐吧。”

“我也是～”

“我也是～”

在喜的表情十分僵硬，看得出在喜非常难堪。

“喂～你们都疯了吗？你们这是要干什么啊？”

“哎呀～怎么了？你的男朋友不是大财阀吗？”

“不是那样的！”

“不是也没关系，今天开始让他做你的男朋友不就可以了吗？”

“你们也真是的！”

在喜在一旁焦急地劝阻着朋友们，我也已经心急如焚。吃这么贵的饭菜，我实在没有那么多钱啊！这几个人自作主张地帮我和在喜也点了同样的套餐，高高兴兴、嘻嘻哈哈地大肆畅谈着。如果这里没有在喜，我会毫无顾忌地起身离开，不过丢下欲哭无泪的在喜逃跑，作为一个男人，实在太卑鄙了。无论如何我也要想出一个好办法……

“那个……对不起，我去一趟洗手间。”

说完，我就起身跑到了洗手间。在喜看着我的脸色，急忙跟着我来到了卫生间的门口，不好意思地对我说道：

“孔明，真是对不起，我并不是为了这样才把你叫出来的。我真的没有想到她们会……”

“有什么办法呢。”

“真的不好意思。怎么办啊？先把我身上的钱都给你吧。”

“不，不用了～你不用担心，先回去和朋友们玩吧。我要去一下洗手间，马上就回去。”

“真的没关系吗？”

“当然没关系了，快回去吧。”

“知道了。”

在喜表示出极大的歉意，不好意思地回到餐席。我急忙到卫生间里面，绞尽脑汁也想不出什么好办法，急得团团转。正在这时，我的手机铃声响了。显示出的电话是一个陌生的号码。

“喂？哪位?”

“是少爷吗?”

“啊??”

“哈哈;是我,明儿,是你路熙叔叔。”

“啊～是我,您还好吗?”

“我刚才看见你们进高级餐厅了。”

“啊,您还没回去吗?”

“本想看看你是怎么约会的,所以离开广场后我就躲到一边看着你们。没想到却看见你被别人拖走了。”

“就是啊,现在该怎么办呢!”

“叔叔年轻的时候也经常遭遇那种事,只因为是财阀家的孩子,一些心术不正的女孩子动辄就会逼我请客。我刚才还怀疑会不会是那样,果然不出我所料啊。那个叫在喜的女孩子,我看你以后还是少见为好。可我还是要为我们明儿好好装门面啊,今天你就大大方方地招待她们,以后不再见她们就是了。”

“我也感觉到这些人不是我招架得了的女孩子,正想就此结束呢。”

“好吧。现在你溜出来,叔叔给你银行卡。”

“这样可以吗？这样太对不起您了……”

“没关系,我在门外等你,你马上出来吧。”

“那好,太感谢您了。”

我挂断电话,背着女孩子们偷偷地溜出来见了路熙叔叔。路熙叔叔一句话也没说,笑着掏出银行卡递给我,摆摆手示意让我快回餐厅去。我向他鞠躬致谢后,悄悄地返回餐厅,在自己的座位坐了下来。

餐桌上已经摆满了各式各样的菜肴。女孩子们看着从没见过的佳肴,觉得非常新奇,高兴地吃了起来。在喜觉得过意不去,看着我的眼色勉强吃了一点点。既然已经对她们有所了解,我也不想再见到她们,所以我草草吃完,准备起身告辞。

“对不起,今天我还有点事必须早点回家。我去买单,你们慢慢吃,多玩一会儿吧。抱歉了。”

“那，那个……”

在喜似乎有话要对我说，可是我已经不想再理她了，所以用路熙叔叔的银行卡结完账，匆匆离开了餐厅。走出餐厅，我便看到了正在等着我的路熙叔叔。我直接坐上叔叔的车，走上回家的路。

“叔叔，谢谢你的卡。我想以后再也不会有这种事了。”

“是吗？看你的表情，好像很伤心啊。先回家吧，我送你回去。”

“真的太谢谢您了。”

原以为我见到了自己命里注定的人……可是这叫什么命里注定啊！我还傻傻地以为她是拒绝了很多人的求爱而特意等着我的，老天为我安排的初恋情人，独自空欢喜了一场，然而我的罗曼史就这样来去匆匆，草草地拉下了帷幕。

回到家，我真心诚意地邀请路熙叔叔到家里坐坐，可是叔叔委婉地拒绝了我的邀请，开着车回去了。不知发生了什么事，家里空无一人。这种环境对我最好不过了……我不想被妈妈看见现在的复杂心情。我简单地洗漱之后换上便装，舒舒服服地躺在床上，便想起了姜月叔叔。他早上说过今天有重要会议，现在打电话会妨碍他吧？想到这里，我轻轻地把手机放在了床上。我终于松弛下来，很快就感觉到睡意袭来。刚要入睡，手机的震动惊醒了我。本以为是爸爸妈妈打来的电话，可是拿起电话，发现是一条短消息。

孔明，我是在喜。今天让你惊慌了吧？对不起，我根本没想过会变成那样。生我的气了吧？

我按下短消息的回复键，但是马上又扣上了手机盖。反正我们的关系是从说谎开始的，不要再让这个骗局愈演愈烈吧。

不知睡了多久，我被开门的声音吵醒，便起身到了门厅。

“咦？信友舅舅？”

“明儿这么早就回来了啊。”

“这些日子怎么总是见不到舅舅啊？你在忙什么啊？”

“我还能做什么？小子～我也不能一辈子都拖累你妈妈过日子啊。虽说是我的亲姐姐，但是我也该早一点赚钱独立吧。”

“哈哈～舅舅也懂事了？”

“你这家伙，怎么可以这么对舅舅说话啊，胆大包天！”

“哦，对了。信友舅舅，你认识一个叫路熙的人吗？”

“路熙？嗯……”

“舅舅不认识吗？他说是妈妈高中时代的朋友啊。”

“是啊，好像第一次听说……唉，等等，是不是车路熙？”

“嗯？你也认识啊。”

“那个人不是前国务总理的儿子吗？”

“怎么？那个人也是国会议员的儿子？”

“不是国会议员，是国务总理的儿子。”

“我妈妈过去到底是做什么的人啊，怎么认识的朋友都是了不起的人啊？”

“你妈妈原来就有点特殊嘛～哎，太困了，我要早点休息了。你爸爸妈妈回来也不要叫醒我啊。”

“知道了。放心睡吧，舅舅。”

“好了。”

信友舅舅也许真的很累，简单和我说了两句就忙着洗漱，很快就回到自己的房间睡觉了。舅舅现在真的成了老小伙子，再逗他我真的怕伤了他的自尊心啊。

不知爸爸妈妈今天有什么事，时间很晚了还没有回来。我一个人躺在床上等着他们回家，不知不觉就进入了梦乡。这时，手机铃声明快地响起来，惊醒了我。我没来得及看显示的号码就接听了电话。

“喂？哪位？”

“孔明～”

“谁啊？”

“是我，在喜。”

“啊！嗯。怎么了？”

“我想正式向你道歉，今天的事……”

“不用了，我不想再说这件事了。”

“但是我不能不说清楚啊。”

“为什么？反正你也是有意把朋友们找来的。”

“不是！绝对不是那样的。也许你不相信，可是我绝对没有……”

“是不是都没关系，反正我们也不是真的交往。说句心里话，我当初也是因为感觉你是一个好人，喜欢上了你才想和你交往的，可是我现在已经没有那种想法了，对不起。”

“……是吗？”

“你可以设身处地考虑一下，如果你是我，还会不会继续与这个朋友交往呢？”

“我……我只是……”

“我不想再与你联系了。对不起，我挂电话了。”

“……”

啪！

我就这么冷冷地挂断了电话。最先说谎的人是我，而我却用这种态度来对待人家，我也不知道自己这么做是不是很过分。我的心里十分难过，思来想去，我还是决定给姜月叔叔打个电话。

“丁零零～丁零零～”

不知为什么，姜月叔叔好久都没有接电话。就在我要挂断的时候，我听到了姜月叔叔那熟悉的声音。

“喂喂？”

“姜月叔叔～”

“哦，是明儿啊～哈哈，今天路熙去接过你了吧？”

“是啊，多亏了你们。”

“是啊，幸亏路熙去接你，叔叔刚刚才开完会回来。你爸爸妈妈做什么呢？”

“他们不在家。”

“是吗？去哪儿了？”

“我也不知道。唉～”

“这么小的年纪,叹什么气啊?”

“叔叔,其实……”

我犹豫了一下,把事情一五一十地说了出来,叔叔也津津有味地听了全部经过。听完以后略有所思地停顿了一会儿,对我说道:

“在喜或许也是真的觉得对不起你,真心想向你道歉,你就这样挂断了她的电话,似乎有一点过分。不过你和在喜接触不多,又不是在和她交往,所以也不能完全相信她的话。这次就算积累了很好的经验吧。从今以后,你还是专心学习,等待你命中注定的人出现吧。”

“唉,你的话听起来,归根结底还是让我好好学习,考上大学,成一个书呆子啊。”

“难道让你小小的年纪就每天只想着爱情虚度年华吗?你这傻小子!”

“哼,姜月叔叔才是傻子呢。”

“哈,反正别学我,好好学习～自己学到的东西才是真正属于自己的。”

“好了!我要睡觉了,挂了!”

“好吧,你这个没教养的家伙。”

“羞羞羞。”

“哎呀。”

“有些人还不是学完了都给别人啊!看那些老师,把学到的东西都给了学生嘛。”

“有意思啊,小孔明。”

“哼,我讨厌你,叔叔!”

说完,我直接按下关闭键,结束了通话,气得撅起了嘴巴。

这一天晚上,我一直在客厅等着爸爸妈妈回来,不知到了何时,便进入了梦乡。第二天早晨醒来,爸爸妈妈还是没有回来。信友舅舅好像很早就上班去了,也没看到他的踪影。我觉得有些担心,便给爸爸妈妈分别打了电话,但是两个人的手机都在关机状态。从来也没有过这种情况,爸爸妈妈今天这是怎么了?我已经忘了做上学的准备,坐立不安地等待着爸爸妈妈回来。不知不觉中,时针告诉我快要迟到了,我急急忙忙收拾书包跑出了家门。整整一天，由于担心父母，我无法集中精神认真听老师讲课。这时，我收到了手机的短信。

嘟嘟嘟。

因为是上课时间，我偷偷地在书桌下打开了手机，果然是妈妈发来的信息。

明儿，昨天没给你打电话，对不起啊。爸爸和妈妈的手机都没有充电，所以没能告诉你。爸爸妈妈好久没有那么心情舒畅地喝酒了，所以一直沉浸在往事的回忆之中，忘了回家，就在外住了一宿。嘻嘻嘻～

我真是后悔自己白白为他们担心到现在啊！最近我的心绪怎么如此混乱呢？难道是因为正值青春期？整节课上，我的心一直都乱糟糟的，浑身无力。原本就很漫长的上课时间，今天觉得格外漫长。朋友们的玩笑话也令人十分烦躁。这时，在喜在快餐店工作时的愉快笑脸浮现在我的脑海里。那种发自心底的愉快的表情和出自内心的充满歉意的面孔出现在我的眼前，让我更加混乱。如果和第一次接触的女朋友相处得不够顺利，会不会意味着第二次，第三次都不顺利呢？我顾虑重重，但仍然不想和在喜联系。虽然最初说谎的人是我，但是知道在喜是看重金钱和我交往的人，我的心里总是觉得不痛快。

我就以这种复杂的心情度过了漫长的一天。放学后，我刚刚走出校门准备回家，却在校门口碰到了特意跑来等我的在喜。

“啊？你，你怎么……”

“孔明，我有话要对你说……”

“即使有话说，也不应该这么冒昧地跑过来吧。”

我也不知道自己为什么对她如此冷淡。

“你说过不想再见到我了……我怕给你打电话你也不会接……明知道这样会让你很难堪，但我还是来了。”

我心里暗自庆幸，还好今天因为性情不顺，甩开了朋友们自己出来，否则现在就会上演一场骚乱了。走过学校大门的同学们都有意无意地看着我们。我想到在喜到这里等我时的羞怯与不安，便对她产生了怜悯之情。我想马上离开这个人迹繁杂的地方，便开口说道：

“站在这里说是不是有点……”

在喜误以为我在对她下逐客令，做出可怜巴巴的表情近乎哀求地对我说道：

“我不会占用你很长时间的，我们到咖啡屋稍坐一会儿不可以吗？”

“好吧，知道了。”

虽然表面上做出一副很勉强的样子，但其实我也很想找一个咖啡屋，安安静静地坐下来和她好好谈一谈。

我们很快在咖啡屋找了一个安静的角落，点了两杯热咖啡，面对面坐了下来。见我不说话，在喜犹犹豫豫地先开了口，说的仍然是那些道歉的话。

“真的对不起。我想当面亲口对你说一声对不起，所以邀你过来坐一坐。”

“好了。不去想它了吧。”

“说不考虑，可是你的态度还是这么冷淡……”

“什么？”

“说要和我交朋友的那天，你不是因为喜欢我才和我交往的吗？”

“那时是……”

“说穿了，你就是想先抓住我，但知道我不是你理想中的人，所以才要分手的，不是吗？”

在喜的话正中要害，可事实并不是那样。因为我当初说了谎，早晚要露出马脚，一旦败露，我也就无法再和在喜交往了。在我的潜意识中，我总是无法摆脱负罪感，所以借此机会把一切责任推到在喜的身上，想就此脱身而已……

想到这里，我觉得应该道歉的并不是在喜，而是我。当我刚要把实情和盘托出时，忽然看到在喜顺着脸庞不断落下的泪珠。第一次看到女孩子流泪，我惊慌失措，不知如何是好。默默地哭泣了一会儿，在喜继续解释起来。

“实在对不起。找来那些朋友，我完全没有想过要利用你。可是她们却……呵，谁都不肯相信我。我对她们说，我遇见了一个很好的男孩子，但是他家里很富有，这对我来说是一种负担。听到我的话，朋友们一定要我把你带过来给她们看，看一看你到底富有到什么程度……”

在喜的话越来越使我坐立不安，最初说谎的人是我，这是我的错，而现在道歉的却是在喜。在喜继续哽咽着说道：

“呵呵，真的对不起。我找你完全没有那个意图，我根本没有料到我的朋友们会做那种对不起你的事来。像我这样的人，你可以不再和我做朋友，但是那天的事情，我必须向你道歉，也想向你说明事情的真相……我要说的就是这些，那我走了……”

就这样，连端上来的咖啡也没有喝一口，在喜起身就准备离开。也许是条件反射吧，无意中我一把拉住了在喜的手。

“等一等。”

在喜吃惊地把被泪水浸湿的脸转向我。

“你再给我一点时间，坐下吧，我也有话要对你说。”

在喜做出吃惊的表情，擦着眼泪，小心翼翼地坐到了沙发上。我收住心，定了定神，决定把事情的来龙去脉全都说出来。做错事情的人是我自己，而我却要把责任全部推到在喜身上。更过分的是，我竟然要以此为借口，断绝我们的缘分。这分明是我的错，我的错啊！

“对不起，在喜。事实并不是那样……”

在喜默不作声，静静地听着我的解释。我多少有些紧张，但喝了一口咖啡，稳住颤抖的心，接着说了下去。

“这是一个骗局，我对你说了谎。”

“什么……”

“那天，我和朋友们觉得肚子饿，便一起走进了快餐店。当我看见对客人微笑着服务的你，一眼就被你迷住了。也许你不相信，我至今都还没有与女孩子交往过，也没有关心过女孩子。可是就在看见你的那一瞬间，我强烈地意识到，你是不是大人们说过的那个命中注定的爱人呢？突然间我有了一个想法，如果你是我的女朋友该有多好啊！”

听着听着，在喜的脸色渐渐地红润起来。我不想就此结束，我要把我心里想的一切都说出来。

“可是，我……我实在没有勇气接近你。因为我唯一接触过的女人就是我的妈妈，而对其他女人，我一无所知。当然，你不要误以为我是离不开妈妈的小孩子。我只是想按照父母的期望，做一个平凡的人，把注意力全都集中在学习生活中，所以没有像其他朋友那样刻意地去关注和接近女孩子。你也认识景俊吧？最先对你口出狂言，进行骚扰的那个家伙……”

“哦，知道。他曾经和我的朋友交往过……”

“是啊。你的朋友那天也说过曾经和景俊交往过吧？反正景俊跑到你的面前，我就觉得自己没有希望了。我以为你会像其他女孩子一样，很快就喜欢上景俊，之后再被景俊的轻浮伤害呢。我觉得既然景俊出面了，我和你也就不会有什么缘分了。正当我要断了这个念头，平时对我非常好的一个叔叔，也是非常喜欢开玩笑的叔叔心血来潮，出现在你的面前。”

“叔……叔？”

在喜越听越糊涂，瞪大眼睛看着我。为了让在喜更容易听懂，我继续做了解释。

“嗯，是我的叔叔。对我来说就像亲哥哥一样。他生活在一个非常富有的家庭里，其实他并不是什么司机，我的家庭根本就不可能养奔驰车和专职司机。我对他说我遇见了让自己心动的女孩子，他很是为我高兴。为了成全我，他便上演了那天你看到的那出戏。他说就算以后败露了，只要我们的感情根深蒂固就没关系……”

“那么……”

“对不起，其实最初犯错的人是我……”

“那么，那天开着宝马车请我们去高级饭店吃饭的……”

“那天也是很偶然地遇见了我妈妈的朋友。听了我的故事，他也是为了我，决定演戏救场而已。另外，进了那家高级饭店时，起初我也不知所措。最后还是那位叔叔借给我银行卡，帮我解了围……”

“原来……是这样啊。我居然完全不知道……”

“到了这一步，我也是骑虎难下啊。所以本想装作对你失望，就此收场。最初撒谎的人是我，使你产生愧疚感后还要卑鄙地逃跑的人也是我，像我这样的人，或许就当从来都没有认识过会更好一些。现在我郑重地向你道歉，实在对不起，在喜。”

低下了头，我觉得自己的脸在发热。

我以为听完我的话，在喜一定会大发雷霆弃我而去。可在喜却格外安静地喝下一口咖啡。说道：

“这么说，我们算一比一平咯？”

“什么？”

“我们每个人都做错一件事，就算扯平了吧？”

“在，在喜？”

“人家说求爱都是男人先提出的。嗯……”

在喜刚才还泪流满面，不知何时已经变成了满脸笑容。她正用平时那种温柔的笑脸看着我。

“求爱……表白？”

“看来你是真的没有和女孩子交往过啊。”

“啊，嗯。可是……求爱不是在结婚的时候才说的吗？”

听我这么说，在喜开怀大笑。

“哈哈哈哈哈。谁让你求婚了吗？我是说要比普通朋友更近一点，做一对特殊的朋友而已啊。说的幼稚一点，就是申请交异性朋友。”

“啊，那……”

在喜静静地看着我，我抑制不住激动的心情，犹豫了片刻，鼓足勇气闭上眼睛说道：

“你……我……你愿意做我的女朋友吗？”

在喜听后高兴地点了点头，以示同意。等再过一段时间，我打算把她带到家里，介绍给爸爸妈妈，我想爸爸妈妈都会为我高兴的。现在回过头来看姜月叔叔的做法，姜月叔叔是不是有意让我实话实说的呢？因为姜月叔叔是守护爱情的专家嘛。我决不让淳朴而稚嫩的爱情笼罩阴影，我一定要精心培育这个爱情，让这个爱也能够得到大人们的认可和爱。

爱情这个东西，只要两个人心心相印，无论是从谎言开始还是从实话开始，终究都会得到甜美的结果的。只要是真正的爱情，无论路途多么遥远，遇到多么大的艰难险阻都会不期而遇的。因为，两个人的爱的目标是一致的。在爱的路途上，最让人悲哀的不是离别，而是相互之间找不到心爱的对方；相爱的人最痛心的不是单相思，而是看到爱人的眼泪。在相爱的过程中，最高兴的是爱人因我而笑。归根结底，人们是不断地从爱当中获得人生乐趣的，所以我要像姜月叔叔那样，用自己特有的方式，一辈子爱一个人而不后悔。从今以后，我也要用我自己的方式培育我们的爱情。

无论它是不是平凡的爱。

羊皮面具后续篇

“班野，真是岁月如流水一般啊，已经流逝好长时间了吧？”

“就是啊。”

“我们的明儿都已经大学二年级了。”

“我们也已经老了很多啊。”

“说什么啊？班野～我现在还很硬朗啊，谁都看不出我的岁数啊～”

“是啊。”

“唉，你这张嘴啊，经历了这么久的岁月，还是一点变化都没有，那么笨拙啊。”

“嗯。”

“回头想想，真的发生过很多事啊！不过，今后要发生的事情会更多吧？”

“也许是吧～我已经晚了，该上班了。”

“好吧，班野。平安回来吧～我等你。”

岁月的痕迹留在了班野、信义的皮肤和头发上。他们相互安慰着对方，在门厅道别的情景还是那样温存、情意绵绵。信义用恻隐的目光望着班野的背影，从班野的身影中，似乎也在用身体感受着岁月的流逝。

班野开门走出了房间，关上门厅大门。转身已经看不到信义的身影了，班野才长长地叹出一口气。

“嘘……”

班野叹出的这一口气里含有一定的分量。叹完气，班野顺着马路走了一会儿，又停下来，坐上了出租车。班野乘坐的黄色出租车跑出幽静的小道，很快开到了繁华的大道，融入川流不息的车流之中。班野不时地看着手表，心里尤为着急。

班野没有催促出租车司机，也没有做出跺脚等焦急的动作。出租车司机不时地哼着小调，不慌不忙地开着车。十字路口亮起红灯，司机的小调也停了一会儿，可是绿灯一亮司机又开始哼起了小调。班野虽然没有制止司机哼唱，但似乎也有些反感。原本木讷的表情，今天却写满了苦恼，并且反复叹息着。

由于路上堵车，这一段路走了很长时间，班野乘坐的出租车在一家小公司的办公楼门前停了下来。班野付完车费，下车便急着与一些不同寻常的人见了面。这些人看起来很早就在这里等着班野，看到班野过来，三个男子环视一下周围，便靠近了班野。其中有一个男人拉着班野用哀求的口吻说道：

"拜托了，我们也是冒着危险来的啊！"

显然，男人的表情非常恳切。他们始终注意观察周围的情况，似乎不是光明正大的交易。这几个男人始终不肯离开班野一步，好像是在恳求班野做出肯定的答复。

"请您再好好想一想吧。人生还有什么呢？都是这么过来的啊。"

谈到抽象的人生，更可以肯定不是什么正当的事情。但是班野仍然闭口不谈。听不到班野的承诺，他们有些耐不住寂寞，其中一人又在追问班野：

"我们也是费尽周折，好不容易找到您的，就算看在我们一片诚意的……"

班野不再理睬他们，径直进了办公室。望着班野的后背，三个男子非常失望，做出了一脸欲哭无泪的表情。看着班野无情地离开，他们便开始小声议论起来。

"妈的！都已经几天了！"

"那个顽固劲可真是不一般啊！"

"反正危险性又不是很大，真不知道为什么这么固执！"

"就是啊。我们都答应给他那么多钱了，为什么还要拒绝呢？"

他们终于按捺不住，都掏出了烟，一起抽了起来。三支烟同时点燃，大口大口地吸，大口大口地吐。虽然是在门外，烟雾还是很浓，没有马上散开，像烟囱一样升起。就这样，三个人在门口站了好半天，无奈地离去了。

在二楼的窗口看着他们离去，班野方才长长地出了一口气。确信他们离开后，班野才开始动手忙起自己的事情。

环顾一下办公室，看得出这家公司的经营状况并不算好。空间不大，还有些阴沉沉的感觉，很明显，这个办公室里没有丝毫活力可言。员工屈指可数，还有几个办公桌闲着没有人用。需要班野过目签字的也是薄薄的几页文件纸，看起来也不像是可以挣钱的买卖。

办公室里的所有职员看起来也都很悠闲。看得出，班野没有什么远大的抱负，他满足于这样工作，过一种非常平凡的生活。可是，今天他却感觉到肩上的担子很重。竟然还捡起了已经戒了很长时间的烟。

"金室长，给我一支烟吧。"

"啊？是，社长。"

在这么恶劣的环境下，虽然没有剩下几个员工，但是看来他们还比较信赖不爱说话的班野。班野从一个叫金室长的三十多岁、身体瘦弱的男职员手中接过一支烟，点燃后，大口大口地往嘴里吸，漫无目的地看着窗外。片刻后，他拉开了办公桌的抽屉。抽屉里装满了各种各样的信封。看着那些悄然地堆在抽屉里的信封，班野长长地叹息起来。从班野的表情和态度中可以断定，信封里并不是什么可喜的内容。拿起两个信封，班野沉思了一会儿，但没过多久便又把信封扔回了抽屉里。班野似乎找回了理性思维，立即关上了抽屉，上了锁。

班野焦虑的表情一直维持到了下班。职员们都已经下班了，班野独自一人仍在守着办公室。

班野拿起了办公桌上摆放着的全家福照片。看着信义开心的笑容，自己也露出了一丝微笑。看来，信义的笑容成了班野力量的源泉。班野的心绪安稳了很多，他马上穿上外套走出了办公室。刚走出办公楼，班野又看见了早上见到的那三个男人。班野的表情上写满了不耐烦。可是那三个人全然不顾班野的表情，固执地请求班野帮忙。

"拜托您了，我们已经完全了解了大哥的情况。您现在的公司，用不了多久就会倒闭的。所以请相信我们的忠告，接受我们的请求吧。怎么样?”

这些人似乎已对班野的情况做了详细的调查，他们看班野的视线里流露出为班野着急的心情。可是班野的固执也非同寻常，班野对他们仍然不予理睬，只顾走自己的路。而这些人也丝毫没有放弃的意思，固执地跟在班野的后面。

“大哥，如果您执意要这样做，我们觉得很遗憾。我们已经跟了您几天，不，几个星期了。”

“您就相信我们这一次，拉我们一把吧！我们发誓，我们会一辈子向你效忠的!”

“是啊，大哥。我们也是奔着大哥的名望找到这里的。我们在旅店已经生活了几个月，就是为了得到大哥的帮助啊。你就理解一下我们的心情，拉我们兄弟一把吧，大哥!”

班野无情地拒绝了他们恳切的哀求，回到家里与信义面对面地坐在沙发上，喝起了热咖啡。信义看着班野的脸色关切地问道：

“班野，有什么事吗？最近你的脸色很不好。”

“没什么。”

“班野，我们在一起已经不是一年两年了，只要看你的眼神，我就能猜到你的心情啊。你快点告诉我，到底出什么事了？嗯?”

班野看着信义的脸，又长叹了一口气。

“呼……”

看到班野的这种反应，信义用更加担心的眼光看着班野追问道：

“怎么了？班野，到底出了什么事啊？最近你的脸上已经完全失去了笑容……原本笑容就不多，最近的表情更严峻了。”

班野把信义充满关怀的话语留在身后，把咖啡放在桌上，便进了卫生间。信义的表情一下子凝固了。进到卫生间，班野意外地一遍又一遍地把脸浸到冷水中，这才打起了精神，站在镜子前照了全身，端详自己此时的形象，而后又凝视着无辜的手掌。过了一会儿，班野走出了卫生间，班野此时此刻的表情里装满了世界上所有的痛苦。

“信，我有话要对你说。”

信义似乎等待了许久，立即点了点头。

“信，其实，从几个星期前开始，有几个人一直在找我。”

“什么人?”

“嗯，不知道他们是怎么了解到我就是恶蝎神的老板，所以来找我的。”

“什，什么??”

信义做出无法置信的表情，瞪大了眼睛。但是信义没有想到，班野接下来的话更令自己难以接受。

“说他们组织了新的暗杀组织，让我去做总负责人。”

“什么？让班野去做老板?”

“是。”

“为，为什么？我们已经找回平凡的生活，过上了平静的日子啊。”

信义似乎格外冲动，喘气声变粗了，说话的语气也快了。可是班野仍然稳重地说道：

“我已经告诉过他们我绝对不会再做了，也一直没有理睬他们。可是这么久以来，他们还是不依不饶地跟着我。”

“他们如此期待你，有什么理由呢?”

“也许是需要从我这里学到点东西吧。并不是成立了暗杀组织就都会成功啊。他们也是冒着极大的危险，对我说出了他们的存在的。说得再清楚一点，只要我举报，他们的生命都可能就此告终了。所以，既然他们把这个事实告诉了我，就一定要千方百计把我拉进去。”

“如，如果这样……”

“只要我出面帮他们打理好这个组织，搭好架子接受委托，就像恶蝎神那样打好一切基础，他们得到的金钱就会是一个天文数字。这就是他们的目标。”

“可是你已经明确告诉过他们坚决不会去做了，他们怎么就是不肯罢休呢？作为暗杀者，难道他们连最起码的自尊心都没有吗?”

与轻描淡写地说出口的信义相反，班野的反应越加深刻了。班野不得不把实情道出来。

“更为严重的是……由于他们做手脚，我的公司就要倒闭了。”

“什么?? 班野?”

班野把深藏在心里的话一一向信义道了起来:

“其实从很久以前起,他们就已经给我设计好了一个圈套。为了拉我入伙,他们需要让我穷困潦倒,让我需要得到很多钱,这样才能轻而易举地把我拉到他们的组织中去。”

“这是事实吗?”

“当然。但是明知道他们的用意,除了蒙受伤害以外,我却是束手无策。其他的先不说,重要的是我和我的职员们的生意来源都被他们抢去了。”

“怎么可能……”

“他们知道,即使他们这样做了我也是束手无策,尽可能地让我处于危机之中,我才会乖乖地听从他们的话。”

信义仍然无法相信她听到的这一切,但是她的眼睛已经是怒火冲天。不顾信义的这种反应,班野充满刺激性的发言还在继续。

“仅仅几个月,不,仅仅几个星期,我就已经处于破产的前一刻了。我的抽屉里塞满了无数催债的信函。原本是客户们投入的资金,却由于他们做了手脚,瞬间都变成了债务。”

得知班野长期以来独自承担着这些痛苦,信义心如刀割。而班野的一句话,终于使信义强忍着的泪水如泉涌般地流淌下来。

“对不起,信。”

信义强忍着悲伤,摇着头表达了自己的感情。

“不是的,班野。你一个人顶着这么大的压力,而我却什么都不知道,没能帮你减轻负担,我太恨自己了。班野,对不起,是我对不起你!”

班野的心虽然被善良的信义所感动,但是摆在眼前的路却让他感到无比的失望。班野知道,虽然把这一切困惑告诉信义并不能解决任何问题,但是两个人可以共同商量,寻找解决问题的对策。

“现在我们该怎么办? 再这样下去,公司倒闭只是时间的问题了。再过几天,还要给明儿交学费。明儿正在法警大学准备参加司法考试,让儿子看到父母为钱所困,实在不是滋味啊。”

与班野相同，信义的内心也在痛苦地挣扎。信义流着眼泪思索了一会，闭上眼睛握紧双拳，随即睁开眼睛说道：

“我去做钟点工应该可以维持现在的生活，你不用担心，索性不要去理睬那些家伙了。”

“这并不是可以简单解决的事情，信。”

“不管怎么样，只要能挣到钱不就可以解决问题了吗？”

“信，你从小也受了很多苦，应该知道在短时间内挣到很多钱绝不是容易的事。说得更简单一点，如果急需钱的人都能在很短的时间内挣到大笔的钱，天下就不会有穷人了。”

“可是……决不能让你重走当杀手的路啊。”

“可是就这样任他们随意宰割，我们这些年的努力奋斗不是太冤枉了吗？”

“班野，你的意思是……还要重操旧业，去当杀手吗？”

班野闭上了嘴，沉默无语。班野的这种反应让信义受到很大的刺激。

“再重走杀手这条路，我们从此还能过上没有负罪感的、安稳的生活吗？”

“不要这么大声音，信。如果别人听到了……”

“如果走那条路，还不如我们全家一起犯罪，到监狱去生活呢。就算穷困潦倒，我们也不能再去想那条路了啊！这绝对不可以！”

信义的意志十分坚定，但是班野也不会轻易被说服。

“信，下个月就要给明儿交学费了。因为决心过平凡的生活，我们不是把做杀手挣的钱统统抛弃，把那些银行卡存折全部销毁才重新开始现在的生活吗？做了这个决定以后，我们只准备了一幢小房子，便开始了新的生活啊！虽然没有任何债务，但是我们从来也没有过上富裕的生活，所以才有了我们现在的幸福和睦的家庭。但是现在的情况却不一样了，现在我们眼前的状况，是没有金钱寸步难行啊。就算可以从信友，或者从姜月、路熙手里借到钱，但那是我的自尊心所不能容许的事。再说，即使丢掉自尊心去借钱，最终还是要还的啊。那笔钱我们又用什么去还呢？或许他们会说不用还，但是我们真的可以不还吗？总之，现在对我们来说最重要的是急需钱，与其因为没有钱而让你和明儿受罪，我愿意去做任何事情换取我们一家人的幸福，即使我选择的路并不正确。每个人都有各自不同的生活方式，或许那就是我的生活方式啊……”

“我已经说过无数次，无论是什么理由，都不能让杀人变得正当化。”

“不是为了让杀人变得正当化才做这种事，我也不认为这是什么好事，信。”

“明知道不是好事还要做，这是绝对不能容许的。”

“人一旦被逼得走投无路，还有什么做不了的呢？”

“班野……”

“狗急了也会跳墙，更何况是人呢。无论我的选择是对还是错，为了生存，我也只能做出最后的挣扎啊，现在我们已经别无选择了。”

“你再好好想想吧，班野。把自尊心丢掉，求一求姜月和路熙吧。让信友帮明儿出学费没有问题。公司的债，向姜月和路熙借……”

听到这里，班野的眼睛顿时变得黯然失色。

“信，如果是一二百万，我也不会这么愁了。”

“可就算是上千万，用杀人挣来的钱救活公司，又有什么用呢？用杀人挣来的钱救活公司的人，你还怎么堂堂正正地领导那些员工啊！”

“上千万？现在我们要付的债务可是十亿啊。”

“班，班野……”

信义大吃一惊，目瞪口呆。班野为了缓解此时的心情，拿着烟向外走去。班野正要穿鞋，门就被推开了。

“我回来了～咦？爸爸，您要出去吗？”

进来的正是班野和信义爱情的结晶——孔明。孔明第一次见到爸爸无视自己匆匆离去的样子，而坐在客厅里，对自己满不在乎的妈妈的态度也是前所未有的。看着爸爸远去的背影，看到呆呆地坐在沙发上的妈妈，孔明很是感到不可思议。

最后，还是孔明走到妈妈面前打破了这一局面，说道：

“妈妈？”

这并不大的招呼声令信义大吃一惊。

“哎呀！我的明儿回来了？”

“嗯，我回来了。妈妈，家里发生了什么事吗？”

“什么事？”

“我看你那么聚精会神地想着什么，爸爸也急匆匆地出去……”

信义不想让儿子分担这复杂的问题，勉强做出笑脸，拍着明儿的肩膀说道：

“没什么事，明儿累了吧？妈妈给你做点好吃的吧？”

“不用了，我在外面已经吃过了。”

“是吗？那早点回房间休息吧。”

“那好，妈妈也休息吧。”

“嗯，我的好儿子。”

孔明虽然若无其事地回到了房间，但是对爸爸妈妈的态度充满了疑惑。孔明似乎感觉到了事态的严重性，便没有过问，但是家中的气氛不同往常，他也只能在心里焦虑。孔明回到自己的房间，坐在书桌前翻看法律书籍，但是完全不能集中精神。

另一面，班野在家门口吸着已经戒了很久的烟，沉浸在痛苦的担忧之中。他没有到离家远一点的地方吸烟，正是担心那些人再来找他。

烟已经熄灭很久了，可是班野直到天亮，顶着清晨的露水，仍然一动不动地蹲在门口。

第二天早上，班野没有上班，就连里房门都没有走出来。对此，信义虽然心急如焚，但也不敢轻易对班野说什么。她很怕自己的话会让班野更加去想做杀手。她现在的心情，只是想避开一切相关的话，不去打断班野的思绪。最近姜月和路熙也都忙着各自的生计，许久没有踏进家门。房间里突然如此寂静，信义格外地怀念起他们在的时候的那种热闹欢快的氛围了。

由于心情过于沉重，信义总想依偎在谁的身上，而信义对这样的自己又感到十分的不满。这种时候最累最难的还是班野——把所有的责任归罪于自己，被负罪感折磨着的班野。我现在的痛苦，与班野所受的煎熬相比，算得了什么呢？信义暗暗下定决心，一定要和班野一起战胜眼前的困难。

如果这一切都只是一场梦，那该有多好啊？虽然生活并不富裕，但是小日子仍然很幸福，让她感觉到很满足。现在这样的家里突然出现了危机，而班野正在痛苦地抉择今后的道路。

正在这时，门铃响了起来。

叮咚～叮咚～

听到铃声，信义马上跑到了门厅。

“是谁啊？”

“我们是来找诸葛班野君商量事情的。”

信义稍作犹豫，还是打开了大门。打开大门，只见完全陌生的面孔，但是对班野却十分了解的几个男人直接闯了进来。这几个家伙正是出现在班野公司门口的人。

尽管是陌生人，但信义非常准确地预感到这些人就是给自己的幸福家庭带来苦恼的人，一眼就看出了这几个人找到家里的意图。

“你们是谁啊？”

为了确认身份，信义对他们进行了发问。这时站在最前面的家伙抢先回答道：

“是在问我们吗？嗯，恐怕告诉你你也不知道吧。”

与对班野的态度截然不同，这些人丝毫没有把信义放在眼里。既然这些人采取如此恶劣的态度，信义当然也不会有什么好感。信义冷言冷语地说道：

“不知道你们为何而来，但是班野不在家，请你们下次再来吧。”

即使信义下了逐客令，他们完全没有要离开的意思，随随便便地环顾着家里的各个角落。

“喂，你怎么可以这么说话呢～我们也是知道大哥在家才来的。作为嫂子，不应该对兄弟们说谎啊～”

他们说话的态度，和他们的穿着打扮、他们的身份完全匹配。信义对他们的态度十分恼火，便气汹汹地说道：

“说不说谎是我的自由，不管怎么说，我不喜欢让陌生人到我的家来，所以请你们出去!”

无论信义的态度有多么强硬,这些人完全不予理会,反倒打开卫生间和其他几个房间的门,搜寻起班野的踪影来。信义怒发冲冠,刚要摔东西把他们赶出去,班野走出房间,来到了骚乱的客厅。看到班野主动露面,信义流露出失望的眼神。

“找到家里来了?坐下吧。”

这些家伙见到班野,脸上发生了三百六十度的变化,马上对班野行了大礼,坐到了沙发上。信义虽然十分厌恶这些家伙的嘴脸,但是为了探听他们的对话,坐到了班野的旁边。信义坐好,他们就把话题扯到主题上来。

“大哥,现在您也该做出最后的决定了吧。我们已经给您很长的考虑时间了。”

“就是啊,大哥。委托除掉的对象都是人类的垃圾,我们这也是为民除害啊,并不是什么坏事啊。”

班野看一看信义,转过头对他们的话给予了正式答复。

“有人曾说过,杀人在任何情况下都不可能变得正当化。尤其是,当你完全不了解对方,只要收到钱就无条件处理掉对方的这种组织,根本没有资格得到任何同情。”

听到班野的这番话,信义的眼睛开始变大。但那些家伙不顾班野的忠告,仍然固执地欲说服班野加入他们的组织。

“虽然不能正当化,但我们绝不能抛弃这个事业。只要大哥进来帮忙,一切就都 OK 了。我们给您开的条件这么好,大哥为什么一定要固执地拒绝呢?就算是为了债务……”

信义坐在一旁听到这里,再也无法袖手旁观了。

“你们也听到了,班野已经明确地表示拒绝了,你们为什么还要赖在这里呢?如果想做,你们自己做就可以了啊。我们不会举报你们这个暗杀组织的,这一点请你们尽管放心。你们不是也已了解过班野的底细了吗?你们应该知道,班野原来也是暗杀组织的人,举报你们等于暴露自己的过去。我们也没有这么傻,不会冒着自己被抓的危险举报你们的。所以请你们也不要再打扰我们了。我们已经金盆洗手,放弃了过去的动荡,选择了现在安逸而幸福的生活，你们为什么一定要阻止我们过平静的生活呢？请你们马上回去吧。否则我要叫警察了！”

信义尖厉的声音回荡在整个房间内。这些家伙似乎也有些畏缩，皱着眉头对信义说道：

“嫂子，你说这话有点过分吧？我们也是为了互惠互利嘛，怎么是阻止你们平静的生活呢？”

“可是我们不愿意啊，我们已经明确地说过不愿意了，为什么还要固执地骚扰我们呢？”

“啊，嫂夫人真有点过……”

正在这时，信义的手机放出了轻快的音乐声。

丁零零～丁零零～丁零零～丁零零～

班野的表情里仍然藏着深刻的含义，令人无法猜测。而那些不速之客的表情里开始流露出焦急的心情来了。打破这个僵硬的局面，传来欢快的音乐声的正是姜月。虽然是久违的电话，但是在这种状况下，姜月的这个电话并没有受到欢迎。

信义做出不耐烦的表情，拿着手机走进了房间。她粗暴地打开手机，接起了电话。

“喂？谁啊？”

“韩新衣～是我，姜月。”

“是你啊，有事吗？”

“我会有什么事啊～就是想问问这些天过得怎么样啊。”

“是吗？”

姜月从信义一问一答式的话语中听出了信义焦虑的心情，便探听道：

“怎么了？发生什么事了？”

“没什么。”

信义的语言还是那么简单，没有多说一句话。这反而引起了姜月的疑心。

“喂～我看没有那么简单吧？出什么事了？”

“没有。”

“真的没有吗?”

“我说过没有了!!”

姜月重复的提问惹出了信义的火气,电话的那一头安静了下来,信义的这种口气令姜月感到十分慌张,有些措手不及。

稍过一会儿,信义找回了镇静,便开口与姜月搭讪,赔礼道歉。

“啊,对不起啊,我也不知道……”

“怎么了?没事吗?真的没什么事吗?”

“没有。大概是因为那个,所以有些神经过敏吧。”

从他们毫无顾忌地谈论起女人的生理现象,反映出了信义与姜月确实是经过长时间交往的真正的朋友。更为惊奇的是,姜月对信义的话马上就予以了认同。

“是吗?我还以为你在说什么呢。女人真是一种神秘的动物啊!”

“少啰嗦。怎么了?怎么这么久才打电话啊?”

信义有些自暴自弃,不再管外面的事,热心地与姜月聊起了家常。姜月听到信义的这种反应,又重新找回了活力。当然,他对这边的情况一无所知,只顾谈他的日常话题。

“我再也不想考虑什么政治了,我打算开一家律师事务所,和路熙一起做法律咨询服务行业。这些天我们不顾白天黑夜地在一起研究探讨,到现在也没找出什么好的点子来。”

“什么?律师事务所?”

“不管怎么样,我也攻读了很多法律方面的知识,路熙那家伙就更不用说了。我们觉得政治这种东西太伤脑筋,还不如两个人合伙开一家律师事务所。细细计划下来,这个想法的可行性也比较高,所以决定办一个律师事务所了。只是目前还没有找到合适的契机。就因为这个事情,我们也有好久都没抽出时间到你家聚聚了。我们现在两个人每天都在办公室里煎熬呢。唉!”

“是吗?”

信义的声音又回到了有气无力的状态。每个人都有自己的苦恼,忙着为自己的生计奔波,哪里还有精力倾听别人的烦恼呢!想着想着,信义便毫无理由地在心里埋怨起一无所知的姜月来，而对信义家里发生的事情一无所知的姜月，又开始喋喋不休地聊了起来。

“明儿在学校学得还不错吧？学法律可不是容易的事啊！”

“好像学习还算用功吧。”

“现在大学毕业生的就业难问题也很严重啊。反正明儿学的也是法律，毕业后就到我和路熙开的律师事务所，这不是再好不过了吗？就业有保障，而且还有发展前途，是吧～”

“那你们现在就办起来吧。还有什么问题吗？”

信义对这方面一无所知，所以完全猜不透姜月的意图。姜月只好简单易懂地给她做出解释。

“所以说你是寒心啊，怎么完全不理解人家的心思呢。我给你举一个简单的例子吧。比如说点心，现在买点心的店那么多，你买的点心和其他人的点心都一样，怎么会有很好的销路呢？这需要有特色，好点子！”

“好点子??”

“需要有自己的特色，这样才会有更多的客人啊。”

“那应该怎么办呢？”

“说得简单一点，你卖的点心里都是小豆馅，就很难吸引现在的孩子们。可是你按照孩子们的口味，在里面添加奶酪等其他馅料，孩子们吃完觉得好吃就会出去宣传，这样你的点心就会出名，光顾的客人也会逐渐多起来，你的生意不就会火起来了吗？”

“那是当然。”

“我们需要的就是这种独特的点子。可是律师事务所不像餐饮店，没有那么容易去开发。”

“是那样啊。”

“如果是餐饮店，可以添加特殊的佐料，做出有特色的菜肴，可律师事务所就不同了，除非你办了其他人办不了的大案子，通过人们的口碑传扬出去，可能会变成著名的法律事务所。否则所有的律师事务所都是千篇一律，生意怎么会兴隆呢？或许过不了多久就会倒闭呢。”

“原来如此。”

“所以，这些日子里，我和路熙白天黑夜地绞尽脑汁想点子，但又不能违背良心捏造案子！”

“哦，这倒也是啊。”

姜月的这些事情，在信义的脑子里像一阵风一样，来去匆匆，没有留下什么痕迹。但是信义听着听着，突然想起了一个好点子，顿时眼睛发亮，兴奋地提高了嗓音。

“喂！喂喂，姜月！！”

“怎么了？什么事啊？”

“契，契机！你不是说需要一个办成大案的契机吗？”

信义兴奋地已经说不出完整的话来了。听了信义的话，姜月觉得有些荒唐，便问道：

“是啊。那又怎么了？”

“你说的那种案件，我这里有啊！不知道你们能不能处理，但是我这里有一个现成的案件啊！”

姜月并没有把信义的话放在心上，很不以为然地应付了一句。

“寒心啊～处理小偷小摸的事，成不了大契机。我们需要的是大案要案。我也只是想得有点头晕，所以和你随便聊聊的，你不用太在意。今天晚上我和路熙到你家做客，怎么样？”

“好啊，来吧！到我家再详谈吧。”

信义好像发现了新大陆一样，兴奋得笑逐颜开，而不知其原委的姜月却多少觉得信义的态度有些荒唐，丝毫没有在意。只是信义能够如此欢迎他们，让他感到有些欣慰。

与此同时，在客厅的几个家伙仍然在试图说服班野，根本无意回去。

“大哥，求您了！一定要帮帮我们啊！求求您了！”

劝到现在仍然没有结果，他们已经有些不耐烦了。班野直到这时还继续保持沉默，不肯吐出一个字。难道是要听从信义的意思，断然拒绝他们吗？

见他们苦口婆心地劝说半天，班野终于开口道：

“你们就不要再费心思了，还是回去吧。我现在并不是杀手，你们说这些已经毫无用处了。”

见班野断然拒绝，他们猛地站了起来，口气中夹杂着警告和威胁，扔出一句话，随后踢开大门便走了。

“唉～妈的！！咱们走着瞧吧！！你可不要敬酒不吃吃罚酒！不按照我们的意图办，我们早晚会把你的过去公布于众的！！”

看着他们凶悍的态度，信义气得火冒三丈，咬牙切齿，用充满愤恨的眼神看着他们离开后的大门，没有说一句话。片刻后，见他们已经走远了，信义略带高兴地向前走出几步，一把抱住了班野。

“班野，做得好！你做得太好了！”

班野无言地看着投入自己怀抱的信义。

晚上，按照约定，信义家来了两位客人——姜月和车路熙。对他们的到来，信义表现出了超乎寻常的兴奋。

没等他们按响门铃，远远地听到脚步声，信义马上推开了大门。人未到而门自开，两个人都感到很意外。

姜月安了安神，马上略带嘲讽地说道：

“哈哈哈，喂，是不是等我们已经望眼欲穿了？”

有史以来，信义第一次承认了企盼他们的事实。

“是啊，不知道你们什么时候来，所以一直都在翘首企盼呢，快点进来吧～”

路熙和姜月面面相觑，若有所思地笑了，随后便直接进了客厅。

两个人坐到沙发上，班野也到客厅坐到了他们对面的沙发上。信义在厨房里忙着给他们准备水果和饮料。除了在厨房的信义以外，班野、姜月和路熙在一起已经聊起了家常。

“班野，最近公司的情况怎么样？忙不忙？”

姜月没有任何顾虑地随便问了一句，却刺到了班野的痛处。

“是啊，最近情况有点糟糕。”

与内容相反，班野说话的语气十分平静，好像对这个结果满不在乎一样。听了班野的话，路熙马上问道：

“为什么？”

“有些复杂的隐情。”

姜月和路熙听说有隐情，异口同声地问道：

“复杂的……隐情?”

班野只是叹气，不做任何回答。这时，信义端着装满水果和饮料的盘子进来了。信义小心翼翼地把盘子放到桌子上，开始倒出了心中的苦水。

“其实，最近我们遇到了一个很大的麻烦。”

听到信义说遇到了麻烦，姜月和路熙都竖起了耳朵。看到他们迫不及待地洗耳恭听她的诉说，信义也受到了鼓舞，接下去诉说：

“最近我们正受着几个怪家伙的折磨。”

“什么怪家伙?”

姜月和路熙焦急地期待着信义说出事情的来龙去脉。

“我也是今天才知道，班野从几个月前起就忍受着几个杀手的折磨呢。”

姜月和路熙大吃一惊，用严肃的表情看着信义。

“他们找班野并不是让他去杀人，而是了解到了班野在这个系统非常有名气，所以最近一个新的暗杀组织，让班野去做他们的老板……遭到班野的拒绝，他们始终不肯死心，一直从各方面折磨着班野，今天还到家里来胁迫班野，准备让他就范。”

“什么？还敢胁迫?”

“这是真的吗?”

两个人惊奇地瞪大了眼睛，望着班野和信义，等着他们的解释。见到班野长长地叹了一口气，两个人才似乎相信了听到的事实。

一阵沉默似乎把他们推到了无声世界里。

信义把实情的来龙去脉详详细细地说给两位朋友，并把自己家的窘境也毫无隐藏地说了出来。听到他们连急需支付的孔明的学费都凑不到，姜月和路熙犹豫了片刻。随后，姜月马上做出了反应。

“作为明儿的叔叔，他的学费我们来支付，这个绝对没问题。可是公司到了这个地步，要负担十亿多的债务，对班野来说，这一定不是一般的困难啊。”

班野感到极大的屈辱感，马上低下了头。可是随即，班野便开始说出了自己的心里话。

“天下的父母，有谁会想把自己被暗杀组织陷害得面临破产这一事实告诉孩子呢！我也是想靠自己来解决问题，才走到了这个地步。这都是我的责任啊……”

看着班野把一切责任都归罪于自己、发自内心的自责悲哀的眼神，信义心如刀割。可信义还是要想方设法安慰班野。

“怎么可以这么说呢，班野。这怎么可以都怨班野呢？到了这个地步，我竟然还蒙在鼓里，丝毫没有帮上忙，我的责任更大啊。反正这些事情都已经发生了，我们也不要只顾自我反省了，赶快找到解决方案才是第一位啊！我们知道没有颜面说出这样的话，但还是想厚着脸皮求助于二位。姜月、路熙，希望你们能够帮助我们这一次。我们需要借的钱虽然金额很大，但是我们一定会在有生之年还给你们的。我们实在是不甘心就这样被他们打垮！”

没等信义说完，路熙截断了她的话。

“这笔钱没有必要还，我们也不打算借给你们。”

信义大吃一惊，瞬间脸色变得苍白。姜月误会了路熙的本意，更是火冒三丈。

“喂，你这个冷血动物，怎么说话这么冷酷无情啊？”

“别误会，我的意思是说，只要把那帮家伙解决了，不就是解决了问题的根源吗？这样还需要我们借钱给他们吗？”

大家这才松了一口气，竖起耳朵听路熙一字一句地解释。

“这个不难理解，事情到这个地步，都是因为他们在捣鬼啊。只要解决了他们，问题不就迎刃而解了吗？”

姜月认为路熙的话有一定道理，两人一拍即合。

“这个方向没有错……可是到底怎样才能解决掉他们呢？”

几个人就这个问题，研究了整整一夜。

窗外，太阳缓缓升起，带来了一片光明。而这时，他们也终于想出了绝好的对策。几个人互相看着彼此的脸，会意地笑了。姜月和路熙难得找回了这种轻松愉快的心情，握起拳头喊了一句加油，便回家了。信义小心翼翼地抓住班野的手，细声细语，但言语里充满自信地说道：

“一定会成功的，班野！我们要加油啊！”

“嗯，加油啊！”

他们互相安慰着对方，意味深长地交换着眼神，很晚才入睡。

第二天早晨，姜月和路熙早早地来到了信义家。班野、路熙、姜月还有信义四个人，互相交换了意见，认真地研究了对策。商量好了，班野拿起了电话，一手拿着名片，准确无误地按下了名片上的电话号码。班野手上的电话机上安装了微型窃听器。信义、姜月和路熙屏住呼吸，旁听着班野的通话。

“丁零零～丁零零～”

铃声响过好久才有人接电话。

“喂，是谁啊？”

班野马上回答道：

“是我。你们一直迫切希望加入组织的人。”

听了班野的话，对方说话的声音马上有了九十度的转变，明朗地说道：

“啊～是您啊，大哥！”

“我不知道自己从什么时候成了你们的大哥，但我要问你几个问题，你必须如实回答我。否则我还是无法做出最终决定。”

班野的演技也非同寻常。

大家都屏住呼吸，听着话筒里传来的声音。

“好的。对大哥还有什么需要隐瞒的呢？我一定会把一切情况告诉您的，有什么不清楚的，您尽管问吧！”

“你们计划从什么时候开展活动？成员一共有几名？组织叫什么名字？”

“只要大哥肯加入，经过简单的训练，马上就可以开始工作了。成员一共有七名，组织的名称叫 MOON。”

“是吗？到现在为止，你们有过暗杀的经验吗？”

对这个问题，对方拍着胸脯回答道：

“那当然！在正式加入组织前，每个人都曾是个体杀手。这个组织的成员都有这样的背景，所以非常了解行规，今后会迅速发展壮大，用不了几年就会成为了不起的集团。”

姜月、路熙和信义都按捺不住心中的喜悦，露出了笑容。这只野兽终于掉进了他们布下的陷阱里。

班野的演技一直延续到了最后。

“好吧。那么，今天召集全体成员，一个也不能落下。晚上十点，准时到九月洞破产商场后面的仓库前集合。记住了吗？”

话筒中传来了一无所知的家伙高兴的说话声。

“这么说，大哥，您决定加入我们的组织了吗？”

“少废话！在我变心之前，赶快通知全体成员吧。”

“是！知道了，大哥！我一定照办。谢谢，谢谢您，大哥！！”

说过几次感谢的话后，对方才挂断了电话。路熙小心地拆下了窃听器，露出了不适合路熙的狡诈的微笑。

“瞧～套住了吧？”

姜月也高兴地凑上了一句。

“好了。有了这个，就可以当作证据，拘捕他们了。加上我们介入这次行动，还可以提高我们的知名度。这就是我们开办律师事务所的极好契机啊！”

信义这才松了一口气，露出了笑容。

“但愿不会出什么意外，能够顺利了结这个案子啊！”

“不必担心，信义。后事就交给我和姜月，还有班野！”

“嗯。△_△”

看到路熙可信赖的笑容，信义笑容可掬。大家畅谈了一会儿，才发现家里没有从前那么热闹了。信义这才发现，弟弟信友因为工作已经一天没有回家来了。几天来，被这一桩案子搅得头昏脑胀，信义已经忘记了照料信友。大家聊了信友，信义才想起给信友打电话。

“喂？”

确认电话另一头的声音是信友，信义才打起招呼。

“信友啊。这些天工作还顺利吗?”

“啊?是姐姐啊?”

“不是姐姐,难道还会是哥哥吗?”

“今天是怎么了?我都几天没有回家了,你连一个电话都不给我打来。”

“所以现在给你打了电话啊。”

“唉!班野哥和明儿都好吗?”

“你不在家,全世界都安安静静的,过着太平日子呢。”

“太过分了,姐!不过我正想告诉你呢,我快要独立了。”

“什么??”

信义似乎在怀疑自己的耳朵,无法理解信友的这一宣言。一直以来什么都没有说过,现在怎么突然宣布要独立呢?

“我已经有了想结婚的女孩子,如果姐姐见了也能满意就好了~”

“是吗?你也终于要讨老婆了?”

“或许我结了婚就要搬出来住了。这样下来,你们也会痛快了吧?不过没有我,你们一定会寂寞的~哈哈!”

“那就把那个女孩子带到家里让我也认识一下吧。”

“嗯,我正在考虑这个星期六带她回家呢。”

“是吗?”

“所以姐,你一定要多准备一点好吃的啊。这么多年给姐姐添了不少麻烦,结婚的费用就不让姐姐操心了。”

“你这家伙真会说话,那你也要星期六才回来吗?”

“嗯,我也打算星期六一起回去。”

“好吧,知道了。在公司上班,要注意按时吃饭啊,知道了吗?”

“嗯,不用担心。”

就这样,与弟弟通完电话,信义的心里又突然感觉到一丝空虚感袭来。意外地听到弟弟要结婚的消息,不知为什么,信义一面高兴,另一面又有些难舍难分,心里的感受错综复杂,无法形容。

在一旁听到电话内容,班野、姜月和路熙看着信义复杂的表情,没有找出合适的安慰的语言。这时,首先出来调节气氛的还是姜月。

“哇～信友这家伙是不是很开心啊？这么快就要结婚了～”

信义听后，马上反驳说道：

“什么这么快啊？都已经多大年纪了～”

“这么快，我们也都是这一把年纪了啊？哈哈，是不是时间过得太快了？”

“何必一定要选最困难的时候结婚呢！”

信义还是忧心忡忡，担心自己无法为弟弟做到最好。姜月和路熙也意识到，在这里也帮不了什么忙，便使了眼色起身告辞。

“目前最重要的是要把暗杀组织的事情处理好，其他的事情以后再说吧。我现在就到警察署去举报，让警察做好准备。班野要掌握好时间，别忘了十点准时到那里啊。姜月，那我们走吧。”

“嗯，好！”

就这样，他们匆匆离开信义家，开着车径直奔向了警察署。

今天一天，时间过得飞快，时针很快指向了约定的时间。这时，姜月打来电话催班野行动。

“喂？”

“班野？”

“嗯。”

“我是姜月。”

“嗯，知道。”

“警力已经部署好了。你还像以前那样，搞好演技就可以了。知道吗？”

“知道了，谢谢。”

“谢什么啊～反正这也是为了我们啊。”

“那是什么意思……”

“你问寒心就知道了。办好这个案子，我们的律师事务所开张也就有了很好的契机。”

“是吗？”

“好了，马上行动吧。现在出发时间正合适。”

“知道了，一会儿见。”

“别让寒心跟来，她一心乱，会很容易搞砸了好事的。”

“知道了，不必担心。”

两个人的通话就这么结束了。听完两人的通话内容，信义有些不满，开始抱怨起来。

“姜月这家伙不想活了？我怎么了？心乱？搞砸了好事？等处理完这件事，看我怎么收拾他！”

班野微笑着拍一拍信义的肩膀，示意不要生气，更不要担心，便出了家门。

“怎么？班野～真的要把我扔在家里，一个人走吗？嗯？”

班野略带微笑地点了点头。

“哼，知道了！小心一点啊，班野。”

“别担心。”

班野就这样转过身走了出去。不知为什么，信义还是有点担心，心乱如麻。

突然，信义跑到门厅穿上鞋，疾步跑到班野的前面，一把钻进了班野的怀里。班野看到这样的信义，有些措手不及，只是静静地看着信义。信义用略微颤抖的手抱住班野的腰，把脸埋到班野的怀里，停顿了一会，抬起头问班野。

“班野……班野，你爱我吗？”

虽然信义第一次说出这句话，但是信义撒起娇来也是如此可爱。班野看着如此可爱的妻子，莞尔一笑。信义仍然拉着班野的衣服，就是不肯放手，认真地问道：

“班野……班野，我问你爱不爱我，你爱我……嗯。”

班野用甜甜的吻代替了答案，紧紧地抱着信义的腰，甜甜地吻了信义嘴唇。信义在班野的怀抱里，轻轻地闭上了双眼，等待接受班野的嘴唇。此时此刻的两人，就像一幅美丽的画卷。更为重要的是，班野和信义已经一起度过了这么久的岁月，而这次竟第一次表现出了亲吻的场面。哈哈哈哈。—_—；哼哼。

走自己的路，让别人说去吧！

班野就这样与信义告别，向姜月和路熙等待的地方，也是暗杀组织的全体成员苦苦期盼的地方奔去。

在家里，信义就像热锅上的蚂蚁，坐立不安，在房间里走来走去，焦急地期待着喜讯传来。信义频繁地看着手表，而时针却像蜗牛一样，缓慢地移动着。翘首企盼，信义总算等到了十点。信义盘坐在床上，闭上眼睛，像一个衷心祈祷的牧师一样。信义从来都没有去过教堂，而这时却全身心地期盼神来帮助他们，用心地祈祷班野安全归来，祈祷一切事情能够圆满解决。就这样，时间即将到十二点，能够使信义的心安稳下来的人终于回家了。看到班野，信义一下子跑过去钻进了班野的怀里。

“怎么样了？班野，怎么这么晚啊？”

班野轻轻地抱住信义，答道：

“一切顺利，全部都解决了。”

“啊，真的吗？真的……太幸运了！”

班野的一句都解决了，让信义心里的一块巨大的石头落了地，一行幸福的热泪流了下来。姜月和路熙在一旁看着这一情景，心里多少有些苦涩，但还是高兴地笑了。

“别哭了，信义～这可不像你哦。”

“是啊，寒心～你还是吵嘴的时候比较有气质，哭的样子太难看了～”

“呵呵，你这家伙，找死啊？笨蛋！”

“哈哈哈哈，就应该是这个样子啊，寒心～”

“不要总是寒心啊，寒心啊的叫我，你这个红头发！”

班野和路熙只管看姜月和信义斗嘴，流露出了喜悦的微笑。

姜月和路熙以这个案件为契机，建起了规模可观的律师事务所。班野和信义也开办了更有活力的公司。信友在周末领来了胖乎乎的准新娘子，勉强得到了姐姐的许可。孔明还在法学院攻读法律专业，准备做一名律师。等孔明大学毕业，应该不用为就业发愁了吧。因为姜月和路熙的律师事务所名扬全国，只是一个时间问题了。在路途的前方等待他们的，只剩下幸福生活了。

但愿今后，大家都不会再遇到更大的磨炼，愉快地工作，幸福地生活吧！